La maldición de los Scarletti

CHRISTINE FEEHAN

La maldición de los Scarletti

TITANIA

ARGENTINA — CHILE — COLOMBIA — ESPAÑA
ESTADOS UNIDOS — MÉXICO — PERÚ — URUGUAY — VENEZUELA

Título original: *The Twilight Before Christmas — A Drake Sisters Novel*
Editor original: Avon – An Imprint of HarperCollins*Publishers*, New York
Traducción: Norma Olivetti Fuentes

1.ª edición Abril 2015

Copyright © 2001 by Christine Feehan
All Rights Reserved
Copyright © 2015 de la traducción *by* Norma Olivetti Fuentes
Copyright © 2015 *by* Ediciones Urano, S.A.U.
Aribau, 142, pral. – 08036 Barcelona
www.titania.org
atencion@titania.org

ISBN: 978-84-92916-87-0
E-ISBN: 978-84-9944-853-4
Depósito legal: B-7493-2015

Fotocomposición: Jorge Campos Nieto
Impreso por: Romanyà-Valls – Verdaguer, 1 – 08786 Capellades (Barcelona)

Impreso en España – *Printed in Spain*

Para Jayne Donahue, una amiga con quien siempre puedo contar.
Para Ketsia Lerebours, que consigue hacerme sonreír
y me inspira con sus preguntas.
Y para Luisa Pugliano, que dedicó su tiempo y esfuerzo
a hacer posible este manuscrito.
¿Dónde estaría yo sin vosotras tres?

Capítulo *1*

El cuervo avanzaba volando a lo largo del borde del acantilado. Debajo, las olas rompían contra las rocas, ascendiendo más alto con cada embate, casi alcanzando al negro pájaro con su furiosa espuma. Se desvió para dirigirse tierra adentro a través de campos de flores silvestres, sobrevolando laderas peladas hasta llegar al límite de la vegetación arbórea. Parecía ir sin rumbo fijo mientras se deslizaba lentamente por el cielo con los rayos decrecientes de sol fulgurando en sus plumas traseras. Algunos fragmentos de nubes empezaron a desplazarse por el horizonte, intercalándose casi en su estela como si el ave atrajera una sombra gris sobre la tierra que se extendía debajo.

Una vez que alcanzó el grupo de árboles, el ave cambió de velocidad y descendió en picado para maniobrar deprisa a través de las ramas frondosas y en torno a troncos de árboles, como si compitiera con el sol poniente. Luego voló lo más recto posible por la ladera hasta el bosquecillo situado en la falda más distante de la montaña, avanzando infalible hasta una rama gruesa y retorcida donde se posó. Doblando las alas con cierta majestuosidad, fijó con gran atención sus ojos redondos y brillantes en la mujer menuda que se encontraba bajo el árbol.

Nicoletta aplastaba con esmero la fértil tierra que rodeaba el pequeño helecho trasplantado hacía poco. Esta tierra era más rica que la cercana a su casa, permitía florecer las variedades de plantas menos comunes que tanto necesitaba. Empleaba sus extractos como medicamentos para la gente de los *villaggi* y granjas de los alrededores. Lo que había empezado como un pequeño huerto en la ladera se había transformado en una enorme tarea, trasplantando finalmente aquí todas las hierbas y flores que precisaba para diversos remedios y pócimas. Con las manos enterradas a fondo en la tierra, las ricas fragancias del herbaje la envolvían en medio del derroche de color de la vegetación diseminada a su alrededor, plantada por ella misma.

De pronto se estremeció cuando una nube gris oscureció los últimos rayos cálidos del sol, dejando en su mente el mal augurio de un desastre. Se levantó muy despacio, sacudiéndose la tierra húmeda de las manos y de su larga y amplia falda, antes de ladear la cabeza y alzar la vista al pájaro posado muy quieto en el árbol por encima de ella.

—De modo que has venido a buscarme —declaró, en voz baja y ronca en el silencio del bosquecillo—. Nunca me traes buenas noticias, pero te perdono.

El pájaro la observó fijamente, con sus pequeños ojos redondos brillantes y luminosos. Un prolongado rayo de luz alcanzó las plumas dorsales, volviéndolas casi iridescentes antes de que las nubes grises oscurecieran el sol por completo.

Nicoletta suspiró y se echó hacia atrás la mata de pelo largo y revuelto que ondeó como una cascada hasta debajo de su cintura, con pequeñas ramas atrapadas en los mechones sedosos. Parecía tan misteriosa y mística como el cuervo negro, una criatura salvaje e indómita allí descalza, con sus ojos oscuros y rasgos delicados dorados por el sol. Tal vez una bruja joven y bella creando sortilegios en medio de su espléndido jardín exótico.

El ave abrió el pico y emitió un agudo graznido, una nota disonante en el silencio del bosquecillo. Por un momento los insectos detuvieron el zumbido incesante y hasta la mismísima tierra pareció contener el aliento.

—Ya voy, ya voy —dijo ella, cogiendo una bolsa de fino cuero.

Levantó la cabeza hacia el cielo y luego se volvió describiendo un lento círculo, manteniendo los brazos estirados, como orientándose hacia las cuatro direcciones, norte, sur, este y oeste. El viento levantaba su ropa y le sacudía el cabello como un manto a su alrededor. Luego se apresuró a recoger las hojas y semillas de varias plantas, añadiéndolas a las hierbas secas y bayas machacadas que ya había metido en la bolsa de medicamentos.

Nicoletta empezó a correr por el sendero trillado que descendía colina abajo. Los arbustos se enredaban en su amplia falda y el viento le tiraba del pelo, pero se abría paso fácilmente a través de zarzas y densa vegetación. Ni una sola vez sus pies tropezaron con una piedra o rama esperando en el camino. Al acercarse al arroyo, se limitó a recogerse las faldas sobre sus piernas desnudas y corrió por las piedras lisas y expuestas, levantando de cuando en cuando una rociada de agua, como una ducha de diamantes relucientes.

A medida que se acercaba al mar, la madera dio paso a prados y luego a la roca árida. Podía oír contra los acantilados el estruendo del mar intentando continuamente erosionar las cumbres enormes. Se detuvo antes de concluir el descenso para contemplar el enorme *palazzo* que formaba una mole imponente en el siguiente risco sobre el mar furioso. El castillo era grande y hermoso, aunque oscuro y amenazador, elevándose allí entre las sombras. Se rumoreaba que sus grandes pasillos escondían muchos secretos y que los pasadizos ocultos podían llevar a alguien directamente al mar en caso necesario.

El palacio de varias plantas tenía gabletes, torrecillas, altas terrazas y la torre de triste fama, una especie de prisión según la leyenda. La tracería que daba al acantilado estaba tallada con segmentos de piedra delgada formando intersecciones y diseños intrincados que parecían significar algo más que una simple división de paredes de piedra con largas ventanas. Esas galerías y sus trazos inusuales siempre captaban su atención..., pero también la hacían sentirse observada. Esculpidos en los aleros, gabletes, torrecillas e incluso en la torre había centinelas silenciosos, gárgolas aterradoras observando el campo circundante con huecas miradas fijas y alas extendidas.

Nicoletta sacudió la cabeza sin atreverse a demorarse más. Percibía la premura, la necesidad de seguir moviéndose era grande. Dio la espalda al palacio y se puso a caminar rápido por el sendero sinuoso que se alejaba del mar en dirección de nuevo a las tierras interiores. Las primeras casas se hicieron visibles, pequeñas y pulcras granjas y viviendas salpicadas por las colinas. Le encantaba la visión de estos hogares, le encantaba esta gente.

Una mujer mayor salió a su encuentro cuando entraba en la plaza principal del asentamiento.

—¡Nicoletta! ¡Mírate! ¿Dónde están tus zapatos? ¡Deprisa, *piccola*, debes darte prisa! —La mujer que la llamaba «pequeña» parecía reprenderla, como tantas veces, pero ya le estaba retirando con cariño las ramitas y hojas de su largo cabello—. Deprisa, *piccola*, los zapatos. Y arréglate el pelo mientras andamos.

Ella sonrió y se inclinó hacia la mujer para darle un beso en la mejilla surcada de arrugas.

—Maria Pia, eres la niña de mis ojos. Pero no tengo ni idea de dónde he dejado las sandalias.

Así era. En algún lugar del camino, tal vez junto al arroyo.

Maria Pia Sigmora soltó un suave suspiro.

—*Bambina*, aunque seas nuestra sanadora, acabarás matándonos.

Nicoletta era la alegría del *villaggio*, su alma, su secreto. Era imposible de educar, como intentar retener el agua o el viento en las manos. La mujer mayor alzó un brazo e hizo una señal en dirección a la cabaña más próxima. Al instante oyó el sonido de risas y una niña salió corriendo con un par de sandalias finas arrastrando las correas por el suelo.

Con una risita, la niñita de pelo oscuro tiró los zapatos a Nicoletta.

—Sabíamos que los perderías —dijo.

Ella se rió, con un sonido suave y melodioso como el del agua que corría por los arroyos próximos.

—Ketsia, diablillo, lárgate ahora y deja de atormentarme.

Maria Pia ya había empezado a descender por el estrecho sendero de regreso a los acantilados.

—Vamos rápido, Nicoletta, y trénzate el pelo. Una pañoleta, *bambina*... debes cubrirte la cabeza. Y coge mi chal. No puedes hacerte notar.

Cloqueaba las órdenes por encima del hombro mientras caminaba con brío. Era mayor, pero se movía como alguien aún joven, acostumbrada a desplazarse por las empinadas laderas.

Nicoletta mantenía el paso con facilidad, con las sandalias colgadas del cuello por las correas mientras se recogía con destreza el pelo en una trenza larga y gruesa. Luego se lo enroscó y se cubrió la cabeza con una fina pañoleta.

—¿Vamos al *Palazzo della Morte*? —adivinó.

Maria Pia se giró en redondo con un fiero ceño, emitiendo un lento resoplido de desaprobación.

—No digas eso, *piccola*, trae mala suerte.

Nicoletta se rió en voz baja.

—Te crees que todo trae mala suerte.

Se ajustó el maltrecho chal negro en torno a los hombros para taparse los brazos desnudos.

—Todo es mala suerte —refunfuñó Maria Pia—. No puedes decir esas cosas. Si él lo oyera...

—No es mala suerte —insistió Nicoletta—. ¿Y quién va a contarle lo que he dicho? No es la mala suerte lo que mata a las mujeres que van a trabajar a ese lugar, es otra cosa.

Maria Pia se santiguó mientras miraba a su alrededor con cautela.

—Ten cuidado. Las colinas tienen oídos. Todo llega a su conocimiento, y sin su buena voluntad nuestra gente no tendría hogar ni protección.

—Por eso tenemos que tratar con *Il Demonio* y rezar para que el precio no sea demasiado alto.

Por primera vez había amargura en Nicoletta.

Maria Pia se detuvo un momento y estiró el brazo para coger a la joven por el brazo.

—No pienses esa cosas, *piccola*, dicen que puede leer la mente —advirtió cariñosa con dulzura, con pena y dolor en sus ojos.

—¿Cuántas más de nuestras mujeres y niños se tragará ese sitio antes de que esto acabe? —preguntó Nicoletta con llamaradas de rabia centelleante en sus ojos oscuros—. ¿Tenemos que pagar las deudas con nuestras vidas?

—Calla —insistió Maria Pia—. Regresa al *villaggio*. Con esta actitud, no deberías acompañarme.

Nicoletta se adelantó a la mujer, con la espalda derecha y los hombros erguidos, y la indignación perceptible en cada paso.

—Como si fuera a dejar que te enfrentaras al *Signore Morte* a solas. No puedes pasar por esto sin mí. Lo percibo, Maria Pia, debo ir si queremos que ella viva.

Nicoletta pasó por alto el jadeo escandalizado de Maria Pia cuando admitió sin tapujos que sabía algo que aún no se les había revelado. Intentó no sonreír mientras ésta hacía la señal de la cruz, primero para sí misma y luego sobre ella.

La bruma se elevaba formando volutas sobre el mar espumoso, unas finas gotitas salpicadas de agua salada rodeaban sus tobillos y se pegaban a la ropa. Se había levantado ahora un viento que soplaba con furia desde las olas para vapulear sus cuerpos menudos como si intentara forzarlas a retroceder. Se vieron obligadas a aminorar la marcha y a fijarse dónde pisaban en aquel sendero menos transitado que llevaba al enorme palacio. Mientras doblaban el empinado y estrecho risco que sobresalía del mar y el palacio se hacía visible, el sol se puso finalmente por debajo del horizonte de agua, tiñendo de color rojo sangre el cielo por encima de ellas.

Maria Pia soltó un grito y se detuvo cuando el vivo color se desplazó por los cielos como un augurio de desastre y muerte. Gimoteó en voz baja, temblando mientras se balanceaba hacia delante y hacia atrás, sujetando la cruz que le rodeaba el cuello.

—La muerte nos espera.

Nicoletta rodeó los hombros de la mujer con un brazo protector, con rostro apasionado y vehemente.

—No, no es cierto. No voy a perderte, Maria Pia, no. ¡No puede engullirte como ha hecho con las otras! Voy a demostrar que soy demasiado fuerte para él y sus terribles maldiciones.

El viento aullaba y tiraba de sus ropas, enfurecido por el desafío.

—No digas esas cosas, *bambina*. Es peligroso pronunciar en voz alta esas palabras. —Maria Pia se irguió—. Yo ya soy mayor; mejor que vaya sola. Ya he vivido mi vida, Nicoletta, la tuya no ha hecho más que empezar.

—El *Palazzo della Morte* se ha llevado a *mia madre* y a *mia zia*. No te va a engullir a ti también. ¡No lo permitiré! —juró Nicoletta con despecho, devolviendo las palabras al viento furioso, negándose a doblegarse ante su intensidad salvaje—. Voy a ir contigo como siempre, ¡y él puede irse al infierno!

Maria Pia soltó un jadeo horrorizado y bendijo tres veces a la muchacha antes de continuar por el camino. El viento soltó su cólera por el desafío de Nicoletta, rugiendo a través del paso, provocando la caída de varios guijarros que se escurrieron desde arriba, acribillando a ambas mujeres mientras corrían entre los dos riscos. La joven rodeó la cabeza de la mujer mayor con un brazo protector en un intento de salvaguardarla de la lluvia de piedras que caía a su alrededor como una cascada mientras corrían.

—¿Puede dar órdenes incluso a las mismísimas montañas? —gimió Maria Pia.

Sus palabras se fueron volando arrastradas hasta el mar por la furia del viento.

—¿Te has hecho daño? —preguntó Nicoletta pasando las manos sobre la mujer mayor por si había heridas, mientras su rabia y desafío se arremolinaban como la bruma.

Pese a las emociones que bullían en ella aplicaba las manos con contacto delicado, ligero y calmante.

—No, no me hecho daño en absoluto —le aseguró Maria Pia—. ¿Y qué me dices de ti?

Nicoletta se encogió de hombros. Notaba el brazo entumecido, pero la roca que le había dado no era especialmente grande, se sentía afortunada por haber escapado con tan sólo un rasguño. Se encontraban ahora en los terrenos del *palazzo*, y por encima las nubes se oscurecían y aglomeraban como la olla de una bruja. Grandes sombras oscuras se propagaban por todas partes, ensombreciendo cada arbusto, árbol y estatua mientras la mansión se elevaba ante ellas; surgía directamente del risco, un castillo reluciente con su enorme torre ascendiendo hacia los cielos. Esculturas enormes y pesadas, y otras más pequeñas y delicadas, salpicaban los terrenos que además exhibían grandes piedras talladas en cúmulos impresionantes en torno al laberinto y los jardines. Dos enormes fuentes de mármol con extremos dorados y una buena dosis de deidades paganas con alas se elevaban en los centros de los patios redondeados.

Nicoletta y Maria Pia iniciaron el ascenso por un sendero inmaculado hasta la puerta del castillo, con las estatuas lanzándoles miradas desafiantes y el viento azotándolas sin tregua. La puerta era gigantesca, con tallas intrincadas. Nicoletta estudió el grabado durante un momento mientras Maria Pia no paraba de toquetearla, asegurándose de que iba correctamente tapada.

—Los zapatos, *bambina* —reprendió la mujer.

Las dos se estremecían con el incesante viento. Estaba oscuro y tenebroso ante la monumental puerta, que parecía observarlas también con desagrado. Nicoletta pensó que el tallado reflejaba almas perdidas aullando en las llamas, pero claro, su imaginación siempre se desbordaba cuando se acercaba a este sitio. Maria Pia sostuvo la pesada aldaba y permitió que cayera. Resonó con un estruendo cavernoso, un sonido hueco y lastimero entre la creciente bruma y oscuridad.

Nicoletta se apresuró a ponerse las desagradables sandalias, atándose las tiras alrededor de los tobillos mientras la puerta se abría silenciosamente. Hileras de velas alargadas ardían en apliques en el altísimo vestíbulo de entrada, danzando y titilando por las altas paredes, envolviendo de sombras grotescas el largo pasillo y techos abovedados. El hombre de pie en el umbral era alto y delgado, con mejillas descarnadas y cabello salpicado de plata. Sus ojos oscuros se desplazaron sobre las dos mujeres con un matiz de desdén, pero su rostro permaneció inexpresivo.

—Por aquí.

Durante un momento ninguna de las dos mujeres se movió. Cuando Nicoletta se adentró en el *palazzo*, al instante la tierra se desplazó. Aunque el movimiento pareció el más leve temblor, apenas perceptible, las velas del vestíbulo oscilaron y las llamas dieron unos altos brincos de advertencia, mientras la cera salpicaba el suelo. Maria Pia y Nicoletta se miraron la una a la otra. La mujer mayor hizo una rápida señal de la cruz en dirección al interior de la casa y luego otra vez tras ellas hacia la oscuridad y el viento aullante.

El sirviente se volvió para mirarlas. Al instante, Maria Pia le siguió, pero primero alteró todo su porte. Se irguió y se mostró segura, transmitiendo una dignidad tranquila. Nicoletta asumió la postura contraria, hundió los hombros y avanzó furtivamente por el gran pasillo, dirigiendo miradas nerviosas a un lado y a otro, con la cabeza muy agachada y los ojos fijos en el suelo. Avanzó pitando junto a la pared, confiando en fundirse con las sombras, las finas sandalias silenciosas sobre el suelo de baldosas de mármol, sin atraer la atención en su intento de hacerse pasar por la humilde aprendiz de la sanadora.

El hombre que abría la marcha torció varias veces y tomó pasadizos y corredores, atravesó diversas habitaciones moviéndose tan deprisa que una persona normal no tendría tiempo de advertir ninguno de los puntos de referencia. Maria Pia parecía serena a pesar de las circunstancias, confiando en que Nicoletta, igual que tantas veces en el pasado, recordara el camino de vuelta. El interior del palacio era un ejemplo increíble de la imaginación y arte de un maestro artesano. Las paredes de enorme grosor eran de liso mármol rosa y blanco. El techo alto y abovedado tenía impresionantes arcos y cubiertas. Los suelos eran por completo de baldosas de mármol, grandes bloques extremadamente lisos bajo los pies. Había abundantes esculturas y obras de arte a menudo de criaturas con grandes alas vigilando la guarida del diablo. Los pórticos y hornacinas acogían tallas intrincadas de ángeles y demonios. Caballos y criaturas míticas aparecían por encima de los arcos y a lo largo de las paredes, grandes columnas y arcos se elevaban hacia arriba; y cada habitación era más grande y más recargada que la anterior. Las velas dotaban de cierta animación a las esculturas, que miraban con animosidad a las mujeres apresurándose por los tenebrosos pasillos.

El sonido de unos gemidos reverberó por los pasillos. Cuando doblaron un recodo, dos mujeres hicieron aparición. Una sostenía a la otra, la joven con sollozos histéricos, la mayor llorando en voz baja. Tras ellas un joven permanecía con cierta impotencia, era obvio que embargado por el dolor, tapándose el rostro con una mano. Una rápida mirada reveló a Nicoletta que eran personajes de alta alcurnia, con ropa fastuosa y el cabello perfecto pese a las circunstancias. Por algún motivo ese detalle se le quedó grabado. Conocía a las dos mujeres de vista, por supuesto; a menudo iban al *villaggio* con sus sirvientes en busca de nuevos tejidos para sus costureras. La mujer mayor era hermosa, fría y distante, no más de treinta y cinco años, probablemente más joven.

Portia Scarletti y su hija, Margerita. Portia era viuda, una pariente distante de los Scarletti que había vivido en el palacio la mayor parte de su vida. Su hija tenía unos quince o dieciséis y era extremadamente altiva con las muchachas en el *villaggio*. Nicoletta sabía que el joven era Vincente Scarletti, el hermano pequeño del don. Apartó la mirada a toda prisa y se encogió aún más, perdiéndose por la penumbra del pasillo.

El criado que les acompañaba se detuvo en la puerta.

—La *bambina* está aquí, está muy enferma.

El tono fatalista y lúgubre de la voz indicaba que habían tardado demasiado en llegar. Abrió la puerta y luego retrocedió sin entrar en la habitación, más bien se apartó deprisa, cubriéndose con discreción la boca y la nariz con la mano. Una oleada de calor y olor nauseabundo surgió explosiva del dormitorio. El hedor era inaguantable.

La niña había vomitado repetidas veces. La colcha estaba húmeda y manchada por los intentos del cuerpo de librarse de las toxinas. Nicoletta tuvo que aplacar una oleada de rabia por el hecho de que los adultos dejaran a una criatura sufriendo a solas por temor a un posible contagio. Reprimió la necesidad de sentir una náusea por el hedor de mil demonios y se acercó a la cama. Tras ella la puerta se cerró de golpe con un fuerte portazo. A pesar del grosor, no ahogaba el gimoteo inútil y molesto que venía del pasillo. La chimenea bramaba, generando un calor tremendo, y la habitación parecía brillar con un naranja extraño e inquietante a causa de las llamas.

La niña se veía menuda en medio de la pesada cama de madera. Pequeña, tal vez siete años, tenía el pelo oscuro enredado y las ropas manchadas y empapadas en sudor. Su rostro cubierto por gotas de transpiración se retorcía de sufrimiento. Nicoletta se acercó a ella sin vacilación, reflejando en sus ojos oscuros toda su compasión. Rodeó con la mano la pequeña muñeca de la niña, con el corazón encogido.

—¿Por qué esperaron tanto a llamarnos? —susurró bajito.

Algo grande y amenazador se agitó en las sombras alejadas de una cavidad empotrada cerca de los grandes ventanales. Maria Pia chilló y de un brinco retrocedió santiguándose hacia la puerta. Nicoletta se situó protectora entre las sombras y la niña, preparada para defenderla del espectro de la muerte. El cuerpo grande de un hombre surgió poco a poco de la oscuridad. Era alto, de constitución poderosa, con pelo negro largo y húmedo de sudor. Se balanceó con inestabilidad por un instante, con una mano pegada al estómago. El dolor marcaba líneas profundas en su rostro.

Nicoletta se apresuró a moverse hacia él, pero el hombre negó con la cabeza y sus ojos negros como el azabache se entrecerraron como advertencia.

—No te acerques a mí. —Su voz sonaba débil pero transmitía una autoridad inconfundible. Indicó con un gesto a la niña en la cama—: ¿Es la Peste Negra?

Su mirada estaba fija en el rostro arrugado de Maria Pia.

Las dos mujeres se quedaron paralizadas por un momento. Era el don, el propio don Scarletti. Incluso enfermo como estaba, estremecido por la fiebre y el dolor, parecía poderoso y muy capaz de deshacerse con facilidad de ellas dos. Para disgusto de Nicoletta, Maria Pia se santiguó por segunda vez.

—¡*Dio!* ¡Dios, mujer, quiero una respuesta! —exigió, juntando los dientes blancos como un lobo hambriento—. Signorina Sigmora, ¿tenemos la plaga?

Maria Pia dirigió una breve mirada a Nicoletta, que negó levemente con la cabeza y de nuevo se acercó a la niña, retomando enseguida su actitud de asustada muchacha de servicio. Era muy versada en aquel papel, empleándolo siempre que era preciso. No volvió a mirar al hombre, centrando toda la atención en la pequeña. Salvarla iba a ser una lucha; la niña casi se les había ido. Entonces retiró la colcha y la ropa de cama con energía, se alegró de abrir con resolución la puerta y arrojar todo aquello al pasillo donde merodeaban el altivo criado y las gimientes aristócratas.

—Necesitamos agua caliente —dijo sin levantar la mirada—. Mucha agua, paños limpios, y cambiar de inmediato la ropa de cama. Y dos sirvientas para ayudar a limpiar esta habitación. La sanadora debe disponer de estas cosas ahora si queremos que la *bambina* viva.

Su voz sonaba aflautada y débil, una cualidad también bien practicada. Retrocediendo apresuradamente al interior del cuarto, no prestó atención al hombre apoyado en la pared y abrió de golpe la ventana. El viento entró aullando en la habitación, levantando las cortinas con una danza macabra, mientras el fuego brincaba y bramaba. El frío aire del mar penetró de inmediato con fuertes ráfagas y la temperatura de la habitación descendió casi al instante mientras la bruma expulsaba el terrible hedor.

La niña temblaba, con su cuerpo chorreando sudor. Nicoletta la despojó de las ropas empapadas y le alisó el pelo. Maria Pia se inclinó un poco más para poder consultarse entre ellas:

—¿Estás segura de que no es la Muerte Negra? Él también está enfermo.

—Tengo que saber que alimento compartieron.

Los labios de Nicoletta apenas se movieron. Apoyaba las manos con delicadeza sobre el abdomen hinchado de la niña.

—Buen señor —preguntó Maria Pia—, ¿compartieron alguna comida la niña y usted? Debo saber si han tomado un mismo alimento o bebida.

El hombre temblaba casi de forma incontrolada. Apretaba los dientes para que no le castañetearan.

—¿Estáis seguras de lo que hacéis, dejando que entre el frío así?

—Debemos bajar la fiebre deprisa. Los dos tienen demasiada calentura. Y la habitación apesta a enfermedad. No es bueno. Vamos, vamos, muchacha, démonos prisa.

A Maria Pia no le gustaba la manera en que sus ojos negros y penetrantes absorbían las manos graciosas y calmantes de Nicoletta mientras se desplazaban sobre la niña. Se ubicó a posta delante de la joven fingiendo examinar a la paciente.

—¿Y bien, don Scarletti? ¿Compartieron los mismos alimentos?

—Compartimos una ración de sopa. Sophie no pudo acabarla, y yo la ayudé.

Las palabras revelaban más de aquel hombre de lo que él podía pensar.

Nicoletta le dedicó una mirada; no pudo evitarlo. Era *Il demonio*, y su familia estaba marcada por una terrible maldición. Era arrogante y distante, frío e inflexible, a sus vecinos les aterrorizaba contrariarle, no obstante había compartido con la niña el tazón de sopa, tal vez para evitar que la castigaran por no acabar su comida. Era la primera cosa agradable que había oído de él, su dictador, su amo, el hombre que ostentaba el poder sobre la vida y la muerte de su gente.

Maria Pia tosió para atraer la atención de la chica. Ella se apresuró a reanudar su farsa de insignificante y tímida aprendiz de la sanadora Signora Sigmora, y se encogió mientras cerraba la ventana y colocaba bien las cortinas. Dos criadas se asomaron asustadizas con cubos de agua caliente y montones de paños bajo los brazos. El sirviente más alto que entró tras ellas llevaba colchas limpias dobladas entre las manos. Ninguno de ellos entró, sino que esperaron en el pasillo. Nicoletta mostró poca paciencia con ellos y cogió el agua y los paños con cierta brusquedad, dejándolos en el suelo antes de arrebatar las colchas de las manos del tercer sirviente. Les cerró la puerta con un decidido puntapié, confiando en darles en las narices.

Maria Pia la reprendió entre dientes, con un marcado ceño, para recordarle que don Scarletti observaba. Entonces las dos se pusieron a trabajar. Mientras Maria Pia bañaba a la niña tanto para bajar la fiebre como para lavarla, Nicoletta restregó la habitación y la cama. Maria Pia consultó a su «ayudante» en susurros con cierta frecuencia. Nicoletta, bajo la mirada vigilante de la mujer mayor, combinó varias pociones, asegurándose de que los medicamentos se mezclaban adecuadamente. Era ella quien atendía a la niña, cogiendo el cuerpecito en brazos y acunándolo con delicadeza, mientras le daba pequeños sorbos, convenciéndola y tranquilizándola con susurros de ánimo mientras el demonio las observaba desde la esquina con su constante e implacable mirada negra.

Sólo cuando la niña hizo un débil intento de beber por sí sola él se movió por fin, hundiéndose contra la pared como si sus piernas ya no sostuvieran su peso.

Maria Pia se acercó a él al instante, ayudándole a sentar su gran cuerpo musculoso.

—Está ardiendo —dijo con una mirada nerviosa a Nicoletta.

La muchacha dejó a la niña con cuidado en la cama, tapándola con la colcha. La manta atrajo su atención. Pulcras y pequeñas puntadas, hermosa artesanía, el diseño tan querido y familiar. Por un momento le costó contener la respiración y la garganta se le obstruyó con recuerdos dolorosos. Intercambió el puesto con Maria Pia, como si la mujer mayor necesitara examinar a la niña mientras la asistenta se ocupaba de las necesidades básicas del segundo paciente.

Entonces empleó la excusa para pasar las manos por la piel caliente del don, para examinarle y «percibir» la enfermedad. Don Scarletti era todo músculo marcado, nervudo, tan duro como un tronco de árbol bajo sus dedos suaves y exploradores. Los pasaba con ligereza sobre él, calmándolo con tan sólo el contacto.

De repente él le rodeó la muñeca con los dedos, sujetándola como una tenaza mientras examinaba su mano para observarla con curiosidad.

Esos ojos cargados de dolor vieron demasiado. Nicoletta tiró para soltar la mano, con el corazón latiéndole inquieto en el pecho. Se apartó de él y salió de su alcance, volviendo a las sombras y ajustándose mejor el chal. Había peligro en el atento escrutinio del hombre. Ambas mujeres habían perfeccionado su simulación, la inversión de papeles que garantizaba la seguridad de Nicoletta, protegiendo sus «diferencias» con éxito de las miradas de aquellos que pudieran sospechar que era una bruja y llamar a la Santa Iglesia —o al propio don Scarletti— para que la investigara... o algo peor.

Maria Pia chasqueó la lengua expresando su apoyo mientras se movía aparentando ajetreo. Consultó a su asistente, observándola de cerca para asegurarse de que la joven mezclaba correctamente sus polvos y recetas, e insistió en ayudar ella misma a don Scarletti a tragar el líquido.

—Ahora debe descansar —ordenó Maria Pia—. Nos ocuparemos de la niña durante la noche. Rece para que no hayamos llegado demasiado tarde.

Nicoletta hizo una discreta señal con la mano una vez más mientras continuaba convenciendo a la niña de que diera pequeños tragos a la medicina.

—Debo saber si los demás están enfermos. ¿Tomó sopa alguien más? —preguntó Maria Pia por sugerencia de Nicoletta.

El hombre negó con la cabeza y murmuró:

—Nadie más —y pasó por alto los jadeos nerviosos de la mujer cuando lo vio levantarse y cruzar tambaleante la habitación hasta la gran silla—. Me quedaré con la niña.

Lo dijo con firmeza, cerrando los ojos y volviendo la cabeza.

Maria Pia miró indefensa a Nicoletta, quien se encogió de hombros. La habitación quedó lo más limpia posible en tan breve plazo de tiempo. La fiebre de la niña había bajado levemente, aunque seguía bastante enferma. Pero el hecho de retener la poción preparada por Nicoletta, que su estómago no la rechazara, era buena señal. Lo más probable era que el don no estuviera tan enfermo como la niña. Era mucho más fuerte, más grande, y su cuerpo más capaz de combatir los efectos dañinos de la sopa que habían ingerido ambos.

Maria Pia sacó varias velas de la cartera de cuero de Nicoletta y las dispuso por la habitación. La muchacha las había hecho con cera de abeja y varias hierbas aromáticas. Su fragancia llenó de inmediato la estancia, disipando los últimos restos del hedor a enfermedad. La fragancia era además calmante y apaciguadora, ayudando a tranquilizar más a la niña.

—*Mio fratello* espera noticias de la *bambina*.

Era otra orden, transmitida por un hombre acostumbrado a ser obedecido.

A Nicoletta le indignaba que el hermano —el padre de la niña— se encontrara fuera de la habitación, dejando a su hija al cuidado del tío enfermo y dos desconocidas. Se mordió el labio con fuerza para no proferir sonido alguno. Nunca entendería a la aristocracia. Nunca.

Maria Pia abrió la puerta y comunicó las noticias de que el señor se recuperaría y que ellas continuarían luchando por la vida de la niña durante toda la noche. No era la temida enfermedad que la familia tenía en mente, y don Scarletti quería que lo supieran.

Nicoletta deseó que todos se marcharan y dejaran su inútil llanto. ¡De qué servía tanto barullo! Ninguno de ellos se había acercado a la niña por temor al contagio de la enfermedad. ¡Pobre *bambina*, qué poco les importaba! ¡Hasta su propio padre se negaba a verla! Su corazón se conmovió por la pequeña.

Entonces, cuando el silencio se apoderó por fin de la casa, se acomodó en la cama, cerca de la pequeña Sophie. La niña necesitaba con desesperación más medicina para contrarrestar los efectos de la intoxicación. ¿Habría sido accidental? ¿O intencionada? Intentaba no pensar en eso mientras se quitaba las sandalias y se acomodaba contra el extraño cabezal tallado, levantaba las rodillas y metía las piernas desnudas bajo la larga falda. Con el relumbre del fuego avivado y las velas vacilantes, había luz suficiente para observar la habitación.

Nicoletta no entendía por qué alguien iba a instalar a una niña tan pequeña en una alcoba tan grande. Era demasiado grande, y los grabados tallados en las paredes eran demoníacos: largas culebras enrolladas con lenguas bífidas y extrañas serpientes con colmillos y uñas retozando entre las enormes ventanas. Los relieves de mármol y una gárgola de aspecto especialmente perverso parecían casi vivos, como si pudieran saltar de un brinco de las paredes y atacarla. Las cortinas eran pesadas y oscuras, el techo excesivamente alto y tallado con una plétora de animales alados con afilados picos y garras. No podía imaginar a una niña de siete años intentando conciliar el sueño con estas criaturas rodeándola en la oscuridad.

Finalmente, Maria Pia se quedó dormida desplomada en una pequeña silla al lado del fuego. Ella la tapó con el cobertor sobrante y comprobó reacia el estado del don. Estaba muy callado, su respiración era aún lo bastante superficial como para dejar ver que continuaba sufriendo, a pesar de que se negara a reconocerlo. Aunque casi le atemorizaba tocar a aquel hombre, le puso una mano refrescante en la frente. Una extraña corriente circuló de pronto entre ellos dos. Notó cómo formaba un arco y crepitaba bajo su piel, también bajo la de él, y aquello la inquietó de manera visible. Al aristócrata le había bajado la fiebre pero no había desaparecido del todo. Con un pequeño suspiro, le acercó una taza de líquido a la boca. No quería despertarle, pero él también necesitaba medicamentos que aseguraran su recuperación.

Scarletti levantó la mano con brusquedad para atrapar la de ella, que sostenía la taza mientras bebía, resultando imposible que se soltara. Tenía una fuerza enorme para un hombre tan enfermo. Cuando vació el contenido, bajó la taza pero retuvo su mano.

—Me preguntó cómo sabe la sanadora qué remedio usar. He oído de sus habilidades; a menudo hablan de la curandera de vuestro *villagio* con gran respeto.

Nicoletta entró en tensión, notaba el corazón latiendo en sus oídos. Estiró con menos sutileza, para recordarle que la soltara, pero esta vez él apretó un poco más, sin permitir que escapara hacia las sombras otra vez. Esto era peligroso, percibía la amenaza sobre ella.

—No... no sé, don Scarletti. Sus secretos le pertenecen sólo a ella.

Tartamudeó a posta y bajó la cabeza, encogiéndose como una criada no demasiado lista.

Continuaba sujetándola para que no se moviera, contemplándola con ojos entrecerrados. Con la luz del fuego parecía un demonio siniestro y peligroso, demasiado sensual y poderoso como para jugar con él. Nicoletta no titubeó bajo su escrutinio, aunque quería soltar la mano y salir corriendo para ponerse a salvo. Era mucho más peligroso de lo que había pensado en un principio. Ella notaba cómo lo percibía todo. Bajó la vista al suelo con resolución.

El señor la mantuvo retenida unos momentos más, luego la soltó con brusquedad, cerrando los ojos como si la despidiera. Ella evitó soltar un suspiro de alivio cuando pudo moverse deprisa para poner una distancia segura entre ambos, acurrucándose en la cama al lado de la niña una vez más. Respiró despacio, con calma, observando cómo ascendía y descendía el pecho de Scarletti, hasta que estuvo convencida de que había vuelto a dormirse.

Atendió a la niña varias veces, lavándola para mantener la fiebre baja, instándola a beber líquidos y preparados. Parecía respirar con más facilidad y cada vez que apoyaba una mano en el pequeño abdomen hinchado, parecía retorcerse menos, como si el dolor remitiera.

Al final ella misma se estaba quedando dormida cuando un movimiento en el extremo más alejado atrajo su atención. El tirador de una campanilla parecía balancearse aunque no hiciera brisa. Desplazó la mirada hacia la pared posterior y observó con atención. El liso e impecable panel parecía oscilar, como si su mirada estuviera desenfocada. Se sentó y observó fijamente. La pared era de un hermoso mármol rosa y blanco, no obstante parecía moverse con la parpadeante luz del fuego. Las sombras danzaban y se alargaban, y las llamas y las cortinas brincaban como si se hubiera creado una corriente. Se estremeció cuando de repente se apagaron dos velas.

Durante un espantoso momento creyó ver el brillo de unos ojos observándola malévolos desde las sombras; luego la niña a su lado se movió inquieta, rompiendo el hechizo. Al instante Nicoletta la abrazó con gesto protector, y una vez más su mirada se perdió por la pared. Era perfecta como una piedra alisada por el mar. La niña empezó a lloriquear dormida, con un sonido bajo y lastimoso.

Entonces la acunó con dulzura y empezó a canturrear, luego cantó en voz baja una nana apaciguadora, una melodía susurrada. La pequeña empezó a relajarse en sus brazos, aferrándose a ella como si no fuera a soltarla. Las palabras, aunque olvidadas tiempo atrás, surgían con naturalidad, una balada que su madre le había cantado a menudo a ella de pequeña. Su corazón se conmovió por aquella niña solitaria, sin nadie que la abrazara en la oscuridad cuando tenía pesadillas.

Nicoletta miró a su alrededor, recorrió la habitación tenebrosa con la vista, tomando nota de los pesados cortinajes y tallas espantosas, lo bastante como para producir pesadillas a cualquiera. Mientras acunaba a la niña, ésta se acurrucó un poco más contra ella, y ambas se quedaron dormidas juntas, sin advertir cómo la observaba el hombre sentado en la silla a través de sus ojos entrecerrados.

Capítulo 2

Fue el rumor de un movimiento lo que despertó a Nicoletta. Notó la alteración en el aire, los cambios de corrientes. Permaneció echada con la niña en brazos mientras su corazón latía con fuerza y ella intentaba recuperar la compostura. El fuego se había ido consumiendo hasta quedar en un suave relumbre naranja. Lo que quedaba de las velas chisporroteaba fundiéndose en su propia cera con un silbido y su fragancia aromática se perdía en el aire con un leve rastro de humo negro. El dormitorio se situaba en el ala del palacio que daba al mar y, pese a los gruesos muros, podía oír el golpeteo constante y el rugido de las olas mientras rompían contra las rocas irregulares. En cierto modo, el ritmo regular era un consuelo.

Echó una rápida mirada a la silla donde Don Scarletti había estado durmiendo. El asiento estaba vacío. Maria Pia seguía desplomada en la silla, su cuerpo frágil y pequeño apenas era visible bajo el cobertor.

La niña se movió en sus brazos y arrastró la manita por el brazo de su cuidadora hasta agarrar su mano con fuerza. Tenía su boca de pimpollo pegada a su oreja:

—A veces se susurran entre ellas durante toda la noche.

La voz era un hilo tembloroso, su cuerpo delgado se estremecía.

Ella estrechó a la niña entre sus brazos, reconfortándola mientras permanecían echadas en la enorme cama. Era cierto que las recargadas esculturas parecían susurrar; podía oír el leve murmullo, como si las rodeara, sin posibilidad de discernir la fuente exacta. Las sombras en movimiento se volvieron tan profundas que las alas de las criaturas talladas daban la impresión de extenderse preparándose para el vuelo. Las garras curvas de la gárgola de aspecto malvado se alargaban, crecían estirándose hacia la cama, ensombreciendo de un gris más oscuro las imágenes talladas del techo. Una zarpa se prolongaba por las vigas y aleros, una forma oscura como la mano de la muerte. Parecía intentar alcanzar algo, y Nicoletta casi se queda sin respiración mientras la sombra grotesca permanecía extendida en el techo sobre la cama.

Sophie sollozó en voz baja, con el sonido amortiguado contra su cuello.

—Chit, *bambina*, no permitiré que te hagan daño —prometió Nicoletta con el tono más suave y tranquilizador que consiguió adoptar.

Pero estaba asustada mientras observaba las sombras y sus juegos macabros, sin dejar de oír el espantoso murmullo. La garra sombría pasó por encima de sus cabezas y alcanzó la araña ornamentada con múltiples hileras cargadas de velas. Entonces se curvó en torno a la base y la zarpa afilada se clavó en el punto de sujeción.

De manera inesperada vio que la araña oscilaba. Notó una onda de movimiento parecida al temblor que había atravesado la tierra a su llegada al palacio. Su corazón dio un brinco y se le quedó atragantado. Horrorizada, observó el enorme y pesado círculo de velas. Temblaba, no había duda, no era su imaginación. Esta vez el movimiento era más pronunciado, un estremecimiento que hizo que varias velas medio quemadas derramaran su cera sobre el suelo. Los proyectiles derretidos no llegaron a alcanzar la cama, pero sí la silla donde dormía Maria Pia. La araña crujió y osciló de forma alarmante, lanzando más velas en todas direcciones en una espiral descontrolada por el aire.

Nicoletta soltó un jadeo e intentó poner a la niña a salvo bajo la enorme cama que les servía de parapeto. Se vio obligada a dedicar unos preciosos segundos a soltar los dedos de la niña de su cuello y luego se lanzó a por Maria Pia, arrastrándola desde la silla hasta el suelo y tapándola con su propio cuerpo.

Oyó un terrible chirrido y la enorme sujeción se soltó del techo, estrellándose contra el suelo justo donde Maria Pia había estado durmiendo. La silla se hizo añicos y la araña quedó destrozada. Nicoletta no pudo contener el grito de dolor cuando el bronce cortado atravesó su pantorrilla y otros trozos la acribillaron.

Sophie chilló con un débil gemido de terror. Ella pasó por alto las preguntas apagadas de Maria Pia y se incorporó sacudiéndose grandes trozos de la araña para llegar hasta la niña a cuatro patas y acercarla a su cuerpo. Sophie estalló en lágrimas, hundiendo el rostro en el cuello de la joven y agarrándose con fuerza. Nicoletta sentía un líquido caliente y pegajoso corriendo por su pierna, que ardía con un dolor punzante. Acunó a la niña con dulzura y la sosegó mirando al techo. La extraña sombra se había retirado, dejando las esculturas talladas que eran únicamente obras de arte ornamentadas y su propia viva imaginación.

La puerta de la habitación se abrió de golpe y un hombre mayor, un desconocido, apareció enmarcado ahí.

—¿Qué ha sucedido aquí?

Era alto, delgado a causa de la edad, y su abundante cabello, encanecido y poco domable, estaba revuelto en todas direcciones. Las fulminó con la mirada desde debajo de las cejas pobladas, intimidándolas después del reciente terror. Mantuvo la fiera mirada concentrada en Nicoletta y en la niña pegada a ella, y en Maria Pia tirada en el suelo en medio del montón de restos que antes eran una silla y la araña.

—¿Qué demonios pasa aquí?

Era una clara acusación.

Sophie se encogió al oír el tono de su voz e intentó arrimarse más a Nicoletta, negándose a mirar. Sus sollozos subieron de volumen, casi al borde de la histeria.

El anciano entró en la habitación hecho una furia.

—¡Deja ese gimoteo incesante, horror de cría! —Las miraba desde su altura con los puños cerrados, sacudiendo un rotundo bastón contra ellas. Sus ojos relucían como la obsidiana, tenía el rostro crispado como un nubarrón—. ¡Están cometiendo un robo! ¡Esto es un robo en toda regla en mitad de la noche!

Nicoletta era alarmantemente consciente de los ojos sin pestañear de las diversas tallas y esculturas que las rodeaban: rostros silenciosos, burlones, deleitándose con su desgracia.

Maria Pia se incorporó entre gemidos para sentarse. Ella mantenía la atención en la niña; era obvio que a Sophie la aterrorizaba el viejo tanto como los espectros sombríos que embrujaban su habitación por la noche. Al instante Nicoletta empezó a susurrar palabras sosegadoras a la pequeña, consciente de que era mejor dejar al viejo para Maria Pia, pues la curandera no le soltaría una patada en el tobillo como bien se merecía. Nicoletta se había asustado con los extraños murmullos, las sombras y la caída estruendosa de la araña, pero este viejo bruto de carne y hueso la estaba poniendo furiosa de veras. No sería prudente decir o hacer algo que aún atrajera más atención sobre ella; no se atrevía a decir lo que pensaba. Entonces hizo lo posible por retomar su papel de criada timorata y asustada. Lo último que quería era que don Scarletti la estudiara con más atención. No deseaba que los aldeanos sufrieran castigo alguno por su causa. Era posible que en otros pueblos próximos consiguieran ganarse la vida con modestia, pero lo dudaba. Habían vivido en estas colinas toda su vida, dependiendo de la tolerancia y buena disposición del don.

Maria Pia respondió al hombre con respeto pero desde la posición más segura que le proporcionaba su papel de curandera. A diferencia de ella, tenía mucha práctica después de años tratando con los *aristocratici* y sus modales tiránicos, y era obvio que había coincidido antes con este hombre horrible.

—Signore Scarletti, hemos sufrido un terrible accidente. ¡Casi morimos! —dijo con indignación.

—Mujer estúpida, ¡ya veo qué ha sucedido aquí! —soltó el Scarletti mayor.

Estaba claro que acrecentaba su enfado que alguien le contradijera, aún más tratándose de una humilde mujer.

Una sombra bloqueó la luz de las velas del pasillo, sumiéndoles en una oscuridad más marcada, y al instante el intercambio entre la curandera y el viejo se interrumpió y se hizo un silencio. Incluso Sophie dejó de llorar y pasó a hipar con desconsuelo. Todos volvieron las cabezas al unísono para encontrar a don Scarletti de pie en el umbral.

—*Nonno*, ¿qué ha hecho? Hace bien poco he vuelto a mi dormitorio pues la curandera tenía las cosas bien encauzadas.

El anciano estalló en una mezcla de latín, italiano y otro dialecto, aunque Nicoletta tenía la clara impresión de que el abuelo Scarletti no estaba rezando. Esgrimía el bastón con manos nudosas agitándolo a su alrededor y, con el rostro casi púrpura, parecía amenazar a todos los presentes. En un momento dado se inclinó y escupió en el suelo cerca de la puerta, con la mirada despreciativa fija en la niñita.

Ante aquella diatriba Sophie se aferró aún más a ella, sin atreverse a mirar al hombre que acusaba a la niña de todo, desde traer mala suerte hasta ser una bruja. Entonces dirigió una rápida mirada a Maria Pia. La mujer mayor se estaba santiguando con devoción y besaba piadosamente el crucifijo que le colgaba del cuello.

El don parecía exasperado por completo, tanto que Nicoletta sintió lástima por él. Los efectos perniciosos de la intoxicación estaban aún presentes, se apreciaban en sus ojos y en la leve manera en que encogía el cuerpo para aliviar los nudos de dolor que retorcían su abdomen. Con un ademán, mandó salir a su abuelo de la estancia, hablándole con voz tranquila pero severa mientras le seguía hasta el pasillo.

Los dos hombres hablaron un momento antes de que don Scarletti regresara con las mujeres para estudiar el desastre de la habitación.

—¿Qué ha sucedido aquí? —preguntó en voz baja.

Sophie se atrevió a mirarle desde la seguridad de los brazos de Nicoletta.

—Ellas lo hicieron.

Señaló a las criaturas silenciosas que observaban desde el techo.

La mirada de don Scarletti descansó en la niña.

—No empieces con la cantinela de siempre, Sophie.

Su voz sonaba afable pero transmitía una reprimenda.

La niña dio un respingo y hundió la cara una vez más en el cuello de Nicoletta. Los ojos oscuros de la joven saltaron al rostro del señor con un destello de fuego en sus profundidades. Maria Pia dio una patada intencionada a un pedazo de la araña caída para apartar la atención de su pupila.

—Está claro que esta cosa se ha caído —indicó Maria Pia—. Sólo la merced de la buena Madonna nos ha salvado de morir.

Don Scarletti se acercó más para inspeccionar los restos.

—Hay sangre en el cobertor. ¿Está herida Sophie?

Nicoletta se apresuró a apartar la mirada del don, y quedó en manos de Maria Pia negar con la cabeza y responder:

—No la ha alcanzado. La fiebre también ha bajado. Nuestra vigilancia ha dado resultados —declaró tocando el crucifijo para que esta mentirijilla le fuera perdonada, ya que se había quedado dormida incluso antes de que el señor saliera de la habitación.

La mirada penetrante de don Scarletti se detuvo pensativa en el rostro de Nicoletta.

—Por lo tanto, la herida eres tú. Déjame ver.

Cruzó la habitación con sus largas y fluidas zancadas y se inclinó para examinarla.

Escandalizada, Nicoletta recogió sus piernas bajo la falda y negó con la cabeza en silencio, sintiéndose una niña asustada y díscola, dominada por los nervios que atenazaban su estómago.

—¡*Dio*! *Piccola*, voy a perder la paciencia.

Rodeó su tobillo desnudo con largos dedos y estiró la pierna para poder inspeccionarla. Fue un gesto curiosamente íntimo. A Nicoletta nunca la había tocado un hombre con anterioridad, y desde luego no la piel desnuda. El rubor ascendió desde el cuello e inundó sus rasgos delicados. Él tenía una fuerza enorme, no había modo de combatirla, ni tampoco su dura autoridad. Profirió un leve sonido de inquietud y miró con desesperación a Maria Pia en busca de ayuda mientras don Scarletti volvía su pierna para inspeccionar la pantorrilla con manos sorprendentemente delicadas.

—Este corte es profundo. —Miró por un breve instante a la mujer mayor—. Páseme un paño.

Había autoridad en su voz.

—Yo me ocuparé de ella, *signore* —dijo con firmeza Maria Pia, agarrando el paño, con la conmoción reflejada en su rostro.

No era decente que el don tocara a Nicoletta de ese modo; peor aún, era peligroso.

Don Scarletti estiró el brazo, cogió el trapo de las manos de Maria Pia y limpió la sangre de la pierna para ver el alcance de la herida. Nicoletta se estremeció mientras la laceración ardía con dolor punzante.

Intentó no fijarse en la manera en que el cabello de Scarletti se enroscaba alrededor de sus orejas y se rizaba en ondas indomables sobre su nuca.

—Enciende una vela, mujer. Esta herida es profunda y hay que vendarla o podría infectarse.

Una vez más Maria Pia hizo un intento desesperado por proteger a Nicoletta del don.

—Yo soy la curandera, don Scarletti. No debería molestarse.

—Me he ocupado de muchas heridas de guerra —respondió él sin darle importancia, inspeccionando pensativamente la pierna torneada que sostenía en sus manos.

Nicoletta se sentía mortificada con don Scarletti arrodillado a sus pies sosteniendo el tobillo en sus manos. Era extremadamente consciente del calor que emanaba de su cuerpo. Sophie, aún en sus brazos, empezó a menearse, iniciando de nuevo un lloriqueo.

Scarletti cogió a la pequeña, la retiró de sus brazos y se la pasó a Maria Pia sin esfuerzo.

—Vea qué necesita la niña —ordenó con su tono habitual.

Estaba claramente concentrado en las heridas de Nicoletta, sin mirar en realidad a la niña ni a la mujer. Sus dedos se movían sobre la piel, dejando un extraño cosquilleo tras ellos. Ella permanecía muy quieta, temerosa de moverse.

La muchacha tiraba nerviosamente de su labio inferior con los dientes, algo que atrajo una atención no deseada hacia su rostro. Él buscó un paño limpio en la mesilla y lo usó como venda.

—¿Te estás formando como aprendiz de curandera? —preguntó con indiferencia mientras vendaba la pierna.

Aún le rodeaba el tobillo con una mano, por lo tanto era fácil que notara sin duda su temblor.

Llena de desesperación, Nicoletta buscó ayuda en Maria Pia, pero su mentora estaba atendiendo a la niña, que necesitaba hacer uso del orinal en un receso ubicado en el extremo de la habitación. Así que se encogió en un intento de apartarse, con la esperanza de que la luz de la vela no alcanzara su rostro. Se obligaba a mostrarse extremadamente cauta a la hora de tener contacto con otras personas, no obstante se encontraba en una situación imposible. Nadie quería despertar intencionadamente la ira de don Giovanni Scarletti. Eso era peligroso e insensato. Al pasarse nerviosa la mano por la espesa melena, le horrorizó descubrir que la pañoleta se había escurrido. Estaba demasiado lejos como para alcanzarla y cubrir su abundante mata, pero al menos los mechones seguían recogidos gracias al severo moño.

—Sabes hablar, te he oído —comentó don Scarletti—. ¿Qué melodía cantabas antes a Sophie? Me resultó familiar —preguntó con toda tranquilidad, despreocupadamente, como si sólo quisiera darle conversación.

Pero no la engañaba. Su mirada negra estaba fija en su rostro, ojos agudos como los de un halcón.

Nicoletta notó su propio aliento saliendo con un estallido de ella, como si la hubieran golpeado con un puño. De forma inesperada se encontró esforzándose por contener las lágrimas. La pena surgió de la nada, tan profunda que la atragantó, con las lágrimas escociendo en sus ojos. Era la canción favorita de su madre. Aún conservaba esos preciosos recuerdos de su voz suave y hermosa. El calor de sus brazos. Su mamá había trabajado en el *palazzo*, y doce años antes habían traído a casa su cadáver desde este lugar de muerte. De forma involuntaria, apartó el rostro y una vez más intentó soltar la pierna.

Los dedos de Scarletti apretaban como grilletes el tobillo.

—Quédate quieta.

Se sentía desesperada. Hizo todo lo posible para intentar parecer un poco imbécil. Dadas las circunstancias, no resultaba tan difícil. Se sentía totalmente desbordada y balbució algo ininteligible, pues sabía por instinto que él no tendría paciencia para evasivas. Se tapó el rostro lo mejor que pudo. Ay, la mirada del aristócrata era aguda, lo más probable era que no se le escapara nada. Algo en la voz de Scarletti, algo inexpresable e indefinido, creaba la inquietante impresión de que ya no la contemplaba como una criada sin edad, sin nombre, sin nada de particular. Él hablaba como si conversara con una joven doncella o una niña asustada. Incluso la había llamado *piccola*...

—Que vengan los sirvientes —ordenó a Maria Pia, confirmando las sospechas de Nicoletta de que a ella ya no la consideraba parte del servicio. La mujer había regresado en silencio, pero él fue consciente de su presencia de inmediato—: La aprendiz no puede permanecer en esta habitación esta noche.

Sophie se esforzaba por zafarse y finalmente se soltó de la mano de Maria Pia para correr junto a Nicoletta y subirse a su regazo. La joven rodeó agradecida con sus brazos a la niña, ocultándose sin vergüenza tras la pequeña.

Maria Pia se apresuró a tirar de la campana y se posicionó ansiosa cerca de ella.

—La ayuda de mi discípula me resulta inapreciable, don.

El amor y la preocupación marcaban líneas profundas en el rostro desnudo y transparente de Maria Pia, fácil de leer para alguien tan agudo como don Scarletti.

—La herida es profunda, pero la he limpiado y vendado. ¿Dónde tiene los zapatos? —Se levantó de repente, sin esfuerzo, todo poder fluido y coordinación, alzando a Nicoletta y a Sophie en sus brazos con un movimiento fácil—. No quiero más heridas por ir descalza sobre los cristales. Coge sus cosas, y nos vamos a la habitación infantil.

«¡Justo donde la niña tendría que haber estado en todo momento! ¿Por qué se encontraba Sophie en esta habitación monstruosa?»

Nicoletta contuvo para sus adentros las preguntas clamorosas que se hacía. Nadie parecía prestar demasiada atención a Sophie. En todo caso, la niña parecía molestar. ¿Habrían envenenando la sopa de forma intencionada? ¿O tal vez el objetivo era el don? *Può darsi*. Tenía numerosos enemigos. Aunque su gente le era leal —sin duda estaban bien alimentados, protegidos y atendidos— también le tenían miedo, y el miedo a menudo era una emoción peligrosa. Era bien sabido que el rey de España había establecido un tratado precario con el don. Pese a haber conquistado otras ciudades y estados, el rey no había conseguido dominar las tierras de don Scarletti. ¿Podía haber un traidor en el palacio? Pocos se atreverían a desafiar abiertamente a su señor, pero tal vez buscaran otras maneras de derrotarle.

Le costaba creer que el mismísimo don Scarletti la sostuviera tan cerca de él, casi con actitud protectora, acunándola en sus brazos contra el amplio pecho. Casi como un conejo asustado, no se atrevía a moverse ni a hablar. En cualquier caso, sabía con certeza que forcejear no serviría de nada; él era un hombre que siempre se salía con la suya.

El criado que las había guiado hasta aquí llegó casi sin aliento. Llevaba las ropas un poco descuidadas, como si se hubiera vestido sobre la marcha. Abrió mucho los ojos ante la visión de Nicoletta y Sophie en brazos de su señor, pero tuvo la discreción de no comentar nada.

—Ocúpate de los destrozos, Gostanz —ordenó don Scarletti, pasando junto al hombre sin tan siquiera mirarle.

Nicoletta contuvo la respiración sin atreverse a hablar o moverse. Notaba el cuerpo duro y caliente de él, insoportablemente masculino. Mientras las llevaba a ella y a Sophie a través de los pasillos interminables, apreció los pasadizos y bóvedas intentando recordar el camino de forma automática, pero él se movía muy rápido. Maria Pia casi tenía que correr para seguir su marcha. La escalera de caracol por la que ascendieron era amplia y ornamentada, la barandilla tenía la forma de una serpiente dorada enrollada en torno a una rama larga y retorcida de oro. Maria Pia temía tocarla mientras ascendía, balbuciendo una ristra interminable de rezos. En circunstancias ordinarias, ella habría encontrado divertidas las supersticiones de Maria Pia, pero encontrándose en brazos del don, pegada con fuerza a su pecho, le resultaron incómodas.

El cuarto infantil se encontraba al final de otra larga arcada abovedada, pero el interior de la habitación era de menor tamaño, menos intrincado. Nada de amenazadoras esculturas de criaturas míticas, ni gárgolas siniestras listas para atacar. Sin embargo, tras la cama, los tapices oscuros y pesados cubrían la pared del techo al suelo, y hacía frío, pues no había troncos en la chimenea. Don Scarletti la dejó con cuidado sobre la cama y mantuvo a la pequeña en sus brazos. Dio una palmadita distraída a Sophie en la cabeza, con la atención todavía puesta en ella.

—Mírame.

Dijo estas palabras con suavidad. Su voz era un arma seductora, una tentación e invitación a algo que quedaba más allá de la comprensión.

Nicoletta encontraba incómoda la manera en que era consciente de su propio cuerpo, lo blando y curvo que resultaba contra la fuerza dura de él. Y luego estaba la extraña corriente que circulaba entre ellos, formando un arco crepitante con una vida que no entendía. Sólo sabía que su voz era suave y que podía moverse sobre su piel como dedos acariciadores, y que si se atrevía a mirarle a los ojos podría quedar atrapada eternamente.

Entonces sacudió la cabeza con obstinación, apartando los ojos y mirando con decisión al suelo. El don, claramente exasperado por su desafío, le cogió la barbilla con dedos firmes y la obligó a levantar la cabeza para que encontrara su mirada. Por un momento, se miraron el uno al otro. Sus ojos eran hermosos, negros como obsidianas y centelleantes como gemas. Hipnóticos. Insondables. Ella notó una sensación curiosa, como si pudiera caerse. Era tan real que agarró con los dedos el cobertor para sentirse más segura.

Percibió un rumor en su mente, un calor. Estaba bajando la resistencia, ahogándose impotente en la seducción de aquellos ojos. Sophie se meneó en su regazo, agotada ya por la actividad pese a ser breve. Desde algún lugar en el pasillo, se oyó una puerta cerrándose con un golpe suave. Por algún motivo el sonido resultaba siniestro en la penumbra del cuarto infantil; fue suficiente para romper el hechizo. Con esfuerzo supremo apartó la mirada de él y recorrió la estancia con sus ojos, pestañeando rápidamente para enfocar mejor la habitación. Se sentía como saliendo de un sueño. La llama de una pequeña vela daba tan poca luz que cada rincón parecía lleno de sombras.

Nicoletta suspiró bajito. Por altos que fueran los techos, por grande y espacioso que fuera el palacio, suntuoso y lujoso, prefería el exterior, el mar y las montañas, y las pequeñas cabañas. Esta casa tenía algo incorrecto, algo no estaba nada bien, podía percibirlo. Y don Scarletti era mucho más peligroso de lo que pensaba todo el mundo. Centró la atención en la pequeña y la dejó sobre la cama a su lado, mimándola mientras la tapaba con el cobertor. Era consciente del señor del palacio elevándose con frustración sobre ella, pero se negó a alzar la mirada otra vez. Contuvo la respiración mientras él giraba sobre sus talones sin mediar palabra para salir de la habitación.

En el momento en que su señor las dejó a solas, Maria Pia se desmoronó sobre la cama con ellas, llena de alivio, y retomó los cuchicheos:

—Nunca he visto un comportamiento tan descarado —admitió—, la manera de tocarte, la confianza que se tomaba. Ese hombre debe de ser un infiel. Había oído rumores al respecto, pero no los creía.

—He visto un altar con la Madonna en el gran vestíbulo —argumentó Nicoletta sintiendo la necesidad de defenderle por algún motivo—. Si de verdad no fuera creyente, no tendría algo así en su casa. Y se reúne a menudo con el sacerdote y los mayores del pueblo.

—El anciano, su abuelo... no es creyente, eso seguro. Que la Virgen nos proteja de un hombre así. —Maria Pia sonaba solemne—. Mira su casa, ¿has visto esas criaturas en todos los rincones? Los antiguos señores adoraban a muchos dioses, construyeron este palacio para desafiar a la Santa Iglesia. Combatían los ejércitos de invasores, algunos dicen que con el poder de muchos demonios tras ellos; desde luego este *palazzo* está maldito. Durante años circularon rumores sobre asesinatos y crímenes. En una ocasión un ejército invasor atrapó a la *famiglia* Scarletti entre estas paredes, pero cuando los soldados abrieron una brecha en los muros del castillo, la familia había desaparecido, sin más, y la mayoría de invasores sufrieron muertes horribles. Pocos días después la *famiglia* regresó como si la invasión nunca hubiera tenido lugar. —Con un estremecimiento sostuvo su crucifijo con ambas manos y lo besó varias veces—. Nos iremos de este lugar en cuanto amanezca. La *bambina* está mucho mejor y sin duda sobrevivirá. Debe de haber alguien aquí que pueda ocuparse de darle los medicamentos.

Nicoletta arropó a Sophie bajo el cobertor que la niña había apartado con sus piernas inquietas. Convenció a la pequeña de que tomara el agua con una buena dosis de medicina y sonrió cuando la niña le agarró la mano.

—Tal vez sea mejor seguir con esta conversación cuando estemos a solas —sugirió en voz baja.

Se recostó y cerró los ojos agotada de cansancio. Sentía el dolor en la pantorrilla, que ardía y palpitaba, y se estaba hinchando. Si no estuviera tan desfallecida, se habría preparado una poción. Pero primero quería dormir, y luego quería dejar el palacio y regresar a su propio mundo para poder respirar con más facilidad.

—Nicoletta, don Scarletti es peligroso —anunció Maria Pia bajito—. Eres demasiado compasiva, eres muy joven, pero hay algo malo en esta casa, y no me gusta la manera en que te ha mirado.

Nicoletta sonrió sin abrir los ojos.

—*Ti voglio bene* —dijo con cariño a la otra mujer—. No te preocupes por mí, siempre lo has hecho, toda mi vida. No volveré a ver al don. Me gusta vivir, Maria Pia. No quiero que me quemen por bruja.

Sonreía para tranquilizar a la mujer pero por dentro temblaba. El don la asustaba como nadie lo había hecho antes, de un modo que no podía explicar a Maria Pia o ni siquiera a sí misma.

La mujer mayor chistó, mirando por todos los rincones de la habitación, asustada por el atrevimiento de Nicoletta.

—Chit, *bambina*, no puedes hablar de esas cosas. Jamás. La Virgen bendita no te protegerá si invocas un mal innombrable.

—La pequeña está dormida, nadie puede oírme.

Nicoletta no se arrepentía.

—Hay ojos y orejas por todas partes. Algo no está bien en esta casa —le recordó Maria Pia, recorriendo con mirada inquieta todo el cuarto.

Una llamada abrupta a la puerta rompió el silencio. Maria Pia soltó un grito asustado mientras ésta se abría hacia dentro.

El criado entró a hurtadillas con un montón de leña para el fuego. Sin mirar a las mujeres, mantuvo los rasgos inexpresivos e impasibles. Formó un círculo con virutas de madera, añadió los troncos y lo hizo arder todo. Cuando las llamas crepitaron cobrando vida, el hombre se volvió y observó a la «curandera» y a su «asistente» con mirada fría.

—Su fuego, como han ordenado —dijo a regañadientes.

Por mucho que deseara que las mujeres desaparecieran, resultaba evidente, la curandera era alguien respetado y necesario en la comunidad, por lo tanto no se atrevía a negarle su apoyo. Girando sobre los talones, salió marchando con la espalda tiesa como una vara.

—No estamos haciendo muchos amigos aquí —comentó Nicoletta con una pequeña sonrisa—. ¿Crees que esperaron tanto a llamarnos para salvar a la *bambina* con la esperanza de que fuera demasiado tarde?

—¡Jovencita! —Maria Pia se mostró escandalizada mientras inspeccionaba sin parar con la mirada la habitación, como si esperara que don Scarletti se hallara ahí escuchando—. Te prohíbo seguir con esta charla.

Nicoletta se alegró de poder dormirse. La niña entre sus brazos le daba calor y, con el fuego crepitante, la habitación resultaba mucho más agradable. Se acurrucó en la cama y permaneció tendida y quieta. En cuestión de minutos, Maria Pia respiraba con uniformidad, prueba de que se había dormido de inmediato. Ella estaba muy cansada pero no podía imitarla. Demasiadas preguntas sin respuesta rondaban su cabeza.

Ella era «diferente». Había nacido con unas habilidades únicas. Maria Pia las llamaba dones, pero tenía que ocultarlas por temor a que la llamaran bruja. Podía tocar a un individuo y «percibir» la enfermedad. Sabía por instinto qué hierbas o pociones necesitaban los enfermos para aliviar el sufrimiento y facilitar la curación. Incluso podía comunicarse con las plantas. «Notaba» la vida en ellas y sabía qué necesitaban para contribuir a su crecimiento.

También ayudaba a curar la enfermedad con sus manos y voz sedantes. Desde lo más profundo de ella brotaba un calor curativo que fluía desde su cuerpo al del paciente. Maria Pia, por muy devota que fuera, nunca la llamaba bruja, nunca daba a entender en modo alguno que fuera capaz de hacer magia. Nunca comentaba que provenía de un largo linaje de mujeres «únicas» y que más de una de sus antepasadas había ardido en la hoguera o había sido lapidada o ahogada a posta. Maria Pia ponía gran empeño en protegerla y recalcaba su propio papel de «curandera», atrayendo la atención hacia sí en vez de hacia la joven.

Los aldeanos sabían también que ella era diferente y ayudaban a Maria Pia a engañar a la *aristocrazia*, manteniéndola alejada del palacio y de todos sus moradores. La protegían como un tesoro, y ella les estaba muy agradecida. Pero ahora...

Suspiró. Repasó con cuidado todo lo sucedido desde su llegada al palacio. Con certeza había llamado la atención de su señor. Un estremecimiento descendió por su columna. ¿Era miedo o algo más? Nicoletta era lo bastante sincera como para admitir que don Scarletti era un hombre increíblemente apuesto. Y parecía impregnado de poder, no podía ni imaginar intentar defenderse de alguien así. Sus ojos oscuros eran penetrantes, parecían perforar carne y hueso y llegar al alma. Se estremeció otra vez y decidió que lo que sentía era miedo.

La había mirado con interés vivo en la profundidad de sus ojos. Nadie la había mirado de esa manera. Don Scarletti no era un joven imberbe, sino un hombre hecho y derecho, un noble, además, de quien se rumoreaba que dirigía una sociedad secreta de asesinos. Otras personas poderosas le daban totalmente la espalda o bien competían por su atención, codiciando su lealtad. Pero por encima de todo eso, su familia estaba maldita. Ninguna mujer del pueblo había sobrevivido demasiado tiempo en el *Palazzo della Morte*... ni siquiera muchas esposas Scarletti. Y él la había mirado, marcándola como su presa. La idea avanzaba por iniciativa propia a través de su mente caprichosa.

Un tronco ardió por completo en la chimenea y cayó con una rociada de chispas. Las llamas crecieron momentáneamente y proyectaron una imagen infernal sobre la pared. A Nicoletta se le cortó la respiración mientras la puerta se abría pesada hacia dentro. Un hombre titubeó en la entrada.

Ella no creía que esconderse bajo las mantas fuera la solución.

—¿Signore? —consiguió mantener firme la voz pese al temblor incontrolado—. ¿Qué sucede?

—*Scusa*, signorina, no era mi intención molestarla. Quería ver a mi hija.

Pese a la arrogancia natural del tono, era extremadamente amable para un aristócrata. Se trataba de Vincente, el menor de los tres hermanos Scarletti. Pese a contar con la misma constitución musculosa y seguridad que sus hermanos mayores, como corresponde a la nobleza, sus similitudes acababan ahí. Mientras don Giovanni Scarletti proyectaba un aura de poder, peligro y autoridad en torno a él, este hombre parecía devastado por la pena, casi como si no pudiera mantenerse erguido por el peso de su carga. Su joven esposa, creía recordar Nicoletta, era una de las víctimas de la maldición Scarletti; él había quedado viudo, sin madre para su hija.

De inmediato el corazón de Nicoletta se conmovió por él, su naturaleza piadosa compartió su sufrimiento. Por regla general no hablaría directamente con un miembro de la familia Scarletti; evitar el contacto con la nobleza o con desconocidos era tan natural en ella como respirar, pero no pudo dejar de responderle.

—No hay razón para preocuparse, signore, la pequeña vivirá. La sopa que compartió con don Scarletti estaba en mal estado. Ha tomado una medicina que le ayudará a curarse.

Su voz era suave y tranquilizadora, y la vertía inconscientemente para «curarle» también a él, como a menudo hacía con la gente.

El noble hizo una inclinación, un gesto distinguido de respeto.

—Soy Vincente Scarletti. La *bambina* es lo único que me queda en el mundo. Al ver vacía la alcoba de la planta inferior, yo... —Su voz se apagó—. No sé cómo, pero se me ha ocurrido venir a ver al cuarto infantil. Estaba aturdido e incomprensiblemente he venido aquí, sin pensar.

No era de extrañar que llevara el dolor tan grabado en el rostro. Nicoletta le tranquilizó:

—Un pequeño incidente, nada más, signore Scarletti.

—Agradezco que hayáis salvado al don y a mi hija. No sé qué haría nuestra *famiglia* sin el *mio fratello*, el don. Y la *bambina* lo es todo para mí.

—Maria Pia Sigmora es una curandera inigualable —mintió Nicoletta con rostro serio.

Dio gracias a las sombras de la habitación que impedían al hombre estudiarla de cerca. El escrutinio de su hermano había sido ya demasiada aventura por una noche.

—¡Vincente! ¿Qué sucede? ¿Ha empeorado Sophie?

La mujer, Portia Scarletti, que antes lloraba en el pasillo, asomó la cabeza por detrás de la puerta, rodeando el brazo de Vincente con su mano. Su rostro reflejaba una profunda preocupación.

Nicoletta la estudió de cerca. Portia parecía mucho más joven de lo que correspondía a sus treinta y pico años de edad. Margerita, su hija, aparentaba al menos quince. Portia llevaba una bata larga, ajustada a sus formas, que revelaba más de lo que tapaba. Incluso en medio de la noche iba con el cabello perfectamente arreglado.

Portia reparó en las mujeres y la niña en la habitación con un rápido vistazo.

—Ah —se santiguó con devoción— gracias a la Madonna, la *bambina* está bien. Vamos, Vincente, has sufrido mucho, debes descansar.

—¿Os habéis vuelto locos los dos? —La voz que llegó desde el umbral mantenía el volumen bajo pero transmitía un trallazo, una dura autoridad que nadie se atrevería a desafiar—. Sophie casi muere esta noche, estas mujeres están agotadas por el trabajo desempeñado, ¿y no tenéis con ellas ni la cortesía de dejarlas descansar sin ser molestadas? Portia, a ti y a Margerita os daba demasiado miedo atender las necesidades de la *bambina* cuando os necesitaba, ¿y ahora en medio de la noche entras en la habitación de las cuidadoras?

La mujer se estremeció al oír la reprimenda.

—¿Cómo puedes acusarme de tal cosa? Mi primera preocupación era proteger a Margerita, como corresponde a una madre. Los criados estaban al cargo de la *bambina*. Yo misma se lo ordené, pero se negaron, pensando que podrían contraer la peste. No puedo controlar las creencias de la gente de los *villagi*. No prestan atención cuando temen lo desconocido. ¡No querrás culparme a mí de su incompetencia!

—Me encontré abandonada a la pobre *piccola*, con vómitos y residuos por encima.

Los ojos de obsidiana eran letales. No alzó la voz, pero estaba cortando a la mujer en pedazos; Nicoletta casi siente lástima por ella.

—Di órdenes a los criados. —Portia alzó la barbilla—. ¿Cómo te atreves a reprenderme delante de gente así? —Hizo un ademán que incluía a Nicoletta y a la dormida Maria Pia—. Vincente, por favor, acompáñame a mi habitación.

Vincente cogió obediente la mano de la mujer y se la puso en el hueco del brazo.

—*Grazie*, por la vida de la *bambina* —dijo con sinceridad inclinándose ante Nicoletta con ademán distinguido.

—Agradezco que al menos uno de vosotros sepa a quién debe dar las gracias —dijo bajito don Scarletti.

Su voz vibraba con la amenaza susurrada, un látigo de terciopelo que enmascaraba una voluntad de hierro. Nicoletta se encontró temblando sin motivo. De repente no quería que los demás salieran de la habitación. Peor aún, sabía por la respiración de Maria Pia, que la mujer no fingía y estaba profundamente dormida. Nadie la salvaría si don Scarletti dirigía de nuevo sobre ella todo el poder de aquellos ojos que perforaban almas.

Portia se había quedado callada al oír la acusación y eso dijo mucho a Nicoletta sobre la familia. Había algo frío y distante en el señor de la casa. Algo en él le separaba de los demás, algo que mantenía al parecer retenido pero listo para atacar como una serpiente. Esta familia le trataba con una tremenda deferencia, como si ellos también percibieran que era peligroso.

Nicoletta permitió que sus largas pestañas descendieran mientras Vincente se llevaba a Portia Scarletti de la habitación. Se quedó muy quieta, pues no se atrevía a mover ni un músculo. El silencio se prolongó tanto rato que tuvo ganas de gritar. No percibía sonido alguno, ni el rumor de ropas ni un indicio de movimiento. No saber qué estaba haciendo don Scarletti era peor que enfrentarse a él. Permaneció ahí quieta con el corazón acelerado y dificultades para respirar. Esperando. Escuchando. No había sonido.

Entonces empezó a relajarse. Nadie podía ser tan silencioso. Suspiró con alivio. Scarletti debía de haber salido de la habitación con los otros. Tapándose mejor con el cobertor, se arriesgó a mirar a hurtadillas. Estaba de pie encima de ella, tan quieto como las montañas, esperando, con esos oscuros ojos fijos en su rostro. En todo momento había sabido que no estaba dormida y que al final miraría. Por un momento ella fue incapaz de respirar, atrapada por la intensidad de la mirada negra. Las llamas de la chimenea parecían reflejarse ahí o tal vez era el volcán que bullía en el interior de él, profundo, ardiente y peligroso.

—No soy tan fácil de engañar como tú y la anciana podríais pensar —dijo bajito, una sentencia suave pero amenazadora de hecho.

En realidad las palabras sonaban suaves, ella tenía la certeza de que las había murmurado. Entonces Scarletti se volvió con su peculiar gracia fluida y salió de la habitación, cerrando la puerta tras él con su habitual irrevocabilidad.

Capítulo 3

Nicoletta! Te has vuelto a dejar los zapatos junto al arroyo. —La voz infantil sonaba divertida, desbordada por la risa—. Maria Pia me dijo que te vigilara. Te dejaste tus sandalias en el palacio. Dijo...

—Nunca vas a dejar que me olvide de eso, ¿verdad, Ketsia? —interrumpió Nicoletta riéndose. Le puso una guirnalda de flores a la niña en la cabeza—. No puedo creer que se lo contara a todo el mundo, ¡qué crueldad!

Pero sus ojos oscuros danzaban con la alegría compartida.

Ketsia empezó con las risitas otra vez.

—Eres tan divertida, Nicoletta.

La niña se puso a bailar girando sobre sí misma en círculos, con los brazos muy extendidos para abarcar el vigorizante aire de la montaña. Las flores silvestres explotaban en un derroche de color y, por encima, los pájaros cantaban intentando superarse unos a otros con trinos melodiosos.

Nicoletta dio vueltas y se balanceó al lado de Ketsia, con las amplias faldas infladas y la larga melena volando en todas direcciones, marcando un ritmo con sus pies descalzos en la hierba. Empezó a cantar en voz baja, con voz melodiosa, sin dejar de bailar pese a la ligera cojera. Todavía le dolía la pierna, pero ya se le había bajado la hinchazón. A diario la bañaba en el arroyo frío y aplicaba emplastos para acelerar la curación.

Habían pasado varios días desde la visita al palacio. El recuerdo de su señor no se había desvanecido en absoluto. Más bien se encontraba inquieta, pensando en él a menudo. Por la noche soñaba con él, un hombre alto y solitario, con ojos oscuros y fascinantes. Le susurraba, la llamaba con su suave voz insistente y ansiosa. Tenía sueños eróticos, soñaba cosas de las que no sabía nada; con amor y muerte. Últimamente sólo se había sentido tranquila cuando estaba lejos del pueblo, rodeada por la paz de las montañas. La joven Ketsia la acompañaba a menudo por las colinas mientras la madre de la niña trabajaba tejiendo. Las mujeres del *villagio* eran conocidas por los paños hermosos que tejían, muy solicitados por la *aristocrazia* y las poblaciones de los alrededores.

Cuando concluyeron la enloquecida danza, el par se desmoronó conjuntamente, riéndose de sus tonterías. Ketsia rodeó con el brazo a Nicoletta.

—Cómo me gusta estar contigo —admitió con la candidez propia de los niños.

—Qué alegría, Ketsia, porque a mí me encanta pasar el rato contigo.

Nicoletta había estado mezclando pétalos de flores en un intento de dar con un nuevo tinte para los paños del pueblo. Las tejedoras dependían de sus experimentos para producir artículos lo bastante singulares como para complacer a los del palacio y hacer trueques con las poblaciones vecinas. Ketsia resultaba de gran ayuda a la hora de recoger flores. A la niña le gustaba ser su ayudante, recordarle dónde había dejado los zapatos y encargarse de que se acordara de comer el pan con queso que llevaban pero que olvidaba a menudo.

—Cristano te estaba buscando otra vez, Nicoletta —comentó de nuevo Ketsia con timidez.

Nicoletta encogió sus delgados hombros.

—Aunque jura casarse conmigo algún día, no soy del tipo que él busca. Me dijo que tengo la cintura pequeña, igual que las caderas. Que yo no daría unos *buoni bambini*.

Ketsia se indignó.

—¿Eso te dijo?

Ella asintió y disimuló su sonrisa al advertir la irritación de la niña.

—Sí, eso dijo, y añadió que era demasiado alocada y que insistiría en domarme, que me obligaría a taparme el pelo y llevar zapatos todo el rato. Y bien, con franqueza, Ketsia, ¿debería considerar siquiera casarme con un hombre que espera que recuerde dónde he dejado los zapatos?

Ketsia pensó en ello con solemnidad.

—Cristano es muy guapo, Nicoletta, y creo que le gustas mucho. Siempre te mira cuando piensa que no te das cuenta.

—Es guapo —reconoció Nicoletta—, pero es más importante que a un hombre le guste una mujer como persona, Ketsia. Y a mí debería gustarme él como persona, no sólo por su aspecto. Cristano será un buen marido para alguna chica, pero no para mí. Querrá que cocine y limpie para él y que me quede todo el día metida en casa. Me marchitaré y moriré. Mi sitio es éste. —Extendió los brazos para abarcar las montañas—. No me casaré, sino que seguiré libre para hacer aquello para lo que nací.

La niña alzó la vista confundida.

—¿No quieres tener *bambini* y un marido, una *famiglia*? —preguntó—. Te quedarás sola.

—No estaré sola, Ketsia, no pongas esa cara tan triste —la tranquilizó Nicoletta, revolviéndole el pelo con cariño—: Siempre te tendré a ti y a tus niños, a Maria Pia, a tu madre y a todos los demás del *villaggio*. Sois todos mi *famiglia*. Os tengo a todos, y tengo mis plantas y el aire libre. No puedo pedir nada más para sentirme feliz.

El viento susurró, apenas un rumor, pero Nicoletta se dio la vuelta al instante.

—¿Dónde has dicho que estaban mis zapatos? —Miró por el terreno cubierto de toda clase de flores, pasándose nerviosa una mano por el pelo—. *Subito*, Ketsia, debemos encontrarlos de inmediato.

Ketsia volvió a reírse con un sonido dichoso e infantil.

—Maria Pia viene por el camino —adivinó la niña con tino.

Nadie más conseguía preocupar a Nicoletta por el hecho de ir descalza. Los zapatos que usaba ahora ni siquiera eran de su talla. La madre de Ketsia le había dado un viejo par gastado cuando regresó sin calzado del palacio. Ketsia no ponía en duda que Nicoletta percibía a Maria Pia aproximándose, pues sabía cosas que los demás desconocían, aunque nadie hablaba de ello. Cuando intentaba contarle a su madre las cosas maravillosas que ésta era capaz de hacer, la hacía callar con severidad.

—Sí, pillina, Maria Pia viene hacia aquí. Bien, ¿a qué altura del arroyo están los zapatos?

Nicoletta se debatía entre la desesperación y la risa. Si Maria Pia la volvía a pillar descalza después del incidente del palacio, que todo el mundo encontraba tan divertido, se llevaría un buen rapapolvo sobre hacerse mayor y ser una dama, estaba convencida de ello.

Ketsia se apresuró a descender unos pasos por el arroyo y recuperó el calzado justo cuando Maria Pia hacía aparición por el camino. La mujer mayor se detuvo a recuperar el aliento y esperó a que ellas se acercaran, era obvio que jadeante, como si hubiera venido a toda prisa.

Nicoletta cogió los zapatos de Ketsia casi distraídamente y alzó el rostro al viento. Abrió los brazos a la tierra y se volvió en las cuatro direcciones —norte, sur, este y oeste— en busca de información. Miró hacia arriba, buscando el cuervo, estudiando las aves, escuchando a los insectos. Aturdida, se volvió una vez más hacia Maria Pia.

—No te quedes ahí embobada, *piccola*. Don Scarletti ha vuelto a llamar a la curandera. No has venido, te he esperado pero no has contestado a la llamada.

Maria Pia sonaba impaciente.

Nicoletta empezó a caminar despacio, pensativa, en dirección hacia ella, balanceando los zapatos con aire ausente.

—No ha habido ninguna llamada, Maria Pia, no hay nadie enfermo en el palacio.

—Debes de haberte equivocado. Envió aviso de que quería que volvieran la curandera y su asistenta. —Maria Pia se puso en jarras, reprendiendo con enojo a Nicoletta—. ¿Por qué llevas colgando los zapatos en vez de tenerlos puestos?

Nicoletta no parecía escucharla.

—No hay enfermedad, Maria Pia, ni lesiones. No sé por qué ha llamado el don a la curandera, pero no es para atender a un enfermo.

El rostro de Maria Pia perdió todo color.

—¿Estás segura? ¿Lo sabes?

—Lo sé. No hay perturbaciones, no noto nada importante. Lo sabría, nunca me he equivocado, ni siquiera de *bambina*, y he crecido mucho en los últimos años.

Maria Pia se aclaró la garganta ruidosamente e hizo varios gestos nada sutiles en dirección a Ketsia para recordar a Nicoletta que no estaban solas.

—Estaba allí cuando llegó su criado. Dijo que fuéramos en cuanto tuviéramos oportunidad.

Nicoletta silbó bajito, un sonido que dejó de nuevo asombrada a Maria Pia por los modales salvajes y desenfrenados de la muchacha.

—¿Lo ves? —preguntó Nicoletta—. Fíjate en su orden: «En cuanto tengamos oportunidad». No ha ordenado la presencia de la curandera como haría si un miembro de la familia estuviera enfermo. Mandó llamar a la cuidadora permitiéndole concluir su trabajo si se encontraba asistiendo a alguien enfermo. No ha llamado a la curandera porque precise sus habilidades, tiene otro motivo.

Maria Pia se santiguó repetidamente con gran devoción.

—¡Nos ha descubierto! —gimió—. Sabe que le hemos engañado. Nuestras vidas están acabadas.

—Es imposible que lo sepa —comentó Nicoletta con calma—. Puede sospechar, pero no puede saberlo. Es posible que se trate de una prueba.

—Tu disfraz no funcionó.

Sonaba asustada, y por primera vez aparentaba la edad que tenía.

—No con don Scarletti —admitió Nicoletta, serena—. Pero nosotras no dijimos ninguna falsedad. No puede condenarnos, no ha habido ningún engaño peligroso. Alteré mi aspecto, es verdad, y te elogié como curandera, pero ¿puede demostrar malicia o peligro en tales cosas?

—Don Scarletti no necesita pruebas, Nicoletta —replicó Maria Pia con desesperanza—. Recuerda quién es.

—No creo que haya hecho llamar a la curandera para condenarla a muerte junto con su asistenta. ¿Qué puede importarle a él que empleemos esa ilusión de servidumbre para protegerme?

—Eres tú quien cura, Nicoletta. Ya de niña tenías ese don. Puedo ayudarte, y tengo cierta experiencia, pero no soy capaz de sanar como tú. Ni siquiera entiendo qué haces o cómo lo haces.

—El don no sabe que yo soy la curandera, Maria Pia —dijo con firmeza Nicoletta—, no puede saberlo. Tal vez sea una prueba, quizá desconfíe y espere que hagamos algo para delatar nuestro secreto.

—Nos ha preparado una trampa. —Maria Pia soltó una lenta exhalación. La idea de ella y su preciosa Nicoletta bajo el escrutinio atento de un hombre tan poderoso como don Scarletti era aterradora—. Tal vez sea hora de mandarte a otro lugar —se aventuró a decir Maria Pia a su pesar—. Sabíamos que esto podía pasar.

Nicoletta se quedó muy quieta, reconociendo el débil matiz de decisión en la voz de Maria Pia. Rara vez utilizaba esa inflexión, pero cuando lo hacía, significaba que había que actuar.

—No lo sabemos aún, y no permitiré que él me aleje de mi hogar antes de saberlo. Tal vez debiéramos ponerle a prueba a él —dijo pensativa.

—¡Nicoletta!

Maria Pia estaba acostumbrada a su desafío de las convenciones, pero hacerlo con un hombre tan poderoso era un suicidio.

—Sabemos que no hay nadie lo bastante enfermo en el palacio como para que no puedas ocuparte tú sola del asunto. Lleva contigo a nuestra vecina, la buena Mirella. Le divertirá pasar un rato asustada y luego poder murmurar sobre su experiencia. Aparte, te ha acompañado muchas veces en el pasado, para traer al mundo a *bambini* en otros poblados. Puedes afirmar tranquilamente que tienes más de una ayudante. El don no especificó a cuál de tus asistentes tenías que traer. Si pregunta por mí y por qué no te he acompañado, dile que querías que reposara la pierna un par de días más. —Nicoletta de repente empezó a reírse—. Don Scarletti nos ha dejado abierta una escapatoria. Se pensaba que dos simples mujeres eran fáciles de atrapar.

Maria Pia se tomó un rato para pensar en el plan de Nicoletta. Las ramas oscilaban suavemente sobre sus cabezas, dotando a las hojas de un destello plateado bajo la luz del sol. Podían oler el mar, fresco y salado. La brisa que empezaba a levantarse trajo las finas gotas de la bruma.

Ketsia permanecía muy quieta, pero se agarraba con firmeza a la falda de Nicoletta. Tenía los ojos muy abiertos y le temblaba el labio inferior.

—Nicoletta no puede alejarse de nosotros, Maria Pia —dijo—. ¿Qué haríamos sin ella?

—Funcionará, Maria Pia. Disipará sus sospechas —dijo Nicoletta—. Un hombre como don Scarletti no malgasta el tiempo en algo tan insignificante. Aceptará que eres la curandera, creerá que tienes varias asistentes, y pronto su vida ajetreada continuará y, ¡puf!, habremos desaparecido de sus pensamientos. —Los ojos oscuros de Nicoletta centelleaban con expectación—. Sé que funcionará. Sólo siente curiosidad, eso es todo, pero es efímera, pronto se habrá perdido en cuestiones de mayor importancia.

Ketsia asentía conforme.

—No hagas marchar a Nicoletta, Maria Pia, no quiero que se vaya.

—Ni tampoco yo, *piccola*. Iré al palacio con Mirella mientras Nicoletta reposa la pierna. Tú cuidarás de ella, pero asegúrate de que no se pone a bailar por ahí. No quiero decir mentiras, que la buena Madonna nos está vigilando en todo momento. —Se hizo la señal de la cruz—. Nicoletta debe reposar —decidió piadosamente—. Desde luego aún no se ha curado del todo. —Fijó una mirada severa en la joven—. No te consentiré la menor tontería, *bambina*, tienes que descansar mientras estoy fuera. No quiero conocer el lado malo de la buena Madonna.

Nicoletta alzó una ceja, con expresión inocente.

—No sabía que la buena Madonna tuviera un lado malo, Maria Pia.

Escandalizada, la mujer estalló en una mezcla de regañinas e incluso llegó a darle un cachete en el trasero a la chica. Ketsia retrocedió, asustada por la inesperada exhibición de Maria Pia, pero Nicoletta aguantó en su sitio, sonriendo y echándo a continuación los brazos al cuello de la anciana.

—*Scusa*, Maria Pia. Soy una ignorante, y te provoco inquietud.

La malicia iluminaba sus ojos oscuros.

Maria Pia la empujó con firmeza, bendiciéndola varias veces mientras lo hacía.

—Si no viera que rezas con devoción, Nicoletta, temería por tu alma. Sabes más de lo que conviene a una mujer. Vete a la cama y quédate ahí mientras yo me ocupo del don.

—Puedo descansar aquí, Maria Pia —comentó Nicoletta—. El aire fresco contribuirá a la curación, y así seguiré con mi trabajo.

Maria Pia observó el aspecto despeinado de la joven y suspiró.

—No estabas trabajando, Nicoletta, sino enredando por aquí. No te servirá de nada continuar con un comportamiento así. Mi intención es que te cases pronto. He visto a Cristano mirándote a menudo.

Ketsia soltó una risita, pero mantuvo con decisión la vista en el suelo, sin atreverse a mirar a Nicoletta, que había entrado en tensión y se hallaba muy quieta. Sus ojos oscuros destellaban con un fuego repentino.

—No voy a casarme con Cristano ni con ningún otro. —Expresó cada palabra con cuidado—. No lo haré, Maria Pia. No pienses que vas a hacerme cambiar de opinión. Un enlace así sería mi sentencia de muerte.

Maria Pia permaneció callada mientras el viento tiraba con suavidad de su ropa. Suspiró en voz baja.

—*Piccola*, he cometido una injusticia contigo. Tras perder a tu madre estabas tan desconsolada que pasabas todo el tiempo en el bosque. Estabas tan triste y eras tan pequeña que todos temimos perderte. ¿Recuerdas esos días lúgubres? Me sentaba bajo los árboles contigo y subíamos a los acantilados, a veces toda la noche. No hablaste durante varias semanas seguidas. No parecías notar el frío ni la lluvia. Tuve que obligarte a comer. Ponías en peligro tu vida trepando por precipicios inestables y explorando cuevas justo antes de que la marea estuviera a punto de entrar. Los lobos aullaban y tú ni te inmutabas. Yo veía tus ojos resplandecientes e intentaba convencerte de que regresaras al *villaggio*, pero nada te asustaba y nada mitigaba tu pena. Te permitimos llorar la pérdida a tu manera, pero no estoy segura de que fuera para bien. Sólo tenías cinco años, pero ya te las apañabas sola.

—Siempre me he mantenido aparte —comentó con dulzura Nicoletta—, siempre he sido consciente de que podría traer la *morte* a todo el *villaggio*. Esa carga terrible pende sobre mi cabeza. Sé que a los niños pequeños les enseñan a no hablar de mí con desconocidos o cuando hay algún forastero cerca. Es una responsabilidad para ellos también. No puedo cambiar el hecho de ser diferente. Yo no quería ser diferente pero acepto serlo. Intento emplear mis dones por el bien de los demás y poner velas a la Madonna para que lo que haga esté bien.

—Eres un tesoro para todos nosotros, Nicoletta. —Maria Pia puso una mano en el brazo de la joven—. Para mí. Eres buena chica, y la Madonna lo sabe.

Ketsia agarró con más fuerza la falda de Nicoletta. La joven aportaba risa y cariño al *villagio*. Los niños la adoraban y la seguían por todas partes.

—¿Por qué estás asustada, Nicoletta?

No entendía la conversación, pero percibía la intensidad de emociones que bullía entre las dos mujeres.

De inmediato ella sonrió a la niña con sus ojos iluminados por la malicia.

—Tengo una idea, Ketsia. Deberías casarte tú con Cristano. Puede esperar a que cumplas los dieciséis. Son sólo unos pocos años, y para entonces tal vez haya hecho una fortuna.

Ketsia se lo pensó.

—Es guapo, pero ya está mayor. Creo que demasiado mayor hasta para ti, Nicoletta.

Maria Pia tosió con delicadeza tras su mano.

—Tengo que irme ahora al palacio. No servirá de nada tener al señor esperándome tanto rato. Mirella vendrá conmigo, pero tú tendrás que esconderte. Hay espías en las colinas, Nicoletta. Don Scarletti es un hombre poderoso, a muchos les gustaría disfrutar de su protección. Si le interesas tú, alguien acabará respondiendo a sus preguntas.

—Tienes razón —reconoció Nicoletta.

Los habitantes del pequeño *villaggio* dependían de sus extraños dones para una buena parte de su sustento. Pero las tierras en las que vivían eran propiedad de don Scarletti, y era un protector bueno y un sostén generoso, aunque se esperaba de ellos que trabajaran duro en sus granjas y oficios y que fueran autosuficientes en cierto modo. A diferencia de otros señores, don Scarletti no se apropiaba de la mayor parte de sus beneficios, por lo tanto la gente le era leal. Pero a ella la querían mucho. Cuidaba a los enfermos, determinaba la fertilidad de la tierra para las cosechas y preparaba los colores únicos que atraían a los aristócratas una y otra vez en busca de buenas telas.

Desperdigados por las vastas tierras de don Scarletti había otros muchos pueblos y granjas, no obstante pocos tenían la misma importancia para el don. El pueblo de Nicoletta era pequeño en comparación con otros muchos, pero se había hecho un nombre y eran los más prósperos. Estaban unidos y tenían cautela con los desconocidos. Todos eran conscientes de que habían nacido otras niñas parecidas a ella en familias diferentes a lo largo de la historia. Cada familia contaba con ancestros que habían ardido en la hoguera en el pasado no tan distante de brujas y cultos al diablo, por consiguiente les interesaba mantener una imagen de personas devotas y pías, leales por completo al don.

—Sé prudente, Maria Pia. Don Scarletti es...

Nicoletta no acabó la frase, pues no estaba segura de cómo expresar en palabras sus sentimientos. Sospechaba que él era tan «diferente» como ella... no del mismo modo, sino de maneras mucho más peligrosas de las que podía concebir la mujer.

—He oído los rumores y he conocido a su *famiglia*. No hablo a menos que me dirijan la palabra, y Mirella estará demasiado asustada como para abrir la boca. Es mucho mayor y recuerda los viejos tiempos.

—¿Qué recuerda? —preguntó Nicoletta curiosa.

Entre los aldeanos era difícil diferenciar los hechos de la ficción, el rumor de la verdad. La historia de la familia Scarletti estaba envuelta en maldiciones y misterios nefastos que sólo mencionaban en susurros.

—Dicen que el abuelo de don Scarletti estranguló a su esposa con sus propias manos. —Maria Pia susurró las palabras en voz baja para que el viento no pudiera trasladarlas a otros oídos—. Mirella la conocía bien, era su fiel servidora. Está convencida de que fue un crimen y que el padre del don escondió las pruebas. Tres asesinatos en menos de dos años, todas mujeres, y nadie hizo nada.

Nicoletta ya había oído las siniestras murmuraciones sobre el abuelo Scarletti que estranguló a su esposa y quedó impune. La mujer había muerto más o menos en la época en que murieron su madre y su tía, y muchos creían que el mayor de los Scarletti había cometido más de un crimen. Pero la familia había cerrado filas, y nadie era lo bastante poderoso como para contradecirles. Era fácil creer tales cosas del anciano Scarletti, desde luego daba la impresión de despreciar a las mujeres, pero no podía imaginarse a ninguna mujer encadenada a un hombre tan terrible.

—La buena Madonna cuidará de nosotros, Nicoletta, y tú te mantendrás lejos de todo peligro y fuera de la vista.

Maria Pia hizo que sonara como un decreto.

Nicoletta permitió que la sonrisa se reflejara en sus ojos oscuros e iluminara su rostro.

—Ketsia me cuidará mientras «descanso».

La niña asintió con solemnidad, complacida de tener aquella responsabilidad. Enderezó los hombros y se mostró bastante orgullosa. Ambas observaron a Maria Pia caminando.

Nicoletta rodeó a Ketsia por los hombros con su brazo.

—Quería mirar un lecho de plantas que transplanté del otro extremo de la montaña. A veces si las muevo desde las zonas inferiores tienen que luchar contra los nuevos elementos al principio y debo darles instrucciones para crecer.

La boquita de Ketsia formó una «O».

—¿Hablas con las plantas?

Miró a su alrededor para cerciorarse de que estaban solas. Hablar a las plantas no sonaba como algo que Maria Pia aprobara.

—Por supuesto. A algunas les gusta que les cante. —Nicoletta guiñó el ojo a Ketsia—. Así.

Canturreó bajito, y luego empezó a soltar gallos.

Ketsia se deshizo en un ataque de risitas.

—Sabía que no le hablas a las plantas.

Dio un salto para seguir el paso de Nicoletta. Tuvo que pararse una vez para recoger los zapatos que se cayeron de las manos de su amiga en el camino que ascendía serpenteante por la colina.

El mar hizo aparición muy por debajo de ellas. El agua azul intenso rompía contra las rocas en penachos de espuma blanca.

—¿Ves esto, Ketsia? En esto consiste la vida, en no estar encerrada en una casa sino en sentirse libre como los pájaros que nos rodean.

—Nicoletta, no te acerques demasiado al precipicio —le reprendió Ketsia, imitando a la perfección a Maria Pia—. Podrías caerte.

Tiró de su amplia falda hasta que retrocedió a su pesar del precipicio, sonriendo a la pequeña que tan en serio se tomaba su tarea.

A Nicoletta le encantaba su vida y también los niños que a menudo la seguían mientras vagaba por las montañas y valles en busca de las plantas raras y preciosas que necesitaba. Tenía una paciencia interminable, y encontraba en los niños una compañía fantástica en sus excursiones. Y cuidando de ellos ayudaba a las mujeres del pueblo mientras se ocupaban del ganado o de tejer paños.

Ketsia y Nicoletta pasaron el siguiente par de horas con las manos enterradas en la fértil tierra. Nicoletta sí hablaba con sus plantas, y sus murmullos suaves y canturreos a menudo hacían reír sin control a Ketsia. Mimaba los tallos decaídos y les daba ánimos. A algunas plantas les ponía preparados en la tierra; a otras las dejaba en paz. Ketsia observaba con atención, incapaz de distinguir con exactitud qué estaba haciendo. Aunque las dos se reían, la pequeña era lo bastante lista como para saber que a veces no entendía ni veía lo que estaba sucediendo. Las plantas parecían responder a la voz y cuidados de Nicoletta. A veces les cantaba, y su preciosa voz se alzaba con el viento.

Desde arriba, un pájaro de alas negras descendió sobre ellas en picado. Nicoletta alzó la cabeza para mirar al cuervo, con un leve ceño en el rostro. Se levantó poco a poco para apartarse de las plantas y volver la atención al viento. Susurraba sin cesar a quienes pudieran interpretar sus murmullos. Se puso un poco tensa y cogió a Ketsia por el hombro. Con mucha delicadeza le tapó los labios con el dedo para indicar a la niña que se callara.

—Quédate aquí, *piccola*. No te muevas hasta que yo regrese por ti.

Ketsia abrió mucho los ojos, pero asintió obediente. Nadie querría desafiar nunca a Nicoletta. Era capaz de curar enfermos, podía hacer cosas de las que nadie hablaba abiertamente. Se agachó dócil entre los arbustos y se mantuvo quieta como una piedra.

Nicoletta regresó hasta el precipicio con movimientos rápidos y todos sus sentidos alerta. Mucho más abajo alcanzó a ver la figura de un hombre moviéndose de modo furtivo, intentando pasar desapercibido mientras saltaba de un arbusto a una roca, inclinado el cuerpo como si quisiera ocultarse. Inspeccionó la cala sin detectar más movimiento, pero sabía que algo no iba bien. Su corazón latía con fuerza. El sol empezaba a ponerse, manchando el cielo de un naranja rosado. El mar se embravecía, con el agua oscura y las olas saltando cada vez más al precipitarse contra la costa y salpicar las rocas.

Se llevó la mano a la garganta con gesto protector. Estaba a punto de suceder algo terrible y ella se encontraba demasiado lejos como para impedirlo; sólo podía permanecer ahí en el acantilado observando con impotencia el drama que se desarrollaba en la playa bajo ella. El viento soplaba desde el mar, con un gemido grave, sollozante, que parecía transformarse en un aullido de advertencia. No podía apartar los ojos de la escena mientras el mar crecía, golpeando las rocas incesantemente como esperando algo.

Entonces le vio, don Giovanni Scarletti. Avanzaba con movimientos fluidos y rápidos, como un cazador poderoso, con los hombros derechos y la cabeza alta. Su cuerpo se tensaba con los fuertes músculos bajo la elegante ropa y el viento le levantaba el negro cabello ondulado, dejándolo revuelto como el de un muchacho. No obstante, su aspecto era el de un hombre, por completo, cruel y peligroso, mucho más poderoso que cualquiera que hubiera conocido.

Entonces volvió la atención al tipo que ahora se encontraba agachado tras una roca. No se había movido, en absoluto. Don Scarletti pasó majestuosamente junto al escondite con la atención fija en algo que ella no podía ver. Más a la derecha, donde sabía que sólo había cuevas, surgió otro hombre, saludando con una sonrisa en el rostro. Ella no alcanzaba a oírle, pero ambos parecían buenos amigos. Era obvio que don Scarletti se fiaba de él.

Casi incapaz de respirar, a Nicoletta el corazón le latía con tal fuerza que podía oír su ritmo frenético. El viento le levantó el pelo, le impedía ver, y para cuando se lo apartó y se lo sujetó hacia atrás, los dos hombres se estaban estrechando la mano. Fue entonces cuando se movió la persona escondida tras las rocas. Despacio. Furtivamente. Se desplazó poco a poco hasta situarse detrás de don Scarletti. Ella vio el destello de los últimos rayos del sol en el estilete que tenía en la mano. Entonces el sol se hundió en el mar, y el cielo se tiñó de sangre por segunda vez, un presagio terrible de muerte.

Nicoletta intentó advertir a Scarletti, pero el viento se llevó su voz en dirección contraria, hacia las montañas, lejos del mar rugiente. Pero, aunque era imposible que la hubiera oído, algo alertó al don, que se giró en redondo y pudo sujetar a su asaltante por la muñeca. Se movió tan rápido como una mancha borrosa y consiguió desplazarlo hasta situarlo delante de él, por lo que cuando el hombre con quien había estado hablando hundió su puñal, lo clavó en el asaltante en vez de en el propio don.

Don Scarletti permitió que el hombre se encogiera indefenso en la arena, y ella alcanzó a ver cómo abría la boca el espantado asaltante en su intento por gritar, aunque no llegó a oír nada. Su cuerpo se retorció por un momento, se contorsionó, y luego quedó inmóvil. Entonces Scarletti desplazó la mirada del cadáver que formaba un bulto a sus pies a su traidor. El corazón de Nicoletta se conmovió por el don. Casi sintió su sufrimiento, casi lo vio en el gesto de sus hombros. Por un momento, pensó que iba a abrir los brazos y permitir que el otro hombre le matara. Don Scarletti parecía hablar en voz baja mientras sacudía la cabeza.

—No —dijo ella bajito al viento—. No.

En el preciso instante en que ella negaba su muerte, los hombros de Giovanni se enderezaron, y el traidor atacó. El don una vez más se giró como una mancha de movimiento rotatorio y dio un brinco a un lado para evitar la daga, agarrando al oponente por la muñeca y retorciéndola mientras se abalanzaba otra vez hacia el hombre para que la hoja se hundiera en el pecho del traidor. Permanecieron en pie, a la misma altura, mirándose a los ojos, y luego el traidor se derrumbó despacio, y el don lo bajó a su pesar hacia la arena. Durante un momento permaneció en pie, con la cabeza inclinada abrumado por la pena evidente, y ella le vio alzar las manos para taparse los ojos.

A Nicoletta el corazón le dio un vuelco, las lágrimas brillaron en sus ojos por un momento, desdibujando la escena. Se las secó y volvió a observar. De repente Scarletti alzó la vista. Con un jadeo, ella retrocedió entre el follaje. Aunque era imposible que la viera a través de la densidad de hojas y ramas, percibió el peso de su mirada. No podía haberla visto, desde aquel ángulo resultaba imposible. Ni siquiera podía saber que estaba ahí. Se mordió el labio con nerviosismo. Siempre tenía sumo cuidado, pero ahora, en un breve periodo de tiempo, había tenido dos extraños encuentros con don Giovanni Scarletti, el último *aristocratico* con quien debería encontrarse.

—¡Nicoletta!

La quejumbrosa voz de Ketsia atrajo su atención y se volvió para ver a la niña corriendo hacia ella. Había entrado en pánico, era obvio que alarmada al perderla de vista. Las lágrimas surcaban su carita.

Ella cogió a la niña en brazos y la apartó del precipicio para que no viera a don Scarletti y sus asaltantes mortales en la playa inferior.

—¿Te has asustado, *piccola*? —Nicoletta le alisó el cabello hacia atrás y se inclinó para besar su rostro vuelto hacia arriba—. Me pareció oír algo pero... —Se encogió de hombros para quitarle importancia—. ¿Qué te ha asustado?

—Pensaba... ¿Has visto el color del cielo? Pensaba... —La voz de Ketsia se apagó—. Maria Pia me dijo que debía vigilarte todo el rato, o sea, que no quiero que te metas en líos.

Ella la abrazó.

—El cielo desde luego tenía un tono maravilloso, pero Maria Pia... bien, puede asustar hasta a los hombres del *villagio*, puede asustar hasta a las ovejas en las colinas, tal vez incluso a los peces en el mar, pero desde luego no a ti, Ketsia. Vaya, he visto cómo arremetes contra tu hermano mayor cuando te toma el pelo. Sin duda es mucho más aterrador que Maria Pia —le dijo en broma mientras continuaba caminando con ella en dirección al camino.

Nicoletta quería regresar para ver qué había sucedido, pero no se atrevía a despertar las sospechas de Ketsia; la pequeña sentía curiosidad por todo lo que hacía su mentora. Se estaba haciendo de noche muy deprisa. Estaba acostumbrada a recorrer el bosque de noche, pero nunca mantendría a una niña fuera de casa tan tarde. Los aldeanos eran gente supersticiosa y creían en todo tipo de cosas que ella nunca había comprobado que fueran ciertas. Con un suspiro de pesar, inició la marcha por el sendero.

—¡Espera! —llamó Ketsia volviéndose y corriendo de regreso a donde habían estado trabajando con las plantas.

—¡Tus zapatos! ¡Me he olvidado los zapatos! ¡Maria Pia me soltará un buen sermón!

Nicoletta estalló en carcajadas.

—No podemos permitirlo.

Ketsia se rió, su mundo volvía a ser el mismo de siempre. Saltó tras Nicoletta charlando y feliz, completamente inconsciente del silencio de su amiga. Se había hecho de noche para cuando llegaron al pueblo. Cuando la niña divisó a Maria Pia, tiró de la falda de la muchacha mayor.

—Te mira con el ceño fruncido —susurró dándole disimuladamente con los zapatos en la pierna—. *Presto*, póntelos antes de que se dé cuenta.

Nicoletta le revolvió el pelo mientras cogía los zapatos.

—Se da cuenta de todo, Ketsia. No te preocupes, aunque ponga ese ceño, no muerde.

La madre de Ketsia cogió a la niña no sin antes intercambiar todos los cuchicheos interminables del día con Nicoletta, quien puso una sonrisa apropiada.

Maria Pia se sentía igualmente impaciente. Cogió a Nicoletta del brazo y tiró de ella:

—Tenemos que comer, voy a caerme si no como algo.

Ella la siguió deprisa hasta el interior de la pequeña cabaña que compartían.

—Pareces cansada, Maria Pia. Déjame que te prepare algo mientras descansas.

La ayudó con amabilidad a acomodarse en una buena silla que tenía al lado de la chimenea. Dominando su curiosidad, encendió el fuego y empezó a calentar la sopa. Maria Pia parecía cansada y tensa. Ella normalmente la veía llena de vida y olvidaba a menudo su edad.

—Deja de dedicarme esas miradas de preocupación, *piccola*. Sólo estoy cansada, soy demasiado vieja como para patear las colinas con Mirella yendo al palacio. Es una vieja loca.

Nicoletta disimuló una sonrisa. En el *villagio* todos respetaban a Maria Pia, a excepción de Mirella. Era mayor que Maria Pia y, según ella, había sido la más guapa y codiciada de todas las muchachas en su juventud. Las historias de sus conquistas románticas parecían crecer cada vez que las contaba, y Maria Pia se exasperaba con sus cuentos.

—La muy loca —repitió Maria Pia—, de hecho ha estado coqueteando con el don.

Sobrecogida, Nicoletta casi desmigaja la barra de pan.

—¿Que hizo qué?

—¡Ja! Esa vieja chalada. Te dije que se le ha ido la chaveta. Pero, no, siempre te ríes, como si fuera graciosa. ¿Y qué haces con el pan? ¿Le estás retorciendo el pescuezo? Tenemos que comernos eso.

—Mirella detesta a toda la *famiglia* Scarletti. Recuerdo que hace un tiempo contaste que tenías que impedirle a la fuerza que hablara con Portia Scarletti y así protegerla. ¿Qué diantres ha podido cogerle?

Maria Pia se santiguó con solemnidad.

—Es el palacio. El mal acecha ahí, algo no va bien. Creo que Mirella estaba... —bajó la voz y miró a su alrededor, y al final dejó salir la palabra—: «poseída». —Se levantó deprisa y se fue arrastrando los pies hasta el altar de la Madonna en el rincón de la cabaña. Encendió tres velas para eludir cualquier mal que pudiera haber invocado con sus palabras—. Nicoletta, tal vez tú conozcas alguna ofrenda poderosa que puedas hacer en nombre de todos nosotros, con el consentimiento de la Madonna, por lo que tal vez haya causado yo hoy.

Nicoletta la miró boquiabierta. Maria Pia era una devota practicante de su fe. Nunca consideraría realizar algo impropio a menos que creyera que se encontraba en peligro mortal.

—¿Maria Pia? —dijo bajito—. Ven, siéntate y cuéntame en detalle qué sucedió. Sin duda no será tan malo como para que no podamos solventarlo.

Se recogió el pelo en un moño antes de disponer el pan y el queso en el plato de la mujer, una acción que estabilizó sus manos temblorosas. No se sentía capaz de contarle todavía lo que había sucedido en la cala. Primero necesitaba saber qué había sucedido en el palacio.

—Intenté protegerte, Nicoletta, pero Mirella contó a don Scarletti un montón de cosas sobre ti. Él le estaba haciendo muchas preguntas.

Maria Pia se apartó del altar y poco a poco regresó arrastrando los pies hasta la mesa rudimentaria.

Nicoletta sirvió agua caliente en una taza y añadió una mezcla de hierbas para preparar una infusión relajante.

—Empieza por el principio. ¿Por qué el don requirió la presencia de la curandera en el palacio?

—Dijo que quería pagarme por mis servicios. Y me pagó con creces —dijo Maria Pia con pesar—. Aceptar ese pago traerá malas consecuencias. —Sacudió la cabeza mientras Nicoletta le dejaba un cuenco de sopa humeante delante—. Yo ya sabía que te buscaba a ti. Miró a Mirella como si fuera una aparición, y creo que la vieja loca pensó que estaba intrigado por ella. Preguntó por ti, y le dije que estabas descansando. —Fulminó a Nicoletta con la mirada—. Estabas descansando, ¿verdad?

Fue una afirmación y una pregunta al mismo tiempo.

—A mi manera. —Nicoletta agitó las manos con displicencia y se sentó enfrente de Maria Pia—. Por favor, continúa.

—Preguntó cuánto sabías tú de sanación. Hablaba de un modo tan informal, como si tal cosa, que al principio me distrajo. Fue muy amable. Pero luego apareció un hombre y habló con él en susurros, y durante esa pausa me percaté de que yo estaba contándole cosas que no quería decirle. —Se santiguó una vez más y besó el crucifijo que rodeaba su cuello—. Lo lamento, Nicoletta. Yo me levanté para marcharme, sin querer volver a mirarle, pero Mirella sonreía como una tonta y le hacía gracias en una exhibición bochornosa.

Los ojos cansados de Maria Pia estaban llorosos, no podía mirar a su joven amiga.

Entonces puso la mano sobre la de la mujer mayor, percibiendo la piel apergaminada bajo la palma. Maria Pia sacudió la cabeza y le apartó la suya.

—Soy tan culpable como Mirella: también yo te he traicionado. Él sabe que eres la auténtica curandera.

Nicoletta respiró hondo y soltó una lenta exhalación.

—Mejor que comamos mientras aún está caliente —dijo e inclinó la cabeza sobre la comida en un intento de darse tiempo para pensar.

Maria Pia rezó con devoción durante un rato antes de indicar que podían empezar a comer. Nicoletta dio varios sorbos cautos a la sopa antes de hablar:

—¿Qué le dijo exactamente Mirella?

—Le dijo que eras mágica. Empleó de hecho la palabra mágica. Yo interrumpí e intenté decir que se refería a que estabas llena de alegría y risa y que podías iluminar una habitación, pero Mirella siguió mirándole fijamente, hechizada por completo, y continuó atolondrada como una muchacha.

»El don tuvo que salir para reunirse con alguien, oí decírselo a un criado, Gostanz, que tenía una reunión muy importante y que regresaría tarde. Saqué a Mirella de allí a toda prisa, puedo asegurártelo, y la reprendí durante todo el camino de regreso a casa. Estaba muy arrepentida, tenía motivos para estarlo, pero me temo que eso no va a salvarte. Aunque me rompa el corazón, tendremos que mandarte lejos, muy lejos, lejos de su alcance.

Nicoletta siguió comiendo con calma, mientras su mente se aceleraba. Ahora ya no se atrevía a contar a Maria Pia lo que había visto desde el acantilado. Desde luego la mandarían muy lejos. Era obvio que el don había salido para una cita con alguien importante en la cala, pero en realidad se trataba de una emboscada, con el desenlace fatal de dos muertes ensuciando sus manos. Si él supiera que había presenciado los sucesos, no le importaría en absoluto deshacerse de ella declarándola bruja. Don Giovanni Scarletti tal vez viviera en una casa pagana, pero mantenía fuertes vínculos con la Iglesia. Estaba relacionado con cualquiera que tuviera poder.

—Me quedaré aquí, Maria Pia, no tengo intención de ocultarme de él. Aparte, nadie consigue huir del don, tú misma lo has dicho en muchas ocasiones. Nadie ha venido aún a acusarme de nada. Después de la cena iré a ver a Mirella y la tranquilizaré. No quiero que se preocupe por haberme puesto en una situación complicada.

—Pero seguramente lo ha hecho, Nicoletta. No te estás tomando este asunto tan en serio como deberías.

—Me lo tomo muy en serio —dijo bajito—. Más de lo que imaginas, pero pienso que no es justo que Mirella se sienta culpable, cuando en realidad creo que el don es capaz de… influir en la gente de un modo u otro. Tú misma has dicho que te influyó; siempre te he oído contar que se dice que lee la mente de la gente también. No es culpa de Mirella.

Maria Pia la miró un buen rato y luego, poco a poco, volvió a sonreír.

—Hice algo muy bueno al adoptarte, *bambina*. Tienes razón, por supuesto, no podemos permitir que esa vieja loca se avergüence y sufra. Es un poco corta; tiene esa excusa. No obstante, yo no tengo excusa alguna. Si don Scarletti te amenaza, me iré muy lejos de aquí contigo.

Nicoletta sonrió con dulzura.

—Te quedarás aquí, que es donde estás segura, y confiarás en mí mientras me oculte hasta que el señor pierda el interés.

—Dijiste que perdería el interés de inmediato, y no fue así. También reconociste que nadie podía esconderse eternamente de él.

La chispa empezaba a regresar a los ojos de la mujer tras oír las afirmaciones de Nicoletta.

—Pensaba que me habías dicho que eras olvidadiza —bromeó la muchacha como respuesta, complacida de que Maria Pia estuviera ya menos inquieta.

Capítulo *4*

Nicoletta yacía bajo el cobertor, incapaz de dormir, sin parar de dar vueltas y sacudidas de un lado a otro. En el exterior, el viento arremetía contra los delgados muros de la cabaña como si se tratara de una fortaleza. Traía su voz con él, la voz del don. Podía oír su tono grave murmurándole continuamente, sin piedad, un asalto incesante que temía no iba a acabar nunca. Suave. Persuasivo. Ansioso. Imperioso. El sonido rozaba sin parar el interior de su mente e inflamaba su cuerpo de un modo desconocido. Había algo de oscura sensualidad en esa voz, un susurro pecaminoso, erótico y seductor, que la hacía desear, necesitar y arder en su cama. Retorciéndose, Nicoletta se tapó los oídos con las manos para intentar ahogar el sonido. Sólo sirvió para aumentar el volumen. Notaba la piel húmeda y sensible, le dolían los pechos de necesidad. Furiosa, se incorporó con el pelo caído como una cascada sobre los hombros. Se apresuró a trenzarlo con impaciencia y presteza, mientras se acercaba descalza a observar la oscuridad a través de la ventana.

Deseaba con desesperación salir de la cabaña en mitad de la noche para ir a inspeccionar la cala. ¿Qué le había sucedido a don Scarletti? ¿Se encontraba a salvo? ¿Sólo estaba soñando que la llamaba? ¿Era posible que estuviera ahí fuera, herido y necesitado de ayuda? Pero la voz sonaba suave y evocadora, no débil y herida. Sonaba seductora, como el arma de un hechicero filtrándose a través de la carne, los huesos y bajo la piel para bullir con calor perverso en sus pechos y vientre, entre las piernas. El rubor ascendía por su cuello, todo su cuerpo parecía caliente, de un modo desconocido. ¿Recurría Scarletti a la magia negra tal y como se rumoreaba? ¿De algún modo la había marcado porque había visto que era diferente? Se llevó una mano al cuello como para defenderse. Pocas cosas de la naturaleza la asustaban, pero don Scarletti y su palacio maligno conseguían espantarla.

Estaba inquieta y cruzó la habitación para tapar mejor a Maria Pia con la colcha. Su corazón se enterneció al verla tan profundamente dormida. La mujer siempre estaba ahí a su disposición por lo que recordaba, y ella sabía que compartían algún lazo de sangre distante —casi todas las familias del *villaggio* estaban emparentadas de algún modo—; aun así, consideraba a Maria Pia su familia más que a cualquier otra persona que conociera. Mucho antes de que su madre y su tía murieran, Maria Pia ya estaba ahí. Recordaba el murmullo bajo de las voces femeninas conversando mientras ella echaba un sueñecito. Su *madre*. Su *zia*. Maria Pia. Tranquilizadora, segura. Había sido aceptada y querida por ella toda su vida. Ahora no tenía a nadie más, y probablemente nunca lo tendría.

¿Vendrían a por ella los subalternos del don? Se fue descalza otra vez junto a la ventana para escudriñar ansiosa en dirección al palacio. ¿Estarían cogiendo antorchas justo en este momento, reuniéndose por orden del señor para declararla bruja? Oyó los latidos demasiado rápidos y ruidosos de su corazón. Antes había conseguido aparentar calma, pero en verdad estaba aterrorizada. Éste era su hogar; no conocía otro. Esta gente era su familia, no quería a nadie más. No quería intentar huir, y nadie quería arder como una bruja. ¿Y qué sería de su gente? ¿Sufrirían por haber alojado entre ellos a una abominación así? ¿Acaso la voz que oía era una señal de Dios? ¿Se había vuelto loca?

El viento sacudió la pequeña cabaña y se coló por las rendijas provocándole un estremecimiento. Aullaba lloroso entre los árboles con un sonido misterioso, fantasmagórico, que se elevaba como un leve gemido y luego se apagaba, para regresar una y otra vez. Oyó los aullidos distantes de los lobos que iban a la caza, primero el líder de la manada, luego la respuesta de los demás, señalando la presencia de una presa. Los aullidos provocaron otro tiritón que descendió por su columna. La bruma del mar había formado una densa niebla, envolviendo la ladera donde se encontraban. El viento removía el vapor viscoso que parecía bullir furioso, y las sombras se desplazaban por el velo gris blanquecino como si se aproximaran cada vez más. Y en todo momento la voz le murmuraba una orden grave e insistente que ella intentaba no escuchar.

Permaneció en pie observando desde la ventana durante la mayor parte de la noche hasta que el viento amainó y se llevó los incesantes susurros con él. Al amanecer se encontraba desplomada contra la pared, profundamente dormida, cuando el pequeño Ricardo, hijo de su amiga Laurena, irrumpió en la cabaña después de llamar a la puerta tan solo una somera vez.

—Tienes que venir ahora. *Mia madre* ha dicho que tienes que ir a la granja de su hermana. Zia Lissandra está muy enferma. Va a tener a su bebé, pero algo va mal. Madre dice que no dejes morir a su hermana, donna Nicoletta. —Con el rostro pálido, comunicó el mensaje sin pausas para respirar. Apoyándose en la puerta, miró a Nicoletta con lágrimas en los ojos—. Estaba chillando, Nicoletta. Zia Lissandra estaba chillando. He venido corriendo todo lo rápido que he podido.

Ella se despertó de inmediato y se apresuró a tranquilizar al chico.

—Has hecho bien, Ricardo. Tu madre estará orgullosa de ti. Iré ahora mismo. Enciende una vela a la buena Madonna para que mi trabajo vaya bien esta mañana.

Al oír el sonido de la voz aguda y asustada de Ricardo, Maria Pia se sentó en la cama y miró ansiosa a su alrededor, temerosa de que los hombres de don Scarletti hubieran venido a por la joven.

La muchacha se inclinó para darle un beso.

—Debo irme ahora. Voy a ver a Lissandra, el parto se ha complicado. Ven también lo antes posible. No puedo esperarte, parece demasiado urgente.

Se echó un chal por encima de los hombros, cogió la cartera con los medicamentos y se apresuró a salir de la granja. Lissandra era joven para ser madre. Antes de cumplir los dieciséis se había casado con un hombre mucho mayor que ella. Era su amiga, y le aterrorizaba la idea de perderla. Ya había visto demasiadas vidas de mujeres malogradas mientras daban a luz.

La granja se encontraba a cierta distancia. Nicoletta perdió la cuenta de las veces que suplicó a la Madonna que diera alas a su pies. Maria Pia tardaría una buena hora en hacer el recorrido, por lo que tendría que asumir hacer sola lo que fuera necesario. Casi deseó tener magia en los dedos para ayudarla. Cada paso era colina arriba y empinado. La pantorrilla lesionada le ardía cuando vio las antorchas de luz que rodeaban la granja donde residía Lissandra con su marido, Aljandro.

El hombre abrió la puerta de par en par, pues obviamente la había estado observando mientras se aproximaba. Su enorme corpachón llenaba el umbral, y tenía el rostro crispado de culpabilidad.

—Deprisa, Nicoletta, temo que sea demasiado tarde.

Nicoletta rechazó el terror del hombre igual que el suyo propio y se adentró en sí misma en busca de calma. Estaba ahí, la reserva con la que siempre podía contar, a la que podía recurrir, y le permitió entrar en la vivienda como una sanadora segura y confiada. La hermana de Lissandra, Laurena, se levantó de un salto con un grito de alivio como saludo.

La casa ya estaba llena de mujeres con chales negros, plañideras que se reunían a llorar por los muertos. Sus ojos oscuros soltaron fuego.

—¿Acaso nos ha dejado ya? —les preguntó entre dientes, y todas ellas se encogieron al detectar su evidente desagrado.

De inmediato cesaron en su llanto incesante. Nadie se atrevía a desafiarla ni a comentar que prácticamente era aún una niña. Porque era una sanadora poderosa, y ellas muy supersticiosas. Si Nicoletta podía curar, bien podría ser capaz de hacerles daño también.

—Laurena, acompaña a estas mujeres a otra habitación donde puedan rezar a la Madonna tranquilas —ordenó con prudencia—. Necesitaré agua hervida y paños limpios.

Se acercó a Lissandra con más seguridad de la que sentía en realidad. La chica gemía, tenía muy duro e hinchado el vientre, todo el cuerpo exhausto por el parto.

Nicoletta miró por encima de Laurena a Aljandro, observándole directamente a los ojos.

—¿Por qué no me llamaste en el instante en que se puso de parto?

Una vehemente acusación brillaba en su mirada.

El hombre apartó la vista de inmediato. Ambos sabían por qué Aljandro no quería requerir su presencia. Seguía enfadado porque Nicoletta había rechazado sus atenciones antes de echarle el ojo a Lissandra. Él quería hijos, trabajadores para su granja, y había escogido una novia joven que se los diera. No había llamado a la curandera porque su intención era preservar sus ganancias, con la esperanza de volverse más rico. No había pensado en las consecuencias para una «yegua de cría» tan joven y menuda, y en ese momento su propia conducta le mortificaba.

Nicoletta apretó los labios para no arremeter contra aquel hombre ignorante y de inmediato se dispuso a examinar a la paciente. Su joven amiga llevaba muchas horas de parto, el bebé era muy grande. Ella ya había visto esto mismo demasiadas veces. Lissandra era pequeña, el bebé grande, todo iba al revés. Y el resultado a menudo era trágico: tanto la madre como el niño morían. Miró a Laurena, y por un momento sus ojos lo dijeron todo, un intercambio entre mujeres sobre una situación desesperada que no tenía por qué haber sucedido.

—Lissandra —dijo con calma—, voy a intentar ayudarte. El bebé sigue con vida. Ahora debes hacer lo que te diga y confiar en mí.

Nicoletta se quitó el chal y se remangó para sumergir las manos en agua hervida. Era una de esas cosas extrañas que hacía, a menudo comentadas: su obsesión por el agua caliente cuando atendía a enfermos.

Por suerte sus manos eran pequeñas. Se dejó orientar por su guía interior, que siempre parecía saber con exactitud qué iba mal y cómo corregirlo. Si hubieran requerido antes su presencia, estaba casi convencida de que podría haber salvado tanto la vida de la madre como la del bebé, pero Lissandra estaba agotada y su delicado cuerpo rendido. Entonces le habló cada vez que experimentaba una de las oleadas crecientes de dolor, maniobrando con paciencia hasta lograr sujetar al bebé para ayudar a sacarlo. Laurena colocó una ramita redonda entre los dientes de su hermana, temerosa de que con su griterío descontrolado pudiera tragarse la lengua. Ella siguió trabajando con constancia y paciencia, con el rostro surcado de un sudor tan profuso que a veces no podía ver.

El bebé estaba atascado. Moriría, y también Lissandra. Era imposible que el niño pasara por la diminuta abertura de sus huesos pélvicos. Su mente albergaba hacía tiempo una idea sobre qué hacer en esas ocasiones, pero le asustaba intentarlo a solas, pues requería el alivio de la presencia de Maria Pia antes de intentar algo tan terrible. Pero no podía permitirse el lujo de esperar a la mujer, pues a Lissandra se le había acabado el tiempo. Tenía que actuar ahora o nunca.

Miró los ojos desesperados y suplicantes de su amiga, y tomó una decisión. Con náuseas, ejecutó su tarea con presteza, rompiendo a posta el hombro del bebé, volviéndolo a continuación con las manos para sacarlo deprisa. Salió al exterior sin obstrucciones, azul, sin vida y quieto. Entonces se apresuró a retirar la mucosa de la garganta, frotando el pecho de la criatura para estimularlo y lograr que diera una bocanada de aire. En cuanto la criatura inició un leve gemido, se la pasó a Laurena para poder concentrarse deprisa en cortar el cordón umbilical y asistir a Lissandra.

Ahora era cuestión de controlar la hemorragia. Mientras trabajaba, le repugnaba en todo momento la idea de lo que acababa de hacerle a esa criatura indefensa. La enfermaba saber que aunque salvara la vida de Lissandra esta vez, su marido insistiría en tener otro bebé de inmediato, y su amiga no tomaría la poción que ella le había dado en secreto para disponer de más tiempo para crecer antes de quedarse embarazada, pues era casi una niña. Obedecería a su marido, y moriría.

Nicoletta se esforzó por impedir lo inevitable. Invocó su don especial, moviendo las manos sobre Lissandra, dejando que el calor sanador saliera de ella y entrara en su amiga, intentando dirigir la energía donde más necesaria era. Nadie sabría decir con exactitud qué estaba haciendo, no obstante no se podía negar que funcionaba.

Por fin Maria Pia entró en la casa y acudió a su lado para ayudar. Ambas estaban agotadas cuando Lissandra finalmente se quedó dormida, aún viva pero terriblemente débil.

Entonces dejó en manos de Maria Pia hablar con el marido y recalcarle la necesidad de tomar líquidos y descansar en la cama hasta que estuviera del todo curada. Maria Pia no utilizaría las palabras coléricas e incisivas que ardían en su interior. Lo único que quería ahora era regresar corriendo a la seguridad de su montaña, lejos del agotamiento y la tristeza y la culpabilidad que acumulaba. Pero volvió la atención al recién nacido, y sus manos encontraron la terrible fractura en el hueso, que alineó perfectamente para vendarlo e impedir que se moviera. De nuevo empleó su don especial, propagando calor y sanación al bebé con el contacto de sus manos igual que había hecho con Lissandra. El esfuerzo era agotador, consumía algún elemento indefinible en su interior que fluía hasta los pacientes para ayudarles en su recuperación, pero lo empleaba de todos modos.

Para finalizar se limpió la sangre de Lissandra de los brazos y, poco a poco, exhausta, se retocó también la blusa manchada. Laurena la abrazó llorosa, luego puso un poco de pan y queso en un pañuelo y se lo pasó, como muestra de gratitud. Demasiado cansada para responder, Nicoletta se metió el exiguo almuerzo en el bolsillo de la falda. Agotada tras la noche sin dormir y la dura prueba con Lissandra, explicó en voz baja a Laurena que el bebé necesitaría cuidados especiales mientras se le curaba el hombro, puso una vela a la Madonna como agradecimiento y dejó la granja sin decir una sola palabra al marido de su amiga. No quería mirarle a la cara otra vez.

—¡Nicoletta!

Aljandro corrió tras ella e intentó cogerla por el hombro con una mano enorme como un jamón. Casi le aplasta los huesos allí en la oscuridad. Ella percibía su enojo, sus ojos aún mostraban el ardor del deseo por su cuerpo pese a que su esposa yacía a punto de morir tras dar a luz a su hijo. Le asqueó.

Mantuvo la mirada fija en el suelo, temerosa de tomarla con él. No se atrevía a causar ninguna hostilidad entre ellos si quería seguir teniendo a Lissandra como amiga y mantener la buena relación con todo el *villagio*.

—Estoy muy cansada.

Meneó el hombro para soltarse de los dedos que la retenían. Su contacto le revolvía el estómago.

Aljandro dejó caer la mano como si ella le quemara, su mirada era una mezcla de rabia y vergüenza. Le tendió el pago pero le dijo algo grosero entre dientes.

Sin mirar atrás una sola vez, descendió despacio hasta el arroyo más próximo, sintiéndose como si tuviera cien años. Permaneció con los pies descalzos en el agua helada y alzó la vista a las hojas de los árboles balanceándose sobre su cabeza. Entonces lloró, por Lissandra y todas las muchachas como ella, mientras el agua cristalina la rodeaba y descendía por el arroyo con el suave sonido de la limpieza. Caminó a ciegas hasta la tierra seca donde se hundió en la mullida y larga hierba, encogió las rodillas y sollozó con el corazón roto.

La voz le llegó, su voz, suave y cálida, con una pregunta delicada... ¿o era su propia necesidad de conjurar la voz reconfortante y afectuosa, un suave murmullo de protesta sobre su tormenta de lágrimas? Nicoletta no sabía cómo podía hacerlo, ni tan siquiera si estaba aliado con el diablo, pero por primera vez recibió con beneplácito aquel susurro. No había verdaderas palabras, era más una sensación, imágenes de calor y seguridad, como unos fuertes brazos rodeándola desde dentro hacia fuera.

La sorprendió una mano en el hombro, que acalló la voz con eficacia. ¿O rompió el encantamiento? ¿La red de un experto en magia negra? Maria Pia le acarició el pelo.

—Les has salvado la vida, Nicoletta.

—*Puo darsi.* —No alzó la mirada, continuó con el rostro enterrado en las rodillas—. Pero ¿para qué? ¿Para que el *bambino* sea un esclavo de Aljandro el resto de su vida, y que Lissandra vuelva a pasar por esto otra vez y muera? Le odio, Maria Pia. De verdad le odio. Aljandro hizo esto por mí, porque rechacé sus atenciones. No estaba dispuesto a mandarme llamar ni siquiera para ahorrarle el sufrimiento a Lissandra. Le detesto.

—No se te puede notar, Nicoletta —aconsejó la mujer—. No olvida los desaires, y eso te pone en una posición vulnerable.

—No me importa que sepa lo que pienso. Espero que se entere. No se merece a Lissandra, y a ella no le he hecho ningún favor esta mañana.

Nicoletta lloró aún con más fuerza.

—Él se preocupa por ella a su manera, le tiene afecto —explicó con dulzura Maria Pia—. Pero no entiende, sólo sabe pensar en su granja.

—¿Tan difícil es comprender que una niña no puede tener un bebé sin temor a morir, Maria Pia? Su «afecto» por ella la matará. No es más que una yegua de cría para él, y cuando muera, se buscará otra. Sólo piensa en sí mismo.

Se levantó y empezó a correr con sus piernas desnudas relumbrantes bajo las largas faldas mientras se alejaba corriendo de la granja. De Aljandro y de lo que representaba. De la sangre y de la muerte. Y se encontró dirigiéndose hacia la cala.

Quería ver por sí misma que nadie más había permanecido oculto entre las rocas y atacado a don Scarletti, aunque no sabía por qué era tan importante para ella en ese momento. Tenía que hacerlo de todos modos, sin importar la posibilidad de descubrir dos cadáveres; tenía que verlo con sus propios ojos. Una compulsión lúgubre la dominaba. Nicoletta se sentía atraída hacia la cala, atrapada con indefensión por un hechizo al que no podía resistirse. Hipnotizada, cautivada, tal vez atrapada en una red de maldad creciente... tanto daba. En aquel instante, lo más importante para ella era asegurarse de que don Scarletti estaba a salvo.

Corrió hasta que la pantorrilla lesionada protestó demasiado, obligándola a adoptar un paso más pausado. Siguió caminando rápido, haciendo pausas sólo para dar algún trago de agua refrescante a las pequeñas cascadas dispersas entre las colinas. Alcanzó los acantilados y miró hacia abajo, deseando estar preparada para lo que pudiera descubrir antes de descender. La cala estaba vacía. Ningún cadáver, ni sangre manchando la arena, nada que indicara la violencia vivida el día anterior. Ninguna prueba del incidente aparte de su recuerdo.

Descendió hasta la cala por el estrecho sendero, mirando bien dónde pisaba. La bruma del mar limpió las lágrimas de su rostro mientras andaba con cautela por la cornisa para elegir bien la ruta sobre las rocas que llevaban hasta la arena. Observó con atención, pero no había indicios de muerte en la hermosa playa semicircular. Moviéndose de regreso hacia la sombra de los acantilados, se sentó y permaneció observando el mar en continuo movimiento. La marea se acercaba presurosa hasta la costa una y otra vez, con su vaivén y ritmo constante. Debería de haber encontrado la paz para entonces, pero el lugar parecía más siniestro que nunca, percibía las secuelas de la violencia aún persistentes.

El agotamiento combinado con el ritmo del mar le pasaron factura finalmente. Se quedó dormida un rato, agotada por el esfuerzo de salvar la vida de su amiga. Las olas seguían retirándose y regresando, una nana mientras ella dormía.

La despertó un pájaro, cuya sombra pasó sobre su cabeza describiendo perezosos círculos. El cuervo descendió un poco, con círculos cada vez más cerrados, hasta posarse sobre la arena, para luego acercarse dando saltos hasta ella.

La muchacha abrió los ojos y suspiró en voz baja.

—Así que has vuelto a encontrarme —dijo con resignación.

El pájaro continuó mirándola, sus ojos redondos como cuentas fijos en su rostro. Ella sonrió:

—¿Piensas que debería buscarte un poco de comida y recompensarte por alertarme? No te tengo tanto aprecio, ni a ti ni a tus advertencias. —Se levantó poco a poco y dio un respingo cuando sus músculos protestaron y notó el dolor punzante en la pantorrilla ardiente. Se estiró, despacio y prolongadamente, antes de meter la mano en el bolsillo de la falda para buscar el pan envuelto con tal cuidado por Laurena en una pañoleta—. No te lo mereces pero de todos modos... Tiró varios pedazos al animal. El ave alcanzó los trozos uno a uno con su pico afilado y los devoró, luego continuó observándola, soltó un graznido y se fue dando saltos por la playa antes de alzar el vuelo.

Nicoletta hundió los hombros e inició el regreso al *villaggio* tomándoselo con calma. Cualquier problema inminente con toda probabilidad vendría a su encuentro allí en el pueblo.

Percibía la excitación en el aire en el momento de aproximarse al poblado. La gente estaba limpiando, pese a no ser día de limpieza, afanándose por dejar limpias las estrechas calles y acicalando sus casas. Saludó con poco entusiasmo a Ketsia, pero cuando la niña le indicó con la mano que se acercara a hablar, ella negó con la cabeza.

Antes de llegar a entrar en la seguridad de su cabaña, Cristano se plantó ante ella bloqueando la entrada e impidiendo cualquier escapatoria. Tenía el pelo negro revuelto, y parecía un poco alterado, respirando con fuerza como un toro desbocado. Clavó los ojos negros en ella.

—¡Mírate, Nicoletta, corriendo descalza por las colinas! Ya he tenido bastante de todo esto. He sido muy paciente, pero no voy a aguantar más. Te prohíbo que vagues por la montaña como una loca. No es seguro, y es muy impropio. Me conviertes en el hazmerreír del *villagio*. Es hora de que madures y hagas lo que te ordena tu prometido. Insistiré en que el cura nos case de inmediato. Informaré a la signorina Sigmora de que nos tenemos que casar.

—¿Has perdido la cabeza, Cristano? —Nicoletta le empujó para pasar—. Vete a pavonearte ante alguna de las otras chicas. No permitiré que me des órdenes de esta forma. —Era pequeña en comparación con el cuerpo alto y musculoso de él, pero le desafió de todos modos. Cristano era de verdad guapo e insolente. Le conocía de toda la vida y le tenía afecto, pero era el afecto de una hermana, una amiga, no una esposa. Él sabía que era guapo, sabía que las chicas le miraban... todas excepto Nicoletta. Ella alzaba la barbilla con altivez—: Siempre correré descalza y libre por las colinas, ningún hombre va a decirme lo que tengo que hacer, Cristano. ¡Y menos tú!

El muchacho tiró de ella para acercarla.

—Ya veremos. Los mayores saben que necesitas alguien que te controle. Pediré permiso, como tendría que haber hecho hace tiempo.

Le soltó el brazo y se marchó airoso.

Indignada, Nicoletta entró con ímpetu en la cabaña y cerró la puerta con fuerza innecesaria.

—Cristano se ha vuelto loco, necesita ayuda de inmediato. Es muy posible que tenga una inflamación del cerebro, no es broma.

Maria Pia no hizo caso de su comentario y la cogió por el brazo.

—¿Dónde has estado, Nicoletta? ¡Llevas ausente toda la noche! ¡Temía por ti!

Ella dejó su cartera con cuidado en el rincón.

—¿Atendiste al *bambino* de Lissandra?

—Está bien, fuerte y sano, gracias a la buena Madonna y a tu rápida reacción. Aljandro, por supuesto, dice que actuaste con torpeza durante el parto y le rompiste el hombro al bebé, y que hiciste sufrir mucho a Lissandra. Debes tener cuidado, *piccola*. Cuando un hombre se siente avergonzado y culpable, a menudo busca culpar a alguien más.

Nicoletta alzó la barbilla.

—No me importa lo que diga. —Hizo un ademán restando importancia—. Dime qué sucede. ¿A qué viene tanta excitación?

Se fue a la ventana y observó el trajín de actividad en el pueblo.

En vez de responder, Maria Pia empezó a calentar la sopa.

—Tienes que comer, *bambina*. Sé que no has tomado nada desde la cena de anoche. Ven, siéntate y déjame que te sirva.

—¿Qué es lo que no quieres contarme, Maria Pia? Es mejor soltar las cosas. —Mecánicamente, Nicoletta se cambió de ropa—. Cuéntamelo ya, no me hagas imaginar cosas raras.

Agarró con los dedos el dobladillo de la blusa. Lo sabía. Era don Scarletti, no podía ser otro. Era el motivo de que el corazón se le acelerara, se le secara la boca y que de repente se sintiera muy, muy asustada.

Maria Pia mantuvo su silencio obstinado mientras preparaba la sopa y la dejaba en la mesa junto con algo de pan y queso.

—Siéntate, *piccola*.

Con su habilidad habitual dotó a su voz del mismo hilo de autoridad al que ella siempre obedecía desde que era niña. Nicoletta calmó sus manos temblorosas, se sentó en silencio en la silla como una muchacha obediente, y alzó la vista hacia la mujer mayor.

—¿Viene a por mí entonces?

Maria Pia toqueteó nerviosa un cuadrado del mantel, cada línea de la edad claramente visible en su rostro.

—Eres consciente de las leyes que rigen nuestras vidas. Nuestro *villaggio* se encuentra en las tierras de don Scarletti. Le debemos fidelidad y estamos bajo su protección. La tierra pertenece a su *famiglia*. Sin él, nuestra gente se encontraría sin techo, sin medios, no podría ganarse la vida ni protegerse de los invasores. Hace dos o más siglos, mucho antes de que la maldición cayera sobre la *famiglia* Scarletti, nuestros antepasados llegaron a un acuerdo, que siempre hemos cumplido. —Maria Pia respiró hondo, retorciendo de repente la tela con las manos hasta formar un nudo prieto—. Don Scarletti ha ejercido su derecho a la Cláusula Nupcial.

Nicoletta alzó la mirada con unos ojos enormes llenando su cara, sin entender, incapaz de comprender del todo lo que la mujer estaba diciendo. La Cláusula Nupcial. Había oído hablar de ello, por supuesto, como todas las mujeres del pueblo.

De pequeñas, habían comentado como tontas las historias de algún apuesto aristócrata emergiendo del ornamentado palacio y llevándose a una de las doncellas a una vida de cuento de hadas llena de lujo y desahogo. Por supuesto la afortunada elegida pronto casaría a sus amigas con otros nobles jóvenes, guapos y ricos. Todas las aldeas y granjas de los alrededores que debían fidelidad al señor del palacio habían participado con alegría de la Cláusula Nupcial; era motivo de grandes festividades. Las mujeres en edad casadera se bañaban y preparaban con sus mejores galas, atreviéndose a coqueteos audaces para ganar las atenciones del don del palacio.

Pero eso era antes de que acabaran creyendo en la maldición. Antes de que las mujeres Scarletti, e incluso sus sirvientas, empezaran a morir en extraños accidentes... o de que fueran asesinadas de forma tan obvia. Antes de que el palacio fuera denominado, entre susurros, *Palazzo della Morte*. Palacio de la Muerte.

—No puede hacer eso —susurró Nicoletta llevándose la mano a la garganta como para protegerse—. No puede.

—Va a todos los *villaggi*, como si buscara esposa.

Pensativa, Nicoletta apoyó la barbilla en la mano.

—Debe hacerlo, no tiene otra opción. No puede mostrar preferencias con antelación. Pero es otra trampa en la que pretende hacerme caer. —Respiró hondo, luego dejó ir el aliento despacio—. Debemos burlarle una vez más, Maria Pia. Sé que podemos hacerlo. Si no fuera el caso, si no me buscara a mí, entonces no importará lo que hagamos.

—Ni se te ocurra ausentarte.

Maria Pia se mostró escandalizada. Nadie desafiaba una orden directa del señor. El honor del pueblo estaba en juego. Tras muchas generaciones de tradición, no podían desobedecer y no presentar a sus doncellas ante el don.

Nicoletta pronunció las oraciones previas a comer demasiado distraída para el gusto de Maria Pia, que le dio en los nudillos cuando ésta quiso apresurarse a partir el pan. La mujer recitó unas oraciones largas para bendecir los alimentos con gran devoción. A ella le costó no echarse a reír como Ketsia.

—No es cosa de risa, Nicoletta. Creo que el actual señor no tiene intención de hacer cumplir la Cláusula Nupcial. Han pasado dos generaciones sin que exigieran a una de nuestras muchachas desde palacio. Don Giovanni Scarletti no ha dado muestras de tal cosa; su decisión ha sido tan precipitada que nadie ha tenido tiempo de prepararse.

—Estoy de acuerdo contigo —dijo Nicoletta con calma. Lo sabía sin necesidad de oír los comentarios de Maria Pia. El cuervo le había advertido del peligro. Lo percibía—. Me está buscando. —Partió un trocito de queso y se lo metió en la boca, masticando pensativa—. Aún no está seguro, por eso está utilizando la petición de novias. Todas las mujeres casaderas reciben la orden de presentarse, pero él no tiene que escoger. Puede regresar un año y otro y de hecho no hacer una elección.

—Tal vez sea como un pescador sin anzuelo. —Maria Pia empezó a relajarse—. Y tal vez seamos más listas que él al fin y al cabo.

—Tiene un anzuelo —admitió Nicoletta al final. Dirigió una mirada a Maria Pia, luego apartó la vista, avergonzada por no haberlo confesado de inmediato—. Lleva la sangre del *villaggio* corriendo por sus venas. Él también es diferente, sé que lo es.

Maria Pia soltó un resuello y se santiguó, apresurándose de inmediato a acudir junto al altar de la gran Madonna para encender varias velas. Después de rezar con afán, se giró en redondo.

—¿En qué sentido es «diferente»?

Animó a Nicoletta a no ocultarle más información.

—No puedo explicarte tan siquiera en qué sentido yo soy diferente. Sólo sé cosas que no debería saber, percibo la enfermedad cuando toco a la gente, y en mí surge un calor capaz de curarla. Sé cómo mezclar hierbas para hacer medicinas, y conozco la mezcla conveniente nada más tocar al enfermo, pero no puedo explicar cómo. Sucede algo similar con él. No es lo mismo que a mí me sucede, pero es «diferente» de todos modos.

—Se rumorea que está aliado con... —Maria Pia no podía ni susurrar siquiera el nombre del diablo. Se fue hasta el agua bendita y la roció en las puertas y ventanas, luego sacudió una buena cantidad sobre Nicoletta—. Su casa está dedicada a deidades paganas. El mal acecha en ese palacio.

Nicoletta se estremeció. Estaba conforme con Maria Pia en lo referente al mal; también lo había percibido. ¿Y quién no? Pero no necesariamente aceptaba que Scarletti estuviera aliado con el diablo. El recuerdo de él de pie con los brazos abiertos, vulnerable al estilete, bajando luego la cabeza con las manos en los ojos, le rompía el corazón.

—El hecho de que tenga alguna «facultad» no significa que adore a falsos dioses. Es raro que los hombres tengan ese don, pero no es insólito, Maria Pia. Tú misma me lo dijiste cuando yo era sólo una criatura.

—No puedes desafiar la ley, Nicoletta —repitió Maria Pia.

—No se me ocurriría desafiar las leyes de nuestro pueblo.

Cometió el error de sonreír, sus ojos oscuros de repente se iluminaron traviesos.

Maria Pia le reprendió entre dientes, dándole una palmadita en la mano.

—Ten cuidado, *piccola*. Eso es más de lo que puede soportar mi viejo corazón. Debemos a don Scarletti nuestra lealtad y fidelidad. Llevamos una buena vida en sus tierras, tenemos la tripa llena y nos protege de todos los invasores. Incluso la Santa Madre Iglesia, alabados sean todos los santos, nos deja en paz por él, olvidando sus cazas de brujas y sus peticiones excesivas y onerosas de diezmo.

—La ley establece que todas las mujeres idóneas deben presentarse. Tal vez consiga parecer más joven, demasiado joven para el matrimonio. Tal vez tus recuerdos y los de Mirella estén demasiado borrosos como para recordar la fecha exacta de mi nacimiento. Estoy segura de ser un año demasiado joven para incluirme entre las doncellas casaderas. Si no soy yo a quien busca, no hay ningún mal en representar esta pantomima. Y si me busca a mí, sólo sería un error inofensivo. —Se encogió de hombros—. Muchas muchachas aceptarían voluntariamente la oportunidad de convertirse en esposa de un hombre tan poderoso. Quizás encuentre una de su gusto.

Maria Pia la miró fijamente con una ceja muy alzada. Observó de forma significativa sus pechos generosos y caderas redondas de que estaba dotada desde edad joven.

—No creo que se trague ese cuento, Nicoletta.

La muchacha hizo una mueca.

—Me vendaré con un poco de tela. Y me mantendré apartada. Podemos hacer correr la voz de que la gente piensa que estoy medio tarada y que soy un año demasiado joven, por si le pregunta a alguien.

—¡Nicoletta! —Maria Pia estaba consternada y se lo demostró—. La gente del pueblo callará para protegerte, pero nadie debe decir mentiras. La buena Madonna no puede protegernos de una locura así. ¡Qué ideas!

Ella seguía sin dar muestras de arrepentimiento.

—Y debes hablar con Cristano, Maria Pia. Se ha convertido en una molestia. A muchas de las chicas les encantaría que se fijara en ellas, pero sólo me mira a mí.

Maria Pia chasqueó la lengua:

—Cristano se convertirá en un buen hombre. Tienes suerte de que te haya echado el ojo. No es bueno creerse tan hermosa, Nicoletta. La belleza no dura eternamente, y acabas atrapada en lo que podría-haber-sido, como esa vieja loca de Mirella.

—Pero Cristano será uno de esos maridos engreídos y guapos siempre tan exigentes con su esposa mientras él sigue buscando flores nuevas, Maria Pia. Yo no sería el tipo de esposa capaz de sonreír con perdón y agrado cuando regresara de nuevo a mi cama. —La idea misma de compartir cama con él le repugnaba tanto que sintió un escalofrío; se frotó los brazos—. Sé que sus intenciones son buenas, no obstante pegará a su esposa como se le ocurra mirar a otro hombre y la culpará de las atenciones y sonrisas de otros varones. Tiene un gran concepto de sí mismo; esperará de su esposa que se ocupe de los niños y la casa ella sola mientras él pasa el rato despreocupadamente bebiendo y cazando con los otros hombres. Para mí eso no es un matrimonio. —Nicoletta partió otro pedazo de queso y sonrió a Maria Pia—. Me quedaré contigo.

Maria Pia entornó los ojos ostensiblemente e imploró a los cielos que la dotaran de paciencia, pero igualmente se mostró complacida.

—Es probable que tengas razón en cuanto a Cristano. —Con un suspiro reacio renunció al sueño de lograr que Nicoletta sentara cabeza gracias a un matrimonio con un joven guapo—. Con lo gallito que es y con ese mal genio que tiene, debería casarse con una mujer que no destaque tanto ante los otros hombres.

Nicoletta alzó las cejas pero se resistió a hacer comentarios. Le costaba entender que otras mujeres aceptaran tan deseosas el destino de convertirse en esposas abnegadas cuando ella consideraba la pérdida de libertad algo intolerable. Casada, nunca podría vivir del modo que quería vivir. Siempre había vagado libre. Debido a sus diferencias peculiares, no tenía que seguir las muchas reglas tácitas que sometían a otras mujeres. Le dolía ver a amigas suyas de la infancia como Lissandra haciendo bodas desastrosas; no obstante, no tenían opción en realidad. Pocas de ellas daban muestras de percatarse de que sus matrimonios podrían ir mal. Parecían albergar la ilusión de que la dicha matrimonial se incluiría de inmediato en sus bodas arregladas, incluso cuando se casaban con hombres desconsiderados y crueles. Lissandra siempre sería una yegua de cría y una bestia de carga para su marido, y moriría a edad temprana sin tan siquiera saber lo que era el verdadero amor.

Entonces se apretó la frente con dos dedos a causa del repentino dolor punzante provocado por aquellos pensamientos. Miró por la ventana las colinas que la cautivaban. En ocasiones como ésta, quería perderse por la naturaleza y librarse del vapuleo continuo de sus emociones.

Maria Pia sacudió la cabeza con brusquedad.

—Oh, no, no puedes salir. Si lo haces no volveré a verte en días. Ya no eres una *bambina* para salir corriendo y esconderte cuando no quieres enfrentarte a algo. —Indicó con la mano la ventana y las montañas detrás—. Una vez que te pierdes por las colinas, ni siquiera yo puedo hacerte regresar.

—Aún me llamas *bambina* —comentó Nicoletta con sonrisa burlona, intentando recuperar una alegría que no sentía.

—No debería tolerar tus bobadas —reprendió la mujer, pero la verdad es que no soportaba verla infeliz. Nadie del pueblo lo toleraba, no durante mucho rato. Cuando Nicoletta sonreía, entraba el sol. Ni siquiera sus prendas gastadas y descoloridas podían atenuar su belleza natural—. No veo cómo podemos disimular tu aspecto femenino, hija. —Reparó en los pequeños pies descalzos—. ¿Dónde están los zapatos? —preguntó tal y como tenía que hacer a menudo.

Ella se encogió de hombros despreocupada.

—La verdad, no lo sé. No los voy a necesitar. Creo que ir descalza contribuirá a la ilusión de que soy más joven. —Se rió en voz baja—. Vaya trabajo tiene Ketsia siguiendo la pista de mis cosas. No obstante, la tiene ocupada y sin meterse en problemas, y tal vez alivie tus preocupaciones al mismo tiempo.

—¡Donna Maria Pia! —La voz atronadora de Cristano casi sacude la cabaña—. Debo hablar con usted.

Maria Pia se ciñó el chal mientras se acercaba arrastrando los pies a la puerta.

Nicoletta hizo una mueca:

—No dejes entrar a ese vanidoso pavo real —dijo entre dientes.

—Compórtate, muchacha —exigió Maria Pia, y abrió la puerta.

Cristano se apresuró a entrar, casi derribando a Maria Pia. La dejó sin aliento y tuvo que sujetarla para que no se cayera al suelo. La mujer le dio una palmada en las manos y frunció los labios, chasqueando la lengua con desaprobación como una gallina vieja:

—¿Por qué andas así, Cristano?

Nicoletta estalló en carcajadas mientras éste, mortificado, se ponía colorado. Maria Pia hizo callar a Nicoletta con un gesto elocuente. Él le lanzó una mirada fulminante a la muchacha y recuperó la dignidad lo bastante como para mirar a la mujer mayor.

—He venido a pedir la mano de Nicoletta. No puede quedar incluida entre las mujeres candidatas a la Cláusula Nupcial.

Maria Pia sonrió con dulzura y dio una palmadita a Cristano en el brazo.

—Qué chico tan considerado, pensar en tal cosa, pero pareces haber olvidado que es un año demasiado joven para casarse aún. No será incluida en la Cláusula Nupcial. —Le acompañó hasta la puerta—. Ha sido muy amable por tu parte ofrecer tal sacrificio —añadió con ironía—, pero no hace falta. Nicoletta seguirá soltera al menos otro año.

Mientras le despedía dándole unas palmaditas, le empujó para que saliera por la puerta, que cerró con firmeza. Luego, tras haber pronunciado aquella mentira, algo que había jurado no hacer, se apresuró a acercarse a la Madonna para pedirle perdón y caridad.

Capítulo 5

La noche siguiente, el aire del pueblo bullía de energía. Nicoletta, sacudiendo la cabeza desde detrás de un gran árbol, observaba las festividades. Se apretó contra el tronco, confiando en parecer una de las niñas sin nombre, sin rostro, que la aristocracia nunca parecía advertir. Se había vendado los pechos generosos y llevaba un vestido suelto y sin forma, no tan vistoso pero limpio. Iba inevitablemente descalza, pero las faldas ocultaban sus piernas torneadas, y llevaba el pelo recogido y cubierto por una pañoleta. De todos modos no iba a arriesgarse, estaba decidida a mantenerse todo lo alejada que pudiera de don Scarletti.

Durante las largas horas diurnas los adultos habían continuado limpiando y puliendo el *villaggio* con la esperanza de que luciera más aceptable para su señor. Todas las casas y sus entradas estaban ahora limpias y ordenadas, ninguna colada colgaba de los arbustos ni de los árboles. Los niños habían sido desplegados como mensajeros, posicionados en los *villaggi* vecinos para informar del avance del séquito. Se iba moviendo poco a poco desde los pueblos y las granjas, inspeccionando a las muchachas, y era evidente que sin encontrar una de su gusto. Se acercaba a ritmo constante a ellos.

Nicoletta se moría de curiosidad por ver a las chicas, sus amigas, todas en edad de casarse, sonriendo con sus mejores galas, aseadas y empolvadas, olvidándose de toda muerte trágica y todo rumor siniestro. Permanecían juntas en grupos, hablando en susurros, estallando de vez en cuando en arranques de risas nerviosas. Sólo pensaban en las riquezas, el prestigio y la suerte que supondría un matrimonio así. Entonces retorció los dedos con fuerza en torno al tejido de la falda, mientras el corazón golpeaba con fuerza en su pecho. Venía, no había encontrado novia aún, y en lo profundo de su corazón ella sabía que no lo haría. Venía a por ella.

Estaba temblando, era un leve estremecimiento que no podía controlar. Tenía las manos heladas y su estómago daba extrañas vueltas. Una vez más la bruma había hecho aparición en bandas que serpenteaban formando volutas fantasmagóricas en torno a los árboles y las casas. Tenía un terrible estruendo en la cabeza, como el sonido del trueno anunciando la tormenta. Venía a por ella. Cantaba en su cabeza, un estribillo atroz. La autoconservación pugnaba con su sentido del deber. Era imposible derrotar a don Scarletti. Lo habían intentado hombres fuertes, y habían muerto en el intento. Venía a por ella.

Nicoletta notó la piel de gallina propagándose por ella. Cerca. Ahora estaba cerca. Sentía las piernas de goma, las rodillas débiles. Necesitó toda su voluntad para no ceder terreno, si bien era cierto que lo hacía como una violeta junto a la protección de un árbol.

Hizo aparición montado sobre un enorme caballo negro con crin y cola ondeantes. El corcel estaba inquieto, brincaba a un lado y sacudía la cabeza, pero la poderosa figura que lo montaba parecía calmada, llevando las riendas. Le acompañaban muchos escoltas, hombres fuertes todos ellos, con orgullo obvio y lealtad completa al señor. Nicoletta podía apreciar la emoción en sus rostros, y aquello le asustó aún más. Estos hombres la quemarían en la hoguera en cuanto él lo ordenara. Harían cualquier cosa que dispusiera.

Don Giovanni Scarletti, con su enorme altura y amplios hombros, el ancho pecho que se estrechaba hasta las delgadas caderas, tenía la dura impronta de la autoridad en su bello rostro angular. No era joven, sino un hombre hecho y derecho. Había un toque despiadado en su boca; sus ojos francamente sensuales destellaban como obsidianas negras, con los párpados bajos con sus gruesas pestañas negras. Resultaba intimidante, un hombre nacido para mandar.

La dejó sin aliento. Era apuesto y aterrador, de aspecto tan poderoso que parecía invencible por completo. No le miró directamente, aterrorizada sólo de pensar en atraer su mirada. Uno de sus hombres tomó las riendas del caballo, y don Scarletti desmontó con un movimiento fluido. Parecía paciente y cortés mientras los mayores del *villaggio* le saludaban con sus charlas prolijas y le ofrecían presentes. Los músicos del pueblo hicieron todo lo posible para entretener con su entusiasmo y música enérgica más que afinada. El sonido acabó de crisparle sus nervios ya intranquilos.

Estaba hipnotizada por él, sus movimientos gráciles, el juego de sus músculos bajo el fino tejido de la camisa, la manera en que transmitía poder. Parecía fuerte y capaz, seguro por completo, invencible. Un hechicero siniestro extendiendo su embrujo. Nicoletta quería apartar la mirada, aterrorizada de atraer la atención pero incapaz de deshacerse de la red que parecía tejer en torno a ella.

—Es muy guapo —le confió Ketsia tirando de su falda.

—A ti todos los hombres te parecen guapos —respondió ella, manteniendo el tono bajo, aunque se hallaban a cierta distancia de las festividades principales.

Ketsia soltó una risita.

—Pero es mayor, Nicoletta. Me alegra que no estés con las otras chicas o te elegiría a ti, seguro.

Ella se puso tensa, pero no se atrevió a perder de vista ni un instante a don Scarletti. No se fiaba de esta situación. Su corazón latía con más fuerza que nunca.

—¿Por qué dices eso, Ketsia?

Tenía la boca tan seca que casi no podía hablar.

—Sólo lo sé. Cualquiera te escogería a ti, Nicoletta —dijo Ketsia con seguridad—. Eres tan guapa y buena. —Estudió al don—. Creo que no lo está pasando bien. Parece aburrido. ¿Piensas que está bien mostrarse aburrido cuando está escogiendo a su novia? —Arrugó la nariz—. Ni siquiera mira a las chicas. Ha pasado de largo junto a Rosia, y lleva su mejor vestido.

El extraño estremecimiento había empeorado. Los dientes le castañeteaban con tal fuerza que los apretó temerosa de que el sonido atrajera la atención de su señor. Ketsia tenía razón; don Scarletti estaba dedicando a las muchachas inspecciones de lo más superficiales. Apenas evitaba resultar grosero, pero ella se daba cuenta de que no le importaba lo que pensaran los demás. Su rostro se ensombrecía como un nubarrón. Le vio volver la cabeza para examinar al gentío, con su mirada centelleante aguda como la de un halcón. Era un ave de presa, y supo por instinto que ella era la captura que buscaba. Se llevó una mano protectora a la garganta e intentó empequeñecerse aún más. El señor de las tierras inspeccionaba los rostros de la multitud con ojos pensativos y de pronto se quedó muy quieto.

Nicoletta siguió la dirección de sus ojos y soltó un jadeo al descubrir que su mirada se había detenido en Maria Pia. Se inclinó y habló en voz baja con el hombre que tenía a su lado. Al instante éste se abrió paso a través de la multitud y se fue directo hacia la mujer. Con la cabeza baja, ella le siguió obediente hasta su señor.

Entonces cerró los ojos con fuerza, deseando bloquear lo inevitable. No podía permitir que Maria Pia se llevara el castigo de la ira poderosa de don Scarletti. Ketsia parecía percibir que algo iba mal porque se acercó más para agarrarse a su falda.

—¿Por qué hace preguntas a Maria Pia? —dijo lastimeramente—. Da miedo.

—Chit, *bambina* —rogó Nicoletta, pues quería oír.

Pero Ketsia volvía a tener razón, él resultaba amenazador.

Hablando con voz más baja que nunca, pero sin dejar lugar a dudas que su intención era conseguir lo que quería.

—¿Dónde está la joven que te acompañó al palacio? No te equivoques, vieja, me ocupo con severidad de quien intenta desafiar mis órdenes. Se ha invocado la Cláusula Nupcial y todas las mujeres deben estar presentes.

Maria Pia asintió varias veces.

—Entendimos, don Scarletti, que quería ver sólo a las jóvenes en edad de casarse.

Era evidente que el aristócrata se había puesto tenso.

—Tu aprendiz estaba soltera, ¿cierto?

Lo transformó en una afirmación.

—Así es, don Scarletti, pero aún es bastante joven... a su manera.

Maria Pia retorcía las manos por el esfuerzo de no santiguarse y agarrar su crucifijo mientras buscaba la manera de engañarle.

Los rasgos duros de don Scarletti seguían inmóviles, los ojos centelleantes y pensativos descansaban en el rostro de la mujer. Hizo una breve inclinación.

—Deseo ver a la chica. Haz que me la traigan de inmediato.

De forma involuntaria, varias de las jóvenes se volvieron para mirarla con una mezcla de miedo y decepción en el rostro. Al instante el don, advertido, siguió los gestos reveladores, posando su mirada penetrante e infalible en su rostro como la punta de un estoque.

La muchacha se quedó sin aliento, paralizada por un momento, incapaz de pensar o moverse. Todos sus instintos le decían que corriera, sin embargo no podía, tenía la mirada pegada a la de él. Su pulso latía ruidoso, como un tambor aporreando sus sienes. Era incapaz de apartar la mirada de él por mucho que lo intentara. Sintió que se caía hacia delante dentro de las profundidades del negro sin fondo de sus ojos.

Don Scarletti no dio órdenes para que trajeran a Nicoletta a su presencia, sino que empezó a moverse hacia ella. La multitud se apartó de inmediato, abriéndole paso, y él avanzó con determinación, sin mirar ni a izquierda ni a derecha, sólo a ella. Su prisionera. Su presa. El pensamiento latía en la cabeza de la muchacha al ritmo furioso de los latidos de su corazón.

Se detuvo directamente delante de ella, elevándose de tal manera por encima suyo que se vio obligada a echar la cabeza hacia atrás, con la mirada aún pegada a la de él. En ese momento notó tal intensidad en sus sentidos que casi era insoportable. Era consciente de todo: el viento levantándole el pelo y moviéndose sobre su piel con la frescura de una caricia; Ketsia agarrada a sus faldas; el terrible temblor que parecía incapaz de superar; la negrura de los ojos de Scarletti y sus labios perfectamente esculpidos, y finalmente la forma en que las volutas de bruma parecían enrollarse en las piernas de su señor como si viniera de otro mundo.

La mirada oscura y penetrante se desplazó despacio por ella, absorbiendo cada detalle de su aspecto de golfilla sin gracia. Una diversión débil y burlona se apoderó de sus ojos, disipando de momento la actitud distante y gélida tan característica en él. Giró sobre el talón de una de sus relucientes botas y regresó junto a su caballo, con una demostración fascinante de coordinación grácil y fluida en aquel movimiento.

Como el conejo arrinconado del refrán, Nicoletta le observó aterrorizada por lo que pudiera hacer él. Era esperar demasiado que volviera a montar y se alejase a caballo dejándola en paz. Cuando la miraba lo hacía con absoluta posesión, y ella era suficiente mujer como para reconocerlo. No le quedaba otro remedio que esperar indefensa, sintiéndose tonta con su ropa de niña.

Regresó andando y se plantó directamente delante de ella por segunda vez. Ahora más cerca. Tanto que ella notó el calor que emanaba de su cuerpo y se filtraba en su propia piel gélida. No pudo apartar los ojos de su mirada negra para ver qué sostenía colgando de la punta de sus dedos. Él alzó la mano hasta la altura de sus ojos para que sus sandalias quedaran visibles, balanceándose del extremo de las largas correas.

—Tal vez si te pusieras las sandalias, ganarías una pulgada de altura y un año o dos de edad, signorina —sugirió en voz baja.

Nicoletta se quedó mirando el calzado con horror. Las manos le temblaban tanto que no se atrevió a soltar la falda. Fue Ketsia quien estiró el brazo y cogió las sandalias de sus manos mientras miraba a su cuidadora directamente a los ojos con una débil sonrisa provocadora.

Scarletti ni siquiera miró a la niña; tenía su mirada oscura fija en la suya.

—Tú eres la elegida —dijo en voz baja, pensativamente. Su voz se volvió un poco burlona, como si se riera de sí mismo—. Tienes el honor de haber sido elegida por la Cláusula Nupcial.

Nicoletta alzó la vista aún hipnotizada. Ambos sabían que no era un honor; equivalía a una sentencia de muerte. La idea titiló entre ellos, sin pronunciarse. Ella asintió con la cabeza involuntariamente, con ojos enormes y suplicantes.

De repente don Scarletti apartó la mirada de sus ojos y se volvió hacia los mayores del pueblo.

—Se ha cumplido la Cláusula Nupcial. Ella es la elegida.

Se hizo un silencio completo durante un momento. Incluso el viento permaneció quieto. Y luego estalló el caos. Un sonido de puro terror escapó de la garganta de Nicoletta. Cristano, con el rostro transformado en una máscara de furia, estalló en una protesta exaltada. Varias de las posibles novias perdieron los nervios y empezaron a lloriquear en voz alta. Los mayores protestaron a la vez y Maria Pia se puso a rezar a la buena Madonna. Los hombres de Scarletti se miraban unos a otros, desconcertados por la reacción a aquel enorme cumplido, pero permanecieron callados con estoicismo sin autorización para hablar.

Pero Cristano había atraído la atención del don. Don Giovanni Scarletti desplazó la mirada del rostro blanco de Nicoletta a la expresión indignada del joven. Una sombra oscura cruzó los rasgos sensuales del señor. Se volvió de nuevo a ella acercándose esta vez lo bastante como para dejarla atrapada entre su duro cuerpo y el tronco sólido del árbol. Extendiendo una mano sobre su garganta, rodeó con los dedos su cuello como si pudiera estrangularla, mientras la mirada negra recorría su rostro vuelto hacia arriba y descansaba en su tierna boca temblorosa.

—He escogido. Tu hombrecito debe buscarse otra.

Había una suave amenaza en su voz; sonaba tajante.

Pero al mismo tiempo esa voz logró alcanzar el núcleo de fuerza y fuego de Nicoletta. Apretó los dientes con un chasquido. Sus ojos oscuros centelleaban con fuego al mirarle.

—Elija otra. Hay muchas novias dispuestas —dijo entre dientes, sin importarle que pudiera parecer irrespetuoso o desafiante.

—He escogido, y mi elección es la que vale.

—No iré.

A su alrededor se oía el clamor de charlas y discusiones, pero igualmente podrían haber sido las dos únicas personas en el mundo. Nicoletta era muy consciente de la palma de la mano amoldada a su cuello y los dedos sobre la piel desnuda. El calor que desprendían era tan intenso que estaba marcando su alma con su hierro. Él sonrió mirando directamente aquellos ojos desafiantes con una curva lenta y sin humor en su boca perfecta.

—El matrimonio tendrá lugar en cuanto la Santa Iglesia dé el beneplácito.

Apartó la mano poco a poco de su piel, de mala gana, y se dio media vuelta para caminar con calma de regreso junto al grupo de mayores. El calor perduró en la piel de ella donde había estado la palma. Maria Pia acudió presurosa a su lado, echando su chal sobre la cabeza y hombros de la joven para darle una apariencia de intimidad mientras la acompañaba a través de la multitud hacia su cabaña. Nicoletta podía oír las protestas de los mayores, pero sabía que tendrían que ceder. El don no discutía; sólo esperaba a que lo hablaran entre ellos. Luego les dio algunas recomendaciones sobre sus planes con su voz baja e imperiosa.

Una vez cerrada la puerta, ella cruzó la habitación con ímpetu.

—No voy a convertirme en su esposa. ¡Ni hablar! No me importa lo que digan los mayores del pueblo, no me importa si me amenaza con la hoguera y con quemarme. ¡No voy a casarme! ¡No puede sacarme de mi casa para llevarme a ese horrible palacio y poner todo mi mundo patas arriba!

Maria Pia permaneció callada, dejando que Nicoletta se desahogara en la seguridad del interior de la casa. Miró a la joven recorriendo la habitación de un lado a otro, demasiado alterada como para quedarse quieta en un sitio.

—Cualquiera de las otras chicas estaría encantada de casarse con él. ¡Sabe que podría haber elegido a cualquiera de ellas! Bien, pues no voy a hacerlo, no puede obligarme. —Nicoletta se retorció las manos—. ¿Crees que los viejos le convencerán de que desista? Tal vez le hagan entender que soy medio tonta. Sólo alguien un poco tarada se vestiría como yo hoy. ¡Seguro que no quiere casarse con una imbécil!

—Nicoletta, ¿le has visto la cara cuando Cristano protestó por su elección? —preguntó Maria Pia en voz baja—. Don Scarletti no es la clase de hombre que vaya a renunciar a ti.

—Bien, pues tendrá que hacerlo.

Nicoletta arrojó encima de la cama el chal y la pañoleta, se sacó el vestido sin forma y lo tiró a un lado. Luego se arrancó la tela que cubría sus pechos doloridos. El disfraz había sido una idea estúpida desde el principio. Arrojó la tela tras el chal como protesta.

—No soy un objeto, Maria Pia. ¡No pertenezco a nadie! Acudiré al cura y protestaré de inmediato. No puede hacer esto.

Nicoletta tiró de su falda y camisa con movimientos rápidos y furiosos. Respiraba deprisa para no echarse a llorar como una criatura.

Maria Pia inclinó la cabeza, intentando contener las lágrimas. Había sabido en todo momento que llegaría este día. La Iglesia no ayudaría a su niña; el cura insistiría en que se casara con el don. Scarletti era demasiado poderoso para que el sacerdote no diera su apoyo. Tenía vínculos con todos los grandes líderes políticos y su ejército era fuerte. Si don Giovanni Scarletti quería a Nicoletta, nadie se opondría a él. Los mayores del pueblo no podían arriesgarse a sufrir sus iras; necesitaban sus tierras y su buena voluntad y protección. Con una esposa escogida en el *villaggio*, su categoría mejoraría de modo considerable. Nadie la salvaría de su destino. Nadie podía salvarla, ni siquiera ella.

Permaneció en pie en el centro de la habitación soltándose el moño que se había hecho, dejando que la densa mata de cabello cayera en ondas por su espalda. El hecho de que aún estuviera temblando alimentaba aún más su rabia. La enfurecía que un hombre tuviera el poder de controlar su vida. No hacía falta que Maria Pia le indicara que no tenía nada que hacer contra don Scarletti; sabía que estaba despotricando y clamando contra un destino ineluctable.

Se obligó a respirar despacio y hondo; inspiración y exhalación. Nadie más podría sacarla de aquella situación.

—Los mayores pedirán al sacerdote que celebre la ceremonia en cuanto él lo desee —dijo Nicoletta arrastrando las palabras.

Miró por la ventana a la multitud reunida fuera. La niebla era cada vez más densa y el aire fresco, pero la muchedumbre seguía ahí reunida. Sabía que él seguía en el *villaggio*. Negociando. El elocuente y arrogante don Scarletti al final conseguiría que los mayores estuvieran más que satisfechos con aquella boda, aunque con toda probabilidad no había esperado oposición de ningún tipo.

—¡Me están vendiendo a él! —estalló lacrimosa, incapaz de contener el miedo.

Tendría que dejar su querido hogar, su montaña, todo lo que conocía y todas las personas a quienes quería. Tendría que dejarlo todo atrás para siempre.

—*Piccola* —Maria Pia intentó consolarla—, esta tradición se ha seguido a lo largo de muchas generaciones. La mayoría de muchachas estarían encantadas de casarse con un aristócrata. No debes culpar a los mayores de esto. Intentaron disuadirle, les he oído.

Nicoletta asintió con la cabeza, pero las lágrimas surcaban su rostro. La niebla era ahora densa como un manto y los cuchicheos por fin se quedaban tras las puertas de las casas. La noche había caído deprisa tal y como sucedía en las montañas, con sombras alargadas y el viento aullando lloroso entre los árboles. Su mundo. El mundo al que pertenecía, libre y salvaje, como los osos y los lobos. No debería estar prisionera en un palacio maligno y atroz, con gente que nunca la entendería ni la querría.

—Los mayores vendrán pronto —advirtió la mujer en voz baja—. Debes calmarte, *bambina*. No pueden notar tu desafío.

Nicoletta asintió con una extraña sensación de agradecimiento a Maria Pia por no referirse a que tendría que marcharse pronto. Pensaba que no lo soportaría. Recogió su penoso disfraz y lo escondió con cuidado. Refugiándose en su trabajo, pospuso todas las ideas de huida hasta después de la inminente dura prueba. Preparó el fuego e hizo una infusión de hierbas. Encendió varias velas por su aroma sosegador y puso unas cuantas más en el altar de la Madonna siguiendo la sugerencia de Maria Pia, aunque tuvo que contenerse para no comentar que la Virgen debía de estar muy ocupada en algún otro sitio mientras don Scarletti la elegía a ella.

Aunque se puso tensa al oír la llamada en la puerta, permaneció tranquila con la cabeza baja mientras Maria Pia hacía pasar a los dignatarios al interior de la cabaña. Los mayores evitaron mirarla, incapaces de encararla sin vergüenza, pero notó el peso de la mirada de don Scarletti. Ella continuó con la vista fija en el suelo.

Giovanni hizo una inclinación ante Maria Pia.

—Naturalmente, signorina Sigmora, procuraré lo necesario con generosidad para mi futura esposa. Ya he mandado llamar a las costureras para que se ocupen del traje nupcial y del vestuario adecuado que necesitará como esposa mía. Llegarán aquí muy rápido. Nos casaremos en la catedral en cuanto todo esté dispuesto.

Maria Pia le dio las gracias. ¿Qué más podía hacer?

Nicoletta estaba que echaba chispas. ¿Cómo se atrevía a entrar en su casa y dar órdenes? ¡Ya había mandado llamar a las costureras! ¡Qué frescura! Scarletti cruzó como si tal cosa la habitación para plantarse ante ella, erizándole la piel otra vez. Su aire burlón de diversión no dejaba entrever si era consciente de su irritación. Su sola presencia llenaba la pequeña cabaña y absorbía todo el aire, pues ella sentía que no podía respirar, nunca podría volver a respirar. Entonces colocó las manos tras la espalda, retorciéndose los dedos para no hacer alguna locura, como echarle la taza directamente a la cara.

—Creo que has vuelto a olvidarte de esto.

Sonaba divertido mientras sostenía las sandalias ante ella.

Nicoletta las cogió, con cuidado de evitar tocarlo.

—Gracias, signore.

No utilizó a posta un título más respetuoso, su voz era apenas audible, una niña obediente dando a su pesar las gracias a un adulto bienintencionado.

—Vamos, *bambina*. —Un anciano le tendió la mano—. Permite que te presente formalmente a nuestro señor. Procurará todo lo necesario para los festejos. Don Scarletti, ésta es nuestra querida Nicoletta.

Cometió el error de mirar a Giovanni entonces, alzando las pestañas para que sus ojos oscuros encontraran los de él por un breve instante. Él advirtió la ardiente llama en sus profundidades, que dejaba entrever su desafío y la rabia bullente. Arqueó una ceja negra, y una diversión débil y burlona curvó su boca y llegó hasta sus ojos, que destellaron con malicia.

—No quiero que se preocupen. —Se dirigía a Maria Pia, aunque mantenía la mirada en Nicoletta—. Sé que siempre existe el peligro de que un enemigo intente secuestrar a mi futura esposa antes de tenerla a salvo en mi palacio. Para garantizar su seguridad en todo momento, mis hombres permanecerán aquí apostados día y noche.

Una chispa muy leve de humor animaba su voz.

Nicoletta se había apresurado a apartar la mirada mientras él la contemplaba, pero entonces alzó la barbilla con ojos centelleantes. No la estaba protegiendo, ¡era su prisionera! Los demás podían tragarse su explicación ridícula... ¡ella sabía la verdad! Sintió ganas de tirar algo a ese rostro apuesto y sonriente.

Maria Pia soltó un jadeo y se llevó las manos al pecho.

—Sin duda eso no es necesario, don Scarletti.

Un *villagio* pequeño no podía permitirse alimentar y alojar a sus tropas. ¿Y qué pasaría con las otras muchachas, con tanto apuesto soldados por allí? Era una situación peligrosa. Nadie había esperado que el séquito dejara allí un regimiento de vigilantes.

—No se preocupe. Facilitaré todas sus dietas y provisiones, y mis hombres cumplirán órdenes estrictas. Aún así sería prudente que las mujeres jóvenes no se alejaran demasiado de sus casas —sugirió Giovanni suavemente, pero era una clara advertencia de que no cambiaría de planes.

Nicoletta se apartó de él, retirándose sin disimulo tras Maria Pia. Escuchó la voz de don Scarletti, su nota de autoridad avivando las brasas de resistencia en lo profundo de ella hasta encender un fuego en toda regla. Sus vigilantes no iban a retenerla. No iba a ir al terrible *Palazzo della Morte*. Los mayores podían pasar por alto la larga lista de muertes misteriosas acontecidas allí, pero ella no. Nunca olvidaría ese día terrible en que trajeron de vuelta al pueblo el cadáver de su madre. Permaneció muy quieta en el rincón de la habitación, concentrada en tramar su huida.

Mucho después de que se marcharan los oficiales y don Scarletti, Nicoletta continuaba de pie junto a la ventana, observando el manto de niebla. Maria Pia le dejó una taza de té humeante en las manos.

—Parecías a punto de sufrir un colapso —dijo con dulzura—. Deberías ir a la cama y descansar. Las cosas pintan mejor cuando estás descansada.

—¿Tú crees? —preguntó con amargura la joven—. Él me ha cambiado la vida para siempre.

Maria Pia le dio una palmadita amable.

—No es un pagano, va a casarse contigo tal y como manda la Santa Iglesia —añadió intentando tranquilizar a su joven protegida.

—No le veo como un hombre bueno o santo, Maria Pia. Sigue los dictados de la Iglesia, pero por diplomacia, no por otro motivo. Aunque tienes razón, estoy agotada y necesito descansar.

Dejó la taza con cuidado y empezó a enredar en los armarios.

Maria Pia la observó en silencio metiendo un gastado chal y una manta en la cartera de las medicinas, añadiendo pan y queso como si se preparara para un largo viaje. Nicoletta besó a la mujer mayor con cariño y la rodeó con los brazos, aferrándose a ella un largo rato en silencio. Apagaron juntas las velas y se echaron en sus camas. Maria Pia se quedó dormida con lágrimas surcando su rostro, consciente de que cuando despertara, Nicoletta se habría ido. No intentó convencerla de que desistiera, sabía que sus reprobaciones serían inútiles; pero el castigo por un desafío así era la muerte. Si se fugaba, no volvería a verla. Y si la atrapaban... De cualquier manera, nunca volvería a ver a su querida niña.

Nicoletta permaneció quieta, dando vueltas mentalmente a su plan. Si se movía demasiado de un lado a otro, resultaría más fácil seguirla. Sería mejor encontrar un escondite y permanecer en él sin hacer ruido unos días hasta que se desvaneciera el furor inicial a causa de su partida. Al principio todo el mundo saldría a buscarla, costaría más pasar desapercibida si se movía; mejor ocultarse y esperar un poco. Tenía una fe completa en su capacidad para despistar a los vigilantes. Nunca esperarían que fuera a escaparse, desde luego no de noche, cuando todos los animales salían a cazar su cena, cuando los supersticiosos temían las sombras oscuras y los monstruos legendarios que recorrían las colinas. Lo único que podía hacer era rezar a la caritativa Madonna para que su acto desesperado no perjudicara a la devota e inocente Maria Pia.

Nicoletta permaneció tumbada en el calor de la cabaña mientras el viento aullaba y gemía en el exterior y la bruma se transformaba en una densa masa. Esperó a que Maria Pia estuviera profundamente dormida. Los guardias se estarían calentando junto al fuego del campamento, tal vez mirando directamente a las llamas que empañarían temporalmente su visión. Tomó la precaución de vestirse de gris oscuro. No tan oscuro como para destacar en la bruma, ni tan claro como para que la oscuridad la delatara. Después de trenzarse el pelo con destreza, se ajustó bien el chal de viaje. Agarrando la bolsa, se escabulló por la puerta como una tenue sombra confundiéndose con la noche a toda velocidad. Al instante se fundió con la bruma.

Avanzó deprisa y en silencio a través del pueblo, evitando con cuidado los grupos de soldados agachados junto a las hogueras. Sus pies descalzos encontraron infalibles el estrecho sendero que ascendía por la montaña más alta. Seguiría la línea de costa antes de encaminarse hacia el extremo más alejado de las colinas, lejos de palacio. Allí conocía una red de cuevas que descendía hasta las profundidades de la tierra. Poca gente era consciente de su existencia, y menos aún tenían el coraje de entrar en ellas.

Un búho ululó con el sonido distorsionado por la densa bruma. Oyó el rumor de las alas bastante cerca. Las ramas oscilaban y bailaban juntándose ruidosas en una danza macabra de siluetas formadas por palos, creando un fragor en la oscuridad. Vio los ojos relucientes de un depredador nocturno observándola entre los árboles. El aire tenía una densidad extraña, era viscoso, como arenas movedizas; no tardó en notar las piernas cansadas y sentir calambres en los músculos. Nada parecía igual en su querida montaña. Incluso las ovejas se mostraban hostiles, extrañas apariciones blancas en medio de la bruma.

De repente el viento se detuvo. Las hojas dejaron de susurrar y la noche parecía inusualmente tranquila. Nicoletta se paralizó, esperando nada más, sin atreverse a moverse en la bolsa inesperada de silencio. Se levantó otra vez una ligera brisa, moviendo suavemente sus faldas y revolviéndole el pelo. Pero el viento trajo consigo esa voz murmurante, rozando su mente como alas tenues de mariposas. La voz parecía ahora más clara, casi podía distinguir las palabras. Era la voz del señor del palacio, sin duda la reconocería en cualquier sitio. Suave pero imperiosa, con ese tono constante, persistente, que dificultaba la concentración.

Nicoletta se tapó los oídos con las manos en un intento de bloquearla y seguir andando. Pero la voz continuaba susurrante en su mente, tentadora, consumiendo su confianza y obligándola a aminorar la marcha hasta el punto de crearle la impresión de moverse en un sueño, incapaz de distinguir entre realidad y fantasía. Se encontraba a mitad de su ascenso a la montaña cuando se percató de que don Scarletti era muy consciente de hacia donde huía, y estaba empleando la voz hipnótica para ralentizar su avance. No era ninguna coincidencia que la voz susurrara con el viento, sin un intento deliberado de retenerla junto a él.

Se agarró a un árbol para estabilizarse.

—Para ya —susurró a la noche. Él tenía que detener aquello o ella se volvería loca. ¿Era esto mismo lo que le había sucedido a su tatarabuela, la mujer que se había arrojado desde la gárgola de amplias alas agazapada en lo alto de la torre que daba al mar violento? Un guardián del palacio, afirmaban, no obstante para ella era una criatura horrible. ¿Habían obligado a la pobre muchacha a casarse con un Scarletti? ¿Había sido una víctima de la Cláusula Nupcial también? ¿Separada de su familia y entregada a un matrimonio sin amor con un cruel hombre pagano? ¿La había llevado hasta la locura su esposo con los murmullos imperiosos en su mente?—. Para —susurró otra vez con voz inaudible entre el manto de niebla.

Nicoletta se volvió y continuó a lo largo de la fina tira de sendero que llevaba a los acantilados más recortados. El extremo rocoso estaba resbaladizo a causa de la bruma, y el cieno en las lisas paredes no le permitía agarrarse cuando lo intentaba. Se quedó allí con los pies descalzos llenos de rasguños, sangrando a causa de las rocas afiladas. La voz no cesaba, ni por un momento. Ahora podía distinguir algunas de las palabras.

No permitiré que me dejes. Vengo por ti. No puedes escapar de mí.

Nicoletta sacudió la cabeza en un intento de sacar la voz de su cabeza. No había ruego ni súplica, seguía tan arrogante como siempre, exigiendo su regreso, exigiendo que cumpliera sus deseos, sus órdenes. No había amabilidad en él, sólo una autoridad dura y despiadada. La encontraría, no podía escapar. ¿Cómo iba a hacerlo si estaba en su mente? ¿Y si la atrapaba ahora? No quería pensar en las consecuencias que sufriría una vez que le echara el guante.

¿Le rodearía el cuello para estrangularla con sus fuertes dedos? ¿Le exprimiría todo el aire poco a poco, levantándola del suelo con su fuerza y altura superior? ¿Era eso lo que le había hecho su abuelo a su esposa? ¿Se transmitía el legado de odio y locura de una generación a otra? ¿Era ésta la terrible maldición que se cernía sobre la familia Scarletti? ¿Era el destino que le esperaba? Era fácil imaginarlo así en medio de la bruma extraña y densa con su voz susurrándole sin cesar. Se tocó la garganta con dedos temblorosos. Seguía sintiendo la marca de la mano caliente contra la piel desnuda.

Esto ya no me divierte, cara. *Hace un frío cortante esta noche. Vuelve antes de que pierda la paciencia por esta estupidez.*

Ahora sus palabras sonaban muy claras. ¿Cómo podía hablar así a su mente? Sin duda, como había sugerido Maria Pia, estaba aliado con el demonio. Ejercía una gran magia, y probablemente aquel talento, a diferencia del suyo, no tenía nada que ver con la Madonna misericordiosa. Se mordisqueó las uñas nerviosa, incapaz de avanzar por la cornisa resbaladiza con sus temblorosas piernas.

—Vete —le susurró—. ¡Vete!

Le estaba hablando, muy de cerca, como un depredador silencioso que cazaba protegido por la oscuridad, tan letal como un lobo. Nicoletta palpó la pared del precipicio para sujetarse con más firmeza. Sin avisar, unos dedos fuertes como grilletes rodearon su delgada muñeca. Don Giovanni Scarletti tiró de ella para levantarla sin esfuerzo, de tal manera que durante un instante aterrador sus piernas colgaron sobre el precipicio, con todo el peso sostenido por su mano. Ella gritó, agarrada a su brazo, moviendo los pies en un intento de buscar apoyo firme de cualquier clase.

La dejó en el suelo a su lado. Entonces pestañeó ciegamente, furiosa con él por asustarla así, furiosa con él por alcanzarla, furiosa con él por elegirla. Scarletti atrapó su puño en medio del aire y simplemente se quedó ahí, mirándola. Se observaron el uno al otro, pero los ojos negros de Scarletti no pestañeaban, como los de un gran puma.

Estaba en su derecho si deseaba tirarla por el acantilado. Nadie pediría explicaciones al amo y señor. Ella no podía creer que esto estuviera sucediendo. Alzó la cabeza con gesto desafiante.

—¿Por qué insiste en buscar novia? ¿Y por qué yo? —Con la clarividencia repentina que a menudo la inundaba en momentos de gran emoción, añadió—: Ni siquiera desea una esposa. —Le estudió el rostro—. Nunca ha tenido intención de buscar esposa, ni siquiera para que le dé un heredero.

Scarletti empezó a sacarse la casaca por los brazos.

—Vuelves a temblar, *piccola*. ¿Es por el miedo que me tienes o porque sientes frío?

Envolvió su cuerpecito con la gran prenda, juntando los extremos de tal modo que se sintió como si sus brazos la calentaran, rodeada por el calor de su cuerpo. Ella miró a su alrededor.

—¿Dónde están los demás? ¿Los soldados?

Don Scarletti alzó una ceja con elegancia.

—Calentándose las manos junto a las hogueras del campamento, sin duda. No quería que se percataran de cuánto me teme mi novia, ni de que se escapó corriendo en medio de la noche a la primera oportunidad. —Sonaba más sardónico que soliviantado. Encogió los amplios hombros con indiferencia—. Mejor venir en tu busca yo mismo. Sería preferible que mis hombres no supieran que mi esposa prefiere la compañía de los lobos a la mía. —Le retiró un mechón suelto de pelo negro azabache de la cara, demorando un poco el contacto sobre la piel—. No debería habértelo puesto tan fácil. Sabía qué tenías en mente.

—¿Leyéndome el pensamiento?

Le retó a admitirlo y declararse sirviente del diablo.

—Tu rostro es transparente, *piccola*. No me cuesta nada leer lo que piensas. Conseguiste pasar junto a mí sin que te viera —admitió inclinándose levemente con reconocimiento—. Pero creo que nuestras aventuras han terminado por esta noche.

Nicoletta caminó reacia a su lado.

—¿Por qué de repente quiere una esposa?

Giovanni permaneció callado tanto rato que ella se convenció de que no le contestaría.

—He descubierto recientemente la necesidad de tener... pareja.

Su voz era una seducción deliberada, sugerente y tan íntima que Nicoletta se puso como la grana. Se percató de que volvía a tiritar pese al calor del abrigo.

—Quiero irme a casa.

Pese a ponerle mucha determinación, sonaba como una niña desamparada.

—Es precisamente ahí donde te llevo... y donde nos casaremos de inmediato. Tal vez a algunos hombres les divierta perseguir jovencitas de noche por las colinas, pero al fin y al cabo es un actividad que da bastante frío.

—Don Scarletti, hay muchísimas jóvenes para quienes sería un honor que las desposara. Cualquiera de ellas sería una esposa maravillosa, mucho más conveniente que yo para su posición social.

Nicoletta intentaba que entrara en razón.

—Pero la cuestión es que no busco una esposa conveniente para mi posición social. Mis necesidades sólo puedes satisfacerlas tú.

Estiró el brazo de nuevo distraído y le apartó otro mechón suelto que caía rizado sobre su frente. Demoró las puntas de los dedos ahí, como si no pudiera contenerse, como si no pudiera dejar de tocar la suavidad de su piel. Casi como una caricia, provocó un estremecimiento de reconocimiento que la recorrió con un calor llameante. Nicoletta distinguió el reflejo del voluminoso anillo con el emblema familiar.

—Me ha escogido por lo que vi en el acantilado —lo acusó, asustada por su propia reacción a él—. No se lo he contado a nadie. Sé que mató en defensa propia.

—No vuelvas a mencionarlo.

Su voz era un latigazo autoritario.

Ella caminó callada durante cierta distancia, repasando sus palabras mentalmente, sin comprenderlas en absoluto, temerosa de entenderle:

—No seguimos el camino correcto —advirtió de pronto—. No llegaremos al *villaggio* si seguimos en esta dirección.

—Te estoy acompañando a mi casa, donde te quedarás bajo vigilancia hasta que nos casemos. No tengo tiempo ni ganas de ir de persecución nocturna tras mi esposa errante.

Una nota de diversión apareció en su voz.

Nicoletta dejó de andar y alzó la vista con consternación.

—Eso es indecoroso. No puedo ir al palacio sin Maria Pia de carabina. Don Scarletti, no puede llevarme allí.

Giovanni bajó la mano para cogerla con firmeza por el codo.

—Pues ésa es exactamente mi intención, Nicoletta.

Capítulo 6

Desde lo alto de la colina, Nicoletta se quedó mirando el palacio enclavado sobre la siguiente cumbre ahora envuelta en niebla. El *Palazzo della Morte* parecía elevarse por encima del velo de bruma como un gran castillo en las nubes. Sabía que las criaturas aladas vigilaban las torrecillas; grandes gárgolas y extraños demonios con colmillos y zarpas instalados en lo alto de la fortificación y la torre. Sus muchos pórticos y ventanales de vidrieras representaban varias escenas de serpientes trasladando a víctimas desafortunadas a un infierno acuoso. El castillo era misterioso y siniestro, surgiendo de la niebla como si se encontrara separado de la tierra. Dejó de caminar de súbito para observar el edificio con una especie de horror fascinado.

—*Palazzo della Morte*. —Giovanni Scarletti susurró el insulto en voz baja—. Así has llamado a tu casa.

En cualquier otro momento, Nicoletta se habría ruborizado de vergüenza. Ahora, en medio de la noche, con las criaturas aladas vueltas hacia ella para observarla con mirada vacía, extendiendo las garras para alcanzarla, no le preocupaba de corazón si el terrible nombre había herido o no los sentimientos del señor del palacio. En cualquier caso, no estaba del todo convencida de que él tuviera sentimientos. Parecía hecho de piedra, una escultura de un bello dios griego cincelada en mármol, apuesto pero gélido. Le apretó el brazo con dedos como bisagras, conduciéndola a su muerte. El *Palazzo della Morte*.

—No puedo ir a ese lugar —dijo Nicoletta en voz baja—. Deseo regresar a mi hogar. Aparte, no es decoroso que esté yo a solas con usted.

—Tampoco era decoroso que salieras corriendo como un conejito, pero lo hiciste —comentó él gentilmente—. Sugiero que sigas andando, *piccola*. Sería menos decoroso aún que tuviera que llevarte al palacio en brazos.

Había una amenaza clara, aunque la pronunció con su habitual voz calmada.

Nicoletta apartó la vista del grotesco castillo flotante para mirarle con horror.

—¡No se atreverá!

Don Scarletti bajó la vista al rostro vuelto hacia arriba de Nicoletta. Estaba extremadamente pálida, con sus hermosos ojos oscuros muy abiertos por la impresión. Parecía joven, etérea, ahí en la niebla, una belleza misteriosa e inalcanzable. Tenía una piel suave y tentadora, tan incitante que su mano, con voluntad propia, enmarcó su delicada mejilla. Al notar su contacto ella se quedó quieta, con cierta dosis de miedo apareciendo en la inocencia de sus ojos. Le pasó el pulgar por el carnoso labio inferior, propagando un calor extraño que recorrió precipitadamente su cuerpo, iniciando un temblor detectable en lo más profundo de su ser. Se quedó mirándole con indefensión, cautivada por su mirada negra e hipnótica. Se estaba ahogando otra vez, incapaz de apartar la vista.

El aristócrata se inclinó hacia ella, y Nicoletta abrió mucho los ojos mientras observaba su boca perfectamente esculpida, descendiendo lenta e implacablemente hacia ella. Se le atragantó la respiración dentro del cuerpo y un pequeño sonido de terror escapó de su garganta vulnerable. Siguió bajando la cabeza hasta que los labios pasaron de largo sobre la comisura de su boca y siguieron la piel de satén hasta su oreja.

—Me atreveré a lo que sea —susurró malicioso, agitando con su aliento caliente los mechones de pelo contra su cuello.

Luego atrapó el lóbulo de su oreja con los dientes, un mordisquito doloroso aliviado deprisa con un giro pecaminoso de su lengua.

Nicoletta soltó un jadeo, y todo su cuerpo cobró vida de golpe mientras la sangre se abalanzaba por toda ella con ardor, de forma inesperada... e inaceptable. Temblaba demasiado como para alejarse de él y, en cualquier caso, sus dedos seguían atenazando su brazo.

—Insisto en que me devuelva a mi casa. Esto está muy mal.

Los dientes blancos de Scarletti relucieron cuando le sonrió.

—¿Qué esta mal? Estaría mal que un futuro marido no encontrara nada atractiva a su novia.

Su voz le ronroneaba como la de un león satisfecho, con un murmullo rugiente y salvaje que le aceleró el corazón lleno de alarma.

Captó no obstante la nota de regocijo sombrío en su voz, y le fulminó con la mirada.

—No me divierte su perversidad, don Scarletti. —Levantó la barbilla hacia él—. Es un caballero de buena reputación, le exijo que me devuelva con Maria Pia Sigmora.

Él arqueó una ceja negra.

—No recuerdo que me calificaran de caballero ni una sola vez entre todas las murmuraciones sobre mi persona. Canalla, espía, asesino, pero jamás caballero. Camina conmigo, Nicoletta, o cargaré contigo y despertaré a toda la casa cuando entremos. —Su mirada reluciente danzó sobre ella con malicia—. Eso sí desataría las malas lenguas. Entonces pedirían que las sábanas fueran expuestas la noche nupcial en la ventana de palacio para que todos las vieran.

Nicoletta profirió un sonido muy parecido al chillido de un ratón aterrorizado, tan conmocionada por su sugerencia que se apartó con brusquedad de él y marchó a buen paso hacia el palacio. Mejor encarar una muerte segura que su tórrida seducción sexual. Mientras avanzaba con la espalda tiesa como una vara, sabía que él se estaba riendo en secreto de su inocencia. Alzó la nariz al aire y asumió la expresión más altiva que pudo. Don Scarletti podría estar acostumbrado a una vida disipada, pero ella desde luego que no. Adoptando la actitud devota de Maria Pia, se santiguó y continuó andando.

El don mantuvo su paso sin esfuerzo, adaptándose a las zancadas mucho más cortas de ella.

—Al parecer hace poco has ayudado a traer al mundo a un bebé en un parto especialmente difícil —dijo.

Nicoletta se mordió el labio inferior. Los hombres no discutían de cosas como alumbramientos. Era indecente. Todo lo que decía y hacía él era escandaloso, propio de un verdadero pagano. Y estaba claro que tenía espías que le informaban. ¿Cuánto sabía de ella? Sin duda tenía poco sentido seguir con los subterfugios, intentar convencerle de que Maria Pia era la verdadera curandera. Durante años Maria Pia había sido la partera del pueblo, la sabia del lugar antes de que ella viniera al mundo, pero don Scarletti sin duda sabía que la curandera excepcional era su futura esposa, capaz de cosas que en teoría no podía hacer.

La muchacha le estudió de soslayo desde debajo de sus pestañas, intentando evaluar su estado de ánimo. Si decidiera condenarla como bruja, ella no tendría manera de defenderse. Intentar por su parte acusarle a él de leer la mente y aliarse con el diablo sería absurdo.

—Fue difícil, pensé que perderíamos a la madre. Es amiga mía.

La voz de Nicoletta era un fino hilo de sonido en medio de la bruma, y su tono no invitaba a más comentarios sobre el tema.

Giovanni estiró ambos brazos para rodearla y ajustar mejor a su cuerpo la gran casaca, un gesto extrañamente reconfortante en cierto modo.

—Eres muy valiente, *piccola* —dijo en voz baja, pegando los labios a la parte superior de la cabellera sedosa—. Sabes que es peligroso recorrer las montañas como haces tú, ¿verdad? Aparte del peligro de los animales salvajes, hay muchos ladrones ocultos en las inmediaciones. Aunque el rey de España haya decidido que no merece la pena arriesgarse e intentar conquistar estas tierras en estos momentos, siguen siendo tiempos peligrosos. Puede revocar el aplazamiento temporal del ataque si muestro indicios de debilidad. Quiero que te quedes en el palacio por tu propia seguridad. Una vez que seas mi esposa, cabe la posibilidad de que te conviertas en objetivo de mis enemigos.

—Soy una curandera. —Hizo aquella afirmación con suma calma, sin desafío pero con gran dignidad—. Eso es lo que soy. Debo acudir donde me necesiten.

—Eres mi prometida y serás mi esposa. Eso eres —rectificó—. Mi esposa hará lo que yo le diga.

La muchacha le miró otra vez con una débil sonrisa curvando su suave boca.

—Es posible que usted haya escogido por error la esposa equivocada. Ni siquiera miró a Rosia, y ella llevaba puesto su mejor vestido. Siempre obedece las normas y se acuerda de ponerse los zapatos. A mí no se me da bien obedecer. Pregunte a los mayores. Pregunte a Maria Pia.

—¿Y qué opina ese joven enfadado? ¿Cristano? ¿Diría él que no sabes obedecer?

Ahora había un matiz sombrío en su voz que provocó un estremecimiento en Nicoletta, como si todo su divertimento masculino de repente fuera menos convincente. Aquello le recordó que se encontraba a solas con él en mitad de la noche, por completo a su merced.

—No encontrará a nadie que diga que yo obedezco. Sus espías deberían haberle proporcionado un informe completo cuando me vigilaban.

Dado lo sensible que era ella a las vibraciones emocionales, su corazón empezaba a latir con miedo.

—Estás forzando la pierna cada vez más. No es posible que tu lesión se haya curado todavía del todo. Tal vez debiera llevarte en brazos —musitó—, ¿cómo no me he percatado antes? Vamos, *piccola*, permite que te lleve.

La mirada oscura de ella fue elocuente, le fulminó con un repaso ardiente y rápido. La boca esculpida de él se curvó con sensualidad y sus ojos relucientes relumbraron mientras la contemplaba, pero sin reírse. La joven intentó no reparar en lo guapo que era, en las ondas brillantes que formaba su cabello sobre la nuca, curvándose levemente sobre las orejas. En el mechón que caía con persistencia sobre su frente, provocándole aquel deseo de retirarlo con dedos temblorosos. La idea en sí la conmocionaba tanto como la reacción caprichosa de su cuerpo hacia él.

Se estaban acercando ya al palacio, el enorme castillo se extendía como una prisión gigantesca. Dispersas por el terreno estaban las fuentes gigantes de mármol, las grandes esculturas de deidades aladas y demonios. Las gárgolas seguían observándola con malicia desde aleros y torrecillas. Podía percibir su silencioso deleite, ansiosas por que se acercara para tenerla a su alcance. Sus horripilantes garras parecían extenderse hacia ella, afiladas como estoques a través de la densa niebla.

Las ventanas también la observaban con indiferencia, un color impenetrable en la penumbra de las brumas. Como ojos sin vista, fríos, ojos sin vista observándola.

Se le secó la boca. La otra vez que vino al palacio, la sensación de maldad y muerte había sido impersonal. Ahora la malevolencia parecía dirigida a ella. Se encogió más entre los pliegues amplios de la casaca de don Scarletti como buscando protección. Sentía un terror creciente y cada paso la llevaba más cerca de la maldad que la esperaba.

—No dejaré la elección de mi esposa en manos de mis hombres —le informó él en voz baja, retomando el hilo de la conversación anterior como si no hubiera sido interrumpida—. Nadie más te habría reconocido. —Deslizó la mano por el brazo para entrelazar con firmeza sus dedos—. Y, Nicoletta, obedecerás mis órdenes.

Ella apretó firmemente los labios para contener la réplica de enojo. Se inclinó más sobre el amplio hombro, extrañamente agradecida de su fuerza y poder mientras subían los peldaños de mármol de una de las muchas entradas del palacio. Él extendió el brazo para empujar la pesada puerta ornamentada y abrirla. Como el resto de entradas, estaba cubierta de grabados con criaturas aladas guardando la guarida oscura. La puerta se abrió poco a poco hacia el interior, crispando los nervios ya tensos de por sí de la muchacha con un sonido chirriante que no presagiaba nada bueno.

Nicoletta plantó los pies fuera, pero Giovanni tiró de ella, llevándola con él mientras entraba en su casa con la misma confianza desenvuelta con la que lo hacía todo. Caminó por los vestíbulos oscuros, sin molestare por encender las velas, más bien moviéndose a buen ritmo por los amplios corredores y ascendiendo de memoria por las escaleras serpenteantes. Ella reconoció el recorrido hacia el cuarto infantil.

—¿Me lleva a la torre?

Nicoletta intentó que sonara como una broma, pero le aterrorizada la posibilidad de que de verdad la encerrara.

—No es mi intención permitir que te escapes de mí saltando a una muerte segura. —Su tono no dejaba entrever diversión, más bien una autoridad sombría—. No tengo deseos de que se repita la historia; no permitiré tal cosa.

La muchacha alzó las largas pestañas para mirarle.

—No soy el tipo de mujer que se arroja de una torre. Si se produjera una caída así, puede estar seguro de que se trataría de un asesinato.

Pretendía meramente dejar claro un rasgo de su carácter, pero la palabra *asesinato* invocó la sensación reciente de los dedos alrededor de su tierna garganta y los antiguos rumores sobre el abuelo estrangulando a su mujer. Sobre su tatarabuela cayendo y encontrando la muerte. Sobre las otras mujeres fallecidas en el palacio. Le tembló la voz pese a sus mejores intenciones.

—Harás exactamente lo que yo diga, Nicoletta. No permitiré que nadie te asesine a menos que yo decida darme ese placer.

Era un decreto, una amenaza.

Ella contuvo su objeción, decidida a no participar en una confrontación directa con él en la oscuridad de su guarida. Eso era lo que pensaba: su guarida, un lugar adecuado para un cazador como don Scarletti. Se detuvo delante de una puerta situada unos pasos antes del cuarto infantil. En vez de abrir la puerta de golpe, llamó con suavidad, con una mano aún en el hombro de la muchacha, como si temiera que intentara huir.

Al instante la puerta se abrió de par en par y Maria Pia apareció allí en pie. Nicoletta profirió un grito de alegría y estalló en lágrimas, arrojándose a los brazos extendidos de la mujer mayor. Mortificada por el hecho de que don Scarletti presenciara su crisis nerviosa, se aferró a Maria Pia y se negó a mirarle.

—Pediste que te llevara junto a la signorina Sigmora y eso he hecho —indicó sonriendo a pesar de todo—. Tendré dos guardias posicionados ante esta puerta en todo momento. Si deseas explorar la casa o los terrenos, te acompañarán, Nicoletta... —Había hierro en su voz—. Si intentas huir otra vez, estos hombres sufrirán por dejarte desaparecer. Les haré responsables de cualquier cosa que te suceda si consigues encontrar la manera de regresar a las colinas.

Ella experimentó de nuevo la rabia repentina y levantó la cabeza para dirigir una mirada iracunda a través de las lágrimas que inundaban sus ojos.

Los rasgos duros de Giovanni eran una máscara implacable.

—Puedo encontrarte en cualquier momento, no tienes manera de escarpar de mí. Sabes que es así.

La muchacha se secó las lágrimas.

—No hay por qué amenazar a terceros. —Tenía la barbilla alzada con gesto desafiante—. Es indigno de usted.

Él alzó las cejas de golpe.

—¿Por fin un cumplido? ¿Un comentario favorable sobre mi carácter?

Maria Pia sujetó con fuerza el brazo de Nicoletta para impedir que la chica replicara.

—Signorina Sigmora, confío en que haya recordado traer los zapatos de Nicoletta. Por lo visto no consigue mantenerlos puestos. Se ha lastimado los pies esta noche. Tendrá que ocuparse, por supuesto, de las magulladuras y los cortes. Todavía le duele la pierna, por lo tanto debe ocuparse de la antigua lesión también —ordenó.

—Por supuesto, don Scarletti, no se preocupe —se apresuró a tranquilizarle la mujer.

—Las heridas de Nicoletta no son insignificantes, signorina. Espero un informe completo de su estado por la mañana. Las modistas llegarán al mediodía. Sugiero que las dos duerman un poco, ya casi va a hacerse de día.

Hizo una profunda inclinación, con aquella sonrisa levemente burlona en su rostro mientras cerraba la puerta.

Nicoletta abrazó a Maria Pia con fuerza, luego la estudió a toda prisa buscando alguna lesión:

—Sus soldados no te habrán hecho daño, ¿verdad? Vaya susto te habrás llevado cuando te despertaron... Lo lamento, Maria Pia. Debería haber considerado las posibles consecuencias para ti de mi huida, pero tan sólo pensaba egoístamente en poder escapar de él. Ahora las dos estamos prisioneras.

—Sus hombres me despertaron e insistieron en que preparara tus cosas y las mías también, y me trajeron aquí sin hacerme ningún daño. Me percaté entonces de que don Scarletti había ido en tu busca y que naturalmente no permitiría que te quedaras a solas con él. No sería decoroso.

—Naturalmente —repitió ella, intentando contener las lágrimas.

El comentario de Maria Pia sobre la decencia del don parecía casi una traición.

La joven se ajustó a su cuerpo la casaca del don, intentando absorber cierto calor, pese a las llamas danzando en la chimenea, arrojando calor y contribuyendo a iluminar la habitación. Miró a su alrededor con cuidado. La habitación era grande y ornamentada. Los aleros estaban cubiertos de tallas, y las paredes tenían pintadas escenas de las Escrituras, pero además vio descripciones de los mares tragándose pobres almas, serpientes marinas sin escamas enrolladas en torno a los cuerpos que se hundían bajo el agua. En una cavidad del muro había una pequeña réplica dorada de un barco con amplias velas, detalladas y muy hermosas. La pieza era diferente a cualquier cosa que hubiera visto antes. No pegaba con el resto de la habitación y su plétora de almas atormentadas y demonios apresurándose a arrastrarlas a una muerte segura.

—Y bien, aquí estamos de nuevo en el palacio —dijo en voz baja Nicoletta—. Lo siento, Maria Pia, me las he arreglado para que las dos acabemos prisioneras. —Recorrió inquieta la habitación—. Pero no puedo hacerle cambiar de idea, está decidido a que nos casemos. No es un error ni ninguna broma terrible. Insiste en que soy quien más conviene a sus necesidades. —Soltó un profundo suspiro—. No soy adecuada en absoluto, y lo sabe.

—No debes volver a desafiarle, *bambina* —advirtió Maria Pia—. ¿Te pegó o te castigo por el camino?

Su voz temblaba de miedo.

Nicoletta le ayudó de inmediato a sentarse en una silla.

—No, no, Maria Pia, fue amable conmigo. —Recorrió de nuevo la habitación con inquietud, yendo de un lado a otro como un puma enjaulado—. No creo que pueda escapar de él... sabe la manera de comunicarse conmigo. —Aún no era capaz de contar a Maria Pia la verdad completa sobre don Scarletti y su habilidad excepcional—. Creo que puede encontrarme en cualquier sitio. —Dio vueltas en círculos, alzando la vista a las apariciones que cubrían las paredes y los techos—. Estamos en esta casa odiada donde un mal terrible e inexpresable espera la ocasión de devorarme.

Maria Pia se levantó y arrastrando los pies llegó hasta la joven, luego la acompañó con ternura a sentarse en una silla.

—Te has llevado una fuerte impresión. Toma asiento y cálmate, *bambina*, y permíteme que me ocupe de tus pies.

—La casa me observaba cuando subíamos hacia aquí. Todas esas criaturas horrorosas posadas en lo alto. —Nicoletta se frotó la frente con cansancio—. Como puede vivir ahí con todos esos ojos terribles observándole, controlando todo lo que hace y dice...

Su voz se apagó, de pronto pensativa.

Maria Pia vertió agua del jarro en un cuenco y se lo llevó a Nicoletta. Estaba templada por estar cerca de la chimenea.

—Esta casa es un monumento a muchos dioses —indicó la mujer mayor—. En algún momento los Scarletti debieron de rendir tributo a la Santa Iglesia, aunque la casa no parece apoyar esas ofrendas.

Se santiguó con devoción para espantar todo mal mientras se arrodillaba para examinar los pies de Nicoletta.

—Me ocuparé yo misma de mis cortes —protestó Nicoletta, avergonzada por tener a Maria Pia a sus pies.

—Déjame hacerlo, Nicoletta —dijo Maria Pia, dando unos toques ligeros a las laceraciones para poder ver mejor—. Tienes la pierna un poco hinchada otra vez, has andado demasiado. Debes tener más cuidado.

Ella respiró hondo.

—Cuando don Scarletti me toca, siento algo raro por dentro —anunció de súbito.

Mari Pia casi deja caer el cuenco de agua.

—¿Te ha tocado? ¿A qué te refieres con que te ha tocado? ¿Cómo lo ha hecho? —La mujer de mayor edad estaba escandalizada—. ¡Tocando a una jovencita como tú! No deberías haber estado a solas con él. Nicoletta, tendrías que tener más juicio —la reprendió, chasqueando la lengua un poco a causa de la agitación.

A su pesar, ella esbozó una sonrisa.

—Si me caso con don Scarletti, Maria Pia, imagino que habrá muchas ocasiones en que estaré a solas con él.

Maria Pia la fulminó con la mirada.

—Eso es diferente, bien lo sabes, niña. No es cosa de risa. Los hombres se aprovechan a veces de las jovencitas.

—Sobre eso te quiero preguntar —contestó Nicoletta con ojos muy abiertos—. ¿Cómo es eso? ¿Por qué me parece diferente cuando me toca él? No siento lo mismo si estoy con Cristano o cualquier otro hombre.

Conocía obviamente la mecánica de la copulación; había crecido rodeada de animales de granja y asistido a más de una muchacha de la que se habían aprovechado terriblemente. Pero no sabía qué se esperaba en concreto de ella, y nadie parecía dispuesto a explicárselo.

Maria Pia siguió ocupándose tenazmente de los cortes de Nicoletta, negándose a alzar la vista.

—No soy una mujer casada, Nicoletta. No sé nada de esas cosas, aparte de que hay que hacer todo lo que desee tu marido; él te guiará en ese tipo de cosas.

—¿Y si yo lo encuentro detestable? —insistió Nicoletta—. ¿Y si es horrible?

—Es horrible que un hombre te toque cuando no debería —refunfuñó Maria Pia—, pero cuando es tu marido, no es malo y debe tolerarse.

Nicoletta meditó sobre ello.

—¿Cómo puede ser, si es el mismo acto? —preguntó, curiosa, moviendo la mano hasta su garganta donde persistía el calor de los dedos de don Scarletti.

Se tocó el lóbulo, con una pequeña caricia donde los dientes le habían mordisqueado. Las extrañas sensaciones no eran sólo recuerdos en su mente sino en su cuerpo también. Podía percibir la oleada de calor moviéndose por ella, una necesidad doliente que no entendía.

—¡Nicoletta! —Maria Pia arrojó el trapo al cuenco con suficiente fuerza como para que el agua salpicara en todas direcciones—. ¡Es suficiente! No hablaremos más de esto. Este lugar pagano te ha confundido el juicio. Es mejor que tales cosas queden entre marido y mujer.

Nicoletta alzó una pequeña ceja negra pero se refrenó y no dijo nada. Maria Pia sin duda no había contestado a ninguna de sus preguntas, y no estaba dispuesta a preguntar al don. El mero pensamiento había hecho que se sonrojara. Cuando se casaran, sin duda tendría ciertos derechos sobre ella. Era un hombre grande; ella era pequeña. ¿Cambiaba algo eso? No tenía nadie para explicárselo. Suspiró sonoramente.

—No estaba tan enfadado como creía yo que estaría.

—Corriste un peligro terrible, Nicoletta. Podría haber arruinado tu reputación para siempre o algo peor.

—Como a mí no me importa demasiado casarme con alguien, «arruinar» mi reputación no me preocupa.

Maria Pia chilló con indignación, con un sonido muy parecido al de un pollo. Dio un bofetón en la rodilla a Nicoletta, pues estaba tan conmocionada que por un momento no pudo hablar.

—Ya basta. Vete a la cama, ¡y no digas más cosas escandalosas! ¡No quiero oír nada más!

Ella suprimió un repentino deseo de reírse, temerosa de que pudiera sonar una pizca histérica. Estaba al borde de la histeria, de hecho. El día completo parecía una pesadilla. En algún lugar en lo profundo de su ser, había sabido desde el momento en que el don surgió de las sombras del cuarto de Sophie que su vida estaba enredada con la de él.

Con agotamiento infinito, se preparó poco a poco para meterse en la cama. Le dolía todo, estaba irritada, la pantorrilla todavía se resentía por el esfuerzo exigido. Le dolían los pies, todo parecía doler. Se echó en aquella cama demasiado grande. Estaba situada sobre un estrado, una enorme pieza pesada que no ayudaba a disipar la penumbra de la habitación. Por encima de la cama, en el techo, había más figuras de serpientes marinas. Las estudió mientras la luz del fuego danzaba y jugaba en la habitación con corrientes de aire.

—¿Por qué crees que pusieron todas esas tallas extrañas en paredes y techos, Maria Pia? —preguntó, mirando a una criatura especialmente escamosa, parecida a una anguila con colmillos—. ¿Quién querría una cosa así en una habitación donde duerme la gente?

—Hablas igual que Ketsia, con todas esas preguntas —respondió Maria Pia con mal humor—. Duérmete ya, Nicoletta. En este lugar habitan infieles y sus habitaciones están diseñadas para infieles. Reza tus oraciones y da gracias a la buena Madonna por cuidar de ti.

Nicoletta suspiró y continuó observando las extrañas figuras. Deseó poder tocarlas.

—¿Crees que me ha estaba cuidando? Pensé que tal vez la bendita Madonna estaría respondiendo a otros rezos en alguna tierra lejana, pues a mí no me contestaba. O tal vez respondía a los de don Scarletti. Tal vez puso más velas que yo —dijo con sarcasmo.

—¡Nicoletta!

Esta vez Maria Pia no se anduvo con tonterías; su indignación estalló y ella tuvo que controlar su risa, disculpándose al instante.

—No me refería a que la Madonna aceptara un soborno como podría hacer un miembro del consejo —intentó explicar.

Las criaturas sobre su cabeza eran fascinantes, arrolladas dentro del agua. Si las miraba suficiente rato, parecían moverse, deslizándose entre las olas, descendiendo resplandecientes por la pared hasta entrar en el horroroso mural de mar rodeando a desgraciados seres que se ahogaban. El arte estaba ejecutado con destreza, creando una ilusión óptica que las sombras de las llamas ayudaban a reforzar.

—Maria Pia, todo esto es una verdadera obra de arte —anunció unos momentos después en el silencio de la habitación— si no permites que tu imaginación se desboque.

Su imaginación era viva y bien podía aterrorizarla; quiso sentir el alivio de la voz de Maria Pia reprendiéndola.

Le respondió sólo el crepitar de las llamas. Nicoletta suspiró en voz baja. La pared que se encontraba directamente en la cabecera de la cama estaba también cubierta de figuras. Se volvió a estudiarla. El tema en toda esta habitación parecían ser las almas malditas que se ahogaban o eran devoradas por el mar abarrotado de serpientes y otros monstruos de las profundidades. Aquí, en la cabecera de la cama, había extraños paneles con criaturas fluidas y escamosas talladas en el mármol, como si se ondularan con vida. Observó las pinturas y tallas de la habitación, intentando ser objetiva y ver cómo el artista había tejido el mural pintado y las esculturas de mármol.

Se acurrucó bajo la colcha, escuchando los sonidos de la casa. El palacio era enorme, tenía varios pisos de techos altos con amplias bóvedas. Los sonidos reverberaban misteriosos, no obstante quedaban amortiguados por el grosor de las paredes. ¿Podría una fuerza exterior haber creado el extraño susurro del cuarto infantil de Sophie?

¿Era capaz Scarletti de hacer a voluntad que todos en su casa oyeran el extraño murmullo de la voz? No podía dejar de pensar en ello.

Dio un fuerte golpe en el colchón, medio deseando habérselo dado al don. No tenía deseos de conocer a los otros miembros de la casa familiar, y desde luego no en condición de futura esposa capturada y protegida. ¡Era intolerable! Tiró del cobertor. Don Scarletti se había asegurado de que permaneciera en el segundo piso, demasiado alto para escapar por la ventana. Estaba atrapada y la modista vendría al mediodía. Decidida a dormir, respiró hondo y con regularidad. Empezaba a quedarse dormida cuando la despertó una voz estridente en el pasillo exterior de su habitación. Era obvio que la voz de la mujer exigía entrar en el dormitorio de Nicoletta.

La chica se sentó enseguida, cogiendo lo que tenía más a mano —la casaca del don— para echársela y taparse el camisón mientras se apresuraba a acudir a la puerta. Retiró el cerrojo bien rápido y abrió una pequeña rendija para mirar.

Portia Scarletti estaba enfadadísima con los vigilantes.

—¡Cómo te atreves a desafiarme! Exijo que me digas quién se encuentra en esa habitación. ¡Abre la puerta de inmediato! —Su voz era estridente y temblaba de furia—. ¿A qué clase de prisionero trae don Scarletti a nuestra casa para que su guardia personal de elite lo tenga que vigilar día y noche? ¿Nos van a asesinar en nuestras propias camas?

Respiraba tan rápido y profundo que su seno palpitaba, tirando del bajo escote de su vestido elegante.

Nicoletta advirtió que uno de los guardias tenía dificultades para apartar la vista de la amplitud de carne cremosa que desbordaba el atrevido escote.

—Lo lamento, donna Scarletti, pero tenemos órdenes, y sólo nuestro señor puede cambiarlas. Debemos obedecerlas, nos va la vida en ello.

Pese a la deferencia reconocible en la voz del guardia, no cedió.

—Ya veremos. Llamaré a Vincente. Llegará al fondo de esta cuestión disparatada, ¡y yo me ocuparé de que nunca vuelvas a palacio!

—Muy bien, donna —aceptó el soldado, con su rostro aún como una máscara de calma.

—¿Te crees que no soy capaz? —preguntó Portia. Alzó la voz—: ¡Vincente! ¡Vincente!

El hermano más joven de los Scarletti se apresuró a venir por el pasillo, era obvio que había salido del cuarto infantil.

—¿Qué sucede, Portia, querida mía? ¿De qué se trata?

Rodeó a la mujer con un brazo para reconfortarla.

—Este hombre horrible me ha negado el paso a esta habitación. Afirma que Giovanni ha dado órdenes de que no entremos. Me cuesta creer que meta un prisionero tan peligroso bajo nuestro propio techo. —Su voz temblaba de rabia—. Este hombre ha cometido la grosería de negarse a cumplir mis órdenes y abrir la puerta.

Vincente fijó una mirada severa en el vigilante.

—Seguro que no hay mal en complacer a donna Scarletti. Por favor, abra la puerta de inmediato.

—Lo lamento signore Scarletti, pero tengo órdenes y no puedo desobedecerlas. Debe hablar con don Scarletti.

El guardia sonaba decidido.

Vincente dejó ver la reprobación en su rostro.

—Con certeza puede contarnos quién está dentro de esta alcoba.

Nicoletta se aclaró la garganta para anunciar su presencia, aunque estaba segura de que los guardias eran conscientes de que había entreabierto la puerta desde el primer momento. Arropándose un poco más con la casaca reconfortante, mientras Portia y Vincente se volvían hacia el sonido, los tres se observaron durante un largo momento de silencio.

—Te conozco —dijo Portia, soltando una lenta exhalación y entrecerrando levemente la mirada mientras se fijaba en la elegante casaca que envolvía y abrigaba a la invitada—. Eres la aprendiza de la curandera del pueblo. ¿Qué demonios haces aquí?

Había una buena dosis de desprecio en su voz. Sus dedos rodeaban el brazo de Vincente con tal fuerza que los nudillos se le quedaron blancos.

Nicoletta alzó la barbilla, con sus ojos negros destellantes.

—Creo que el señor contestará mejor que yo, donna Scarletti. —Mantuvo la voz baja y uniforme pero no servil—. Tal vez deba plantearle la pregunta a él —dijo, y evitó mirar a los guardias o al hermano del don.

El rostro de la mujer se endureció de manera apreciable.

—¿Cómo te atreves? —dijo entre dientes—. ¡El señor se enterará de tu insubordinación y te hará azotar! ¡Te expulsará del palacio junto con este zoquete de guardia! —Alzó la vista hacia Vincente—. Es obvio que estos dos son amantes, este guardia no ha recibido las órdenes que dice. Está ocultando a la chica y protegiéndola porque no quiere que le descubran. —Se volvió hacia Nicoletta—. ¿Es eso? ¿Sois amantes vosotros dos? No creo que don Scarletti permita un comportamiento así en su casa. Vincente, oblígales a confesar la verdad.

—Estoy muy cansada, donna Scarletti. Si su interrogatorio ha concluido, me gustaría volver a la cama —anunció Nicoletta confiando en que les expulsaran de verdad del palacio.

Sería la respuesta a sus plegarias.

Portia se puso como la grana al ser desautorizada por una campesina inferior delante de los guardias.

—¡Te haré azotar yo misma! —anunció, alcanzando el brazo de Nicoletta con la clara intención de sacarla de la habitación.

El segundo guardia se interpuso entre las dos mujeres.

—Lo siento, donna Scarletti, pero debo pedirle que no toque a la signorina. No puedo permitir que sufra daño alguno. Nuestras órdenes son muy claras.

No levantó la voz, pero su postura era firme y protectora, su rostro una máscara de decisión.

—Portia, contén tu celo —advirtió Vincente—. Debo mucho a esta mujer por haber ayudado a mi pequeña Sophie. Y es obvio que Giovanni la ha traído aquí. Tal vez vuelva a encontrarse enfermo.

—Lo sabríamos si así fuera. —Portia bajó el brazo, luego retrocedió con un pequeño grito de consternación. Se quedó observando a Nicoletta con incredulidad, percatándose de pronto de la verdad. Retrocedió un poco más, elevando el volumen de sus aspavientos—. Dime que Giovanni no ha seguido adelante con su amenaza ridícula de elegir novia en los *villaggi*. No era más que una provocación, una burla, por decirlo así. No puede haber llevado el desafío tan lejos. —Las últimas palabras se transformaron en un gemido dramático de desesperación—. Oh, es tan típico de él castigarnos por indiscreciones que se imagina.

Alzó la barbilla con mirada fría e inexpresiva.

—No permitiré tal perversión, signorina. ¡El don con una joven bruja! ¡Oooh¡ Ya puedes ir preparando las cosas y regresar al *villagio* de inmediato, ahora, esta noche. Prohíbo esta unión pecaminosa. ¡Vincente! Debes prohibirla tú también.

Nicoletta sonrió con serenidad. Su vista miraba más allá de Portia mientras le hablaba:

—Estaría encantada de contentarla, donna Scarletti. Si manifiesta sus objeciones a don Scarletti y le hace entrar en razón, le estaré eternamente en deuda.

Portia se volvió para ver a quién miraba Nicoletta con tal desafío. Soltó un resuello al ver la figura elegante de Giovanni acomodado contra la pared. Miraba a Nicoletta con una ceja negra arqueada y la boca esbozando una sonrisa burlona.

—¡Giovanni, no es posible que esta chica esté diciendo la verdad!

—¿Qué ha afirmado, Portia, aparte de que se marchará si me convences de mi error? ¿En qué consiste ese desafío sobre el que cacareas? No sé de ninguna provocación, desafío ni burla. Nunca manifesté mi intención de casarme porque mi matrimonio no concierne a nadie aparte de a mí y a mi novia.

Portia soltó otro grito dramático, llevándose ambas manos al corazón como si sufriera terriblemente.

—No puedes hablar en serio, Giovanni, ¡no puedes!

—Acuéstate, Portia. —Giovanni sonaba exasperado—. Vas a despertar a la pequeña Sophie, y en cuanto oiga que su amiga ha regresado con nosotros no querrá separarse de Nicoletta.

—Es cierto, Portia. Anoche me costó bastante hacer dormir a mi hija. Sólo habla de la aprendiza de curandera. No quiero que se despierte —dijo Vincente, conforme con su hermano—. Sería mejor esperar a mañana para aclarar esto.

—¿Y qué dices de mi hija Margerita? —quiso saber Portia—. La noticia la matará. —Fulminó a Nicoletta con la mirada como si todo fuera culpa suya—. ¡Esto va a matarla! ¿Qué esperas que haga ella, Giovanni?

Las lágrimas centelleaban en los ojos de Portia.

—Espero que Margerita dé la bienvenida a nuestra casa a Nicoletta y que sea su amiga, que es lo mismo que espero de ti. —El hierro en su voz transmitía que su paciencia se había agotado—. Acuéstate, Portia, y no amenaces a mi guardia personal. Cumple órdenes mías, no de las mujeres de esta casa. —Miró a su hermano—. Ni de nadie más para el caso.

—¿Cómo puedes hablarme así delante de esta campesina? —gritó Portia—. Vincente, ¿le oyes? ¡Después de todo lo que he hecho! —Sollozó llevándose una mano a la boca—. ¡Después de todo lo que he hecho!

Vincente sonrió a Nicoletta y se encogió de hombros con impotencia, rodeando a Portia Scarletti por la cintura.

—Vamos, querida, te acompañaré hasta tu alcoba.

Giovanni les observó marchándose por el pasillo bajo la luz de las velas antes de volverse hacia Nicoletta. Se acercó acorralándola con su cuerpo, volviéndola vulnerable y pequeña. Cogió su barbilla y se la inclinó hacia arriba para obligarle a encontrar su mirada.

—¿Te ha lastimado Portia con sus palabras desconsideradas? —Su voz le rozó la piel como una caricia amable—. Está acostumbrada a ser la señora del palacio y protege su posición con celo. Pero no importa lo que piense.

Los ojos de Nicoletta cobraron vida con orgullo.

—Todos sus amigos, relaciones y colaboradores pensarán lo mismo. ¿No ve lo equivocado que está, que esto no puede ser?

Giovanni encontró con el pulgar su labio inferior y lo acarició varias veces, provocando una espiral de calor que atravesó el cuerpo de la joven. Él contemplaba su boca fijamente, estaba tan cerca que le costó respirar, hipnotizada por sus ojos oscuros y voz persuasiva, por su contacto.

—No tengo amigos, *piccola*, y nunca me ha importado la opinión de los demás.

Detrás de la muchacha, Maria Pia se aclaró la garganta ruidosamente. Asumiendo su nuevo papel de carabina con seriedad, estiró el brazo para hacer regresar a Nicoletta a su habitación.

Los dientes blancos de Giovanni destellaron con una sonrisa traviesa mientras Maria Pia le cerraba con firmeza la puerta en las narices.

Capítulo 7

Nicoletta soñó con don Scarletti, sueños brumosos y eróticos que le aceleraron el corazón, propulsando la sangre por su cuerpo como una lava lenta, abrasadora y fundida. Los sueños eran perturbadores, llenos de imágenes y sentimientos desconocidos hasta entonces, manos tocando su piel desnuda y la boca de Giovanni moviéndose sobre sus labios. Su cuerpo y el de él retorciéndose ardientes entre la ropa de cama, enredados juntos con sudor y una necesidad terrible. Hacia el amanecer sus sueños fueron invadidos por criaturas extrañas, seres con zarpas arañando su piel desnuda, desgarrándola y arrastrándola al mar para que se la tragara. Gritó su nombre, le buscó, suplicó que la salvara, pero él la contemplaba con mirada fija y una sonrisita burlona en sus labios perfectamente esculpidos. Detrás de él aparecía el palacio, con su monumental elegancia y amplias ventanas que la observaban con terribles ojos vacíos, arrastrada por las aguas tenebrosas. Se despertó asfixiada, buscando aire entre jadeos, con el corazón acelerado y lleno de inquietud.

Permaneció tirada en la penumbra gris, observando su entorno con conmoción. El fuego se había extinguido dejando la gran alcoba fría a causa de las corrientes. Este lugar terrible iba a ser su hogar, su prisión. Casi no podía respirar sólo con pensar en verse encerrada entre paredes. Ya sentía la llamada de sus montañas, sus plantas y sus pájaros. Los necesitaba igual que necesitaba el aire para respirar.

Un leve ruido atrajo su atención, muy parecido al arañazo de una rata en la pared. Se dio la vuelta en la cama para observar las tallas en la cabecera. Los rasguños cesaron por un momento, luego empezaron otra vez, un poco más fuertes y mucho más persistentes. Cuanto más examinaba el mármol más aumentaba la impresión de que las serpientes y las criaturas marinas se ondulaban en movimiento.

Frunció el ceño y se incorporó en camisón, frotándose los brazos mientras estudiaba el mural y las figuras con atención. ¡Se estaban moviendo! No era una ilusión óptica, la pared se estaba dividiendo, ¡y una sección se mecía hacia ella! Nicoletta retrocedió apartándose de la cama hasta llegar a la pared del otro lado del cuarto. Con un salto nervioso a un lado, echó una ojeada a su espalda para asegurarse de que la otra pared seguía intacta. Cuando volvió a mirar, una cabecita se asomó mirándola desde detrás del grueso mármol.

—¡Sophie! —Nicoletta dio un suspiro de alivio. De repente sentía las piernas tan débiles que tuvo que sentarse—. Me has asustado. ¿Qué estás haciendo?

La niña se llevó un dedo a los labios y miró alrededor de la alcoba con cautela antes de entrar, empujando de nuevo la puerta para que se cerrara. Ella se acercó para examinar el mecanismo.

—Debería haber sabido que estas extrañas tallas tenían una razón de ser.

Pasó la mano sobre las serpientes marinas. Al instante volvía a ser un muro de mármol impecable. La abertura estaba incorporada con tal ingenio a las tallas que era imposible descubrirla; pese a saber que estaba allí, no pudo encontrarla. Eran unas paredes increíblemente gruesas, resultaba fácil ocultar los pasadizos que según los rumores atravesaban el palacio.

Nicoletta miró a la pequeña y sonrió.

—Soy Nicoletta. ¿Me recuerdas?

Sophie asintió con tal firmeza que el pelo voló en torno a ella.

—Me salvaste. Hiciste que la tripa dejara de dolerme y me abrazaste cuando empezaron las malas voces.

—Estabas muy enferma —admitió Nicoletta—. ¿Te encuentras bien ahora?

Sophie volvió a asentir, dirigiendo varias miradas nerviosas a Maria Pia.

—¿Adónde lleva el pasaje oculto? —preguntó Nicoletta curiosa.

Sophie retrocedió contra el muro.

—No me dejan estar en esta habitación —le confió—. Y papá me dijo que no usara nunca el pasadizo. Ni siquiera puedo saber que existe. Dijo que nunca se lo contara a nadie y que no entrara jamás. —Sus grandes ojos volvieron a descansar en Maria Pia, quien seguía durmiendo. Bajó aún más la voz—: Mi padre dijo que en el pasadizo están *i fantasmi*. Dijo que era peligroso entrar.

Nicoletta alzó una ceja. ¿Fantasmas? ¿Demonios?

—¿Tu padre te dijo esto?

Sophie asintió con solemnidad.

—Todavía no me ha mandado de regreso a aquella habitación. Zio Gino dijo que podía quedarme en el cuarto infantil, aunque zia Portia piensa que ya soy mayor. —Sus ojos grandes y oscuros miraban muy abiertos—. Les oí discutir sobre eso. Zia Portia piensa que busco la atención de mi papá, le he oído decir que necesito disciplina. —Tiritó—. Pero no mentí, tú también oíste las voces. Sé que las oíste. *I fantasmi*. Intenté decirle a zio Gino que tú las oíste también, pero sé que no me cree. Nadie más puede oírlas. Una vez convencí a papá y zio Gino para que escucharan conmigo, pero las voces no sonaron. Díselo tú que yo no mentía. Zia Portia me llama mentirosa. No me invento cuentos, pero papá la cree. —Encogió sus pequeños hombros—. A Zia Portia no le caigo muy bien, ya sabes, porque soy como *mia madre*.

Intentó parecer fuerte, pero Nicoletta avirtió la pena en sus ojos. Sophie retorció las manitas con aspecto desamparado.

—Tu madre debía de ser muy guapa, Sophie, porque tú sin duda lo eres —le confió ella en voz baja. Se sentó en la cama y dio unas palmaditas en el sitio a su lado—. Ven a hacerme compañía. —Era obvio que la niña estaba necesitada de atención, se moría por un poco de cariño, y el corazón caritativo de Nicoletta se conmovió por ella—. ¿Cómo sabías que yo estaba aquí? ¿Y cómo hiciste frente a *i fantasmi* para despistar su guardia? —dijo con complicidad y admiración.

Sophie sonrió de inmediato, con aires de suficiencia mientras rodeaba el camastro donde dormía Maria Pia al lado del fuego para instalarse en el extremo de la cama.

—Está oscuro en el pasillo, pero encendí una vela y la llevé conmigo. *I fantasmi* no salen durante el día. Sólo de noche. Nunca entres por ahí de noche.

Nicoletta asintió.

—Entiendo. ¿Adónde lleva el pasadizo? ¿Sale al exterior?

Sonó más esperanzada de lo que pretendía, pero la niña negó con la cabeza, con ojos muy abiertos a causa de su inquietud.

—No puedes andar por ahí. Hay arañas y ratas y cosas terribles. Las telarañas son muy gruesas y pegajosas. Yo sólo lo cruzo entre el cuarto infantil y esta habitación y... —Su voz se apagó, con aspecto desconcertado—. Es un lugar malo.

—Gracias por decírmelo —contestó Nicoletta con solemnidad—. Desde luego que no quiero encontrar *i fantasmi* ni arañas o ratas. ¿Siguen dormidos los demás?

—Zia Portia y Margerita duermen hasta muy tarde. —Sophie de nuevo se dio aires de suficiencia mientras ofrecía información sobre la familia—. Nadie se atreve a molestarlas. No hables alto ni te rías o se enfadarán mucho. Pero Bernado trabaja desde temprano en la cocina y te preparará algo de tu gusto si se lo pides. Es majo —confió.

—¿Y cómo es don Giovanni Scarletti? —apuntó Nicoletta sin vergüenza.

La niña suspiró.

—Todo el mundo hace lo que dice tío Gino. Incluso papá. Margerita hace el tonto cuando él está delante, siempre suelta risitas cuando se acerca a ella. —Sophie entornó los ojos—. Me dice que soy fea como una campesinita.

Nicoletta alzó las cejas.

—No dirá esas cosas delante de tu papá o de don Scarletti, ¿verdad? —adivinó con perspicacia.

La niña abrió aún más los ojos y negó con la cabeza.

—Y luego está zio Antonello, el hermano mediano de papá y zio Gino. No habla mucho, pero Margerita también se ríe cuando está él. También hace tonterías cuando está mi papá.

El elusivo Antonello Scarletti. Nicoletta le había visto una vez en el bosque. Unos meses atrás él había sufrido una herida terrible mientras cazaba. Una flecha le había atravesado el muslo y había sangrado abundantemente. Su caballo, nervioso por el olor a sangre, le había arrojado al suelo. Antonello se había arrastrado hasta unos arbustos y yacía inconsciente, pero el cuervo la había guiado hasta el lugar donde estaba escondido. De inmediato se dispuso a salvarle la vida, una dura prueba. No tuvo otra opción que calentar una hoja con fuego y apretarla contra la herida para que dejara de sangrar, un proceso doloroso. Él no había pronunciado una palabra ni proferido sonido alguno aparte de un grito gutural desgarrador cuando el puñal ardiente le quemó el muslo.

Antonello no había querido que nadie supiera de su paradero, sacudía la cabeza repetidamente cuando ella se ofreció a mandar aviso al palacio. Al final ella y Maria Pia vendaron sus heridas, le cubrieron con mantas, le trajeron agua y comida, y permanecieron calladas pese a los soldados peinando las colinas en su busca. Él se fue a la tercera mañana, y Nicoletta nunca había oído el menor rumor sobre el incidente del hermano de Giovanni o que hubiera resultado herido. No obstante, en invierno, en dos ocasiones alguien había dejado en su puerta un ciervo, preparado para ellas. Nicoletta sospechaba que Antonello Scarletti había dejado la carne allí, para recompensarlas por su ayuda, pero no consiguió demostrarlo.

Nicoletta tamborileó con las uñas en la colcha. Antonello Scarletti había temido por su vida, estaba segura de ello, debía de sospechar que alguien en el palacio había intentado asesinarle. ¿Por qué otro motivo se habría negado a permitir que ella llamara a su *famiglia* para ayudarle? La idea era espantosa.

—Sophie, antes de ponerte enfermita, ¿preparó sopa Bernado? ¿Te acuerdas? ¿Fue tu cena esa noche?

Era obvio que Sophie se sentía incómoda, pues dirigió una mirada rápida a Maria Pia que seguía durmiendo profundamente. La niñita se miró las manos.

Nicoletta le sonrió.

—No te preocupes, *bambina*. Estamos solas, me lo puedes contar.

Sophie de pronto parecía asustada, sacudía la cabeza.

—Tengo que irme antes de que me encuentre aquí. No le digas a nadie que estuve en esta alcoba. No se lo digas a papá. —Se bajó de la cama y se fue correteando hacia la pared—. Ven a la cocina y Bernado nos preparará algo bueno. De prisa, Nicoletta.

Nicoletta observó con cuidado a la niña mientras deslizaba la mano por el suelo hasta encontrar un mecanismo oculto. Fuera lo que fuese, desbloqueó la pared de un modo misteriosamente silencioso y el pesado mármol se abrió. Ella se asomó al interior oscuro. Sophie tenía razón acerca del denso velo de telarañas. El material cubría las paredes y colgaba del techo. El pasaje era muy estrecho y oscuro. La pequeña vela de Sophie casi no iluminaba del todo el camino. Entonces permaneció en la abertura, observando para ver que la niña regresaba sana y salva a su cuarto.

Maria Pia soltó una suave risita.

—Pensaba que la pilluela nunca iba a marcharse. Soy demasiado mayor para permanecer quieta en la cama tanto tiempo. —Se sentó con una débil sonrisa en el rostro—. Pasadizos secretos. Debería haber sabido que este palacio pagano tenía de verdad tales cosas.

Nicoletta permitió que la pared se cerrara del todo y de pronto notó un escalofrío.

—Tal vez necesitan algo así para amontonar todos los cadáveres de las mujeres asesinadas aquí.

—¡Nicoletta!

Maria Pia la reprendió mientras empezaba a vestirse.

—Dime qué les sucedió a mi madre y mi tía. Quiero saberlo, dime qué les pasó de verdad.

Nicoletta se apoyó contra el fresco mármol y contempló a la otra mujer con gesto serio.

Una corriente fresca parecía correr desde la chimenea apagada y el interior de la habitación. Ambas ocupantes sintieron frío y ella tiritó sin control. Sin pensar siquiera, buscó con el brazo la gruesa casaca de Giovanni para echársela encima y envolverse con los pliegues de calor. Se hizo un silencio extraño, como si en el palacio se hubiera interrumpido de repente todo movimiento. En ese vacío de sonido no se oía ningún arañazo de ratas, ni sirvientes correteando por los pasillos.

Maria Pia suspiró en voz baja y sacudió la cabeza.

—Hace muchos años ya, aun así no está bien hablar de ello, no ahora que nos encontramos en el *palazzo*. —Miró inquieta a su alrededor, a los ojos de las muchas serpientes marinas demoníacas que las observaban—. No es bueno hablar de los muertos, jovencita.

Nicoletta alzó la barbilla con una mirada elocuente en sus ojos oscuros.

—Necesito saber qué pasó. Recuerdo cómo trajeron de vuelta el cadáver de mamá por las colinas. Era un día muy oscuro y gris. Yo la estaba esperando en el prado cuando llegó el cuervo. Supe que había fallecido. El pájaro nunca habría volado con aquel aguacero de la mañana a no ser por algo así. Sabía que algo terrible le había sucedido a mi madre, pero nadie lo decía, nadie iba a decírmelo. Más tarde me enteré. La gente daba a entender entre murmuraciones que la habían matado, pero de hecho nadie vino a decirme qué había sucedido. Era *mia madre*, y merezco saberlo. —Se hundió sobre el colchón, rodeando con la mano el alto y grueso poste, hasta que los nudillos se le quedaron blancos—. Tengo que vivir aquí, Maria Pia... aquí, donde mi madre y mi tía murieron, necesito saber.

—Contaron que tu madre estaba trabajando en las murallas, limpiando la pasarela. Era joven y guapa, ya estaba viuda por entonces, tan joven... a tu padre se lo llevó muy pronto una enfermedad incurable. Todo el mundo quería a tu madre, ella cantaba como un ángel. —Había lágrimas en la voz de Maria Pia—. Dijeron que se había resbalado sobre la superficie húmeda ya que la pasarela de mármol estaba mojada por la lluvia.

Los ojos oscuros de Nicoletta continuaban fijos en el rostro de la mujer mayor.

—Pero tú no les creíste.

—¿Por qué iba a estar limpiando la pasarela si llovía? Era peligroso estar ahí en lo alto. Tu madre era muy lista; no habría elegido un momento así para limpiar las pasarelas que rodean las torrecillas. —Maria Pia extendió los dedos—. Examiné su cuerpo cuando lo trajeron a casa. Había sido una larga caída y tenía muchas lesiones y huesos rotos, pero las uñas estaban rotas y ensangrentadas, como si hubiera luchado con ellas para salvar su vida. Tenía los huesos de los dedos rotos, y había magulladuras y rasguños alrededor de su garganta. Y...

Maria Pia se volvió entonces para que Nicoletta no viera las lágrimas inundando sus ojos.

—Acaba —dijo la joven como aturdida—. Tengo que saber a que me enfrento.

—Se habían aprovechado de ella... Creo que se enfrentó a su atacante y cuando él acabó con su siniestro acto, la arrojó por encima de la muralla. Ella debió de agarrarse a la cornisa, él le golpeó las manos hasta romperle los dedos, y cayó. —Maria Pia bajó la cabeza—. Mi precioso ángel. Se lo conté al don, al padre de Giovanni, le expliqué mis descubrimientos, y él llevó a cabo una investigación, pero nada salió a la luz. Yo no podía probar nada.

Maria Pia dio un suspiró audible.

—A la mañana siguiente la abuela de don Scarletti apareció muerta en su propia cama con señales de dedos alrededor del cuello, y el viejo dormido a su lado. El palacio, y desde luego toda la región, quedó embargado por el dolor de la muerte de donna Scarletti. Era muy querida, y merecidamente. No obstante, nadie recuerda la muerte de una campesina, una pobre *domèstica* viuda.

Una oleada de rabia invadió a Nicoletta, todo su cuerpo temblaba, por un momento sólo pudo agarrarse al poste de la cama para intentar controlar las emociones volcánicas que revolvían con tal fuerza su interior. Necesitó unos pocos minutos para percatarse de que Maria Pia sollozaba en silencio. Al instante dejó a un lado sus propios sentimientos y se apresuró a acudir al lado de la mujer mayor. La abrazó con fuerza.

—Cuánto lamento haberte hecho revivir todo esto. No es de extrañar que no quisieras hablar de una cosa tan espantosa.

—Debió de pasar tanto miedo... ella había ido al *Palazzo della Morte* convencida de que las murmuraciones eran falsas. Debería haber impedido a tu madre buscar trabajo en un lugar así, pero necesitábamos pasar el invierno, y no teníamos ningún hombre para ayudarnos. Yo conocía el peligro, había visto el cuerpo de su hermana, tu *zia*, cuando lo devolvieron a su casa desde el palacio. —Maria Pia enterró la cara en sus manos con hombros temblorosos—. Sólo unos meses antes, tu *zia* también había sufrido un «accidente» mientras servía allí. Una estatua de piedra muy pesada cayó y la aplastó, dijeron.

Nicoletta estrechó a la mujer entre sus brazos. El aire de pronto parecía opresivo, al instante prefirió que Maria Pia dejara de hablar. Había una acentuada premonición de peligro, que la dejaba sin aliento y le arrebataba la capacidad de pensar con claridad.

—No puedes quedarte aquí, Maria Pia —dijo con decisión—. No quiero que corras peligro. Si el asesino de las mujeres, sea quien fuere, reside aún aquí, sabrá que eres consciente de que esas muertes no fueron accidentales.

Maria Pia dio a la muchacha una palmadita consoladora en el hombro.

—Tu madre y tu tía murieron hace más de doce años, *piccola*. De ningún modo la *aristocrazia* iba a recordar las muertes de dos empleadas. Es imposible que sepan que examiné ambos cuerpos y descubrí la verdad. El padre de don Scarletti lleva ocho años muerto. No hablé con nadie más.

—Otras dos mujeres de los *villaggi* cercanos han muerto aquí en extraños accidentes durante todo este tiempo. Y la joven esposa de Vincente Scarletti. Sin duda es el *Palazzo della Morte*. —Nicoletta permitió que la casaca de Giovanni cayera de sus hombros a la colcha—. No puedo arriesgarme con tu vida, Maria Pia. Debes abandonar este lugar.

—Hasta que estés casada, tengo que quedarme contigo —indicó la mujer—. Vístete, Nicoletta. Tenemos mucho que hacer hoy. ¿Nos dejan salir de la habitación?

—El don no dijo que estuviera encerrada en una mazmorra —respondió con resentimiento la muchacha—, sólo que los guardias debían acompañarme allí donde fuera. Al menos tengo la llave de la habitación y la puedo cerrar por dentro. —Se rió compungida—. No es que vaya a servir de mucho si cualquiera puede entrar por el pasadizo de la pared. Deberíamos colocar algo pesado contra el mármol por la noche.

Mientras hablaba iba realizando su aseo matinal. El agua estaba fría, pero se lavó por completo, tomándose tiempo para prepararse pues iba a conocer al personal de la casa.

—Tal vez yo debiera apelar de nuevo al don. —Maria Pia pasó una mano nudosa sobre el fino material de la bonita casaca—. Pedirle que cambie de idea y elija otra esposa, aunque parece decidido contigo.

—No te tomes la molestia, Maria Pia. Fui bastante elocuente en mis peticiones. El hombre ha perdido el juicio por completo, y no escucha a nadie. —Nicoletta se apartó para ocultar su expresión. Sus sueños eróticos perduraban muy vívidos en su mente, un rubor ardoroso corrió bajo su piel con los recuerdos. Se aclaró la garganta—: Me siento como si observaran cada uno de mis movimientos. No sé cómo podré soportar algo así.

—Debes tener cuidado —advirtió Maria Pia—. Creo que siempre te vigilarán. No debes olvidarlo jamás. Si cometes un error, el don se percatará de que eres... diferente, y te condenará como bruja.

—Yo también lo he pensado, pero ahora creo que no es así. No comprendo por qué ha invocado la Cláusula Nupcial si sabe que soy diferente. Si fuera a condenarme a muerte, ya lo habría hecho la noche pasada. —Nicoletta se estremeció—. Alguien en el palacio sabe quién asesinó a mi *famiglia*, y mi intención es descubrir quién es esa persona.

Maria Pia soltó un resuello de inquietud.

—No puedes. Murieron hace muchos años, y es peligroso remover viejas heridas. Podrías correr un terrible peligro.

Nicoletta metió la llave en la cerradura y la giró. Echó una ojeada por detrás de Maria Pia, con sus oscuros ojos serios.

—Ahora ya corro un grave peligro. Sé que es así, lo noto. No seré el conejillo que se encoge a la espera de que el lobo se lo lleve. —Alzó la barbilla con decisión—. Aquí hay maldad, pero yo iré a su encuentro, no esperaré temblando como una criatura en mi habitación.

Abrió la puerta de golpe.

El guardia apostado ahí, un hombre diferente al de la noche anterior, hizo un ademán amable con la cabeza y se hizo a un lado para dejarla salir al amplio pasillo. La luz empezaba a entrar a través de la serie de altas ventanas arqueadas y con vidrieras, proyectando rayos coloridos que danzaban por el espacioso corredor. El segundo guardia estaba apostado unos pasos más allá, de pie junto a la ventana, pero estaba claro que tenía la atención centrada en ella cuando empezó a andar hacia él. La joven mantuvo la barbilla alta mientras agarraba con firmeza la mano de Maria Pia.

—¿Alguno de los dos tendría la amabilidad de indicarnos dónde está la cocina?

Se sintió orgullosa de que por fin no le temblara la voz.

—Sígame, signorina —dijo el hombre junto a la ventana, y se volvió para abrir la marcha.

Nicoletta era plenamente consciente del otro guardia tras ella y de los sirvientes que dejaban su trabajo para observar con curiosidad a la pequeña procesión que formaban mientras descendían por la sinuosa escalera que daba múltiples giros por el palacio en dirección a la cocina. Miró a su alrededor, inspeccionándolo todo, decidida a desvelar, con la luz del día, algunos de los secretos del palacio. Sin la luz danzante de la vela, los techos abovedados producían un efecto parecido al de una catedral en vez de una sensación lúgubre. Las hileras de ventanas proporcionaban luz del sol y permitían vistas espectaculares. Los sirvientes iban afanados de un lado a otro, y el palacio estaba impecable.

Mientras se acercaban al feudo del cocinero, Nicoletta iba imaginando una habitación oscura, húmeda, con muros chamuscados, siniestros cuchillos de trinchar y cabezas sobre fuentes. Pero, la verdad, la enorme y aireada cocina estaba tan limpia y pulcra como el resto de habitaciones que había visto. El agradable cocinero, Bernado, trabajaba con diligencia al lado de una mujer mayor. Sophie estaba sentada en la menor de las tres mesas y soltó un grito de entusiasmo para darles la bienvenida.

Nicoletta agarró a la niña cuando saltó a sus brazos.

—¡Sabía que vendrías! Le dije a Bernado que vendrías. Le dije que te preparara algo especial.

Le rodeó con sus brazos el cuello y la estrujó con fuerza.

Nicoletta se rió mientras se soltaba de sus brazos.

—Gracias por la invitación, Sophie. Bernado, soy Nicoletta. He invadido su territorio por invitación de la pequeña Sophie, ¿le importa?

Bernado estaba al corriente de las murmuraciones que volaban por el palacio. El don había elegido esposa en el *villaggio* vecino, y sabía que esta joven vigilada por sus soldados de elite personales tenía que ser la futura consorte. Hizo una profunda inclinación e indicó una silla.

—Siempre es un gusto complacer a mujeres tan hermosas, signorinas.

Maria Pia le sonrió radiante, agradecida de que alguien fuera amable con su joven pupila. Bernado y Celeste, su ayudante, prepararon comida suficiente para los guardias también, y todo estaba muy bueno. Nicoletta cumplimentó a Bernado y con unas pocas sonrisas y bromas pronto tuvo al pequeño grupo sonriendo y riendo. Sophie permanecía sentada a su lado, y después de la comida ella se inclinó contra el mostrador para hablar con Bernado, jugando distraída con el cabello de la niña.

Don Scarletti oyó el eco de risas procedentes del cavernoso corredor mientras iba de camino a su estudio. Hizo que se detuviera en seco. No recordaba la última vez que había oído risas en el palacio. Risas reales, sinceras, no el afectado y bobo recurso que la hija de Portia, Margerita, empleaba con coquetería cuando se acercaba a ella cualquier *aristocratico* varón. El sonido era como la luz del sol, disipaba la penumbra de los pasillos, y de repente se encontró dándose la vuelta para seguir las notas melodiosas que le llamaban.

Se quedó en el umbral de la cocina apoyando perezosamente la cadera en la pared mientras la observaba. Nicoletta iba vestida con una falda y una blusa sencillas, el pelo recogido en lo alto de la cabeza en un moño intrincado. Se le habían escapado unos pocos mechones, caídos en ondas sedosas alrededor de su rostro. Sus ojos eran grandes y oscuros, llenos de malicia juguetona mientras bromeaba con el cocinero y uno de los guardias. Llevaba los pequeños pies descalzos, y su boca era exuberante y atrayente.

Cuando le vieron, se hizo el silencio en el grupo, y Bernado regresó deprisa a su faena. Sophie se movió un poco tras Nicoletta como buscando protección, y los dos guardias se pusieron firmes de inmediato. Pero ella sonrió a don Scarletti con la inocencia de una niña.

—De verdad tiene un tesoro aquí en la cocina —saludó contenta.

—Sí, así es —admitió don Scarletti enigmáticamente, con la mirada en su rostro pequeño y delicado. Algo en su voz y la manera atenta en que la observaba hizo que Nicoletta se sonrojara. Giovanni amplió su sonrisa y sus fuertes dientes blancos quedaron mucho más evidentes—. Veo que has olvidado los zapatos otra vez. Debo acordarme de dejar un par en cada habitación para que tengas repuestos cada vez que te los quites.

Su voz era grave y amable, un roce de calor aterciopelado sobre la piel de ella.

—Parece muy preocupado por el calzado —comentó ella riéndose sin disimulo de él con su mirada oscura.

Giovanni le tendió una mano.

—Ven a caminar conmigo, *piccola*. Estoy seguro de que la signorina Sigmora y el resto se asegurarán de que no te muerda, aunque esta mañana estás muy tentadora.

Un débil rubor le ascendió por el cuello bajo su piel dorada por el sol. Nicoletta observó la mano un momento como si de verdad pudiera morderla. Muy poco a poco, casi a su pesar, extendió la suya. Al instante los dedos de Scarletti envolvieron los suyos, doblándose en torno a ellos con firmeza. La atrajo a su lado para que se acomodara bajo su amplio hombro. Junto a ellos, Sophie soltó una risita nerviosa. Giovanni no se volvió, se limitó a llevar a Nicoletta hacia la entrada del patio.

—¿Has dormido bien?

Su cuerpo la rozaba, duro y musculoso, tan diferente al suyo, volviéndola muy consciente de sus propios contornos blandos y femeninos.

—¿Quiere decir después del jaleo que nos sobresaltó? —Nicoletta le miró de soslayo. Era alto y poderoso, cada vez que ella le miraba el corazón parecía dejarle de latir para acelerarse a continuación. No podía mirarle sin recordar los sueños eróticos, perversos, aún vívidos en su mente—. ¿Siempre es así aquí por la noche?

Giovanni acarició con el pulgar la parte interior de su muñeca. Una. Dos veces. Su corazón dio un extraño salto mortal. De nuevo el rubor avanzaba poco a poco bajo su piel. De súbito el vestíbulo lleno de corrientes ya no le pareció tan frío. La base del pulgar perduró sobre su pulso frenético.

—Confieso que pareces haber provocado cierto revuelo —respondió, con la mente claramente en otros asuntos.

Sus dedos se movían sobre su piel como si tuvieran vida propia, ejecutando caricias por el antebrazo y provocando oleadas calientes en todo su cuerpo.

Nicoletta sabía que debería soltarse, pero su contacto era fascinante. Giovanni le soltó la mano, deteniéndose con brusquedad, de tal manera que la dejó atrapada cerca de la pared, con su gran cuerpo bloqueando la vista del patio. Ella percibió el calor que desprendía a través de la delgada barrera de sus ropas. Le rodeó entonces con los dedos la garganta y sus ojos oscuros se quedaron observando los de ella.

—Cuando ríes, iluminas el mundo. Eso es algo muy peligroso.

Debería haber sido un cumplido, pero lo dijo con voz meditabunda, casi con desaprobación. No había risa en él, ni pizca de delicadeza. Su mirada negra era intensa mientras le recorría el rostro. Estrechó sus dedos, obligándola a soltar un resuello.

Nicoletta separó los labios, una invitación tentadora. Profiriendo algo que sonó como un juramento, Giovanni bajó la cabeza y pegó la boca a sus labios. Al instante el mundo de Nicoletta cambió. El suelo se desplazó, con un movimiento sutil y ondulante bajo sus pies que hizo que pareciera natural buscar cobijo cerca del corazón de don Scarletti. Con su fuerza enorme, los brazos atrajeron el tierno cuerpo contra su dureza musculosa mientras la boca tomaba posesión de sus labios. Su hambre era atroz, una necesidad tenebrosa y alarmante que no se molestó en ocultar. Ella se derritió, su cuerpo se volvió flexible y blando mientras las llamas danzaban por su piel con una necesidad imposible de definir. Desde algún lugar en lo más profundo de su ser un desenfreno empezó a crecer, necesitado y exigente.

—¡Don Scarletti! ¡Nicoletta! —La voz horrorizada de Maria Pia les azotó a ambos—. ¡Este comportamiento es escandaloso!

El don se tomó su tiempo, moviendo la boca con delicadeza sobre sus labios. En vez del hambre insaciable ahora aplicaba toda su sensibilidad, demorándose por un momento para acabar de besarla, hasta que las piernas de la muchacha amenazaron con ceder, obligándola a aferrarse otra vez a él. Sólo entonces levantó poco a poco la cabeza, y su negra mirada hipnótica la atrapó, indefensa en su embrujo de oscuro hechicero, mientras seguía con las puntas de los dedos las curvas delicadas de su rostro como para memorizarlas para siempre.

—¡Don Scarletti, debo protestar por este comportamiento! — insistía Maria Pia, tirando del brazo de Nicoletta para liberarla de la prisión formada entre el cuerpo duro del don y la pared del palacio.

Giovanni no renunció de inmediato a su posesión sino que continuó contemplando con intensidad el rostro vuelto hacia arriba de la joven, como si él fuera el hechizado, del todo desconcertado por ella.

—Entonces mejor que nos casemos de inmediato —dijo sin el menor arrepentimiento, con voz firme y suave como siempre. Estaba hablando con Maria Pia, pero tenía la boca cerca del oído de Nicoletta, y su cálido aliento agitaba los mechones de pelo y vertía un calor por su riego sanguíneo. Inclinó aún más la cabeza hasta que sus labios se movieron contra el oído—: No puedo esperar.

Susurró las palabras contra la piel desnuda y ella las sintió en todo el cuerpo, desde la cabeza hasta la punta de los pies.

Maria Pia soltó un grito de indignación. Don Scarletti se enderezó poco a poco, hizo una leve inclinación a las mujeres y volvió a entrar paseándose en el palacio. Nicoletta se quedó mirándole, incapaz de moverse, incapaz de pensar, tapándose con una mano la boca a causa de la pura conmoción. Y él parecía tan sereno, tan poco afectado, moviendo el cuerpo con la misma ondulación de poder de siempre, mientras ella quería dejarse resbalar por la pared hasta formar un bulto en el suelo.

Sophie rompió el hechizo, rodeándole las piernas con los brazos y abrazándola con fuerza:

—¿De verdad zio Gino va a casarse contigo?

Nicoletta miró a los dos guardias que hacían lo que podían para disimular sus sonrisas. El rubor inundó el rostro de la muchacha, que se apresuró a pasar a toda prisa junto a ellos para salir al enorme patio. Era un derroche de color, con las plantas bien cuidadas por varios encargados de mantenimiento. Una enorme fuente dominaba la zona, una estructura de mármol de casi un piso de altura. En el centro se alzaba un carro con seis caballos desbocados levantando rociadas de agua y espuma blanca desde los cascos voladores.

—Nicoletta. —Sophie tiró de su falda—. ¿De verdad vas a casarte con zio Gino?

Su voz infantil insistía sin los indicios de la vacilación que parecía mostrar con frecuencia.

Nicoletta le cogió la mano.

—Bien, tu tío Gino ha dicho eso, por lo tanto supongo que debo hacerlo. ¿Qué te parece a ti?

De inmediato Sophie pareció impresionada por el hecho de que le pidieran su opinión.

—Creo que si zio Gino se casa contigo, entonces podrás quedarte aquí para siempre —dijo y sonrió mirando a Nicoletta.

La joven levantó a la niña y la columpió en círculos hasta que la pequeña chilló con deleite. Corrieron juntas por el patio y la risa de ambas flotó de regreso hasta la casa, arrancando sonrisas a los guardias e incluso a Maria Pia.

Nicoletta se detuvo en el extremo alejado del patio, arrodillándose para examinar una rara flor que sólo se abría en las horas tempranas de la mañana. Al descubrir los pétalos cubiertos de rocío, llamó a Sophie con una exclamación. En verdad se estremecía por dentro, conmocionada por aquel lado salvaje y caprichoso de su naturaleza que desconocía. No podía engañarse a sí misma; ella era igual de culpable que don Giovanni Scarletti por el beso escandaloso de antes. Podría haberla seducido justo allí mismo y se lo habría permitido. Estaba tan cautivada por él que no podía ver las cosas con claridad.

No quería pensar en encontrarse a solas con él en el dormitorio, era un hechicero tenebroso tejiendo un sortilegio de magia negra. De hecho, coqueteaba cada vez más con el desastre, atraída inexorablemente hacia su llama caliente. Parecía no poder resistirse a la intensidad en aquella mirada negra y el ansia sombría que ella no podía ignorar. Entonces se apartó el pelo con mano temblorosa, agradecida de que Maria Pia se encontrara al otro lado del patio en vez de sermoneándola para que fuera una chica «buena».

—De modo que eres la novia elegida.

Vincente salió del laberinto de setos, alto y apuesto, inmaculado con su atuendo elegante a la última moda. Sus ojos oscuros se reían mientras tomaban nota de la falda y blusa de campesina y los piececitos descalzos.

Nicoletta se incorporó como pudo. Sophie alzó la vista a su padre con una especie de silencio doloroso y esperanzado, agarrándose a la falda de la joven en busca de apoyo. Ella bajó la mano para acariciar el pelo a la niña y tranquilizarla.

—Buenos días tenga, señor —dijo con alegría—. Sophie ha sido encantadora y me ha enseñado los terrenos. No sé qué haría sin ella.

Vincente levantó una ceja con escepticismo.

—¿No estará molestando?

Nicoletta deslizó los dedos por el brazo de la niñita para cogerle la mano.

—En absoluto. Le estoy haciendo demasiadas preguntas, seguro que tiene ganas de librarse de mí.

Sophie se rió nerviosa.

—Es divertida, papá.

—Divertida, ¿eh? Me lo creo, sí. —El hombre bajó la mano para revolver el pelo a su hija—. Debo disculparme por la conducta de la prima Portia anoche. Confío en que no pensaras que consentía sus exigencias. Está bastante consentida, acostumbrada a salirse siempre con la suya. Le asusta la idea de una nueva señora aquí. En verdad, nadie pensaba que Giovanni encontrara novia. Mi hermano Antonello y yo pensábamos que nos correspondería a nosotros dar herederos, ya que Giovanni había declarado no tener interés por el tema. Antonello aún no se ha casado, y yo estoy viudo —dijo—, por lo tanto Portia es la mujer de la casa. Pero ahora Giovanni ha elegido... te ha escogido a ti.

Había una débil nota interrogante en su voz, como si esperara que admitiera que había hechizado a su hermano mayor.

—Desde luego que ha escogido él. Yo no había pensado en buscar marido —respondió ella.

Vincente echó la cabeza hacia atrás y se rió en voz alta.

—Buena respuesta. Soy Vincente Scarletti. Hemos coincidido, por supuesto, en más de una ocasión, pero todavía sin presentaciones formales. —Buscó las puntas de sus dedos y se los llevó a la boca para un beso mientras sus ojos oscuros coqueteaban con atrevimiento. Hizo una profunda inclinación—. Aunque no hayamos coincidido antes, me resultas familiar. ¿Conozco tal vez a tu *famiglia*?

—Tal vez —respondió Nicoletta vagamente.

Le costaba pensar con claridad. Notaba una curiosa sensación en su cabeza, una sensación opresiva y oscura que nunca había experimentado. Un miedo intenso parecía propagarse por la boca del estómago. Notaba la necesidad de apartarse de Vincente, de su encanto y atractivo. La necesidad de retirar la mano era tan intensa y fuerte que de hecho lo hizo.

Fue entonces cuando dirigió la mirada hacia los amplios ventanales de palacio. Desde el largo balcón sobre las columnas colosales que rodeaban la estructura, Giovanni les estaba observando. Se encontraba tan quieto como las montañas a su alrededor, como si él mismo estuviera tallado en mármol: una figura poderosa e intimidante. Al instante Nicoletta se percató de que lo tenía en la cabeza, y que le dominaba una terrible furia. Apreciaba las oleadas de advertencia golpeando en su propia mente exigiéndole que rechazara el coqueteo de su hermano. Esto no era un suave susurro sino un flujo oscuro de rabia, de celos negros.

Cuando ella volvió a mirarle, alzó la barbilla un instante con gesto de desafío. Separados por la amplia extensión del palacio, sus ojos se encontraron en un combate extraño, su voluntad contra la de él. La malevolencia se desvaneció poco a poco para ser reemplazada por una diversión levemente burlona.

No puedes esperar ganar una batalla contra mí, cara, *eres demasiado joven e inocente.*

Las palabras sonaban claras esta vez, no sólo una impresión sino ahí en sus oídos, ¡como si las hubiera pronunciado en voz alta! Conmocionada por su poder, la evidencia de que era un verdadero brujo cuando no el propio demonio, Nicoletta dio un paso atrás.

Prefiero tus sueños a tus miedos, piccola.

Lo susurró con perversión, recordándole los vívidos sueños eróticos que habían danzado en su cabeza la noche anterior. Él permaneció durante un momento más en el balcón de mármol, con aquel aspecto aristocrático, de hombre tan acostumbrado a mandar que llevaba la autoridad grabada en su rasgos duros. Sus dientes blancos destellaron por un momento antes de que se diera la vuelta y regresara a su estudio. Ella alcanzó a ver su cuerpo alto y musculoso a través de la ventana, haciendo indicaciones a alguien —a quien no podía ver con claridad— para que entrara en la habitación.

Vincente volvió la cabeza para seguir su mirada.

—*Mio fratello* trabaja duro. Tantas reuniones con las autoridades en cada momento, ya sabes, sin tiempo para divertirse. —Se encogió de hombros con despreocupación—. No te preocupes, signorina. Me ocuparé de que tu estancia aquí no sea tan deprimente. —Sonrió a su hija—. Sophie no te dará mucho la lata, eso confío. Si no, la mandaremos a aprender a coser esas bonitas colchas que todas las mujeres parecen saber hacer.

De pronto alzó la vista y se quedó mirando a Nicoletta casi como si ella fuera un fantasma, con su rostro pálido de repente transformado bajo la piel bronceada.

—¿Qué pasa? —preguntó Nicoletta con curiosidad.

—Por un instante me has recordado a alguien que conocí hace mucho. Hacía las colchas más bonitas que he visto. —Su voz sonaba ensimismada—. Ahora sería mucho mayor que tú, pero tenía más o menos tu edad entonces.

Nicoletta se volvió hacia las flores del jardín, contemplando los pétalos cubiertos de rocío para disimular su expresión. ¡Su madre! ¡Vincente Scarletti conocía a su madre, y la recordaba! ¿Y cómo no? Los recuerdos ahora eran vívidos en su mente. De súbito quiso echarse a llorar. Había reconocido la colcha de la habitación de Sophie: era una labor de su madre.

¿Nicoletta?

La voz era amable, no maliciosa ni juguetona, no enojada ni fiera. Su pregunta era tierna y preocupada. Experimentó un extraño calor inundándole. Aquel hechizo hipnótico la desarmaba, la envolvía de tal modo que no podía evitar conectar con él con toda su alma y corazón.

Como si una fuerza exterior tirara de ella, se volvió por encima del hombro, su mirada atraída hacia la ventana que daba al patio. Estaba allí, observándola con atención. Entonces alcanzó a ver la figura entre sombras moviéndose tras él por la habitación como alterado. La atención de Scarletti se centraba más en ella que en su importante invitado.

Hizo que se sintiera cuidada. Sabía que él había percibido su pena y era importante para él alcanzarla desde la distancia.

Maria Pia habría opinado probablemente que era pecaminoso, un don del diablo, algo maligno, pero en aquel momento Nicoletta se sintió agradecida y sonrió a la solitaria figura umbrosa. Él esbozó un pequeño saludo y volvió con decisión la atención a su visita.

Ella también volvía su atención en ese instante a Vincente y a su hija cuando por el rabillo del ojo captó la visión de algo brillante revoloteando sobre las murallas encima del estudio de don Scarletti. Eran Portia y su hija, Margerita, con vestidos inflados por el viento, observándola igual que las enormes gárgolas aladas.

La recorrió un leve estremecimiento. La observaban en todo momento, y ya se había permitido olvidarlo. Scarletti parecía capaz de suprimir todo pensamiento cuerdo, algo que ella no podía permitir. Con tantos ojos observando cada uno de sus movimientos tendría que aparentar ser «normal» en todo momento. ¿Sería posible?

Capítulo *8*

Nicoletta separó obedientemente los brazos de los costados y dirigió una mueca a Maria Pia.

—Me está clavando alfileres —se quejó—. Tengo un par de cosas que decir a don Scarletti en relación a esta forma particular de tortura.

Había pasado una buena parte del día intentando explorar el palacio, pero ahora llevaba horas encerrada con las modistas. Su paciencia se estaba agotando.

—Si vuelves a quejarte una vez más, Nicoletta —le espetó Maria Pia—, yo misma te clavaré un alfiler. Cualquier otra chica estaría encantada de recibir prendas tan elegantes. Son de una extravagancia casi pecaminosa. Aunque, la verdad, muchos de estos trajes te tapan tan poco que casi son impúdicos.

Nicoletta se rió con un sonido tan contagioso que incluso las dos modistas se encontraron sonriendo.

—¿Quieres decir que es pecaminoso que alguien como yo reciba prendas tan buenas?

—Vestidos de baile con escotes demasiado bajos —refunfuñó Maria Pia—. Eres una buena chica. La Madonna está llorando, llorando, te lo digo yo. No deberías llevar estos vestidos, no está bien —dijo con decisión.

—Estás preciosa, querida mía —dijo la modista con sinceridad—. Es un placer vestir a una chica tan guapa. Casi hemos acabado.

Portia asomó la cabeza por la puerta.

—Por como suena os estáis divirtiendo aquí —dijo con una sonrisa mantenida con firmeza en su cara, resuelta a no hacer referencia a la escena que había provocado la noche anterior—. ¿Puedo pasar? —No esperó a que le respondieran, sino que entró majestuosamente en la habitación con el rumor de su elaborado vestido. Llevaba una creación de última moda, y tenía el cabello perfectamente peinado—. Estás muy guapa, Nicoletta. ¿Puedo llamarte Nicoletta? ¿Han empezado con el traje de boda? Por supuesto, yo me encargaré de organizar el bendito acontecimiento personalmente. Giovanni me ha dicho que vais a casaros casi de inmediato.

Sus ojos estudiaban especuladores la delgada figura de Nicoletta.

Maria Pia alzó la barbilla, su mirada cansada llenándose de furia tranquila.

—No sé por qué don Scarletti insiste tanto en que Nicoletta se case con él sin el cortejo apropiado. ¿Cómo calma uno los temores naturales de una muchacha que nunca antes ha conocido a su novio?

Echó las manos al aire con dramatismo.

Portia asintió.

—Es impropio de él, pero Giovanni siempre tiene una ley a medida. —Encogió sus hombros de un blanco lechoso, de manera que el vestido de bajo escote pareció de pronto insuficiente, a punto de incumplir su función de contener el amplio seno. Portia sabía que era una mujer bella, y sus vestidos mostraban su figura a la perfección. Se movía con tal seguridad y gracia, con la pose perfecta que le había legado su posición—. Giovanni hace lo que desea, y no hay nadie que le detenga. —La implicación, casi siniestra, no presagiaba nada bueno, no obstante se rió en voz baja, descartando sus propias palabras—. Debes dejar todo en mis manos capaces. Desde que la esposa de Vincente, Angelita, la última señora del *palazzo*... murió, he planificado muchas fiestas para Giovanni, y debo decir que he recibido muchos elogios por mis esfuerzos.

—Se agradece su ayuda, *grazie* —respondió Maria Pia por Nicoletta.

—Entonces ya está acordado. —Portia sonrió con dulzura a la futura novia—. Debemos conocernos mejor la una a la otra, querida mía, ya que vas a convertirte en miembro de la familia. A Giovanni le parecería muy perverso por mi parte que no te ayudará a aprender los deberes como esposa suya. A menudo recibirás a invitados y velarás para que su casa funcione sin complicaciones. —Su sonrisa era tan falsa como la oferta de amistad—. Es el deber de la *famiglia* Scarletti organizar numerosas celebraciones. El rey envía aquí a muchos cortesanos para entablar negociaciones.

Nicoletta bajó los brazos y gritó cuando los alfileres le pincharon en todas direcciones, fulminando a la costurera con la mirada.

—Ya no aguanto más —anunció—. Maria Pia tiene razón; es pecaminoso tener tantos vestidos. Vaya, aquí hay atuendos para todas las mujeres del pueblo. No puedo llevarlos todos.

—Necesitarás cada uno de ellos —advirtió Portia—. Pero desde luego, querida, tienes aspecto de cansada. Debes parar por hoy —añadió solícita.

Una llamada vacilante a la puerta anunció al sirviente, Gostanz. Se aclaró la garganta con cuidado cuando captó la presencia de Portia, pero transmitió su mensaje en su tono monocorde habitual.

—Tiene visitas, signorina. La esperan en el patio.

Su desdén acostumbrado era muy evidente, y algo más, algo indefinido, como si el hombre se divirtiera en secreto.

—Gracias —respondió con amabilidad, sonriéndole con decisión.

Se apresuró a retirarse tras el biombo y se puso su falda y blusa habitual, agradecida por el confort del material lavado demasiadas veces. Luego se fue a toda prisa por el pasillo, despidiéndose con la mano de Portia distraídamente. De cualquier modo Maria Pia estaba mucho más preparada para tratar con esa mujer.

Nicoletta hizo un intento de alisarse el pelo mientras bajaba corriendo las escaleras. Consiguió encontrar la salida al patio equivocándose sólo en dos giros, una proeza increíble en el enorme palacio. Corrió ligera sobre las baldosas de mármol, sin hacer ruido con sus pies descalzos mientras avanzaba por los pasillos hacia la puerta, con una repentina alegría brotando de ella. Sabía quiénes eran sus visitas, sus queridos amigos, y les necesitaba con desesperación.

Los dos guardias se apresuraban tras ella con el estrépito de las espadas y las botas golpeando también con fuerza las baldosas. Ella permitió que la puerta se cerrara en sus narices y avanzó medio tramo del patio hasta donde se encontraban las visitas antes de que los soldados la abrieran y la siguieran.

Ketsia estaba sentada en la exuberante alfombra de hierba verde, con el rostro enterrado en las manos, llorando como si tuviera el corazón roto. Cristano iba de un lado a otro con furia, levantando de una patada una rociada de piedras blancas del sendero.

—¡*Bambina*! ¿Qué sucede? —quiso saber Nicoletta, mientras cogía a la niña en brazos—. ¿Por qué lloras? ¡Cristano! Dime por qué llora así.

Con la niña en brazos, se giró en redondo para abrazar también a Cristano. Mientras el joven las abrazaba a ambas, tropezaron y todos cayeron sobre la suave hierba.

Las lágrimas de Ketsia se transformaron en risas mientras echaba los brazos al cuello de Nicoletta.

—Sabía que serías la misma. ¡Y mira, descalza! ¡Mira, Cristano, ni siquiera él consigue que se ponga los zapatos!

Ketsia sonaba orgullosa y feliz por los pies descalzos de Nicoletta.

Los dos guardias rondaban en las inmediaciones, pero estaba claro que su formación no les había preparado para ocuparse de una joven descalza abrazando a una niña sollozante y a un joven enfadado. Los tres estaban enredados en el suelo, riéndose, y era obvio que no existía amenaza alguna para la dama. Los guardias se miraron entre sí con cierta indefensión y permanecieron en segundo plano.

—¿Por qué llorabas así, Ketsia? —preguntó Nicoletta, besando a la chica en lo alto de la cabeza. Soltó su mano de la de Cristano ya que el chico no parecía dispuesto a dejarla ir.

—Pensaba que igual te había hecho daño el don —respondió ésta—. Desapareciste. Y Mirella dijo que los soldados se habían llevado a Maria Pia de la cabaña en plena noche. Y Mirella dijo que era típico de ti irte corriendo y que el don te habría pegado y matado y que la desgracia arruinaría a todo el *villaggio* para siempre.

Ella estalló en risas, un sonido feliz y despreocupado, elevándose hasta flotar con la brisa agradable.

—La tonta y vieja de Mirella. Le gusta inventarse cuentos de terror. —Sonrió a Cristano—. Seguro que no te has creído esas historias de miedo.

El muchacho dirigió una mirada a los guardias y bajó la voz en un susurro de conspiración.

—El don no tenía derecho a reclamarte como esposa. Si hubieras aceptado mi oferta en vez de ser tan testaruda, Nicoletta, ahora él no podríade tocarte. Ahora sólo se me ocurre una cosa para liberarte.

Nicoletta alzó las cejas.

—Pienses lo que pienses, Cristano, debes olvidarlo. El don y yo aclararemos las cosas.

—¿Quieres decir que intentarás escaparte otra vez? Te escapaste una vez y te cogió. Sé que por eso desapareciste de tu casa. Pero se me ha ocurrido una manera de obligarle a dejarte ir.

Ketsia se pegó a ella, pues quería mimos.

—Pensaba que el don era guapo, pero no quiero que te lleve. El *villaggio* está triste sin ti. Tienes que regresar, Nicoletta.

—Tengo un plan —continuó Cristano—. Confesaremos al don que nos hemos acostado. No te querrá entonces, y te ordenará que te cases conmigo. —Cristano la observó—. Funcionará, Nicoletta. Necesitas asesoramiento en esto, de un hombre sabio y mayor que tú.

Ella hundió el rostro en el cuello de Ketsia para apagar su risa. Cristano era cuatro años mayor que ella pero unos buenos diez o doce años más joven que don Scarletti.

—Mi reputación estará arruinada, Cristano —le recordó.

—Estarás conmigo, tu sitio, y volverás al *villagio*. Aquí hay demasiados peligros. Todo el mundo sabe que no vivirás mucho si sigues en este lugar.

Entonces sacó pecho y se levantó, tendiéndole la mano para ayudarla a levantarse.

La rabia oscura y bullente que penetró en la mente de Nicoletta ardió en una llama de tal intensidad que se agarró la cabeza con las manos y se la apretó en un intento de aliviar la palpitación en las sienes. Su mirada, casi por voluntad propia, buscó la hilera de relucientes ventanas. Don Scarletti estaba fuera en el amplio pórtico del primer piso, con una amenaza en la mirada negra centelleante que ella reconoció incluso de lejos. Observándola con intensidad inmisericorde, saltó con facilidad por encima del muro del pórtico y empezó a moverse hacia ellos. Todo potencia ondulante, le recordó a un puma al acecho.

A Nicoletta se le cortó el aliento. Mientras se acercaba hacia ellos, alcanzó a ver la sombra oscura en su rostro apuesto. Llegó y la aproximó con firmeza bajo su hombro.

—¿Dónde está tu carabina, la signora Sigmora? Debería acompañarte en todo momento, *cara*. Tus jóvenes amigos son bienvenidos siempre que quieran visitarte, pero debes recordar que tus acciones ahora se analizan en todo momento.

Hablaba en voz baja, su tono era suave como el terciopelo, le rodeaba la cintura con dulzura para atraerla. No obstante, había algo muy amenazador en él, algo que ella no podía definir.

—Soy Giovanni Scarletti —dijo con cortesía innecesaria a Cristano, con su mirada dura brillante mientras observaba al joven—. Creo que ya nos hemos visto con anterioridad.

Cristano masculló algo inaudible como respuesta.

Ketsia hizo un linda inclinación.

—Soy Ketsia —anunció—. La amiga de Nicoletta.

—Ah sí, por supuesto, me acuerdo de ti.

Giovanni le sonrió con tanto encanto que la niña le miró radiante, tan susceptible a sus artimañas como cualquier mujer.

—Pensaba que estaba ocupado con una visita —se atrevió a decir con cautela.

De repente le aterrorizaba lo que Cristano pudiera hacer o decir. Podía ser irreflexivo y abrupto, y fiero y malhumorado si no se salía con la suya.

—Nunca estaré tan ocupado como para no atender a tus visitas —respondió Giovanni con su voz más amable.

Le hizo una inclinación a Ketsia, quien de inmediato estalló en un montón de risitas. A espaldas del grupo, hizo una indicación a los guardias para que regresaran hacia el palacio, donde no les oyeran.

Cristano se incorporó del todo.

—Don Scarletti, debo decírselo: Nicoletta es mi prometida.

Nicoletta soltó un resuello. Miró boquiabierta al joven, temiendo que el don ordenara que se lo llevaran a la mazmorra o, peor aún, que le desafiara a un duelo.

Las cejas negras de Giovanni se alzaron. Se pegó la mano de Nicoletta a los músculos voluminosos de su pecho y la sostuvo ahí contra el latido constante. Pasó el pulgar sobre su mano con una pequeña caricia.

—No creo que Nicoletta pueda estar prometida con los dos, y yo tengo derecho preferente. Lo siento. Soy consciente de que cualquier hombre querría hacerla su esposa, pero no voy a renunciar a ella.

Cristano respiró hondo.

—Hay circunstancias especiales que debería saber.

—No, Cristano.

Nicoletta negó vigorosamente con la cabeza, el cabello volando como una capa. Unos mechones sedosos se enredaron en el mentón ensombrecido del don, creando una intimidad instantánea entre ellos. No intentó retirárselos, sino que la atrajo aún más.

Giovanni inclinó tanto la cabeza hacia ella que su boca estaba pecaminosamente cerca.

—No te aflijas, *piccola*. No eres responsable de lo que otros decidan decir o hacer —susurró contra su piel, con su aliento cálido y reconfortante.

Por un momento el corazón de Nicoletta recuperó su ritmo normal, pero luego volvió toda la fuerza de sus ojos negros sobre Cristano. Su mirada centelleó con algo peligroso, algo muy amenazador.

Ella empezó a temblar. Sacudió la cabeza en silencio, con los ojos enormes pendientes de Cristano, con miedo elocuente. El don deslizó la mano por su brazo, frotándola con despreocupación como para calentarla.

—Antes de que hable, signore Cristano, recuerde que la mujer sobre la que discute es mi prometida y está bajo mi protección.

Una vez más, Giovanni hablaba tranquilo, pero había tal amenaza en su tono que todos parecieron quedarse paralizados.

Cristano fijó los ojos en Nicoletta y cobró valor para soltar su mentira.

—Nicoletta y yo nos hemos acostado.

Los ojos oscuros de Ketsia se agrandaron muy redondos. Se llevó una mano a la boca para no emitir un chillido de horror. El silencio no presagiaba nada bueno, se prolongó durante tanto rato que Nicoletta quiso chillar bajo la pura tensión de la situación. Incluso los insectos parecían callarse bajo la carga de oscura desaprobación del don.

Giovanni cogió a Nicoletta por la barbilla y la obligó a mirarle. Contempló fijamente sus ojos durante largo rato, luego una sonrisa lenta suavizó los extremos duros de su boca.

Qué inocente eres. No has estado con este patán, ni le amas.

Ella negó con la cabeza, tan incapaz de apartar la vista del don como de soltarse del hechizo hipnótico con que siempre parecía envolverla. No podría haberle mentido aunque su vida dependiera de ello, y bien que le iba la vida en esto. Scarletti podría haberla dejado marchar si pensara que se había acostado con Cristano.

Nunca te dejaría marchar, por lo tanto no creas que este tonto muchacho es tu escapatoria.

Poco a poco, casi de mala gana, Giovanni soltó la mirada de Nicoletta y se volvió para observar a Cristano con su expresión intensa, cruel.

—Deberías haberlo pensado algo mejor antes de intentar arruinar la reputación de una mujer. Ven a dar una vuelta conmigo, chico. Necesitas aprender modales.

Indicó con un gesto el laberinto.

Nicoletta rodeó los hombros de Ketsia con un brazo y, con un ceño, observó a los dos hombres aproximándose a las enormes masas de arbustos pulidos que formaban el laberinto.

Ketsia tiró de su falda.

—¿Crees que va a atravesar a Cristano con una espada por mentir acerca de ti?

La niña habló lo bastante alto como para que Cristano la oyera. Hundió los hombros y se le pusieron rojas las puntas de las orejas. Nicoletta sintió lástima por él.

—Calla, *bambina*. Don Scarletti sabe que Cristano sólo está haciendo el tonto. No recurrirá a algo tan cruel por eso.

Pero no sonaba tan convencida como hubiera querido.

Maria Pia y Sophie se unieron a ellas en el patio. Sophie miró a Ketsia con una mezcla de aprensión e interés. Se fue a buen paso junto a Nicoletta y le cogió la mano, dedicando una mirada altiva a la otra niña.

—Nicoletta es *mia famiglia* ahora. Es *mia zia*.

Ketsia hizo una mueca a la pequeña.

—No será tu *zia* hasta que se case. Y ella es mi mejor amiga.

—Todas vamos a ser buenas amigas —se apresuró a intervenir—. Sophie, ésta es Ketsia. Y vamos a pasarlo muy bien todas juntas.

Sophie se relajó un poco cuando Nicoletta continuó agarrándole la mano y le sonrió con dulzura. Incluso consiguió hacer un leve ademán con la cabeza a Ketsia. Ella intentó no reírse por la manera en que las dos niñas se comportaban y en vez de ello sugirió:

—Sophie, ¿llevarás a Ketsia hasta la cocina y la presentarás a Bernado? Ketsia, Bernado es el mejor cocinero del mundo y un buen amigo de Sophie, seguro que ella te consigue alguna exquisitez en la cocina. —Guiñó el ojo a la tímida Sophie—. No olvides conseguir algo para mí también. Confío en que cuidarás bien de mi amiga por mí.

Sintiéndose de nuevo importante con aquel encargo, Sophie cogió a Ketsia de la mano, y se fueron juntas dando saltos en dirección al palacio.

Nicoletta se hundió en el manto verde de hierba, las rodillas casi no la sostenían ya.

—Es posible que me salgan canas antes de que esta boda tenga lugar —dijo a Maria Pia—. Cristano, el muy imbécil, le ha dicho a don Scarletti que se había acostado conmigo.

Mari Pia dio un chillido conmocionado tan alto que los pájaros salieron volando de las copas de los árboles, dispersándose por el cielo. Hizo señales de la cruz en todas direcciones, incluyendo a Nicoletta tres veces.

—¡Ese chico va a necesitar un buen sitio donde esconderse! ¿Te ha ordenado el don que regreses al *villagio*?

Había una nota esperanzada en su voz.

—No ha creído a Cristano. Están manteniendo una charla. —Nicoletta inclinó la cabeza frunciendo el ceño—. Maria Pia, ¿recuerdas aquel chico del *villagio*, el del otro lado de la colina, de aspecto extraño que no crecía mentalmente? Siempre era tan dulce, sonriendo a todo el mundo; pero cuando alguien le contradecía, se ponía como loco. Primero era un ángel, luego un demonio, como si se dividiera en dos mitades. Nunca habría creído algo así de no haberlo visto con mis propios ojos. —Nicoletta se retorció las manos—. ¿Podría alguien parecer perfectamente normal y no obstante ocultar su locura interior? ¿Podría mostrarse tan tranquilo y sereno y aún así ser capaz de arrojar a una mujer desde la torre? —preguntó con preocupación.

Maria Pia miró a los soldados para asegurarse de que no podían oír la conversación.

—¿Crees que el don puede sufrir una dolencia así?

—No sé si es posible algo así.

Nicoletta observó el laberinto en busca de indicios de enfrentamiento violento. Como siempre, desde el momento en que había llegado al palacio, sentía que la observaban. Miró a lo alto de las murallas y, sin duda, entre las gárgolas con su mirada dura e inexpresiva, distinguió a la hija de Portia. Margerita se creía protegida por la descomunal criatura de piedra agazapada, pero su vestido carmesí se inflaba con las arremetidas del viento. Parecía estar siempre acechando, observando con sus ojos llenos de odio.

—No voy a ser la esposa que don Scarletti necesita, Maria Pia. No puedo recibir a la *aristocrazia* como dice Portia que debo hacer. —Nicoletta se echó el pelo hacia atrás—. No puedo vivir esta vida con tantos ojos controlando todos mis movimientos. Quiero irme a casa, mi sitio está allí. Casi deseo que el don hubiera creído a Cristano. Creo que podría apañármelas con un hombre así, pero nadie puede manejar a don Scarletti. Me asusta en muchos sentidos y tampoco me fío de mis propias reacciones ante él.

Maria Pia intentó tranquilizarla con vagas murmuraciones, ni siquiera ella podía salvarla del don.

Nicoletta le sonrió con cierta tristeza.

—Estoy rodeada de enemigos, pero no sé si son míos o son enemigos del don. En este lugar hay demasiados secretos, cosas que no entiendo. Siempre hay alguien observando. —Miró hacia los guardias a cierta distancia—. Y esos guardias se toman en serio lo de seguirme.

—Una mueca traviesa remplazó el repentino ánimo melancólico; su irreprimible bondad se negaba a ser derrotada—. Al menos no entraron en la habitación con las costureras.

Maria Pia susurró a su pesar.

—Qué desvergonzada eres, *bambina*.

Nicoletta observó a Giovanni que salía caminando del laberinto. Su corazón latió deprisa al instante, nada más verle. Era tan alto, poderoso y guapo que le cortaba la respiración. Pero estaba solo, y parecía cruel e implacable. Miró por detrás de él en un intento de descubrir a Cristano, pero no salió del laberinto detrás de Scarletti. Se quedó muy quieta, esperando a que el don llegara a su lado.

Giovanni estiró una mano para enredarla en una buena cantidad de su reluciente y largo pelo negro.

—No estés tan asustada, *cara*. No voy a encerrarte en la torre, al menos por el momento. Pero mi corazón no sobrevivirá a todos estos hombres que parecen adorarte y se postran ante ti. Debemos casarnos pronto o tendré que batirme en duelo cada día. —Tiró del pelo de Nicoletta y ella se vio obligada a adelantarse y acercarse. Los dientes de Giovanni centellearon cuando sonrió—: Eres preciosa, *piccola*. Más de lo que puedo expresar con palabras; supongo que no puedo culpar a estos jóvenes.

Nicoletta le miró la mano. Tenía arañazos en los nudillos y un punto de sangre manchaba su camisa inmaculada. Abrió los ojos llena de horror y se volvió ansiosa hacia el laberinto con esperanzas de ver a Cristano.

—El chico está bien —la tranquilizó él—. Insistía en seguir con su mentira, pero no podía permitir que siguiera mancillando tu buena reputación. Ponderará su locura durante unos días.

—Tal vez debiera ir a ver cómo se encuentra —dijo ella temerosa.

—Creo que mejor no, Nicoletta —respondió el don con una nota dura de autoridad en la voz y una máscara inflexible en sus rasgos adustos.

—Entonces debe ir Maria Pia —insistió ella.

—Al chico no le hará gracia que una mujer presencie su actual malestar.

—Giovanni, has dejado sola a tu visita —saludó Vincente, cruzando con toda tranquilidad el patio con una mueca secreta, juguetona, en el rostro. Había aparecido por el extremo más alejado del laberinto, bordeando los arbustos cuadrados del mismo para cruzar el verde césped—. Pareces incapaz de mantenerte alejado de tu novia, aunque debería decir que no puedo culparte. —Miró por detrás de su hermano mayor y una mueca de beneplácito apareció en su rostro—. ¡Antonello! Has regresado en el momento más oportuno. ¡La *famiglia* se reúne para una boda!

Nicoletta se giró al mismo tiempo que Giovanni para ver a Antonello Scarletti surgir por el lado opuesto del laberinto. Llevaba la ropa gastada y hecha jirones, con manchas de lo que parecía sangre y polvo en algunos puntos. Se le veía cansado, un hombre alto y apuesto pero muy solo.

Antonello se detuvo a escasa distancia, estudiándola a ella con su oscura mirada, y por un momento llameó el reconocimiento. De pronto ella se percató de que las puntas descalzas de sus pies despertaban gran interés. Giovanni suspiró en voz baja mientras miraba la cabeza inclinada de su novia.

¿Hay algún hombre que no te haya codiciado?

Nicoletta se puso como la grana, el rubor ascendió hasta su cara tan rápido que no tuvo esperanzas de detenerlo. Fulminó con la mirada a Scarletti. Desde luego que Antonello no había suspirado por ella. Con Maria Pia le habían ayudado sólo en aquella ocasión, y él a su vez las había recompensado. Giovanni no mostraba arrepentimiento.

¿Cómo es que ya conoces a mi hermano?

Con una ceja arqueada a modo de interrogante, un atisbo de diversión hizo aparición en sus ojos seductores.

—¿Qué boda? —preguntó Antonello en voz baja y ronca como si no hablara demasiado a menudo—. ¿Quién va casarse?

—Giovanni —anunció alegre Vincente, con una amplia mueca en la cara al poder comunicar lo que obviamente eran noticias impactantes.

Antonello se quedó paralizado, todo su cuerpo entró en tensión. La mirada oscura saltó al rostro de su hermano mayor.

—¿Vas a casarte?

Nicoletta percibió el trasfondo a su alrededor, corrientes subyacentes que no entendía del todo, pero temió ahogarse en ellas. Un mal augurio ocupaba un lugar umbroso entre los hermanos, una sombra siniestra que oscurecía todo intento de felicidad.

Giovanni rodeó el brazo de su novia con fuerza, casi protector.

—Nicoletta ha accedido a ser mi esposa.

Ella se rió, no pudo evitarlo, pese a la seriedad que parecían compartir los tres hermanos. Encontró divertida la elección de las palabras, dadas las circunstancias. Su risa sonó grave y contagiosa mientras miraba a su prometido. Una sonrisa de respuesta suavizó la boca dura de Scarletti y disipó las sombras de sus ojos. Durante un momento se miraron, perdidos en su diversión compartida.

Giovanni estudió a su hermano con atención.

—¿Estás herido? ¿Has tenido problemas?

Antonello encogió los hombros con despreocupación.

—Nada de lo que no pudiera ocuparme yo mismo.

—Bien —anunció Vincente en voz alta—, toda la familia está reunida. Sólo nos falta Damian para completar el círculo familiar. —Hizo una leve inclinación en dirección a Nicoletta—. Damian es nuestro primo y buen amigo. Crecimos todos juntos.

Fue consciente del cambio repentino en Giovanni. Fue sutil, muy sutil, pero estaba pegada a su cuerpo y notó un hilo de hierro recorriéndolo, mientras la sangre se precipitaba de pronto más caliente. Alzó la vista para mirarle el rostro: una máscara inexpresiva con una débil sonrisa sin humor fija ahí. Parecía casual, casi perezoso, pero estaba contenido y preparado para atacar.

—¿Le has visto, Antonello, durante tus viajes? —continuó Vincente—. Envió aviso de que llegaría hace un par de días. Planeábamos salir juntos de caza, pero no ha dado señales de vida, y eso no es propio de él.

—Suele llegar en barco por lo general —dijo Antonello—. ¿Has mirado en la cala?

Nicoletta se puso tensa, su corazón empezó a latir con fuerza en el pecho. Supo la verdad de inmediato, casi como si Giovanni hubiera compartido la información mediante ese extraño vínculo mental. Su primo estaba muerto, era uno de los hombres a quien el don había asesinado en la playa. Palideció de repente, y se le secó la boca. No se atrevía a mirarle, pero la manera en que le agarraba la mano pegándosela al corazón fue suficiente. Sabía que compartía su conocimiento.

Su propio primo. Un hombre con quien había crecido, un hombre a quien llamaba *famiglia*. Entonces se sintió aterrorizada. Deseó aún más regresar a casa, de vuelta a la simplicidad del *villaggio*. Ningún indicio de conspiración acechaba allí; la gente era trabajadora y temerosa de Dios. Podía contar con su estabilidad. Aquí, en este lugar de locos, en el *Palazzo della Morte*, las arenas siempre eran movedizas, resultaba imposible llamar amigo a alguien.

—¿Cuándo supiste de él por última vez? —preguntó Giovanni a su hermano menor.

Vincente se encogió de hombros.

—Mandó noticias hace unas semanas avisando que estaría aquí para la cacería. Creo que deberíamos interesarnos y preguntar a su gente. Tal vez haya desembarcado y se encuentre alojado en alguna posada. —Sonrió—. Damian tiene buen gusto para las mujeres.

—Mandaré mensajeros —dijo Giovanni sujetando con fuerza la mano de Nicoletta, advirtiéndole de que se quedara callada—. Debe asistir a la boda.

Nicoletta mantenía la mirada fija en sus pies descalzos. Sabía que Giovanni percibía la manera en que temblaba a su lado, el modo en que latía su pulso frenético bajo la base del pulgar. Le puso una mano en la nuca para darle un lento masaje. ¿Para calmarla? ¿Para advertirla? Permaneció muy quieta mientras oía hablar a los tres hermanos, con sus voces parecidas, algo en cierto modo extraño, aunque sus caracteres fueran bien diferentes.

—¡Nicoletta! —Ketsia y Sophie llegaron corriendo, inconscientes de las corrientes peligrosas, con rostros alegres manchados de nata blanca.

—¡Te hemos traído algo delicioso!

Las niñas iban de la mano mientras se acercaban a los adultos.

Nicoletta y Maria Pia sonrieron dándoles la bienvenida cuando se detuvieron, de repente inseguras bajo la atención de los tres hombres. ella les ofreció su brazo libre para animarlas, y las dos se apresuraron de inmediato a recibir su apretón. Estaba tan agradecida de su presencia como ellas de la suya.

—Sophie, ¿quién es tu amiguita? —preguntó Vincente a su hija.

Sophie se acercó un poco más a Nicoletta, con un leve escalofrío.

—Ketsia —respondió, casi dolorosamente tímida otra vez. Nicoletta advirtió que Giovanni bajaba la mano libre a la cabeza de su sobrina como un pequeño gesto de cariño y ánimo.

Vincente hizo una profunda inclinación y fingió besar los dedos de Ketsia.

—¿Has venido sin acompañante? Eso es muy valiente por tu parte.

A Ketsia se le escapó una risita nerviosa.

—Cristano vino también —explicó sin malicia—. Quería ver a Nicoletta, claro. Es mi mejor amiga.

—Bien, entonces, debes venir de visita a menudo —la animó Vincente. Miró a su alrededor—. ¿Y dónde está ese tal Cristano? —Sonrió a Ketsia—. Tu acompañante no debería faltar a sus modales y dejarte sola mucho tiempo. Me temo que si no corrige su conducta errada otro hombre te conquistará.

La niña volvió a reírse, esta vez sonrojándose, ya a su joven edad, completamente susceptible al encanto Scarletti.

Sophie se agarró con fuerza a la pierna de Nicoletta, de hecho le clavó los dedos en la carne a través de la falda.

Nicoletta, por instinto, rodeó los hombros de Ketsia y la estrechó.

—Muchas gracias, Sophie, por agasajar a Ketsia por mí. Don Scarletti, su sobrina ha sido muy buena conmigo, creo que debería estar en la boda junto a Ketsia. Necesitaré que alguien se asegure de que lo recuerdo todo.

Giovanni sonrió a las niñas.

—Como los zapatos. Parece que los olvida todo el rato. Te lo agradecería mucho, Sophie.

Ketsia asintió con energía.

—Así es, Sophie, debes ayudar a Nicoletta a acordarse de los zapatos mientras se encuentre aquí.

—Ella ahora vive aquí, Ketsia —le recordó Giovanni con dulzura—. ¿Era antes labor tuya ayudarla a acordarse de su calzado?

Ketsia asintió dándose importancia.

—Es que ella tiene mucho que hacer. Gente de todas partes viene a buscarla porque...

Se interrumpió, con aspecto horrorizado, llevándose una mano a la boca y mirando a Maria Pia como si esperara una buena reprimenda. Al instante las lágrimas de remordimiento inundaron sus ojos.

Giovanni le sonrió con su derroche de encanto masculino.

—Debes explicar a Sophie todos los detalles de sus obligaciones, para que ella pueda encargarse convenientemente de Nicoletta cuando tú no estés aquí. Por supuesto Sophie también deberá estar en el séquito nupcial para ayudarte junto con Ketsia, *cara*. No podemos pasar sin ninguna de ellas.

Nicoletta intercambió una sonrisa genuina con él, agradecida de que, pese a todas sus obligaciones, el don reconociera las inseguridades de las niñas y les ayudara a combatirlas. La pobre Sophie necesitaba desesperadamente la atención de su familia.

—Se hace tarde, Ketsia. ¿Dónde está Cristano? —dijo con una mirada elocuente a Giovanni, rogándole que permitiera a la niña ir a buscarle.

—Estaba enfurruñado en el laberinto la última vez que le vi, se negaba a volver con las damas —soltó descargándose de toda responsabilidad.

—Yo no he visto a nadie —dijo Antonello—, pero lo cierto es que tomé el atajo.

—Nunca he encontrado ese atajo —refunfuñó Vincente—. Yo sólo he caminado un poco junto a los arbustos más exteriores y no he visto a nadie aparte de Portia que había salido a dar su paseo diario.

—Tal vez haya regresado a casa —aventuró Maria Pia, quien conocía bien la naturaleza vehemente de Cristano.

Si estaba enfadado o humillado tras su charla con el don bien podría haberse largado hecho una furia, olvidando que había venido acompañando a Ketsia. No obstante, no podía esperarse que la pequeña hiciera el camino de vuelta a casa sola y desatendida.

—Tal vez alguien debiera buscarle en el laberinto.

Nicoletta fulminó con la mirada al don.

Giovanni la miró en silencio un momento, luego llamó a uno de los guardias. Hablaron un instante y éste se fue rápidamente a inspeccionar la zona exterior del laberinto.

Maria Pia negó con la cabeza.

—Lo más probable es que se haya ido, Nicoletta. Es probable que esté enfadado y dolido durante varios días.

La bruma empezaba a llegar desde el océano, se notaba el aire más fresco. Cintas blancas avanzaban sobre las pasarelas del palacio, dotando a las esculturas de un aspecto misterioso y espectral. Nicoletta se estaba acostumbrando a las extrañas imágenes, pero se percataba de que tanto la tímida Sophie y la normalmente arrojada Ketsia empezaban a ponerse nerviosas.

—Yo acompañaré a Ketsia a casa —dijo entonces. Tal vez Maria Pia tuviera razón. Cristano tenía un temperamento fogoso y más orgullo que el resto de la gente. Después del escarmiento del autoritario don, estaría demasiado humillado para dar la cara ante todos ellos—. Camino a menudo por las colinas y conozco bien los senderos. Aparte, necesito comprobar cómo está mi huerto de la colina.

Giovanni se rió un poco; su burlona diversión masculina le estaba crispando los nervios.

—Difícilmente voy a permitirte deambular por las colinas, Nicoletta. Tus días andarines ya han terminado.

—Yo acompañaré a la joven Ketsia, además de Nicoletta —se ofreció Vincente con una profunda inclinación.

La mirada oscura de Giovanni al instante se endureció centelleante. Percibía su poder, la amenaza oscura, la sombra de violencia.

—Nicoletta no saldrá del *palazzo*. Enviaré a la joven Ketsia de regreso sana y salva con su madre con dos escoltas de mi guardia personal. Si deseas acompañarles, Vincente, mejor que mejor. —Bajó la vista hacia su prometida—. Estás tiritando, *piccola*. Debes volver, dentro está más caliente.

Tras convertirlo en una orden, hizo una señal a los soldados.

Vincente se encogió de hombros, manteniendo la sonrisa forzada.

—No hay necesidad de tal procesión para una niña pequeña. Permitiré que los guardias realicen su labor. Si me disculpas, Nicoletta, tengo obligaciones que atender.

—Y yo debo darme un baño —añadió Antonello, con una leve inclinación hacia ella.

Giovanni no renunció a su control sobre ella, aferrándola a su cuerpo con el brazo.

—Vamos, Ketsia, despídete de Nicoletta por ahora y dale un beso. Informaré a los criados de que puedes venir de visita cuando desees, tanto para ver a Nicoletta como a Sophie. Mis guardias te escoltarán hasta casa y dirán a tu madre que eres siempre bienvenida aquí y que siempre se encargarán de que regreses a casa. Nada de lágrimas ahora. No querrás que Nicoletta se ponga triste, ¿eh?

—¿Lo dice de verdad? —preguntó Ketsia.

—No digo cosas que no sean de verdad —respondió con amabilidad.

Ketsia abrazó a Maria Pia, a Sophie y a Nicoletta, a esta última con tal fuerza y tanto rato que el don se vio obligado a soltarle los deditos y enviarla con cuidado de vuelta con sus dos guardias personales. Al final la niña se fue andando, erguida y recta, dándose importancia entre los dos soldados.

—Gracias —dijo Nicoletta a su pesar.

Giovanni Scarletti era una paradoja. Por un lado percibía al hombre peligroso y violento que era, y no obstante también era capaz de ser amable y reflexivo. Resultaba difícil no sentirse intrigada por él, no sentirse atraída por él.

Alzó la vista para mirarle y al instante se perdió en la profundidad de sus ojos. Veía tanta necesidad ahí. Un hambre intenso, un deseo descarado. Las llamas ardientes amenazaban con consumirla si se atrevía a acercarse. Cerró los dedos intentando sujetarse, pegada al pecho de ese hombre.

Scarletti la guió hacia el palacio bajo la mirada vigilante de Maria Pia. Sophie andaba con ellos, observando con curiosidad a ambos. Ketsia habría hecho un montón de preguntas, pero Sophie era más reservada y siempre se contenía hasta quedarse a solas con ella.

—Tengo mucho trabajo que hacer, Nicoletta, pero confío en que puedas permanecer sin meterte en líos y lejos de todos tus otros pretendientes hasta que pueda reunirme de nuevo contigo —bromeó él. Abrió la puerta para que las mujeres pasaran.

A Nicoletta se le escapó una risa desbordante surgida de la nada:

—Nunca me meto en líos, don Scarletti. No sé de dónde ha sacado esa idea —dijo y le guiñó un ojo a Sophie para crear complicidad.

Sophie se apresuró a taparse la boca para disimular la sonrisa. Nunca había oído a su tío Gino bromear, ni que alguien le tomara el pelo. Era el cabeza de familia y todos le tenían miedo. Tampoco nunca antes le había oído esa voz grave y acariciadora.

—Quizá tenga algo que ver con mirar por la ventana y descubrirte hecha un lío en el suelo con un joven ardiente. —Arrastró las palabras con aquella caricia que había regresado a su voz, rozando la piel de Nicoletta como el contacto de los dedos—. Quédate con Sophie, *cara*, y así podré volver a respirar.

—Creo que respira bastante bien —contestó ella, con su suave risa, obligando a volver la cabeza a criados y guardias.

Giovanni había advertido el reciente y extraño fenómeno en su casa: era como si las sonrisas de Nicoletta fueran contagiosas. Muchos de los criados y soldados ahora exhibían sonrisas de respuesta en su rostro. En la penumbra que envolvía el palacio, ella era un rayo de luz del sol. Rodeó con la mano su nuca e inclinó la cabeza para pegar su frente a la suya.

—No creo que nuestra boda vaya a producirse con la prontitud que en realidad necesito.

Maria Pia chasqueó la lengua para recordar a don Scarletti que no estaba aún casado y que su conducta rayaba lo indecoroso. Giovanni soltó un lento suspiro, sacudiendo la cabeza con malicia.

—Tienes a tu carabina bien educada.

—Fue usted quien decretó que yo no podía quedarme a solas —indicó—. Podría haber venido a nuestra colina y cortejarme convenientemente.

Scarletti se rió en voz baja, frotando levemente su boca tentadora con la punta del dedo.

—¿Convenientemente? Creo que no habría nada conveniente en la manera de cortejarte en las colinas —dijo con malicia.

Su voz por sí sola ya era escandalosa, susurrante sobre su piel, prendiendo llamas de necesidad en su cuerpo. El fuego danzaba a través de ella, tan hipnotizada que sonrió como respuesta llena de incredulidad. ¿Cómo podría resistirse a esa intensidad de sus ojos, a su boca perfecta y sensual?

Maria Pia se aclaró la garganta ruidosamente. El don cedió a la presión con una mueca irónica, cogiendo a Nicoletta del brazo y a Sophie de la mano para seguir andando por el pasillo.

—Creo que he recibido una reprimenda, Sophie —confió en un susurro a la niña, mientras las guiaba hacia su estudio.

Sophie se rió en voz alta con un sonido despreocupado e inesperado. Siempre se mostraba como una niña solemne, pero ahora se reía como Nicoletta.

—Me alegra que te reprenda a ti, zio Gino, y no a mí. Siempre pone el mismo ceño.

Sophie echó una mirada atrás para asegurarse de que la mujer mayor se hallaba aún a cierta distancia, luego hizo una mueca muy parecida a la de Maria Pia.

—¡Zio Giovanni!

La voz estridente llegó por el largo pasillo y pareció reverberar en los altos techos abovedados. Margerita surgió desde la escalera que venía de las murallas y se acercó a ellos a toda prisa desde el extremo del corredor. Los últimos rayos del sol poniente penetraban a través de la densa bruma y las ventanas vidriadas. Los colores irradiaban sobre las paredes y bailaban en el techo. Entonces, tan de repente, una sombra oscura dominó el palacio mientras el sol se hundía en el mar.

Capítulo 9

El corazón de Nicoletta de pronto latía lleno de alarma. Margerita casi había alcanzado al grupo, y traía con ella un presagio de peligro. La impresión era tan fuerte que Nicoletta se soltó del asimiento de Giovanni con brusquedad. El pasillo parecía gris y siniestro, una extraña violencia lo oscurecía y ensombrecía.

—Zio Giovanni. —Marguerita la empujó insolentemente, arrugando la nariz con delicadeza—. ¿Quién es toda esta gente? Sophie, deja de parecer la idiota del pueblo pegada como una *bambina* a esa mujer.

Nicoletta no podía mirar a Margerita, con sus ojos venenosos y su desdén altivo. La oscuridad se extendía como una mancha terrible sobre su alma.

—¿No lo notáis? Algo va mal —murmuró. Se apretó el estómago con la mano pues la advertencia era tan fuerte que casi la paralizaba de miedo—. Alguien corre peligro...

Se apartó de los demás y extendió los brazos para experimentar la sensación. Intentando captar la advertencia. Necesitaba salir, percibir el viento en la cara, el olor y el sabor de las gotitas de sal transportadas desde el mar. Leer las leyendas que le traía el viento.

Margerita la observó con fascinación horrorizada.

—¿Qué diantres le pasa? —preguntó—. ¿Se ha vuelto loca? Zio Giovanni, has traído a una chiflada a vivir entre nosotros —lo acusó sin rodeos con su voz gimiente.

—¡Nicoletta!

Maria Pia pronunció el nombre con brusquedad, confiando en sacar a su joven pupila de lo que tenía todo el aspecto de parecer un trance. Aterrorizada sólo con pensar que alguien se percatara de lo «diferente» que era y que la llamara bruja, la llamó en voz alta una segunda vez.

El rostro de la joven empalideció.

—Está cerca —decía para sí en voz baja mientras su cuerpo empezaba a temblar—. Está muy cerca de nosotros.

Cuando Maria Pia ya estaba a punto de agarrar a Nicoletta y darle una sacudida para sacarla de su éxtasis, Giovanni empujó con delicadeza la mano de la mujer de más edad.

—Déjela —ordenó—. ¿Qué sucede, *cara*? —Su voz transmitía una calma increíble pese a ir acompañada de su autoridad inconfundible. Atravesó el estado aterrorizado de la muchacha—. ¿Qué va mal, Nicoletta? Cuéntame, y te ayudaré. ¿Qué está tan cerca de nosotros?

Entonces ella le dirigió un vistazo con los ojos muy abiertos a causa del miedo.

—*La morte* —susurró muy bajo.

Justo al otro lado de la ventana, un ave grande y oscura se aproximó y su sombra pasó sobre ellos. Rozó con sus grandes alas las ventanas y dio con el pico en el cristal en dos ocasiones. Ella soltó un sonoro jadeo, observando con fascinación y horror la siniestra criatura.

Margerita profirió un terrible grito y se echó en brazos de Giovanni, ocultando el rostro contra su pecho y llorando en voz alta.

—Va a entrar y se me llevará. ¡Tengo miedo, mucho miedo!

—Algo terrible ha sucedido —dijo Nicoletta adelantándose a Giovanni en un intento de salir del palacio—. Tengo que ir.

El criado, Gostanz, apareció como de la nada.

—Hay un joven en la entrada de la cocina. Parece bastante angustiado. Pregunta por la signorina Nicoletta. La llama la curandera.

—Debo ir —dijo Nicoletta otra vez, intentando adelantarse al don.

Apartando a Margerita con firmeza a un lado, Giovanni cogió a Nicoletta del brazo, aminorando su marcha pero no deteniéndola. Fue con ella, adaptándose sin problemas a su zancada más corta. Maria Pia partió en dirección opuesta, corriendo a buscar la bolsa de medicinas y llamando a Sophie para que le ayudara a encontrar el camino. Margerita se limitó a quedarse de pie, quieta y gimiente, conmocionada al ver que nadie le prestaba atención. Furiosa por quedarse sola en medio de su momento de dramatismo, lanzó una mirada venenosa a Nicoletta, dando con el pie en el suelo.

El joven era Ricardo, el hijo de Laurena, que esperaba a Nicoletta con el rostro surcado de lágrimas.

—Tienes que venir. Es *zia* Lissandra... está muy mal. *Madre* dice que vengas de inmediato. Aljandro intentó detenerme. —Volvió la cabeza para mostrarle la oscura señal en un lado de la cara—. Pero me escapé y he corrido todo lo que he podido. Por favor, Nicoletta, ven conmigo.

—Por supuesto que vendré. Pero antes necesito mis medicamentos. —Tenía la mirada perdida en la niebla que se iba formando, mientras su corazón latía aterrorizado—. Tengo que ir, don, tengo que ir.

Vincente apareció tras el muchacho. Tenía la ropa un poco revuelta, prueba del viento que hacía fuera.

—Sin duda el palacio ha cobrado vida contigo aquí.— Parecía no preocuparle que ella actuara de modo extraño—. La llevaré al pueblo, Giovanni, si lo deseas. Su voluntad es ir. No tengo nada que hacer y puedo ayudar por una vez. Ya estoy mojado de la bruma, no es problema en ese sentido.

El don hizo una señal a los guardias para que trajeran caballos.

—¿Necesitarás a la signorina Sigmora? —preguntó con calma a Nicoletta.

Ella asintió sin hablar, tenía el rostro tan pálido que Giovanni le rodeó los hombros.

—¿Lo percibes? —susurró. Su voz sonó apagada contra su pecho—. Es algo malo, alguien corre un peligro terrible.

Era más que eso, percibía la presencia del mal como una entidad viva.

—¿Qué está diciendo? —quiso saber Vincente.

—*Grazie*, Vincente, por tu ofrecimiento. Los dos iremos y veremos a qué peligro se refiere. Ven con nosotros —dijo Giovanni a su hermano.

—No puedo esperar —insistió Nicoletta intentando librarse del asimiento del don.

Los brazos de Scarletti retomaron su posesión, negándose a permitir que se alejara de él.

—Ya traen los caballos, *cara*. La signorina Sigmora está aquí con tu cartera. *Grazie*, Sophie, por traerla tan deprisa por todo el palacio, se habría perdido sin ti.

—¿Qué pasa, zio Gino? —preguntó con valentía Sophie—. ¿Volverás a traer a Nicoletta con nosotros?

Le miraba con confianza infantil.

A Giovanni le sorprendió percatarse de que nunca le había mirado a él ni a nadie más de aquella manera hasta que Nicoletta había llegado a la casa.

—Por supuesto —le aseguró mientras cogía la bolsa y acercaba a Nicoletta hasta su caballo. Se subió con un movimiento fluido, luego estiró el brazo buscando la mano de la muchacha. Tenía una fuerza extraordinaria y la subió para sentarla delante de él.

—Trae al chico, Vincente. La signorina Sigmora irá con los guardias.

Nicoletta se agarró a Giovanni, agradecida de su presencia tranquilizadora, con lágrimas enrojeciéndole los ojos. Notaba el peligro, sabía que se enfrentaba a algo malo, muy malo. Aljandro no la había mandado buscar pese a la gravedad de la situación, y tal vez todo fuera culpa de ella, porque le había permitido ver su profundo desagrado, su desprecio por él. Y ahora Lissandra podría pagar con su vida por la muestra despreocupada de su mal genio.

El estruendo rítmico de los cascos de los caballos en el suelo era casi similar a las pulsaciones. Retumbaba en sus oídos como un conjuro. *Deprisa. Deprisa. Deprisa*. Las colinas estaban a oscuras y la quietud de las ramas en los árboles no presagiaba nada bueno. La bruma era densa, avanzaba desde el mar con un velo blanco que les envolvía en un mundo misterioso e incorpóreo. Echó la vista atrás pero no pudo ver a los otros jinetes. El ruido sordo de los cascos quedaba amortiguado por la bruma y el rugido constante de las olas rompiendo contra las rocas inferiores. Nicoletta enterró el rostro en el cuello de Giovanni, sin importarle lo que pensara, sin importarle haberse desenmascarado ante él y su familia, sin importarle que pudieran llamarla bruja.

La urgencia era fuerte en ella y, a veces, oía lejano el terrible ulular de un búho. Una vez. Dos. Tres. Un presagio de muerte. Cuando el sonido se desvaneció, un lobo soltó un aullido lastimero, y el sonido se elevó perdiéndose en el silencio de la noche. Un segundo lobo respondió. Un tercero. Luego reinó una vez más el silencio. Agarró con las manos la camisa del don. Estaba temblando pero no era por la bruma fría ni la noche. Mas bien, desde lo más profundo de su ser la señal gélida de la muerte la estaba congelando, y ella percibía que tal vez nunca volviera a calentarse.

Como si notara la urgencia terrible y el terror brotando en el interior de ella, el don se inclinó hacia delante para espolear a su montura y aumentar la velocidad, una tarea peligrosa ya que cabalgaban casi a ciegas entre la densa niebla. Un mal paso y el caballo se rompería la pata. Nicoletta rezaba a la virtuosa Madonna, pero la sensación de muerte era tan fuerte que no conseguía encontrar una chispa de esperanza en ella.

En cuanto llegaron a la granja de Aljandro, saltó del caballo y echó a correr agarrando con los dedos la bolsa de hierbas y medicinas, para subir a continuación los escalones y abrir de par en par la puerta de la casa. El rostro blanco surcado de lágrimas de Laurena fue lo primero que vio.

—¿Qué ha sucedido? —quiso saber Nicoletta, apresurándose a pasar junto a ella y entrar en el dormitorio donde yacía Lissandra.

Se paró en seco al descubrir el charco de sangre roja y brillante en el suelo junto a la puerta y el rastro de gotas hasta el catre. El cobertor también estaba empapado de sangre.

—Lissandra —susurró en voz baja, obligándose a acercarse a la cama.

Lissandra estaba tan pálida que parecía transparente, como si ya hubiera dejado este mundo. Tenía los ojos muy abiertos y fijos en el rostro de Nicoletta con un ruego desesperado y desalentado. Ella tomó su mano inerte y le acarició el cabello hacia atrás para tranquilizarla. Su amiga tenía los ojos muy hundidos y un color azulado rodeaba su boca. Oscuros moratones marcaban su rostro y cuello, y los brazos desnudos.

—Estaba enojado porque el bebé lloraba —dijo casi sin apenas voz—. Me llamó perezosa porque no me levantaba. Quería levantarme, Nicoletta, pero estaba tan débil... Laurena salió tan sólo durante un breve instante para atender a su *famiglia*. Iba a volver enseguida, pero Aljandro no atendía al *bambino*. Se puso hecho una furia y me sacó de la cama. Me pegó y me dio patadas mientras yo me arrastraba hasta el bebé, pero seguía furioso conmigo.

Sus expresivos ojos reflejaban el dolor.

—Tengo mucho frío. Es como si no pudiera entrar en calor, Nicoletta. No consigo entrar en calor.

—Lo sé —murmuró ella con una pena tan enorme que pensó que el corazón se le iba a partir en dos.

Le arregló las mantas y tapó mejor a su amiga. Lissandra era tan joven, tan sólo unos pocos años mayor que Ketsia. Pero no podía hacer nada por ella; Lissandra necesitaba un milagro.

—No quiero morir. No quiero que otra persona tenga que criar a mi *bambino*. No me dejes morir, Nicoletta.

Laurena, de pie en el umbral, sollozaba audiblemente. Se apresuró a volverse para enterrar el rostro en las manos. Ella permanecía al lado de Lissandra, hablando en voz baja, acariciándole el pelo con ternura, empleando su calor curativo para tranquilizarla, para que su paso a la siguiente vida fuera lo más fácil posible.

—Dijo que yo era mala, que no me merezco tener a su bebé. —Las lágrimas inundaron sus ojos oscuros, no le quedaba fuerza en los dedos—. Estaba enojado conmigo y me dejó en el suelo. Se fue para ocuparse de los animales.

—Estaba loco de ira, Lissandra, sabes que no puede haber otra madre como tú —le aseguró Nicoletta con ternura. Se inclinó a besar la frente de la chica. Su piel ya estaba fría y sudorosa—. Te queremos mucho... eso ya lo sabes.

—No siento tu mano —dijo Lissandra en tono lastimero—. No me dejes sola.

—No estás sola, estoy contigo —respondió ella.

Pero ya era demasiado tarde. Lissandra se había ido con la enorme pérdida de sangre, y sólo quedaba el caparazón apaleado de su cuerpo.

Tenía el rostro vuelto hacia su amiga, con los ojos muy abiertos de miedo, desesperación y súplica. Le cerró los párpados con delicadeza y se sentó inclinando la cabeza, intentando rezar.

El pesar y la rabia formaban un torbellino en su interior hasta dejarla casi aturdida. Fue la sollozante Laurena quien desempeñó los rituales mortuorios, cubriendo el rostro de su hermana pequeña con un chal y echando un velo negro sobre el espejo. Nicoletta no podía moverse, el dolor era tan profundo que ni siquiera podía gritar, ardía en ella como una marca terrible, dejándola sin aliento con la garganta convulsa.

Aljandro entró dando patadas en la habitación, con el rostro crispado en una máscara de disgusto.

—¿Qué estás haciendo aquí? —aulló con la cara roja, sus enormes manos formando puños—. Les prohibí que te llamaran, no voy a pagarte. Sal de mi casa. La muy perezosa; ya puede levantarse y prepararme la cena.

Nicoletta se lanzó por el aire, volando hasta su rostro monstruoso con una rabia volcánica bullendo en ella. Aljandro trató de apartarla de un manotazo y ella aterrizó pesadamente contra la pared. Entonces el hombre rugió como un animal herido, precipitándose contra ella agitando los puños. Nicoletta cerró los ojos y dio un respingo al oír el atroz sonido de carne contra carne, pero Aljandro no la había alcanzado. Con cautela, abrió los ojos.

Don Scarletti se hallaba entre ella y el corpachón enorme de ese hombre, y retenía el puño del granjero en la palma de su mano. Ambos se hallaban a la misma altura, con las miradas librando un combate mortal.

—Nunca volverás a intentar pegar a esta mujer —dijo Giovanni con tranquilidad y tal suavidad en su voz que dejaba entrever su furia—. Si te pillo haciendo tal cosa, no vivirás hasta el siguiente amanecer. ¿Lo he dejado claro? Voy a dejar pasar ahora este incidente dado el obvio dolor por la muerte de tu esposa.

Tras Aljandro se hallaban ahora los dos guardias, con las espadas desenvainadas, preparados para defender a su don y a Nicoletta. Vincente se encontraba en el umbral, cortando la huida de Aljandro y manteniendo a raya a Maria Pia pese a su deseo de apresurarse al lado de Nicoletta.

Aljandro asintió repetidas veces, con el terror reflejado en su rostro. Entonces las últimas palabras de Giovanni penetraron su rabia y miedo.

—Mi esposa... ¿muerta? —Miró hacia la cama—. Lissandra estaba bien cuando me marché. —Su mirada reparó en Nicoletta—. Me trae mala suerte, le rompió el brazo a mi hijo y ahora ha matado a mi esposa. Es una bruja y...

El don dio un revés a Aljandro, con tal fuerza que el golpe casi derriba al otro hombre de mayor tamaño.

—Este insulto no lo voy a pasar por alto.

Don Scarletti estiró el brazo hacia atrás para tender su mano a Nicoletta, levantándola sin esfuerzo del suelo. Con delicadeza la ayudó a rodear a Aljandro y pasar junto a su hermano para dejarla en manos de Maria Pia que esperaba:

—Signorina Sigmora, si tiene la bondad de sacar a Nicoletta de esta granja, le estaré eternamente agradecido.

Desplazó la mano por la melena sedosa que caía por la espalda de Nicoletta; un pequeño gesto reconfortante.

Nicoletta no podía mirarle ni a él ni a Aljandro. Temblaba, eran tantas las emociones abrumadoras que quiso salir corriendo hasta el acantilado más alto y gritar su rabia a los dioses. Abrazó a Maria Pia, más para consolar a la mujer que a sí misma, pero no podía aplacar la rabia desatada en ella, hasta el punto de pensar que estallaría si no hacía algo físico. Se soltó de sus brazos y salió corriendo como había corrido la noche en que trajeron a casa a su madre muerta.

La densa bruma no retenía sonido alguno, ni visión, mientras ella corría ciegamente por los caminos que llevaban a los precipicios. Conocía el camino tan bien como un animal salvaje, había vagado por las colinas toda su vida, noche y día; conocía todos los senderos, todos los caminos. Tras ella, los dos soldados hacían lo que podían por seguirla, pero carecían de su conocimiento del terreno, y la bruma les impedía avanzar. La perdieron entre los arbustos y bosquecillos. Escuchaban, intentando localizarla por el sonido, pero la niebla amortiguaba todo ruido. No había posibilidad de detectar sus pies descalzos sobre el camino de tierra. Pero cuando regresaron a la granja para informar de su fracaso, pudieron oír un caballo precipitándose hacia ellos echando vaho por los orificios nasales mientras el corcel y el jinete pasaban como un rayo junto a ellos en la bruma cegadora.

Nicoletta corrió por lo alto de los acantilados hasta llegar al extremo mismo, inconsciente del peligro de derrumbe del risco. Arrojó su enojo y desafío sobre el mar bravo mientras las olas golpeaban las rocas debajo y la espuma saltaba por el aire. El viento le aullaba a su vez, tiraba de su ropa inflando su falda y revolviéndole el pelo en todas direcciones. Formó puños con las manos, clavándose las uñas en las palmas. Alzó el rostro al fuerte viento y el aullido se mezcló con su propio dolor descomedido, llevándose todo sonido de ella.

Debajo, el mar rugía igual que su corazón. Sin control. Apasionada y desconsoladamente. No podía contener la furia ni la angustia. Explotaba y salía de ella como las olas turbulentas que rompían formando altas plumas blancas. Gritó su odio a Aljandro y a todos los hombres como él, gritó su desafío a las deidades que permitían que una joven delicada y sola muriera sin un marido amoroso. Gritó hasta quedarse afónica, con la garganta en carne viva y el corazón partido y deshecho.

Giovanni desmontó a cierta distancia de la pequeña figura que expresaba su rabia sobre los acantilados. Se le rompió el corazón. Estaba tan cerca del precipicio, su pena era tan profunda e insoportable, que temió por ella. No se atrevía a acercar su caballo hasta el extremo de los riscos por miedo a que se produjera un desprendimiento, por lo tanto ató el animal a un árbol y se acercó a pie, con cuidado. Como una misteriosa criatura de la noche, parecía indomable y elusiva.

Desde luego no era el tipo de mujer que se arroja al mar, pero su dolor era profundo, y su naturaleza apasionada equiparable a la del mar que rugía bajo ellos. No parecía percatarse del peligro al que se exponía. Inconsciente. Temeraria. El corazón de Giovanni padeció por su vida. Fijó su mirada negra en ella, como si pudiera sujetarla sólo con su voluntad y protegerla de la ferocidad y las olas codiciosas que se alzaban más y más para alcanzarla.

Entonces se movió poco a poco en su dirección, rodeándola en silencio, preparado para saltar hacia delante si era necesario. Parecía tan apasionada, ahí al borde mismo del desastre con el mar espumoso ante ella, el viento azotando su pelo sedoso y la bruma en torno a ella como los velos de una telaraña. Así que la cogió, rodeándola con los brazos y haciéndola retroceder del precipicio.

Ella se volvió y se enfrentó a él como un gato montés, a ciegas e instintivamente, como si temiera que su intención fuera arrojarla por el acantilado en vez de protegerla. No profirió sonido alguno, no había reconocimiento en sus ojos oscuros aterrorizados.

Scarletti le sujetó las muñecas con una mano y con la otra la atrajo hasta la protección de su cuerpo. Estaba helada, temblaba sin control, pero por lo visto no era consciente.

—Nicoletta. —Giovanni detuvo sus forcejeos gracias a su fuerza superior—. Estás helada, permíteme calentarte. Nadie puede hacerte daño ahora, nadie. Estás a salvo conmigo.

Murmuró las palabras con voz suave, casi tierna, sujetándola para intentar calentarla con el calor de su propio cuerpo.

Ella cayó abatida contra él, su forcejeo se fue extinguiendo, el agotamiento ganaba la batalla. Al final volvió el rostro hacia Giovanni. Las lágrimas surcaban su piel, inundando sus ojos, volviéndolos más luminosos en la oscuridad.

—Ha venido hasta aquí —dijo en voz baja, como una acusación—. Usted sí que puede hacerme daño. Nunca volveré a estar segura. Preferiría tirarme por el acantilado que acabar quemada como bruja.

Él masculló algo en voz baja y enmarcó su rostro con las manos:

—Nadie te quemará nunca como bruja. —Fue un juramento pronunciado con fervor. Sus negros ojos expresaban la necesidad de protegerla. Giovanni inclinó la cabeza y saboreó sus lágrimas, con delicadeza y ternura. Besó su piel húmeda, siguió el rastro de las lágrimas hasta la comisura de los labios—. No debes llorar así, Nicoletta. No llores así.

Estaba helada en sus brazos, temblaba con tal fuerza que le castañeteaban los dientes.

—No creo que vaya a parar nunca —respondió ella con tristeza.

Giovanni levantó sin esfuerzo su figura menuda para llevarla en brazos al caballo. La envolvió con su propia camisa elegante, ubicándola delante de él, muy cerca, para que la temperatura de su cuerpo pudiera ofrecerle todo el calor posible de regreso a casa. Cabalgó rápido sobre el terreno desigual, espoleando al animal para que fuera más deprisa.

El mozo de cuadras del palacio se apresuró a salir para ocuparse del caballo de Giovanni mientras él desmontaba con Nicoletta acurrucada en sus brazos. Poco le importaba que su montura favorita sudara profusamente con el frío de la noche, cuando lo habitual habría sido asegurarse de que la bestia recibiera excelentes cuidados. Su único pensamiento era que Nicoletta no se enfriara.

Antonello llegó a la puerta del palacio en aquel mismo momento, con el largo pelo despeinado y las ropas salpicadas de manchas oscuras y húmedas.

—¿Giovanni? —Sonaba cansado, no obstante había una nota de acusación en su voz—. ¿Qué le ha sucedido?

Giovanni, con Nicoletta en sus brazos, apenas dirigió una mirada a su hermano mientras pasaba por la puerta que Antonello había abierto. Le dirigió una mirada al advertir el estado de su ropa, pero evitó hacer comentarios.

—Ha sufrido una conmoción —respondió lacónicamente. Llamó al criado mientras avanzaba a zancadas por el pasillo, con Nicoletta en brazos, estrechada contra él—. ¿Y tú ya has encendido el fuego en su habitación? —preguntó mientras el criado salía disparado ante él—. ¿Estáis calentando agua?

Antonello vaciló como si no tuviera claro si seguirle o no, luego se dio media vuelta y se movió por el pasillo en dirección al ala más alejada donde estaban sus aposentos.

—¿Ha regresado Vincente con la signorina Sigmora?

Giovanni continuaba andando muy rápido, el criado casi corría para mantener el paso.

—Los guardias trajeron a la signorina Sigmora hasta el palacio junto con sus instrucciones. Su hermano se quedó atrás en la granja para encargarse de que se cumplieran las órdenes allí.

Giovanni dedicó una mirada al hombre.

—*Grazie*, Gostanz.

Las palabras eran cortantes, pero el hombre de mayor edad pestañeó deprisa como si le hubiera obsequiado con una gran recompensa.

Se dio aún más prisa para adelantar a su señor y abrirle la puerta del dormitorio de Nicoletta. Maria Pia se hallaba delante de las llamas crepitantes retorciéndose las manos. Soltó un grito de alivio cuando vio a Nicoletta acunada en brazos de don Scarletti.

—*Presto*, signorina. Tiene la ropa mojada y ha sufrido una crisis nerviosa —dijo Giovanni, dejando a Nicoletta en una silla muy mullida al lado del vivo fuego.

Empezó a levantarle la blusa por encima de la cabeza con las prisas por reanimarla.

Maria Pia, escandalizada por su profunda falta de compostura, se apresuró a intervenir.

—*Scusa*, don Scarletti, aún no se ha casado con ella. Aún no se ha casado con ella, de modo que yo la desnudaré.

Intentó sonar firme pese a estar desafiando su dura autoridad.

La impaciencia quedó manifiesta en el rostro de Scarletti. Sacó la blusa húmeda de Nicoletta y la tiró a un lado con furia controlada. Sus pechos abundantes y la piel de satén relucieron dorados con la danzante luz del fuego, y a él se le cortó el aliento abruptamente mientras su pulso latía alterado. Percibía el fuego de respuesta en su sangre, las llamas saltando cuando él sólo quería bienestar. Tiró de la colcha de la cama y se apresuró a envolver a Nicoletta entre sus pliegues.

—*Dio, donna*, ¿cree que eso importa ahora? Nicoletta se está congelando y hay que reanimarla. Gostanz está aquí fuera. Dígale que traiga la tina y que la llene de agua caliente para bañarla. No deja de llorar.

—Por un momento, pese a toda la autoridad y rango, el don pareció un muchacho perdido e indefenso—. No para.

Maria Pia, tensa a causa de la indignación por el comportamiento indecente del don, abrió obediente la puerta y dio las órdenes al criado.

—Tal vez si le da una buena bofetada, la saque de su histeria —sugirió ella mientras le daba la espalda con desaprobación.

Sus ojos agudos habían advertido la mirada ardiente de Scarletti recorriendo el cuerpo tan femenino de Nicoletta.

Los ojos negros llameaban cuando miraron a la curandera con furia controlada.

—¡No haremos tal cosa!

Estrechó con brazos protectores a Nicoletta mientras la frotaba vigorosamente con las manos a través de la colcha. Para gran horror de Maria Pia, se colocó a Nicoletta en su regazo y empezó a acunarla con ternura, murmurando en voz baja. Al final, mientras Gostanz se encargaba de que metieran la tina y la llenaran de agua caliente, el don dejó de hablar y descansó su cabeza sobre la de su pupila con gesto protector y sensible. Continuó acunándola, pero la habitación se quedó en silencio a excepción de los sollozos de Nicoletta.

Giovanni cambió de táctica en su intento de calmarla. La buscó con su mente.

Calla, piccola. *Me rompes el corazón, no podré soportar mucho más esto. No eres responsable de la muerte de tu amiga, no hiciste nada mal. No puedes salvar a todo el mundo. Vuelve con nosotros, estás asustando a Maria Pia. Debes parar.*

Una vez que la bañera estuvo llena y los sirvientes se fueron, Maria Pia se enderezó del todo para dirigirse al don.

—Yo voy a bañarla en la bañera, signore. No hace falta que se quede.

Don Scarletti alzó la cabeza entonces, con una impronta casi cruel en sus rasgos duros.

—No la dejaré a solas en este estado. Y usted no va a pegarle.

Maria Pia se estremeció con el latigazo de amenaza de su tono. Nicoletta se agitó en los brazos de Giovanni, era el primer movimiento que hacía desde que había dejado de forcejear. Ladeó la cabeza para mirarle. Sus ojos grandes y oscuros estudiaron el rostro durante un largo rato, luego una débil sonrisa estiró su boca temblorosa.

—Maria Pia nunca me pegaría, don Scarletti. Es mi familia. Le gusta asustarnos con sus amenazas para que nos portemos bien. Nunca hubiera imaginado que un hombre hecho y derecho pudiera creerla.

Aunque intentaba transmitir humor, su voz temblaba de forma alarmante y los ojos se le llenaron de lágrimas una vez más. Él percibió la pugna desesperada en ella por recuperar su autocontrol.

Al instante inclinó la cabeza para secarle las lágrimas de los ojos con la boca, demorándose demasiado con sus labios sobre la piel en un gesto intensamente íntimo.

—Cree que es indecente que me quede para ocuparme de tu baño.

No se da cuenta de que la gente murmura acerca de mí todo el tiempo. Tanto da lo que haga; se inventan historias para asustar a los niños. Es sólo tu reputación lo que me preocupa.

Nicoletta oyó lo que nadie más podía oír. O tal vez lo sintió: la nota de dolor en su voz, como si, pese a su severa autoridad y modales crueles, le importara que los otros le tuvieran miedo. Giovanni le estaba apartando el largo cabello mojado de la cara, que cayó en ondas en torno a su cuerpo. Siguió los mechones con su mano por su espalda hasta rozar el trasero redondo, y sus ojos negros de pronto cobraron tal intensidad que pudo percibir una llama de respuesta bullendo en su interior. Tomó conciencia de estar en sus brazos, acunada en su regazo, de que el cuerpo del don estaba caliente, duro e inflamado de necesidad. Podía oír su corazón latiendo bajo su oído. No llevaba nada por encima de la cintura aparte de una colcha que parecía haberse escurrido precariamente para ofrecer una visión generosa de sus pechos. La camisa yacía en el suelo formando un montón empapado a su lado.

Entonces abrió mucho los ojos mientras contemplaba los músculos marcados en los brazos y el pecho de Giovanni, visibles claramente bajo su fina ropa interior. Percibía el juego de los músculos contra su propia piel. Con cierta conmoción, agarró la colcha para taparse mejor.

—Creo... creo que es mejor que Maria Pia se ocupe de mi baño.

Él restregó su barbilla sobre lo alto de su cabeza.

—No sé, *piccola*. Un incidente más y mi corazón no aguantará la tensión.

Se estaba empezando a relajar al percatarse de que la intensidad de la tormenta que la había convulsionado ya había amainado. Con mucha delicadeza, casi a su pesar, aflojó el abrazo.

—Confío en que me llamarás en el momento en que te vistas.

Deslizó la mano bajo la colcha hasta su cuello para acariciar su piel desnuda.

Nicoletta se levantó deprisa y casi pierde el equilibrio al alejarse correteando, con el corazón acelerado de forma alarmante. Tenía la piel helada, pero en su interior, algo caliente y líquido se estaba convirtiendo en una necesidad dolorosa.

—Le llamaremos enseguida —anunció Maria Pia, dirigiéndose intencionadamente hacia la puerta.

Don Scarletti no parecía arrepentirse en absoluto. Se levantó con su habitual gracia fluida, buscó su camisa con despreocupación e hizo una leve inclinación a ambas mujeres antes de salir andando. Maria Pia cerró la puerta con firmeza tras él y giró la llave en la cerradura.

Ambas mujeres se miraron de un lado a otro de la habitación. Los ojos de Nicoletta volvieron a llenarse de lágrimas. Al instante la mujer mayor acudió a estrecharla en sus brazos.

—Lamento no haber estado allí —susurró Maria Pia—. No llores tan alto, *bambina*. El don romperá la puerta si te oye. Ese hombre hace lo que le da la gana. —Dio una palmadita a Nicoletta, acompañándola hacia la tina humeante—. Debes meterte antes de que se enfríe el agua —añadió.

Ella dejó que la colcha cayera al suelo, echó la falda a un lado y se metió en el agua caliente. Por contraste con la frialdad gélida de su piel estaba hirviendo, pero se hundió agradecida en la bañera. Parecía un lujo pecaminoso bañarse de esta manera en una alcoba elegante con otros trayéndole agua. Sumergió la cabeza para que su pelo flotara como un alga marina.

Maria Pia esperó a que saliera a la superficie con el agua escurriéndose del rostro junto con las lágrimas.

—Don Scarletti expulsó a Aljandro, le sacó de su granja. Le dijo que abandonara estas tierras o los soldados irían tras él. Laurena se llevó al bebé para criarlo. El don no estaba dispuesto a dar a Aljandro el *bambino* de Lissandra.

Nicoletta sufrió un estremecimiento violento.

—Aljandro mató a Lissandra —dijo en voz baja—. Sabía que tenía que quedarse en cama, que podía desangrarse, pero a él no le importaba. No fue capaz de coger ni una vez al bebé durante el tiempo que Laurena marchó a su casa para cuidar de su familia. Era demasiada molestia para él. Sacó a rastras a Lissandra de la cama y la golpeó porque estaba demasiado débil para ocuparse del *bambino*.

Se echó el pelo hacia atrás, mirando a Maria Pia con angustia.

—Lo lamento, cielo —murmuró otra vez Maria Pia, mientras lavaba el pelo negro azabache de la muchacha con manos tranquilizadoras.

—Me odiaba tanto que la dejó morir. No les dejaba llamarme. Salió y la dejó allí tirada en el suelo toda sola. La dejó ahí.

—Laurena me lo contó —admitió la mujer mayor—. La encontró y mandó a Ricardo a buscarte. Aljandro intentó detenerle e incluso pegó al chico, pero pudo escapar y venir aquí. Nicoletta, no podías haberla salvado, ya era demasiado tarde cuando Laurena la encontró. Lo sabes —dijo con ternura.

—Estaba muy asustada, me quedé ahí sentada sin nada que ofrecer. Me limité a sentarme con ella y la vi morir.

Nicoletta se pasó una mano por la frente, con un dolor tan intenso en la cabeza que apenas podía respirar.

Cara mia, *tendré que acudir a tu lado y abrazarte hasta que esta pena se alivie. Respira por mí,* piccola, *para que yo pueda respirar también.*

Las palabras se agitaron suaves en su mente, cálidas, como una presencia reconfortante. Nicoletta apoyó la cabeza en la parte posterior de la bañera y cerró los ojos con cansancio. Giovanni Scarletti. No era un hombre al que ella hubiera podido conocer por casualidad. Parecía no tener en cuenta las convenciones. Podía hacer cosas que Maria Pia denominaría pecaminosas. ¿Cómo podía mandar esas palabras a su mente? No se había atrevido a preguntárselo, le daba miedo enterarse de la verdad.

¿Y si adoraba al diablo? ¿Y si era un hechicero? ¿Y si practicaba la magia negra? Nicoletta se sentía atraída por él como nunca antes le había atraído otro ser humano. Corrían leyendas feas y siniestras sobre él. ¿Era capaz de dirigir una sociedad secreta como se rumoreaba? Desde luego recibía bastantes visitas a lo largo del día, con las que se reunía a solas en su estudio sin permitir que nadie más se acercara. Ella sabía que era capaz de matar. Había partido en muchas ocasiones con su ejército para expulsar hordas de invasores. Le había visto llevarse la vida de su primo. ¿Era capaz de arrojar a una mujer desde la torre del castillo? ¿Había matado tal vez incluso a su madre?

Entonces sacudió la cabeza con decisión. No lo creía, ni por un momento. No se engañaba a sí misma, Giovanni no era un hombre dulce, eso no, era capaz de muchas cosas, pero no de asesinar a sangre fría. Y desde luego no a una mujer ni a un niño. Podría ser cruel, poco convencional y despiadado —por lo que ella sabía bien podía estar aliado con el diablo—, pero no mataría a una mujer.

Se tocó la boca, luego la garganta. Llegaba a ser increíblemente atractivo. La hacía sentirse alguien especial. Como si la necesitara, como si la quisiera. Casi como si tuviera que tenerla. Nicoletta lo veía en la oscura intensidad de sus ojos. En la posesión con la que la tocaba. En el deseo que llameaba licenciosamente en su mirada. Y no obstante la había reconfortado con gran ternura. Había plantado cara a Aljandro por ella, incluso había despojado al hombre de sus tierras y le había mandado lejos.

—Se portó bien conmigo. —Alzó la vista para mirar a Maria Pia—. Se portó muy bien conmigo. Perdí los nervios, creo. —Tenía la garganta irritada de tanto gritar al mar—. Nunca me he sentido así, sin ningún control. Incluso intenté atacar a Aljandro, que me apartó y me arrojó contra la pared.

Maria Pia soltó un fuerte resuello.

—¿Que hizo qué? ¿Te hiciste daño? —De inmediato encendió las velas de la pared para examinarla con atención. Varias magulladuras leves marcaban su muslo y cadera izquierda—. Deberíamos poner un emplasto aquí. No creo que sea nada grave, pero a don Scarletti no le hará gracia que tengas moratones en la piel.

Nicoletta salió de mala gana del calor de la bañera. Había cesado el terrible temblor y el agua caliente le había devuelto el brillo a la piel. Se retorció el largo pelo para hacerse un moño flojo que luego acabaría de peinarse. Sintió que recuperaba algo parecido a su autocontrol, pero frágil de todas formas.

Muy poco a poco se secó la piel. Estaba agotada y se moría de ganas de meterse en la cama y dormir.

—No me importa si esta noche los monstruos malignos acechan el palacio y deciden visitarnos. Voy a dormir, no van a molestarme.

—Tienes que comer algo, Nicoletta —insistió Maria Pia.

La joven se puso ropa limpia y formó un ovillo sentada en la silla al lado del fuego mientras Maria Pia abría la puerta e indicaba a los criados que esperaban que se llevaran la bañera. Entonces observó las llamas vivas pensando en su amiga fallecida.

Sólo se movió cuando el criado trajo la cena. Y al verlo salir, le llamó en voz baja.

—Signore Gostanz, *scusa.*

Gostanz se volvió a ella con rasgos cuidadosamente inexpresivos.

—¿Signorina?

—*Grazie.* Por su amabilidad y todas las molestias adicionales que se ha tenido que tomar, *grazie* —dijo con sinceridad—. No volveré a molestar de tal modo.

Gostanz la miró claramente sorprendido. Hizo una inclinación, un gesto torpe, pero por algún motivo provocó nuevas lágrimas en los ojos de Nicoletta. Una sombra cayó sobre ellos, la gran silueta del don en el umbral. Sus ojos relucientes atravesaron al sirviente.

—*Piccola,* ¿por qué lloras?

Era una acusación dirigida al pobre e indefenso Gostanz. El hombre se quedó paralizado, con la cabeza baja, esperando una reprimenda.

Ella esbozó una lánguida sonrisa.

—Signore Gostanz ha sido tan maravilloso conmigo, don Scarletti. Se ha tomado muchas molestias, pese a llevar levantado tantas horas por sus muchas obligaciones. Para lograr que su casa funcione tan bien tiene que hacer milagros. Es otro de sus grandes tesoros, ¿verdad?

Giovanni estudió al hombre mayor durante un largo instante.

—Eso es cierto, Nicoletta. Gostanz, tal vez tengas la amabilidad de reunirte conmigo mañana para hablar de las rutinas diarias del palacio. Trabajas muchas horas, y quizá necesitemos más personal para aliviarte de esa carga.

Gostanz se inclinó varias veces más mientras salía de la habitación, con su rostro surcado de arrugas bastante pálido, como si pensara que tal vez su señor le estuviera poniendo a prueba.

Giovanni se quedó un buen rato observando la luz del fuego jugando con los rasgos delicados de Nicoletta. Ella se sonrojó y bajó la vista a la bandeja que tenía entre las manos.

—¿Va a mirarme toda la noche?

Con timidez, se apartó unos mechones húmedos que le caían sobre la cara.

Él se percató de que aún temblaba levemente. Asintió poco a poco.

—Sí, creo que tal vez lo haga.

Maria Pia se sentó al otro lado de la habitación, sin quitarle la vista de encima a don Scarletti. Sabía que no serviría de nada mencionar lo poco decoroso que era que el novio se encontrara en el dormitorio de la novia antes de la boda; empezaba a estar desesperada. Decidió que el matrimonio debía tener lugar de inmediato o el escándalo sería monumental. Era imposible controlar al don. Era una mujer mayor y soltera, pero incluso ella podía reconocer la tensión sexual que bullía entre él y su joven protegida.

Nicoletta volvió su atención a la comida. Bernado se había desvivido por preparar una comida de aspecto muy apetecible pero, la verdad, no tenía apetito. Con un suspiro, la dejó.

—No quiero herir los sentimientos de Bernado. ¿Querría comerse esto por mí? —le preguntó esperanzada a Scarletti.

—Pareces cansada, *cara mia* —dijo Giovanni en voz baja, y la levantó de la silla para acunarla de nuevo, más cerca de su cuerpo.

Ella empezaba a sentir que ése era su lugar.

Nicoletta deslizó el brazo en torno a su cuello y apoyó la cabeza en su hombro.

—Lamento mucho haberle pegado antes. Fue horrible por mi parte.

Él también enterró el rostro en su cuello e inhaló su fragancia.

—No recuerdo tal infracción. Sólo me sentí agradecido de ser útil.

La llevó hasta la cama dejándola con delicadeza bajo las colchas.

—Quédate sentada unos minutos más, *cara*.

Sus manos soltaron el grueso nudo de cabello recogido en el moño en lo alto de su cabeza. Cogió el cepillo de la cómoda y empezó a desenredarlo.

Nicoletta cerró los ojos, estaba tan cansada que se balanceaba de agotamiento. Había tanta sangre... Lissandra aún tenía los ojos abiertos, mirándola con desesperación, suplicándole. De inmediato la visión inundó su mente y se le revolvió el estómago. Se estremeció.

Giovanni se inclinó un poco más, dividiendo con manos acariciadoras y diestras su pelo para hacer una larga trenza.

Vas a dormir, cara, *nada de pesadillas. Insisto en ello, y vas a aprender que siempre me salgo con la mía.*

Las palabras rozaron la mente de Nicoletta con intimidad. Distinguía que la comunicación entre ellos se fortalecía; sus palabras sonaban más claras, y a él le costaba menos conectar con ella. Se acurrucó bajo la colcha con su voz como un suave murmullo, nada fuerte, más bien la oía en su mente donde nadie más podía oírla, donde nadie más podía inmiscuirse. Le habló en voz baja y tranquilizadora, explicando leyendas de aventuras, audacias y de hermosas tierras desconocidas, expulsando las pesadillas. Y en todo momento la estrechaba en sus brazos, moviendo las manos sobre el pelo sedoso con una caricia. Había tal delicadeza en sus manos, tal ternura en su voz, que se relajó y se quedó dormida.

Capítulo 10

La luz se proyectaba a través de las gruesas vidrieras dejando una danza de colores en el mural. Rojos y azules resaltaban las extrañas tallas. Nicoletta despertó con un cuerpecito acurrucado a su lado. Volvió la cabeza con cautela, agitando las pestañas hasta abrirlas. Sophie formaba un ovillo pegada a ella, con el pelo oscuro caído sobre la cara. En el suelo había una vela fundida, al lado del muro de mármol, donde la niña la había dejado, testimonio de su coraje frente a los temidos *fantasmi* en su esfuerzo por acudir junto a ella. Tenía una manita agarrada a su blanco camisón.

Soltó con cuidado sus dedos y se sentó. Maria Pia ya no se encontraba en la habitación, lo cual indicaba que probablemente era bastante tarde. Ella rara vez dormía después del amanecer. El palacio estaba silencioso. Se estiró perezosa y cruzó la estancia para su aseo matutino. Aún tenía el pelo húmedo cuando se soltó la gruesa trenza que Giovanni le había hecho la noche anterior.

Cerró los ojos en un intento de bloquear los recuerdos que se agolpaban: la sangre de Lissandra, su rostro joven y desesperado mirándola en espera de un milagro que ella no le podía ofrecer. Miró a la inocente que dormía tan tranquila en la gran cama. A esta niña sí podía ayudarla, y lo haría, juró.

No quería pensar demasiado a fondo en su propia conducta con don Scarletti la noche anterior. Le había quitado la blusa sin reparos, dejando su cuerpo expuesto a la mirada ardiente. Ella se encontraba como ida entonces, pero ahora el recuerdo era vívido, más de lo que le hubiera gustado. La mirada en los ojos de Giovanni era intensamente posesiva. Había percibido en su mente intentos sinceros de consolarla, pero su mirada estaba llena de un deseo descarnado. Con el recuerdo notó el calor y la incomodidad en su cuerpo.

Suspiró y volvió deliberadamente la atención hacia el mural pintado y a las figuras del muro de mármol. Con los rayos de sol proyectados a través de la vidriera, unos prismas de color bañaban e iluminaban el relieve. Por toda la colcha, los tonos rojo, verde, amarillo y azul daban forma a un hermoso arco iris. Nicoletta miró de nuevo los ventanales, que atrajeron su interés. Eran tan inusuales, altísimos, con su tapiz virtual de imágenes intercaladas en los distintos vidrios circulares. Escenas de la vida de la aristocracia. Entre los vidrios, las enredaderas emplomadas unían las escenas. Era una verdadera obra de arte, y la filigrana metálica lograba un peculiar efecto en el mural de la pared más distante. Las serpientes enrolladas parecían otra cosa, casi como escaleras de caracol para descender al fondo del mar.

Sophie se agitó y movió su manita por la cama, era obvio que buscándola a ella. Cuando descubrió que estaba sola, soltó un jadeo de sorpresa y se sentó asustada, abriendo mucho los ojos.

—Estoy aquí, *bambina*. No me creo que tengas miedo después de que anoche hicieras frente a *i fantasmi* para compartir la habitación conmigo. Con la luz del día nada puede asustarte ya.

Sophie rodeó con sus bracitos el cuello de Nicoletta.

—Temía que no regresaras. Margerita dijo que eras una bruja mala y que zio Gino nunca se casaría contigo, que insistirá en que te expulse o que te lapiden o ahoguen. No le caes bien y no te quiere ver aquí.

Estalló en lágrimas y la abrazó con fuerza.

—Te quiero aquí, Nicoletta, y no me creo que seas una bruja.

Nicoletta acarició el pelo enredado de Sophie para tranquilizarla.

—Margerita sólo intentaba asustarte con sus cuentos disparatados, Sophie. Tu tío es un gran hombre. Ni siquiera el poderoso rey español se atreve a invadir sus tierras. El rey se ha anexionado a nuestros vecinos, pero no ha logrado derrotar a tu tío. Una pobre *bambina* como Margerita no le hará cambiar de idea—. Besó la cabeza de la niña y buscó el peine para empezar a peinarla—. Margerita tiene mucha imaginación.

Nicoletta procedió con delicadeza mientras desenredaba los nudos en el pelo.

—No quiero que te vayas nunca, Nicoletta —confió Sophie—. Podrías casarte con *mio padre* y entonces serías *mia madre*.

—Voy a casarme con tu *zio*, Sophie, de modo que seré tu *zia* y viviré en este palacio. Siempre estaremos juntas, Sophie, y si alguna vez tengo una *bambina*, serás la *zia*, y me ayudarás. —Abrazó a la niña—. ¿Crees que deberíamos ir a la cocina y pedir a Bernado que nos prepare algún capricho? Creo que hemos dormido más de la cuenta.

Una sonrisa se coló en sus ojos, disipando su mirada preocupada.

—Tengo que vestirme. —Luego su cara se empañó—. ¿Las oíste anoche?

—¿Oírlas? —repitió Nicoletta.

Por algún motivo el corazón le dio un brinco al oír la forma en que la niña lo expresaba.

La chica regresó junto a Nicoletta con sus ojos grandes y oscuros muy solemnes.

—Las oí susurrar otra vez. Me encontraron en el cuarto infantil. Yo pensaba que estaba segura ahí, pero me persiguen. Por eso vine a ocultarme en tu habitación.

Nicoletta notó los latidos de su corazón marcando un fuerte ritmo en sus oídos. Creía a Sophie, había oído las extrañas murmuraciones la primera noche que pasó en el palacio. Y Giovanni Scarletti era capaz de transmitir su voz directamente a su mente. ¿Era posible que estuviera realizando algún extraño experimento con su capacidad y que la pobre Sophie estuviera sintiendo los efectos?

—Ven aquí, *bambina* —la invitó en voz baja, tendiendo una mano a la niña. Era consciente de que la ansiosa Sophie esperaba ser tachada de mentirosa como siempre había sucedido en el pasado—. Quiero que siempre que oigas esas voces me lo cuentes. Has sido muy valiente viniendo por el pasadizo hasta aquí. Estoy orgullosa de ti.

—Creo que pronto me descubrirán —confió Sophie con un temblor en el labio inferior. Cogió a Nicoletta de la mano—. Se llevaron a *mia madre*, y Margerita dice que también me llevarán a mí a un sitio donde ella no tenga que tropezarse conmigo nunca más.

—Margerita parece una jovencita muy desagradable —comentó Nicoletta— y nada lista. Giovanni ha dicho que debes acompañarme en la boda, y nadie desobedece a tu tío.

Pero Nicoletta se mordisqueaba con nerviosismo el labio inferior. Había tenido una extraña premonición de peligro cuando Sophie mencionó los susurros nocturnos. Tenía la impresión de que la niña ya corría un serio peligro, pero ¿por qué? ¿Qué peligro podría representar la pequeña para alguien? No estaba en la línea de sucesión para heredar el palacio, no con Giovanni a punto de casarse y Vincente y Antonello tan jóvenes y viriles. Con toda certeza uno de los tres hermanos daría eventualmente un heredero varón.

—No quiero regresar al cuarto infantil —manifestó Sophie—. Sólo las oigo por la noche, pero nunca antes las había oído ahí. —Sus ojos oscuros mostraban confianza en Nicoletta cuando alzó la vista hacia ella—. ¿Y si están ahí ahora?

—Iré contigo a ese cuarto y te ayudaré a vestirte —se ofreció al instante ella—. Cada vez que oigas las voces tienes que decírmelo de inmediato, Sophie. Ven, ya es tarde, seguro que Maria Pia va a regañarnos cuando lleguemos a la cocina.

Salieron juntas al amplio pasillo, Nicoletta saludando con la cabeza a los dos guardias. Mientras guiaba a Sophie por el pasillo, no pudo evitar maravillarse con la belleza del edificio. Tenía una atmósfera extraña y embrujada. Una maldad empalagosa parecía adherirse a los aleros y colgar de los extraños grabados; tal vez emanara de las macabras esculturas demoníacas que las observaban con solemnidad. Parecía haber muchos ojos observándoles a todas horas, y ella temía que algunos de ellos fueran humanos.

De repente la niña soltó un resuello y la agarró con más fuerza.

—Nicoletta. —Dominada por el pánico, la niña se detuvo en medio del pasillo, observando llena de horror al hombre que se aproximaba en dirección contraria. Era alto y delgado, con su cabello canoso sobresaliendo en todas direcciones. Habría sido guapo si no tuviera el gesto torcido con un ceño permanente.

Nicoletta observó a los criados correteando para apartarse del camino del mayor de los Scarletti, santiguándose y acercándose los crucifijos como si fueran talismanes. A medida que el abuelo de Giovanni se acercaba a varios trabajadores, éstos se apresuraban a darse la vuelta, como si pensaran que era un diablo y no se atrevieran a mirarle. Observó el rostro del hombre, orgulloso, arrogante, dominado por una especie de ira feroz. Con la cabeza alta, alcanzó con el bastón a varios sirvientes en retirada, empleándolo más como arma que como ayuda para caminar.

—Corre, Nicoletta —susurró Sophie—. Tenemos que correr.

Tiró de ella y la empujó para que se pusiera en marcha, sin soltar su mano. Sophie no iba a alejarse y abandonar a su única amiga. Al ver que se negaba a moverse, Sophie se escabulló entre los pliegues de su amplia falda, intentando ocultarse tras su protección.

Nicoletta estrechó la mano de la niña para tranquilizarla. Esperó con calma a que el anciano se acercara a ellas con su ceño acentuándose a cada paso, su cejas pobladas juntándose en una línea recta y fiera. Le sonrió cuando ya estaba casi sobre ellas, ejecutando una inclinación graciosa e instando a Sophie a hacer lo mismo.

—Buenos días, signore Scarletti —dijo con decisión—. Vamos a la cocina a ver si podemos convencer a Bernado de que nos prepare algo de comer, aunque es muy tarde. ¿Le apetece acompañarnos?

El viejo se saltó un paso. Farfulló una respuesta ininteligible, de repente con aspecto vulnerable. Permaneció quieto durante un momento con indecisión aparente, luego reaccionó sacudiendo el bastón en su dirección. A Nicoletta le pareció una intentona poco entusiasta, pero Sophie agachó la cabecita tras su amiga, asustada, y los guardas se adelantaron a toda prisa dispuestos a protegerlas.

Nicoletta se rió en voz baja, un sonido alegre e incitante que resonó por los amplios pasillos.

—Si tuviera un bastón, buen signore, podría enseñarme a batirme en duelo. Podríamos divertirnos mucho aquí en el gran palacio, aunque estoy segura de que nos llevaríamos una buena reprimenda de su nieto. —Se inclinó hacia él—. Puede ser bastante feroz a la hora de dar rapapolvos, pero estoy dispuesta a arriesgarme si usted quiere.

Se hizo un breve silencio. Nicoletta percibió la tensión entre los guardias a punto de abalanzarse si fuera preciso protegerla de su propia torpeza. Varios de los sirvientes se habían vuelto y observaban el intercambio en silencio y horrorizados.

El viejo se quedó mirándola. Por un momento su boca parecía retorcerse como si se esforzara por sonreír, pero parecía haber olvidado cómo se hacía. Balbuciendo algo entre dientes, pasó de largo junto a ella, con ímpetu y sin hablar, y se apresuró por el pasillo. En una ocasión miró hacia atrás, y a Nicoletta le pareció distinguir sus ojos llorosos.

—Nicoletta —dijo Sophie bajito—, nadie le cae bien al *nonno* de zio Giovanni, y él no le cae bien a nadie. Zia Portia dice que un día me matará mientras duermo si no me aparto de su camino. Asesinó a su esposa. Hasta Margerita le tiene miedo. No puedes hablar con él. Es posible que ni zio Gino pueda protegerte de su *nonno*.

—Quizá debamos hacernos sus amigas —comentó ella con ternura—. No es bueno estar siempre solo, Sophie. Y no creo que tu tío Gino permita que su abuelo te mate mientras duermes. Te quiere muchísimo, ¿y quién más podría conocer el paradero de mis zapatos aparte de ti?

Sophie se rió.

—Nunca te he visto llevar zapatos, Nicoletta. ¿Los tienes?

—Serás pillina —la reprendió ella en tono bromista. Sophie era justo lo que necesitaba después del trauma de la noche anterior. La niña era encantadora y dulce, y haría cualquier cosa por complacer. No tenía la seguridad de Ketsia, pero estaba ganando confianza muy deprisa. Con ella a su lado, Sophie parecía una niña normal, feliz y curiosa, deseosa de complacer y jugar. Guiñó el ojo a la pequeña—. ¡Adivina qué vamos a hacer hoy!

—¿Qué? —preguntó Sophie con ansia, brincando de excitación.

La niña abrió la puerta del cuarto infantil y se detuvo para permitirle entrar a ella primero.

La joven entró sin vacilar.

—Vamos a explorar. —Se rió en voz baja al ver la expresión horrorizada de la niña—. Eso mismo, vamos a limpiar el pasadizo entre el cuarto infantil y mi dormitorio. No quiero que esas telarañas terribles cuelguen de las paredes.

Sophie la abrazó con tal vigor que su cabello voló en todas direcciones.

—No podemos entrar ahí. ¿Y si nos pilla papá?

Nicoletta la ayudó a vestirse.

—Ahí está lo divertido, tonta *piccola*. Tenemos que hacerlo a escondidas. Tú harás de vigía.

—¿Qué es eso? —preguntó Sophie.

Parecía un trabajo importante, y bastante emocionante.

—Después de que camelemos a Bernado para que nos prepare algo de comer, volveremos a mi habitación y echaremos el cerrojo. Mientras yo esté en el pasadizo, tú te quedarás en la habitación y vigilarás para que nadie nos descubra. Estableceremos una señal, como cantar o tararear, para que me avises si alguien viene. —Nicoletta se rió alegre—. Y después de ocuparnos del pasadizo, tendremos que hacer algo para que esta habitación sea mucho más de tu gusto.

Sophie se apresuró a menear la cabeza.

—Las voces me encontraron, no quieren que esté aquí. Tengo que dormir contigo. —Sus grandes ojos parecían apenados—. No me lo estoy inventando. *Zia* Portia dice que soy una niña mala por decir mentiras así, pero las he oído. Me escondí debajo de las mantas, pero no paran.

Nicoletta acarició su pelo una vez más cuando la niña ya estuvo vestida con ropa limpia, más por darse tiempo para pensar y tranquilizarla que por otra cosa.

—Sophie, ¿llegaste a entender las palabras? ¿Alguna vez te dicen cosas las voces?

—Quieren que me vaya. Son como el *nonno*. Quieren que me vaya lejos y que no regrese nunca.

Estiró el brazo para cogerla de la mano y abrió la boca para hablar, pero no le salieron palabras. En vez de ello, las lágrimas brillaron en sus ojos.

Nicoletta se arrodilló al instante y estrechó a la niña en sus brazos.

—Cuéntame, *bambina*. No tengas miedo de contármelo.

—*Zia* Portia le dijo a Margerita que me estoy volviendo loca como *mia madre*. Dijo que mi mamá oía voces por la noche, que las dos estábamos locas. No quiero estar loca. —Sus ojos oscuros mostraban pesar—. ¿Crees que lo estoy?

Nicoletta abrazó con fuerza a Sophie.

—Yo también he oído las voces. Por lo tanto, si tú estás loca y tu madre estaba loca, yo también lo estoy. —Sonrió a la niña sacudiendo la cabeza—. No te pasa nada malo, *bambina*, créeme. Nada en absoluto. Descubriremos el secreto de esas voces. Acaso sólo sea una broma tonta, hay muchas explicaciones posibles.

Para sus adentros pensó que algo siniestro estaba pasando aquí.

La idea de la voz del don arrastrando las palabras regresaba persistente en su mente. Si él podía transmitir la voz a su mente, por supuesto podría hacerlo con otras personas. Pero ¿por qué la pequeña Sophie? ¿Qué propósito podía tener volver loca a una niña? Se frotó las sienes y miró por la habitación. Con la luz del día, la estancia tenía mucho potencial para ser un cuarto infantil bonito de verdad. Una madre joven sacaría mucho partido de un dormitorio así. Retirar las oscuras cortinas haría mucho por disipar la penumbra. Meneó la cabeza, intentando librarse ella misma de la voz de Giovanni rozando seductora su mente. Creaba una gran intimidad entre ellos, pero ella veía el peligro si esta habilidad era usada de modo erróneo.

Sophie no pareció advertir lo callada que se había quedado ella mientras salían del cuarto. Se sentía bastante contenta con las palabras tranquilizadoras de su amiga, así que continuó saltando por el pasillo en dirección a la espléndida escalera. Nicoletta la siguió a un ritmo más sosegado, dándole vueltas al significado amenazador de esos murmullos. Tenían que significar algo, tal vez incluso fueran un presagio de muerte. Creía posible que la casa estuviera habitada por espíritus, buenos o malos. En ocasiones la impresión de algo maligno era muy fuerte en este palacio. Sacudió la cabeza. No quería que persistiera esta noción de maldad, prefería discurrir las posibilidades, no asustarse con tonterías superficiales. Lo más probable era que hubiera una persona viva detrás del mal del palacio en vez de un espíritu.

Sophie había entrado en la cocina antes que ella, y también uno de los guardias se le había adelantado. Entró tranquilamente tras ellos y alzó la vista a tiempo para ver que el guardia que bebía de una taza la dejaba con cuidado en su sitio en la mesa. Se apartó, sin mirarla, para posicionarse contra la pared.

Nicoletta saludó a Bernado. Actuaba de forma extraña también, casi con aire culpable. Una vez que ella se sentó al otro lado de Sophie en la mesita, por un momento le dio miedo comer, temerosa de que la comida estuviera envenenada. Tocó la taza a la que había dado un sorbo el guardia. Le miró, luego de nuevo a la taza. De repente cayó en la cuenta. Dirigió un vistazo también a Bernado, quien de pronto estaba muy ocupado con sus preparativos. Celeste, su ayudante, batía algo en un gran cuenco con bastante vigor. Sólo Sophie parecía normal, charlando con todo el mundo mientras comía deprisa, agradecida por los platos de Bernado y por la ausencia de Maria Pia y sus sermones.

Nicoletta movió la comida en el plato y miró de nuevo al guardia.

—El don os ha dado órdenes de probar todo lo que como y bebo.

Era una afirmación, pero mantenía los ojos oscuros fijos en el rostro del guardia, obligándole a responder.

El soldado intentó apartar la mirada, luego dirigió una rápida mirada de indefensión al otro guardia, estaba claro que en busca de ayuda, y se aclaró la garganta.

—Sí, es una de nuestras obligaciones.

Ella tamborileó con los dedos sobre la mesa.

—Por lo tanto, si la comida está contaminada, os pondréis enfermos. —Exasperada, miró a Bernado en busca de ayuda, pero el cocinero estaba decidido a no mirarla y se mantenía muy ocupado examinando el trabajo de Celeste—. Dudo que la comida contaminada actúe tan rápido. En cualquier caso, no querría veros enfermos porque entonces sí que alguien podría hacerme daño.

El soldado se encogió de hombros.

—Es una práctica habitual, signorina, con todos los miembros de la familia.

—¿El don hace que prueben su comida? —No parecía propio de su carácter permitir que otro corriera riesgos por él. La imagen de don Scarletti cerca de las cuevas, de pie con los brazos extendidos y separados mientras el asesino intentaba matarle se coló en su mente sin poder remediarlo.

El guardia intercambió otra ojeada avergonzada con su compañero y luego miró al cocinero. Una lenta sonrisa curvó su boca carnosa.

—No tenéis que responder, creo que entiendo. —No podían hablar de aquella «conspiración» a espaldas del don. Era obvio que intentaban proteger a su señor pese al hecho de que él nunca permitiría ponerles en peligro probando la comida—. Pero, por supuesto, no quiero que corráis otra vez ese riego por mí. En serio. Hablaré con el don y le haré revocar la orden. No es necesario, ni querría esa responsabilidad en caso de que alguien enfermara. Entiendo vuestro deber de protegerle... a él. —De nuevo dirigió una mirada a la niña de grandes ojos, distraída con los últimos ofrecimientos de Bernado—. Bien, ya sabéis a quién me refiero, pero yo no ocupo su misma posición.

Dijo esto último con poca convicción. Los dos guardias se sonreían y miraban con clara indirecta sus pies descalzos. No estaban dispuestos a oír sus órdenes en lugar de las del don.

Nicoletta se rindió, decidida a hablar con don Scarletti a la primera oportunidad. Mientras los guardias devoraban con afán su propio almuerzo a cierta distancia, Nicoletta bromeó con Sophie, distrayéndose deprisa de la conversación anterior. A posta meneó las cejas e hizo referencias susurradas y graciosísimas al pasadizo y la gran aventura que tendrían con toda certeza juntas. Ninguno de estos soldados había estado de guardia la noche anterior, por lo tanto no se habían percatado de que Sophie había pasado la noche en la alcoba de Nicoletta, quien se alegró de no tener que dar explicaciones sobre cómo había llegado ahí la niña.

Sophie se inclinó un poco más mientras terminaba el almuerzo.

—¿Y qué pasará con la signorina Sigmora? Tal vez nos pille y ponga esta cara...

La niña volvió a hacer la mueca ceñuda y severa. Era un representación tan buena de la feroz desaprobación de Maria Pia que Nicoletta, los dos guardias, Bernado y Celeste estallaron en carcajadas.

Entonces cogió a la niña de la mano para llevársela de la cocina y se apresuró a darle las gracias al cocinero y a su ayudante.

—Cada vez te sale mejor, Sophie. Una de estas veces, Maria Pia te pillará y entonces las dos tendremos problemas. ¿Sabes cómo se llama la doncella? —preguntó indicando a una joven que barría con afán la hornacina con el altar de la Madonna.

Sophie negó con la cabeza, pero Nicoletta no conocía el desaliento. En cuestión un instante la doncella se estaba riendo de sus bromas y ella tuvo la escoba en su poder. Los guardias sacudían la cabeza con incredulidad ante sus maneras impredecibles, pero la siguieron escaleras arriba hasta la habitación. Nicoletta les miró con sus ojos danzarines.

—Aseguraos de vigilar bien y advertidnos si don Scarletti o Maria Pia se acercan.

Los guardias se miraron entre sí con recelo.

—¿Signorina Sigmora? —le preguntó uno.

Sophie asintió con vigor.

—Vamos a...

Se tapó la boca con la mano y miró a Nicoletta.

—Limpiar —se apresuró a finalizar Nicoletta—. Una sorpresa para Maria Pia. Le produce gran desagrado el polvo y la habitación está llena.

—El don querría que hiciera la limpieza alguien del servicio, desde luego no su novia —indicó el guardia.

Alzó una ceja para mirar a su compañero, quien se encogió de hombros y sonrió ante el extraño comportamiento de ella.

—La signorina Sigmora es muy exigente con ciertas cosas —corrigió Nicoletta empujando a Sophie para que entrara en la habitación, donde ambas estallaron en risas—. Estoy bastante acostumbrada a hacer las cosas tal y como le gustan a ella. —Nicoletta se apresuró a cerrar la puerta a los guardias ante sus expresiones sorprendidas—. No podía mentirles o Maria Pia me haría encender muchas velas a nuestra Madonna misericordiosa y arrodillarme a rezar durante largo rato.

—¿Estás segura de que no encontraremos *i fantasmi*? —preguntó Sophie.

Lo que parecía una gran aventura asustaba un poco más en el momento de ponerse manos a la obra.

—Si de verdad existieran —le respondió mientras buscaba el mecanismo bajo el extremo liso del muro— sólo aparecerían de noche.

Sophie suspiró y meneó su cuerpecito para introducirse entre Nicoletta y el muro y así poder guiar la mano de su amiga para encontrar el lugar preciso.

—Ahí dentro está muy oscuro —advirtió Sophie—. Tal vez *i fantasmi* no sepan distinguir la diferencia.

Retrocedieron mientras el muro parecía cobrar vida. El sol se había desplazado, y Nicoletta advirtió que las extrañas diferencias aportadas por las vidrieras ya no eran tan aparentes. Ahí estaban de nuevo las imágenes de maldad y fatalidad. ¿De verdad? Miró más de cerca. ¿Se estiraban esas criaturas aladas incrustadas en el mármol para intentar liberar a las víctimas desventuradas de las serpientes marinas?

—¡Nicoletta! —Sophie tiró de su falda—. ¿Ves lo oscuro que está?

Ella escudriñó el interior y se sorprendió de lo oscuro que en verdad estaba. Dado que no había ventanas, el pasadizo era prácticamente negro por dentro. Tras encender una vela y sostenerla, iluminó las relucientes telarañas, blancos tapices de hebras sedosas que cubrían los muros y colgaban de los techos. Alzó la vista por las paredes con la esperanza de encontrar un aplique para la vela, pero no hubo suerte. Se vio obligada a colocar la candela en el suelo de cualquier manera.

Entonces estudió el pasadizo. Era estrecho en comparación con los pasillos tenebrosos del palacio, pero aun así un hombre de anchos hombros como Giovanni Scarletti podría pasar sin rasparse la piel. El techo también era mucho más bajo, la sensación era de estar encerrada en la pesada piedra. Tenía muchas ganas de explorar, de ver adónde llevaba, pero Sophie estaba asustada, respiraba deprisa, casi dando botes de miedo. Así que se conformó con dar unos cuantos manotazos a las arañas y apartar las telas formadas entre el cuarto infantil y la habitación. Las paredes del pasadizo parecían lisas, las puertas secretas quedaban ocultas, obviamente a ambos lados. El suelo inmediatamente exterior a la habitación era de mármol pero enseguida daba paso a una piedra más desigual y áspera.

Cogió la vela y avanzó un poco más por el interior oscuro, sosteniendo la luz para ver más allá del cuarto infantil. Estiró con vacilación la escoba intentando alcanzar la pared impecable con la esperanza de encontrar otra puerta. En vez de eso, algo cayó de lo alto del muro, un objeto pesado, plano y afilado que cortó de cuajo el mango de la escoba, de tal manera que el extremo con las cerdas cayó ruidosamente al suelo. El corazón casi se le detiene mientras la enorme hoja desaparecía otra vez en el techo con un silencio amenazador como si nunca hubiera existido. Con un jadeo, Nicoletta dejó ir la vela, que cayó al suelo de piedra y se fue rodando. La llama se apagó y al instante el pasadizo pareció un lugar siniestro y oscuro, una trampa mortal. Se estremeció sólo con pensar en Sophie cruzándolo a saltos. Estaba paralizada, le aterrorizaba moverse, sólo podía mirar a su alrededor, ahora con ojos muy abiertos y asustados.

A su espalda, Sophie sosteniendo la puerta abierta, continuaba con su parte de la aventura, inconsciente por completo del verdadero peligro que corría cualquiera que se moviera por ahí dentro. La niña era su única escapatoria. Si la pared de mármol se cerraba por algún motivo, sería incapaz de encontrar la salida. No tenía ni idea de dónde estaban ubicadas las puertas, ni tan siquiera sabía cómo abrirlas. No tenía ni idea de qué otras trampas ocultas esperaban a la víctima incauta, pero estaba convencida de que estaban ahí, tan letales como la que había activado de modo accidental. Ahora, en la oscuridad, tras presenciar el descenso repentino de aquella hoja atroz, percibió las vibraciones que dejaba aquella violencia. Con gran cautela, se dio media vuelta, intentando no tocar las paredes, sin atreverse apenas a apoyar los pies en el suelo uno detrás del otro para minimizar el riesgo de pisar la piedra errónea.

¡Cara! Oyó con claridad la angustia en la voz de Giovanni. *¿De qué se trata? Tu miedo me está abrumando.*

El sonido de la voz rozaba su mente con tal delicadeza que al instante sintió alivio. Nicoletta consiguió inspirar hondo y exhalar antes de volver a caminar poco a poco, con cuidado, hacia el puntito de luz procedente de la puerta abierta, aún a varios pasos de ella. Deseó tener el talento particular de don Scarletti para poder responderle. Era terrible encontrarse moviéndose en la oscuridad, temerosa de los propios muros y de la pared. Empleó lo que quedaba de la escoba para tantear las piedras que tenía delante antes de poner el pie.

Oyó gritar a Sophie, llamarla por el nombre, y para su horror la cabeza de la niña desapareció por el dormitorio. Al instante, el grueso muro de mármol se cerró, el débil puntito de luz se extinguió y el pasadizo quedó sumido en la completa negrura. Se quedó paralizada, y el corazón le latía con tal fuerza que casi oía su eco en el silencio espectral.

Nicoletta intentó expulsar de su mente el miedo y el pánico. No importaba que fuera de día en el exterior; aquí en el pasadizo era noche perpetua. Oyó el roer de las ratas, y los soniditos de su propia sangre congelándose. El aire olía a humedad, era denso y agobiante, quieto y opresivo con aquel silencio. Las gotas de sudor empezaron a surcar su piel. Aunque en el palacio había demasiadas corrientes, el pasadizo resultaba sofocante. El techo bajo y las paredes parecían ejercer una extraña opresión, sin dejar espacio para el aire.

Enderezó los hombros y se dijo que sencillamente se encontraba en un entorno poco familiar. A menudo se quedaba a solas en las colinas, donde merodeaban osos y lobos. Esto no era tan diferente. Ambos lugares eran peligrosos en potencia pero no necesariamente letales. Pero pese a todo su discurso coherente, no podía obligarse a mover los pies. Esa hoja oculta había saltado de la nada y había desaparecido del mismo modo silencioso y fluido. La evidencia —lo que quedaba del mango de la escoba— estaba en sus manos.

¿Qué ocultaba el pasadizo? ¿Adónde llevaba? ¿Qué había tan secreto como para que alguien lo protegiera con trampas letales? Un roedor inquieto le tocó el tobillo con el hocico húmedo y ella soltó un chillido, echando a andar en línea recta, temerosa de estirar las manos hacia las paredes. El son del tambor en su cabeza retumbaba aún más ruidoso, y por un momento literalmente se atragantó de miedo.

Justo ante ella apareció entonces una débil rendija de luz. Al principio era una mera fisura, pero luego la luz proyectó sus rayos por el pasillo. La gran silueta de un hombre llenó el umbral. Nicoletta se abalanzó hacia él sin importarle el decoro ni su condición social. Se echó en brazos de don Scarletti, casi empalándole con lo que quedaba de la escoba que sujetaba con fuerza.

Giovanni la rodeó con los brazos y la estrechó con fuerza, enterrando el rostro en su cabello. Tuvo la precaución de quitarle el mango de la escoba y arrojarlo al interior de la habitación. Su cuerpo también temblaba ligeramente, de modo que esperó ahí a que el corazón se calmara, aún parcialmente en el pasadizo. Luego metió de nuevo a Nicoletta en la habitación y la sacudió un poco, furioso por cómo había conseguido asustarle cuando ningún hombre era capaz de eso.

De forma abrupta, la estrechó de nuevo entre sus brazos, rodeándola con gesto protector.

—He considerado la idea de encerrarte en la torre, *piccola*, pero sospecho que incluso allí lograrías meterte en problemas.

Le susurró las palabras al oído en tono exasperado.

Nicoletta se permitió el lujo de acurrucarse más próxima a él para poder oír los latidos tranquilizadores de su corazón. Era sólido y fuerte. Giovanni inclinó la cabeza hacia ella y le alzó con la mano la barbilla para encontrar sus labios con total desesperación. Ella paladeó en su boca su miedo, su ansia. Una necesidad tan elemental como el tiempo. Era posesivo a su modo implacable. Y su beso era la cosa más íntima y pecaminosa que había experimentado.

Notó el modo en que el cuerpo de Giovanni se endurecía, los brazos como bandas de hierro rodeándola, la espalda inclinada, caliente y agresiva. Pero su boca... se movía sobre ella como la seda. Juguetona e insistente, acariciaba y la tentaba. Justo cuando se relajó y abrió rendida la boca, él tomó el control total, arrastrándola a un mundo de pura sensación. Sólo ellos dos y un universo de sensibilidad. Sus brazos, por decisión propia, subieron para rodearle el cuello, y su cuerpo se fundió, tierno y flexible, contra el de don Scarletti. Se ajustaban a la perfección a pesar de la diferencia de tamaño, como si fueran mitades del mismo todo.

Giovanni profundizó en el beso, exigiendo y dominando, arrastrándola sin piedad con la marea creciente de la pasión salvaje. Y ella siguió su pauta. Notó sus manos deslizándose espalda abajo, palpando su cintura delgada y descendiendo sobre la curva de su trasero redondo, acercándola aún más hasta sentirse comprimida contra él.

—¿Qué sucede ahí? —La voz de Maria Pia resonó furiosa, cargada de indignación—. ¡Don Scarletti, exijo que suelte a esa muchacha de inmediato!

La boca de Giovanni, ardiente de necesidad, se movía con su lengua danzante y juguetona encendiendo llamas fogosas en el cuerpo de Nicoletta, hasta que también ella se ahogó en su propio deseo. Él profirió un sonido, un suave gemido de frustración y necesidad. Poco a poco, con cuidado infinito, le besó a su pesar las comisuras de los labios y a continuación apoyó la frente en la de ella como si no encontrara la fuerza necesaria para levantar la cabeza.

—¡Nicoletta!

La voz de Maria Pia sonaba más aguda que nunca, y esta vez penetró lo suficiente en ella como para que oyera la nota de temor.

Desconcertada, se quedó mirando a Giovanni, estudiando su rostro con sus ojos oscuros muy atentos. Él le sonrió con una expresión tan tierna que la dejó sin aliento. Con sumo cuidado, le retiró una tela de araña de los mechones sedosos.

—Gracias por rescatarme.

La voz de Nicoletta no sonaba como suya, sino ronca y suave, una invitación seductora. De pronto se encontró sonrojadísima.

Don Scarletti volvió la cabeza para mirar a Maria Pia e hizo una leve inclinación, un gesto elegante.

—Creo que voy a tener que insistir en que permanezca con su protegida a todas horas, signorina Sigmora. O eso o los soldados tendrán que hacer guardia dentro de su habitación.

Un ceño oscuro ensombreció su rostro ante la sola idea.

—Ese pasadizo es peligroso, don Scarletti —anunció ella, indicando el mango partido de la escoba como prueba—. Sophie ha estado usándolo para ir del cuarto infantil a mi habitación. Su padre lo sabía.

Había una acusación en su tono, aunque intentó mantener la voz neutral.

Él alzó las cejas.

—Llámame Giovanni —le apuntó, con los labios tan escandalosamente cerca de su oído que ella notó el calor de su aliento animando toda su sangre de nuevo—. Todos tienen prohibido emplear el pasadizo. Sophie lo sabe, y desde luego también Vincente. A Sophie la trasladaron del cuarto infantil cuando se descubrió que conocía el pasadizo. Se le ha advertido varias veces del peligro, tanto Vincente como yo le prohibimos usarlo. Hay numerosas trampas ahí, más de una persona ha muerto intentando encontrar el tesoro o escapar hasta el mar.

Nicoletta alzó una ceja.

—He oído hablar de las huidas de los Scarletti hasta el mar sin ser vistos cuando eran asaltados, pero nunca había oído nada de un tesoro escondido.

Giovanni encogió sus amplios hombros con gesto despreocupado.

—Cuentan que nuestro antepasado, Francesco Scarletti, quien construyó este palacio, incluyó numerosos pasadizos para permitir la huida de los miembros de la casa hasta las rocas para esperar a los barcos en caso necesario. Pocos saben cómo avanzar por ellos o manejar las rocas de la cueva, pero Francesco trazó un mapa detallado para las generaciones futuras. En más de una ocasión, el pasadizo y la cala se usaron para escapar durante una invasión. En los días en los que se construyó el palacio, las fortalezas ocultaban a menudo tesoros sin igual. Esculturas de oro macizo. —Se deslizó por la habitación con su gracia natural y levantó el barco dorado de su estante en la hornacina para tendérselo a Nicoletta—. Son piezas que se han protegido de todos los invasores, incluida la Santa Iglesia.

Ella soltó un jadeo al oírle admitir sin tapujos la necesidad de proteger sus riquezas de la Iglesia. Echó un vistazo a Maria Pia, quien se santiguó con devoción. Nicoletta se sentía reacia a coger aquella escultura; era una pieza exquisita, con abundantes detalles, muy ornamentada. Admiró el trabajo esmerado, la atención al detalle y la devolvió de inmediato.

—¿Por qué tenerla en esta habitación? Debe de costar una fortuna. Alguien podría robarla.

Por un momento, los ojos de Scarletti relucieron peligrosamente.

—Creo que eso es poco probable.

Su voz era un ronroneo amenazador.

—¿Hay más esculturas así? —quiso saber ella.

Giovanni asintió.

—El rey de España ha anexionado la mayoría de ciudades y estados de esta región. Hasta ahora yo he logrado expulsar sus ejércitos de nuestras tierras y él ya no quiere sufrir bajas importantes una vez más. No obstante, mis «antepasados», con sus mapas y pasadizos ocultos, preservarán los tesoros artísticos si yo no detectara a tiempo una amenaza como para mantener a los invasores a raya. Por el momento tenemos un tratado precario con España, pero la codicia puede inclinar la balanza. Hay rumores de guerra contra Austria. España querría echar mano a nuestros cofres. No es algo de lo que yo hable con otras personas, de modo que confío en que tú y signorina Sigmora mantengáis silencio en cuanto a esa cuestión. El pasadizo es un mal necesario, y te doy las gracias por poner en mi conocimiento que la *bambina* lo ha estado usando. Nadie puede llegar al mar sin el mapa, cada sección cuenta con numerosas trampas para detener al enemigo y permitir escapar a la *famiglia*. Sólo el don gobernante sabe dónde esta el mapa y cómo leerlo.

—Debería haberme advertido antes —le reprendió Nicoletta.

Una sonrisa curvó poco a poco la línea cruel de la boca de Giovanni e iluminó sus ojos oscuros.

—No se me ocurrió pensar que una mujer entrara en un lugar así. En verdad, no creía tan siquiera que te enteraras. En el futuro, no salgas a explorar sin consultarme.

Ella alzó la barbilla una fracción de segundo.

—Siempre está ocupado, y no quiero distraerle. No me meto habitualmente en problemas.

A él se le escapó un sonido atragantado.

Nicoletta le fulminó con la mirada:

—No me meto en problemas, y tomo precauciones. Sophie vigilaba por mí, mantenía la puerta abierta. —Se puso en jarras—. ¿Dónde está ese diablillo?

—Supe que estabas en peligro y vine apresuradamente dejando sola a una importante visita del modo más improcedente para subir a esta habitación. La puerta estaba cerrada por dentro —lo dijo como una acusación— por lo tanto amenacé con tirarla abajo. Sophie, sin duda temblando al oír mis amenazas, corrió a abrirla. Se le cayó la llave de la cerradura al menos tres veces, temiendo, estoy seguro, que iba a llevarse un buen castigo por su participación en esta escapada. La pared debe de haberse cerrado mientras ella se afanaba en abrirme la puerta. Ha sido una experiencia angustiosa esperar a que la niña me dejara entrar.

—Vaya, lo más probable es que se llevara un susto de muerte —dijo Nicoletta con exasperación, sin la menor atención a la queja expresada—. ¿No se da cuenta de que si no la hubiera asustado, el muro nunca se habría cerrado, y yo habría salido del pasadizo sin el menor problema? Pobre pequeña, seguro que está llorando.

—Sin duda —admitió él con sequedad. Le rodeó el cuello con una mano, cálida y fuerte, un gesto demasiado íntimo—. He pedido al sacerdote que nos permita casarnos de inmediato y ha dado su conformidad.

—Tal vez no sea tan buena idea.

Maria Pia se adelantó para coger a Nicoletta firmemente de la mano y poner a la joven a su lado, alejada de don Scarletti. Ella advirtió cómo temblaba la mujer.

—¿Qué sucede, Maria Pia? —preguntó con amabilidad.

—Cristano no regresó al *villaggio* —anunció con expresión acusadora en sus cansados ojos, fijos en don Scarletti.

Capítulo 11

Reinaba en la habitación un silencio total. Una corriente fría procedente de las mismísimas paredes parecía dar vueltas en torno a Nicoletta. Tiritó y oyó en lo profundo del corazón su propio grito de protesta no expresada. El mal campaba por el palacio. Observó a don Scarletti y fijó la vista en su mirada. Furibunda. Intensa. De alma a alma. Incluso dejó de notar la mano de Maria Pia en la suya. Giovanni y ella eran las dos únicas personas que existían. Él la miraba con atención, introduciendo su mente en ella. Sentía a Giovanni ahí, en su mente, esperando en silencio a que ella le condenara.

La imagen de los arañazos en sus nudillos regresó irreprimible, y la comprometedora gota de sangre en su por lo demás inmaculada ropa. Nicoletta notó los latidos cada vez más incómodos de su corazón. Su mirada continuaba taladrando sus ojos, pero ella era incapaz de volverse. Sabía que lo esperaba, esperaba que ella le denunciara. Don Scarletti, *Il Demonio* del palacio. La maldición. Los susurros. Los rumores.

Giovanni permanecía en pie, estirado del todo, con sus ojos oscuros insondables y los rasgos cuidadosamente inexpresivos. La muchacha respiró hondo y soltó una lenta exhalación.

—¿Enviará a sus hombres a inspeccionar a fondo el laberinto? Tal vez Cristano no consiguiera encontrar la salida.

Él hizo una inclinación.

—Al instante, *piccola*. Y les mandaré a las colinas para ver si el muchacho sufrió algún percance de regreso a casa —añadió adrede para recordarle que eran muchos los viajeros que sufrían accidentes víctimas de animales salvajes, del terreno accidentado o incluso de ladrones.

Su voz sonó increíblemente amable, y el calor rozó las paredes de su mente provocándole cierto alivio.

Nicoletta notó un nudo en la garganta y tragó saliva con dificultad. Era difícil pensar mientras Giovanni la observaba con tal intensidad. Notaba ahora también los ojos de Maria Pia mirándola, tan acusadores como cuando miraba a don Scarletti.

—Usted fue la última persona que lo vio vivo, don Scarletti.

Maria Pia dijo lo que Nicoletta callaba. Sólo su tono ya declaraba culpable al aristócrata.

—No sabemos si está muerto, signorina Sigmora —indicó Giovanni en voz baja. Había un hilo de amenaza en su voz, como si se le estuviera acabando la paciencia muy deprisa—. Si el joven hubiera fallecido en el laberinto, habría aves carroñeras sobrevolándolo.

El alivio inundó a Nicoletta.

—Eso es cierto, Maria Pia —dijo.

Pero un horror terrible avanzaba por su mente y penetraba su alma como una sombra siniestra. Ella se habría enterado si alguien estuviera herido, ¿o no? Siempre se enteraba.

Maria Pia se encaró a don Scarletti con gran valentía.

—Habrá que posponer la boda hasta que aparezca —le desafió.

Hasta que usted quede exonerado. No pronunció aquellas palabras, pero centellearon ahí en la habitación, con la misma intensidad que si las hubiera expresado en voz alta.

Los ojos negros resplandecieron amenazadores.

—Nada detendrá la boda, signorina Sigmora. Ni usted, ni ese joven errante. Hasta donde yo sé, desapareció con la intención clara de impedir los planes de boda. Nos casaremos mañana.

Era un decreto, los rasgos oscuros de Giovanni seguían implacables.

Por un momento Maria Pia se mostró soliviantada, pero las palabras del don parecieron calar. La mujer conocía bien a Cristano. Tenía un mal genio infantil, y si alguien le humillaba podía quedarse enfurruñado durante días. Era perfectamente capaz de desaparecer y asustar a la compasiva Nicoletta tan sólo por desquitarse de no haberle aceptado en matrimonio cuando se lo pidió. De todos modos tenía la sensación de que su protegida corría un peligro terrible y deseaba con desesperación sacarla del palacio. La miró:

—Acaso me estoy preocupando por nada —dijo en voz baja, mirando al suelo derrotada.

Don Scarletti no renunciaría a Nicoletta; lo veía con claridad en su agresividad masculina, en su postura posesiva cada vez que se encontraba cerca de la joven. Tal vez fuera su temor por ella, porque viviera en un entorno así, lo que le había hecho acusarlo con tal arrebato.

Giovanni estiró el brazo para coger la mano de Nicoletta, soltándola directamente de Maria Pia. Fue un gesto descarado, que reclamaba y marcaba a la joven como suya. Acercó los dedos de la muchacha al calor de la boca mientras mantenía la negra mirada pegada a sus ojos; y ella volvió a experimentar la extraña sensación de caerse de bruces, de sentirse atrapada en la profundidad de esos ojos para toda la eternidad. El tiempo se detuvo. Su corazón latía por él y su sangre se precipitaba como un torrente de calor y fuego líquido.

Entonces la soltó de mala gana, demorando por un momento el contacto antes de irse majestuosamente.

—Ya he hecho esperar demasiado a mi visita, y debo dar órdenes a mis hombres para que vayan en busca de vuestro joven amigo.

Nicoletta permaneció en pie aturdida, como en trance, observando la puerta cerrada después de que él hubiera salido de la estancia.

Maria Pia soltó un fuerte suspiro.

—¿Le crees, Nicoletta? ¿De verdad le crees? Porque yo no estoy segura. Es posible que Cristano esté escondido en las colinas, eso es cierto. De niño, cuando se enfadaba con su madre hacía este tipo de cosas, pero quizás esté herido y necesite ayuda.

Observaba con atención a Nicoletta mientras hablaba.

La joven no paraba de mordisquearse nerviosa el labio inferior. Sabría si alguien necesitara ayuda, y Maria Pia era muy consciente de eso, de que ella siempre se enteraba. Y el ave acudiría a ella. Miró a la mujer con ojos afligidos.

—Debo salir para poder apreciar el viento en mi cara, quiero mirar al cielo.

—¿Qué tienes en el pelo? —Maria Pia estiró la mano para quitar de su larga melena unas hebras de telaraña—. ¿Qué has estado haciendo? —Por primera vez se fijó en el mango de la escoba tajada que don Scarletti había retirado de las manos de Nicoletta para que no le lesionara a él con la punta. El corte era limpio, como partido con una hoja de algún tipo. Maria Pia levantó el mango, volviéndolo a un lado y a otro para examinarlo antes de mirar a su protegida con el ceño fruncido.

—No preguntes —replicó pasándose una mano por el largo cabello—. Llegaste después del percance en el pasadizo oculto. Lo que importa ahora es que ya no quieres que me case con el don. No te oponías tanto antes.

—Hay algo que no va bien aquí, *piccola*. Cuando me encuentro en esta casa, percibo el eco de los gritos de tu madre al ser arrojada por encima de la muralla. Percibo los espíritus de las otras fallecidas, inquietos en este palacio. —Se santiguó y besó el crucifijo—. Que nuestra Madonna misericordiosa te proteja de tus enemigos.

Nicoletta no protestó. Sabía que tenía enemigos en el palacio, pero desconocía por qué. Notaba miradas observándola con desaprobación cada vez que salía de su alcoba.

—Debo salir al exterior —repitió. Sentía la opresión en su pecho. Abrió la puerta y se volvió hacia Maria Pia al hacerlo—. ¿Cómo empezó todo hace ya tanto tiempo? ¿Cuándo empezaron los primeros rumores sobre la maldición de la *famiglia* Scarletti? ¿Es posible que haya una predisposición a la locura en su sangre?

Maria Pia echó un vistazo por detrás de Nicoletta a los guardias que esperaban.

—No es bueno hablar en este lugar donde las paredes tienen ojos y oídos. —Alzó la barbilla—. Vamos, salgamos al patio. Veremos si don Scarletti cumple su palabra y envía a sus hombres en busca de Cristano.

Por algún motivo, a Nicoletta le irritaba que Maria Pia aún considerara la idea de que Giovanni traicionara su confianza.

—Puedo imaginar muchas cosas sobre don Scarletti, pero cumple su palabra. No me diría algo para luego hacer otra cosa —dijo ella.

Maria Pia la miró con perspicacia.

—Tal vez hayas caído ya en su hechizo. Te dije que tuvieras cuidado. Puede leer la mente, es capaz de obligarnos a decir cosas que no queremos revelar. Debes ser fuerte, Nicoletta. Hasta que sepas más de don...

—Del hombre que va a convertirse en mi marido —corrigió—. Nos casaremos mañana, viviré con él, y este palacio será mi hogar. No tengo opción al respecto. Dijiste que ni siquiera el sacerdote se atrevería a desafiarle.

Maria Pia masculló algo ininteligible mientras recorrían el largo pasillo para aproximarse a las escaleras. Miró la barandilla y una vez más se santiguó:

—Mira eso, Nicoletta. ¡Una serpiente enrollada en una rama de árbol! Si ésa es la ornamentación de sus escaleras, ¿qué clase de hombre puede ser?

—El heredó el palacio y el título de su padre, y su padre lo heredó a su vez antes que él. ¿Qué debería haber hecho? ¿Negarse a vivir aquí porque no le gustaba la artesanía de la escalera? De hecho es de una gran belleza, Maria Pia. Si observas con atención, hay algunos detalles extraordinarios.

La mujer sólo pudo chasquear la lengua, como hacía a menudo cuando se sentía nerviosa.

—Temo de veras que te haya hechizado, *bambina*.

Nicoletta dirigió una mirada por encima del hombro a los guardias que las seguían en silencio a una distancia prudente y les preguntó:

—¿Dónde está la pequeña Sophie?

La niña aún estaría disgustada por haberla dejado atrapada en el pasadizo secreto.

—La mandaron a su habitación, signorina —contestó el soldado alzando una ceja mientras miraba a su compañero.

El otro guardia se encogió con una mueca sardónica y puso algo en la palma abierta del primer vigilante.

Ella pasó por alto la complicidad entre los dos hombres.

—Debo acudir a su lado, estará asustada. A estas alturas pensará que me han cogido *i fantasmi*.

Mientras empezaba a subir por las escaleras, el guardia negó con la cabeza.

—La han sacado del cuarto infantil y ahora se halla en la primera planta.

Nicoletta le sonrió:

—Gracias.

Sabía con exactitud la habitación horrenda a la que la habrían trasladado. Corrió por el pasillo saludando con la mano a la doncella de la que había tomado prestada antes la escoba. La mujer dejó de trabajar lo suficiente para alzar una mano como respuesta, sonrojándose al reparar en los dos guardias que la seguían.

Sophie estaba boca abajo sobre la gran cama, tan pequeña que apenas se la veía entre las colchas. Nicoletta se apresuró hasta ella y la cogió entre sus brazos, acunándola mientras la niña sollozaba acongojada como si se le partiera el corazón.

—¡Pensaba que te había matado! —dijo entre hipos, empapando con sus lágrimas el cuello y rostro de Nicoletta—. Lo lamento mucho.

—*Bambina.* —Ella la estrechó un poco más—. No hiciste nada malo. Hiciste justo lo que tenías que hacer. Don Scarletti te ordenó abrir la puerta y por supuesto tú tenías que hacer lo que te pedía.

Sophie levantó la cabeza, con aspecto desamparado.

—No puedo volver a salir de esta habitación. Zio Gino y papá me han prohibido volver a entrar en el pasadizo escondido. Dicen que era peligroso, tengo que quedarme ahora aquí para siempre, como castigo.

Gimió esto último con dramatismo.

La tierna boca de Nicoletta formó una curva.

—¿Quién te dijo que te quedaras en tu cuarto?

—Zio Gino.

Sophie no podía tener un aspecto más desconsolado.

Nicoletta se rió un poco.

—Maria Pia se quedará contigo, y yo iré a hablar con tu tío. Tal vez piense que ya has tenido suficiente castigo. Pero debes hacer caso de sus advertencias. No creo que i *fantasmi* guarden el pasadizo, pero es cierto que hay algunas trampas ahí que pueden poner en peligro tu vida. Tienes que prometerme que nunca volverás a entrar.

Sophie asintió con vigor, deseando prometer cualquier cosa a Nicoletta.

—Sécate las lágrimas, *bambina*, te sacaré pronto de tu prisión.

Revolvió el pelo de la niña e hizo pasar a Maria Pia a la habitación para que consolara a Sophie mientras ella salía.

Entonces se apresuró a regresar por el pasillo, haciendo una pequeña mueca a los dos guardias que tanto parecían divertirse con sus cosas.

—Apostar es pecado —les recordó con altivez, pero ninguno se mostró arrepentido en absoluto porque ella supiera a qué se dedicaban.

En vez de ello le sonrieron sin tapujos.

Una vez ante la puerta del estudio de don Scarletti, vaciló. De pronto le faltaba coraje, de repente se sentía insegura. Don Scarletti había sido más que amable con ella, pero tenía cierta reputación, y ella no era ciega al hecho de que se trataba de un hombre poderoso. Lo más probable era que se hubiera ganado esa reputación a lo largo de muchos años. Se mordió el labio con el tormento de su indecisión. Era obvio que no podía animar a Sophie a desafiar a su tío y salir de la habitación sin permiso. Dio unos toques con los pies descalzos sobre el suelo de baldosas siguiendo el ritmo de sus nervios. Scarletti ya había sido interrumpido antes, dejando a su importante visita para acudir al pasadizo en su rescate.

Miró por encima del hombro a los soldados. Estaban susurrándose, sin duda haciendo otra apuesta sobre sus próximas acciones. Se apresuró a llamar a la puerta antes de perder por completo el valor, fulminando con la mirada a los guardias mientras lo hacía. El mismo soldado tuvo que pasar el dinero perdido a su compañero. Ella alzó una ceja:

—Pensaba que habrías aprendido la primera vez.

El hombre estalló en risas. Giovanni abrió la puerta y justo encontró a su novia compartiendo el regocijo de los dos guardias. Con un sonoro suspiro, le rodeó la nuca con la palma de la mano mientras salía al pasillo, cerrando la puerta del estudio tras él, era obvio que para permitir cierta privacidad y anonimato a su visita. Le alzó el rostro con los pulgares.

—Una vez más te encuentro sin tu carabina, *cara mia*. ¿Te has escapado de signorina Sigmora otra vez? ¿Cómo consigues eludirla? Yo la encuentro bastante competente.

Aquel débil temblor traicionero empezaba de nuevo, desde lo más profundo de su ser. Dirigió una mirada a los guardias pero no sirvió de nada pues se apartaron para permitir cierta intimidad a su señor mientras trataba con su errante futura esposa. Giovanni la instó a acercarse hacia la fuerza dura de su cuerpo.

—Veo que has perdido otra vez los zapatos. ¿Qué es tan urgente, *piccola*, como para atreverte a visitar a *Il Demonio* en su guarida?

Acarició con el pulgar la delicada línea de su barbilla, para demorarse finalmente en el pulso que latía tan frenético.

Los ojos oscuros de la muchacha eran enormes mientras le miraba.

—No pienso en usted como *Il Demonio* —negó ella.

Giovanni alzó una ceja.

—¿De veras?

—Tal vez antes de conocerle —admitió, indefectiblemente sincera.

Él la contempló con cierta diversión maliciosa en lo más profundo de sus ojos negros.

—Tal vez me haya convertido en eso desde que te he conocido —le respondió insinuante.

Ella frunció el ceño.

—Creo que le gusta asustarme con su malicia, don Scarletti, pero la verdad es que no es tan sencillo asustarme. —Era cierto. Nadie más parecía asustarla como él lo hacía—. Tengo... tengo la necesidad de hablar con usted... sobre la orden recibida por sus hombres de probar lo que como y bebo. No deseo que nadie acabe enfermo por mi causa —se atrevió a decir, aún vacilando sobre si provocar su ira con la cuestión de la pequeña Sophie, prefiriendo que la tomara con ella primero.

Giovanni sacudió la cabeza con gesto adusto.

—No voy a retirar la orden, *cara mia*, ni siquiera para complacerte. Pero eso ya lo sabes. Sospecho que tenías otro motivo para venir aquí.

La muchacha le contempló atentamente un instante, dando con el pie en el suelo con nerviosismo. Parecía demasiado implacable. Suspiró con resignación; no quería reducir las posibilidades de libertad de Sophie. Pero en cualquier caso, él estaba observándola con aquella intensidad increíble; no estaba segura de poder seguir pensando con claridad mucho más rato.

—Me gustaría llevar conmigo al patio a la pequeña Sophie. Lamenta mucho su desobediencia, ya le he sermoneado sobre los peligros de los pasadizos, aunque creo que su *zio* Gino podría hacerle una demostración in situ, dado lo mucho que ella le respeta. En cualquier caso yo la animé a ayudarme, no es a ella a quien hay que castigar.

Scarletti se quedó observándola tanto rato que Nicoletta pensó que iba a derretirse. Estaba hipnotizada por la ardiente intensidad de su mirada. Era muy consciente del cuerpo de Giovanni, tan cerca del suyo que percibía el calor de su piel. De nuevo una corriente pareció formar un arco entre ellos, danzando como un rayo crepitante hasta que notó la piel tan sensible que le dolió de necesidad. La mirada de don Scarletti descendió hasta su boca, y ella sintió su cuerpo debilitarse. Las alas de mariposa de sus nervios rozaron las paredes del estómago; su cuerpo se contrajo con el calor acumulándose en su núcleo. Con sinceridad, no sabría decir quién fue el primero en moverse.

Entonces él pegó la boca a sus labios, ardiente, excitante, arrastrándola. Era una promesa oscura, erótica y sensual, que exigía una respuesta con la lengua en vez de pedirla con educación. Nicoletta se fundió con él, elástica y derretida, amoldando su cuerpo al suyo, percibiendo con claridad su erección. En vez de apartarse como debería, se deleitó en su propio poder, pues quería más, de repente anhelaba los secretos oscuros de Giovanni, los ansiaba con una necesidad tan fuerte que por dentro ardía. Fuego líquido. Calor fundido.

Notó los pechos hinchándose de deseo, oprimidos contra los voluminosos músculos del otro cuerpo, tensos por el contacto. El tejido delgado de la blusa parecía de súbito una barrera excesiva entre ellos. Su mente de pronto se llenó de imágenes: sus manos sobre la piel de Giovanni, la palma de él tomando su pecho, mientras con la boca le abrasaba la garganta y la piel desnuda un poco más abajo, hasta pegarse caliente y húmeda al pezón doliente. Le deseaba más de lo que había deseado nada en la vida.

Giovanni alzó la cabeza, con la mano rodeando todavía su nuca, ella apoyando aún su cuerpo en él.

—Te necesito, Nicoletta. —Su voz sonaba ronca y sensual—. ¡Dio! No creo que pueda esperar una noche más. Vete a llevar a esa niña al patio, y no te metas en más líos. Que signorina Sigmora permanezca contigo en todo momento, es tu única protección.

Notó el cuerpo de él temblando con el esfuerzo de dejarla ir. Una buena chica se habría sentido horrorizada por la conducta de don Scarletti, consternada y escandalizada por la de ella misma, pero Nicoletta sospechaba que no era tan buena chica como le habría gustado a Maria Pia. Deseaba las manos de Giovanni sobre su cuerpo, sabía que él la deseaba. A ella. A ninguna otra. Y el deseo casi le dejaba a él tan débil como a ella. Le sonrió mientras intentaba desesperadamente encontrar la manera de respirar.

Él gimió con suavidad.

—No puedes hacer eso, *piccola*. No puedes mirarme con tal confianza y necesidad en los ojos. —La besó en lo alto de la cabeza—. No soy de fiar si te tengo cerca. Vete a buscar a tu inútil carabina e insiste en que permanezca pegada a ti. —Giovanni la apartó con cuidado de él—. Prometo impresionar a Sophie lo suficiente como para que no vuelva a entrar en el pasadizo. Ahora vete mientras mantengo aún cierto respeto por mí mismo.

Nicoletta no se atrevió a mirar a los dos guardias, sabía que tendrían aquella sonrisita en la cara, pero en aquel momento no le importaba. Alzó la vista hacia don Scarletti, y por primera vez le tocó la barbilla ensombrecida con la punta de los dedos, con una leve caricia casi tierna. Desplazó la mirada por su rostro como embebiéndose de él.

Giovanni negó con la cabeza y se inclinó hasta acercar la boca junto a su oído.

—Creo que tal vez seas la bruja de la que habló Margerita, urdiendo tus sortilegios para cautivar a un simple hombre.

Le calentó la piel con el aliento y propagó pequeñas llamaradas vibrantes danzando por su sangre.

Por primera vez, a ella no le asustó la provocación. Volvió el rostro de modo que sus labios se movieron tentadores rozando los de él.

—Yo no le llamaría un «simple hombre», don Scarletti, eso nunca.

Era un roce de calor pecaminoso y sedoso, y mientras le susurraba sus bocas se tocaron. Movió el cuerpo contra él con necesidad inquieta.

El ardiente deseo ardía en los ojos del aristócrata como una tormenta de gran intensidad que les dejó a ambos si poder respirar.

Esta vez fue Nicoletta quien se apartó. Se volvió y se fue poco a poco por el pasillo, oscilando las caderas con invitación femenina. Don Scarletti no podía ser malo. Imposible. Por muchos rumores que circularan sobre el palacio y su señor, era incapaz de creer que él fuera un asesino, de corazón. Con la cabeza baja, sin mirar por donde iba, casi da un brinco cuando alguien la cogió por el brazo y la metió en un rincón.

Aterrizó contra la pared y se encontró mirando al abuelo de Giovanni. Parecía más enloquecido que nunca, con el rostro crispado por un ceño feroz y las pobladas cejas juntas formando una línea terrorífica. Por encima del hombro del anciano vio a los dos guardias acudiendo hacia ellos. Se apresuró a menear la mano para advertirles que retrocedieran. Lo hicieron de mala gana y permanecieron lo bastante cerca como para asistirla en caso necesario. Su presencia permitió relajarse a Nicoletta mientras el viejo la agarraba con fuerza sorprendente.

—Signore Scarletti. —Soltó una lenta exhalación—. ¿Algo va mal? Por favor, cuénteme, ya veo que está alterado.

El hombre la observaba temblando con terrible tensión, Nicoletta podía percatarse de ello.

—Debes marchar de este lugar de inmediato. No te acerques a ninguno de ellos, a ninguno de nosotros. ¡Márchate mientras estés viva! —Clavó los dedos en ella—. ¡Si te quedas aquí, morirás sin duda!

La apartó de él y volvió a alejarse a toda prisa, intentando agredir a los guardias con el bastón para que no le alcanzaran.

Nicoletta tuvo que recostarse en la pared mientras observaba al hombre alejarse deprisa. Su voz había sonado ronca a causa del miedo y le advertía que se mantuviera alejada de todos los hombres de la familia Scarletti, incluso de él mismo. ¿Qué significaba eso? ¿Podía equivocarse tanto con Giovanni? ¿Eran propensos a la locura en esta familia? ¿Tenían dos caras estos hombres? ¿Ángel y demonio? Se frotó distraída las marcas de los dedos en su brazo. ¿De dónde sacaba tal fuerza el anciano? Había advertido también que don Scarletti parecía ser anormalmente fuerte. ¿Era un rasgo familiar así como la locura?

Uno de los guardias se aproximó solícito.

—¿La ha lastimado?

Negó con la cabeza.

—No ha pretendido hacerme daño, todo lo contrario, intentaba ser agradable.

Sabía que el anciano había contusionado su piel al agarrarla con tanta fuerza, pero parecía desesperado por lograr que le creyera.

—Debo informar de esto al don, signorina. —El guardia habló tranquilo, consciente de que ella se opondría—. Es nuestro deber.

Nicoletta se retorció las manos.

—¿De verdad? En realidad no me ha hecho daño, no quiero que reciba un sermón, y don Scarletti parece muy...

Su voz se apagó, buscando las palabras correctas.

—Protector con usted —apuntó el guardia—. Seré cauteloso en la manera de transmitir mi informe.

—Grazie —respondió, y se incorporó separándose de la pared.

Más impresionada de lo que quería admitir por el encuentro, continuó apresuradamente por el pasillo hasta llegar a la seguridad de la habitación de Sophie.

La alcoba era muy parecida a lo que recordaba, pero sin la araña en el techo. Con la luz del día no resultaba tan inquietante. Nicoletta sonrió a la niña que la esperaba.

—Tu tío Gino ha dicho que puedes salir al patio conmigo, bambina.

El rostro de Sophie se animó.

—¡Sabía que lo conseguirías!

Ella le tendió una mano, evitando ex profeso mirar a Maria Pia. La mujer la conocía muy bien y sabría que algo la había molestado.

—Yo también me muero de ganas por salir.

Intentó sonar entusiasta, pero de pronto estaba asustada.

El abuelo Scarletti había logrado aterrorizarla. Intentó dominar su mente acelerada, pero parecía imposible. Su imaginación corría desbocada mientras salían al exterior. El palacio parecía una entidad viva que respiraba, por completo maligna para ella. No quería sentirse así; quería sentirse en casa.

—Estás muy callada, *piccola* —dijo Maria Pia pensativa mientras andaban.

Nicoletta inspiró una profunda bocanada y alzó la vista hacia las nubes que se arremolinaban en el cielo azul. Ningún ave de mal agüero daba vueltas sobre el laberinto. El viento no traía ningún mensaje de lesiones o enfermedad. La opresión en su pecho empezó a aliviarse poco a poco. Era imposible que Cristano estuviera muerto o moribundo en el laberinto y, fiel a su palabra, don Scarletti tenía a sus soldados moviéndose entre los altos setos. Alcanzaba a oír sus voces llamándose unos a otros. En lo alto de las murallas, otros soldados empleaban catalejos en un intento de inspeccionar el laberinto desde arriba.

—Y bien, aquí está mi futura cuñada.

Vincente, junto con Antonello, salió del pasillo de arbustos verdes para acercarse a ella. Ambos hicieron una inclinación cortés, Vincente con elegancia, Antonello más apresurado, como si no estuviera con demasiada frecuencia en compañía de damas.

Nicoletta les sonrió.

—¿Los dos han estado buscando a Cristano?

Antonello se agitó con inquietud; ella observó las sombras que se perseguían cruzando su rostro. Hizo un gesto de asentimiento, pero evitó sus ojos. Vincente se encogió de hombros con despreocupación.

—No creo que esté en el laberinto. Ya le habríamos encontrado. Los hombres de Gino son muy meticulosos.

Nicoletta mostró su conformidad e indicó con la cabeza a los soldados en lo alto de la terraza superior.

—¿Alguien le ha dicho a Margerita que Cristano ha desaparecido? Ella estaba en el balcón ayer, la vi. Es posible que avistara algo desde ahí arriba, tal vez viera marcharse a Cristano. —Miró a Vincente—. Si se lo pregunta igual se lo cuenta.

Tuvo cuidado de elegir las palabras para no ofender a nadie. La joven mostraría su desprecio si ella acudía a pedirle información. Había conocido antes a miembros de la nobleza como Margerita. Se sentían autorizados a decir o hacer cualquier cosa con los de baja cuna.

Los rasgos apuestos de Vincente se ensombrecieron visiblemente y los ojos le centellearon. Por primera vez, le recordó a su hermano mayor.

—Si vio algo y nos oculta la información para tenerte angustiada, se lo recriminaré —prometió.

Antonello se mostró más incómodo que nunca.

—Yo hablaré con ella, Vincente —dijo en un tono tan bajo que era un mero hilo de sonido—. La hija de Portia puede llegar a ser tan obstinada como su madre.

—Hará lo que le ordene, y desde luego Portia insistirá en que coopere —respondió Vincente—. Esa jovencita está demasiado consentida.

—Es posible que no viera nada fuera de lo habitual, tal vez ni siquiera esté enterada de la ausencia de Cristano —comentó Nicoletta temerosa de estar metiendo a la chica en problemas.

—Está enterada —dijo Vincente frunciendo el ceño. Parecía aún más guapo con ese gesto—. No te empeñes en sentir lástima por ella, Nicoletta. Margerita vive para atormentar a los demás. Yo me ocuparé de ella.

Antonello suspiró.

—No te apures por Margerita, Nicoletta. Tengo que dar la razón a mi hermano. Es bastante capaz de callarse información sólo por despecho. No te quiere aquí. Es joven, está malcriada y acostumbrada a ser el centro de atención.

Se frotó la nariz pensativo, soltando el aliento con un gran suspiro como si hablar fuera un asunto angustioso.

Vincente asintió mostrando conformidad.

—Es espantoso cómo la hemos malcriado todos. Pongo sumo cuidado ahora con mi hija para que no sea como ella. A veces temo pasarme de estricto. —Miró con afecto a su pequeña, que brincaba de deleite cerca de una explosión de flores—. Quiero que sea buena además de guapa, como su madre.

Se atragantó al pronunciar esta palabra, y apartó la mirada deprisa, pero Nicoletta alcanzó a ver el relumbre de las lágrimas en sus ojos y se sintió conmovida.

Antonello descansó la mano en el hombro de su hermano pequeño durante un momento. Vincente suspiró y sacudió la cabeza.

—Confío en los consejos de Portia, pero resulta muy difícil resistirse a las lágrimas de Sophie cuando quiere algo.

Nicoletta se mordió con fuerza el labio inferior para no comentar que Portia no se había lucido mucho criando a su propia hija.

—¿Qué le sucedió al padre de Margerita? —preguntó para cambiar de tema.

Antonello se mostró acongojado con aquella pregunta. Fue Vincente quien respondió.

—Portia se crió con nosotros aquí en el palacio bajo la tutela de mi padre. Es una prima distante. Otro primo, el hijo de un hermano de *mio padre*, pasaba temporadas aquí también. Se casó con Portia y tuvieron a Margerita. Nos llevábamos muy bien con él, pero se puso enfermo y poco a poco se consumió. Portia no se separó nunca de su lado, ni un momento. Le cuidó ella misma, incluso le alimentaba, pero pese a todas sus atenciones no consiguió salvarle...

La voz de Vincente se apagó.

Nicoletta notó un escalofrío, y tiritó con violencia. Tanta muerte en el palacio. ¿Por qué no habían llamado a la curandera del pueblo cuando el hombre empezó a consumirse? Notó una opresión en el corazón y se apartó de los hermanos Scarletti. Ambos parecían tan afectuosos y comprensivos, pero no se fiaba de ninguno de los dos. De nadie. La sensación de peligro era cada vez más marcada, lo que contaban no sonaba convincente. Cada vez que miraba directamente a Antonello, él apartaba la vista. Vincente parecía el caso contrario, pues encontraba su mirada casi con demasiado descaro.

Entonces estudió a Antonello. Tenía la misma constitución que los otros dos hermanos Scarletti, alto y elegante, con músculos fibrosos y elocuentes ojos negros. Su aspecto era un poco más descuidado, aunque esta vez llevaba la ropa inmaculada. Se mordió el labio otra vez y abrió mucho los ojos con el recuerdo repentino: ¡la ropa de Antonello también estaba manchada de sangre el día anterior cuando salió del laberinto! Lo recordaba con claridad. Llevaba ropa de caza cubierta de manchas oscuras, muy parecidas a las de meses atrás cuando le conoció por primera vez. Retrocedió, apartándose con pasos cortos apenas apreciables, pero su piel había empalidecido bajo el tono dorado habitual.

Vincente se volvió para mirar a su hermano con más atención, pues era obvio que había leído el rostro transparente de Nicoletta.

—Ayer tenías mal aspecto cuando llegaste, Anton. ¿Qué sucedió?

Antonello se mostró más incómodo que nunca. Se encogió de hombros, evitando una vez más los ojos de Nicoletta.

—Gino me mandó a ocuparme de algunos asuntos que se demoraron más de lo esperado. De regreso a casa estuve cazando.

Vincente alzó una ceja mirando a su hermano.

—Sigues con tus tonterías de siempre, donando en secreto carne a las viudas y huérfanos del pueblo. Antonello se ve como el gran salvador de los oprimidos —explicó con voz afectuosa en vez de desdeñosa, pero Nicoletta de repente se puso como la grana.

Se había visto favorecida por la carne fresca de un donante anónimo. Tenía la certeza de que Antonello había sido quien se la había proporcionado a ella y a Maria Pia.

Vincente continuaba mirando a su hermano con el ceño fruncido. Al final Antonello respondió:

—A veces es como pago los servicios prestados, Vincente. La gente nos brinda demasiado. Tú no aprecias todo cuanto hacen.

Vincente alzó la mano y se rindió entre risas.

—Ya hemos oído esta disertación en más de una ocasión. Pasemos a otro sermón, por favor. —Hizo una inclinación en dirección a Nicoletta con una mueca burlona en el rostro—. Ya veo que Gino está padeciendo la famosa maldición Scarletti. Los celos nos dominan.

Hizo una indicación con la cabeza en dirección al estudio y al hombre que miraba hacia el patio desde sus ventanas.

Giovanni permanecía muy quieto con los brazos tras la espalda, observando todo con su mirada oscura de halcón. Permaneció inmóvil, aunque ella detectó en las sombras de la habitación tras él que no estaba solo. Su visita gesticulaba y hablaba, unos gestos inútiles pues Giovanni no miraba. Sin duda escuchaba con atención de todos modos; Nicoletta no podía imaginar otra cosa.

—Estamos marcados por una terrible maldición —explicó Vincente—. No puedes culparle, se nos calienta la sangre en lo que respecta a nuestras mujeres. No es tan fácil atraer y mantener la atención de un Scarletti, pero amamos una sola vez y no toleramos que otro hombre se acerque a nuestro ser querido.

El tono con que pronunció las palabras, casi amenazador, le provocó un escalofrío.

Nicoletta se frotó los brazos desnudos. Antonello exclamó en voz baja y estiró la mano para tocarle el brazo superior.

—¡Tienes magulladuras!

Alzó la vista hacia su hermano mayor, de pie sin moverse en la ventana. Algo aterrador relumbró en los ojos de Antonello, algo que le recordó al propio Giovanni.

Vincente volvió la atención de nuevo a ella, después de observar a su hija dando vueltas a la fuente del patio, saltando y cantando feliz.

—¿Magulladuras? ¿Quién te ha dejado todas esas señales en la piel? —También él dirigió una mirada a su hermano mayor—. *¡Dio!* No lo creo de él. No lo creeré nunca de él, por muchos rumores que corran, nunca trataría mal a una mujer. Pero no puedes jugar con sus sentimientos —advirtió a Nicoletta con severidad—. Debes mantenerte apartada de otros hombres. Marcas como esas revelan pasión. Buena o mala, pero pasión de todos modos.

Nicoletta se puso roja como un tomate, el rubor se extendió por el cuello y la cara. Fulminó a Giovanni con ojos centelleantes.

—¡Cómo se atreve a acusarme de conducta desvergonzada! —Hizo una indicación en dirección a los guardias—. No tendría ocasión aunque tuviera tal inclinación. —Alzó la barbilla con altivez—. Disculpen que les deje, señores.

Hizo una inclinación formal ante los dos hermanos y se alejó a buen paso con la espalda recta como una vara. La ira bullía en lo más profundo de ella. ¡Ese Vincente era capaz de acusarla y dar a entender, como la mayoría de hombres, que cualquier coqueteo era culpa suya! ¡Marcas de pasión! ¿Quién podía llamar así a unos moratones?

Marchó airada hacia Maria Pia, más enojada a cada paso que daba. No le satisfacía en absoluto la justificación de Antonello respecto a la sangre en su ropa; se mostraba demasiado evasivo para su gusto. ¡Y Vincente! Era arrogante, un auténtico aristócrata en su actitud hacia la gente que vivía en las tierras de los Scarletti. Peor aún, no podía perdonarle el hecho de que sacara el tema en el que ella no quería pensar, el temor que rondaba los límites de su conciencia.

La maldición de la familia Scarletti. Había crecido oyendo los rumores sobre locura y celos. Era una creencia extendida que el abuelo de Giovanni había estrangulado a su esposa en un ataque rabioso de celos. Vincente sonaba muy inquietante, casi como si le advirtiera de modo muy parecido a su abuelo. Un enigma que debería resolver. Y necesitaba resolverlo, pues bien podría costarle la vida.

—Hermanita. —Vincente salió tras ella—. Te pido que me perdones si pensabas que te acusaba de mala actitud. En absoluto. Quería aconsejarte sobre tu comportamiento sencillamente porque no conoces el extraño acaloramiento que experimenta nuestra sangre Scarletti. Sólo estoy atento a mi hermano y a ti.

Nicoletta miró por encima del hombro a Antonello, que estaba muy quieto. Miraba a su hermano mayor, que aún les observaba con solemnidad.

—Don Scarletti no es responsable de estas magulladuras porque estuviera furioso ni por ningún otro motivo. Creo que se sentiría insultado sólo por el hecho de que pueda pensarlo, igual que yo me siento insultada porque piense que otro hombre haya provocado esas marcas por el motivo que insinúa. Es impropio de un caballero y muy poco decoroso por su parte, signore.

—Sólo quería ser de utilidad —contestó Vincente reconviniéndola con la mirada mientras hacia otra inclinación—. Mejor no pelearnos, hermana.

Supuso que en realidad no era culpa de Vincente que hubiera despertado el verdadero miedo que le provocaba su boda con don Scarletti. Había detectado los arrebatos de celos de Giovanni, había percibido en su mente la furia oscura cuando la veía con otros hombres, incluso con sus propios hermanos.

Era por completo posible que la locura fuera un rasgo marcado en la sangre de los Scarletti, tal y como habían advertido Vincente y el viejo signore Scarletti. Podía pasar por alto un aviso, pero sería necio por su parte desestimar ambos. Alzó la barbilla y se volvió para mirar las ventanas donde se hallaba Giovanni.

Sus miradas se encontraron desde la distancia, los ojos de ella preocupados y llenos de agitación; los de él insondables, imposibles de interpretar. Al día siguiente sus vidas quedarían unidas para siempre. Viviría en el palacio rodeada de artesanía siniestra y ojos observadores, y también rodeada de enemigos, pero sin saber quiénes eran o por qué la odiaban.

Nicoletta se volvió y observó el gran laberinto con sus recodos y giros. Le recordó su propia situación, la senda en la que se encontraba involuntariamente, con callejones sin salida a cada paso que daba, sin una solución segura. Recorrió la distancia que le separaba de Maria Pia y la rodeó con sus brazos.

La mujer supo de inmediato lo que necesitaba la muchacha, y la abrazó con fuerza sin mediar palabra. Sophie también percibió que su amiga necesitaba consuelo y dejó de jugar para acudir corriendo y rodear con todas sus fuerzas las piernas de Nicoletta.

Capítulo *12*

La mañana de su boda, Nicoletta regresó al *villagio* a primera hora. Iba escoltada por varios guardias, hombres toscos con rostros duros decididos a hacer lo que su señor les ordenara. Sophie había soltado grandes lagrimones incontenibles al verse separada de su amiga, pese a ser algo temporal, pero le negaron el permiso para acompañarla al pueblo. La niña había dormido segura en la habitación de Nicoletta, sin distracciones de las voces que le murmuraban en la antigua alcoba.

Nicoletta inspiró el viento, el aire fresco que llegaba de las montañas, y la sensación de libertad fue tremenda.

—Siento que puedo respirar otra vez —confesó a Maria Pia.

—Sé a qué te refieres —admitió la mujer mayor. Mantenía una expresión grave en el rostro—. Una vez que te cases con el don, ya no podré seguir en el palacio. Esta noche es la última que hago de carabina; luego no seré de utilidad alguna y me obligarán a marchar.

Nicoletta rodeó con los brazos a la otra mujer.

—Eres mi *famiglia*. No quiero que corras peligro alguno. Yo también quiero estar contigo, pero no quiero verte donde el mal acecha en cada pasillo y embruja las alcobas. Hay algo en el *palazzo* que no está bien, y hasta que no pueda averiguar de qué se trata, mejor no poner en peligro tu vida —dijo demostrando una gran firmeza.

Maria Pia encogió sus hombros estrechos.

—Juntas estamos más seguras, preferiría quedarme en el palacio.

—Bajó la cabeza para ocultar el repentino brillo de lágrimas—. Me sentiré muy sola sin ti.

—He estado intentando encontrar una solución para los miedos de Sophie —explicó Nicoletta pensativa. Saludó a las chicas del pueblo que esperaban su llegada—. Tendré mi propia alcoba, por supuesto, y cuento con que Sophie se colará a menudo en mi cama, pero preferiría que alguien durmiera con ella de forma habitual. Me contó que había oído susurros amenazadores en su habitación...

—Bobadas. —Maria Pia intentaba que se callara—. Entre los criados dicen que la niña oye voces igual que las oía su madre. Lo lleva en la sangre. —Vaciló por un instante—. Dicen que en realidad con la maldición Scarletti es la mujer quien se vuelve loca y tienen que encerrarla en la torre. Otros cuentan que los hombres Scarletti se vuelven extremadamente celosos y asesinan a sus esposas.

Repitió los rumores agoreros con voz fatalista.

—Yo no estoy loca, Maria Pia, y oí los susurros en el dormitorio de la pequeña Sophie la noche en que cayó la araña del techo. Tú estabas dormida, pero yo los oí igual que ella. Esas voces son reales, no es su imaginación. Creo que la niña corre peligro, pero desconozco el motivo. Nadie va a creerla. —Nicoletta concentró todo el poder de su mirada solemne en la mujer—. Nos necesita mucho, Maria Pia, si estás dispuesta a correr ese peligro.

La curandera sólo tuvo tiempo de asentir con la cabeza antes de encontrarse rodeadas por el grupo de jóvenes risueñas que las arrastraron hasta los baños comunitarios. Los hombres disponían del otro lado del edificio de esos baños, quedando separado por el largo vestíbulo de encuentro donde se celebraban con frecuencia las festividades locales. Unas voluminosas piedras formaban la gran bañera comunal llena del agua de lluvia que se recogía, fría y tonificante. Las mujeres se reían y cuchicheaban burlándose de Nicoletta sin piedad.

El cielo era de un azul intenso y la brisa del mar soplaba constante y fresca. Las nubes oscuras se asomaban más allá de la bahía, pero sus formas fluían despacio, como perezosas, inseguras de querer viajar tierra adentro. Los pájaros cantaban entre sí alegres y los árboles se balanceaban suavemente siguiendo la melodía.

Nicoletta se esforzó por participar del regocijo general, pues sabía que todo era en su honor, pero la dominaba un terrible temor que ensombrecía lo que debería haber sido la ocasión más memorable de su vida. Todas aquellas bromas no aliviaban la inquietud natural por lo que sucedía entre un marido y una esposa; las insinuaciones sexuales sólo servían para intensificar el miedo a lo que estaba por llegar.

Mientras le acicalaban el pelo y el cuerpo, Nicoletta contempló las colinas atrayentes, pues deseaba con desesperación salir corriendo para ponerse a salvo. Se hallaban muy cerca, no le llevaría nada visitar su precioso jardín, arreglar las plantas durante tan sólo una hora o dos para escapar de las miradas, la risa y los susurros de las mujeres que cuchicheaban a su espalda. Alcanzó a oír a dos de las chicas comentando con maldad la maldición Scarletti e incluso especulando sobre si Nicoletta sobreviviría este año. Despechadas tras no haber sido elegidas por el don, se aseguraban de que la novia escuchara sus comentarios.

Sabía que no creían en realidad que corriera peligro. Giovanni Scarletti era apuesto, rico y poderoso; el dinero y la posición eran lo único en que pensaban esas mujeres o lo que les importaba. Pero Nicoletta era consciente de los peligros del palacio, de un mal que, si no descubría su identidad, se la tragaría como a tantas otras antes que ella.

Estiró los brazos obediente mientras la vestían con el exquisito vestido blanco que las costureras de don Scarletti habían confeccionado. Las chicas soltaron un resuello de admiración. Ninguna de ellas había visto una prenda tan magnífica en su vida. Pero Nicoletta mantenía la mente en las colinas, en la libertad, en el viento y el mar.

Mi novia no puede echarse a correr el día de la boda.

La voz llegó de la nada. Suave, como una caricia. El sonido de la voz de Giovanni rozó seductor las paredes de su mente, provocando un vuelco en su corazón. Asustaba que pudiera hacer eso. No era sólo la voz lo que alteraba su mente; aunque fuera algo íntimo y reconfortante a veces, también era la manera en que conseguía fundir sus huesos con tal facilidad, calentar su sangre y hacerle sentir cosas que le aterrorizaba sentir.

La volvía vulnerable, sin control alguno. Nicoletta se retorció los dedos nerviosa. La voz volvió a surgir, invitándola a reírse esta vez. *¿Están haciendo bromas sobre nuestra noche de bodas? ¿Intentan asustarte a posta con los detalles? Cara, conmigo estás segura, a salvo por completo.*

¿Estaba a salvo con él? ¿Volvería a estar a salvo alguna vez después de unirse a él? No lo sabía. Sólo podía sentir el terrible horror en su corazón, la premonición, la sensación de que algo malévolo permanecía agazapado, como las gárgolas instaladas en lo alto del palacio. A la espera. Vigilantes. Haciendo tiempo.

—Nicoletta, te has quedado muy pálida —dijo Maria Pia—. ¿Te has puesto enferma, *bambina*?

Antes de que la muchacha pudiera expresar sus temores, Ketsia se acercó a toda prisa, con los brazos repletos de coronas de flores para todas las muchachas.

—¡Qué guapa estás, Nicoletta, la novia más hermosa que he visto!

Consiguió esbozar una sonrisita mientras miraba a la niña. El rostro de la cría se llenó de alegría y excitación, y sus ojos centellearon expectantes. Todas las mujeres llevaban sus mejores vestidos, bien limpios, y flores en el pelo. Ketsia estiró los brazos llena de euforia.

—Qué guapo está todo el mundo hoy.

Una sonrisa alcanzó esta vez los ojos de Nicoletta. ¿Quién podía resistirse a la alegría genuina de Ketsia?

La pequeña tocó el vestido de novia con timidez. Nunca había visto algo así.

—Pareces una princesa, Nicoletta —dijo llena de asombro.

Entonces se levantó las largas faldas del vestido y enseñó sus pies descalzos.

—He olvidado algo importante. —Arqueó su delicada ceja y agitó las largas pestañas—. ¿Crees que podrías ayudarme a buscar las sandalias?

Ketsia soltó una risita, que levantó considerablemente el ánimo de su amiga.

—Ahora tienes unos zapatos preciosos, Nicoletta. Debes ponértelos para casarte con don Scarletti.

—Estaba pensando que mi vestido es lo bastante largo como para que nadie sepa que voy descalza, Ketsia.

La muchacha negó con la cabeza sin pensárselo:

—Don Scarletti lo sabrá. Nos dijo a mí y a Sophie que nos aseguráramos de recordarte lo de los zapatos. Pienso que se fijará para asegurarse que los llevas puestos.

Nicoletta hizo todo lo posible para continuar seria.

—¿De modo que crees que es de gran importancia para él?

—Oh, sí, Nicoletta. Él presta atención a todos los detalles. Seguro que se da cuenta.

Nicoletta anhelaba el alivio de la voz de Giovanni, pero era preocupante que necesitara oírle, sentir su contacto rozando las paredes de su mente.

Maria Pia la observaba con atención. Ella hizo un esfuerzo por sonreírle y disimular la desazón que la dominaba de nuevo. Alzó la vista al cielo, a las nubes que llegaban del mar, a los árboles oscilando lentamente con la brisa. De repente se quedó paralizada, el corazón casi se le para al descubrir al cuervo posado en lo alto de las ramas a cierta distancia, observándola con sus ojos redondos y brillantes. La luz del sol destelló sobre las plumas relucientes de su lomo y, en cuanto descubrió que había captado su atención, abrió el pico para proferir un solo graznido de advertencia.

El corazón de Nicoletta empezó a latir con fuerza y aceleración. Aun sin la presencia del ave ya había sabido que un peligro se cernía sobre ella, una premonición siniestra y tenebrosa que no desaparecía. Por mucho que intentara participar del regocijo a su alrededor, esa sombra en lo profundo de ella auguraba peligro.

—¡Ya viene, ya viene! —El anuncio resonó por todos los rincones del *villagio*—. ¡Ya viene don Scarletti!

Risas y voces se multiplicaron en torno a ella, que percibió el pánico de la excitación. Los lugareños se apresuraron a unirse al séquito del casamiento que empezaba a abrirse camino hacia la catedral.

Maria Pia soltó un jadeo y tiró del brazo de Nicoletta.

—¡*Presto, bambina*! No puede verte, trae mala suerte.

Se apresuró a santiguarse y bendijo a Nicoletta antes de tirar de ella hacia el carruaje cubierto que las trasladaría hasta la catedral.

Ketsia corría a su lado.

—¡Los zapatos, signorina Sigmora! ¡Debe llevar los zapatos!

—Los tengo, Ketsia —la tranquilizó Maria Pia—. No he querido arriesgarme esta vez. Estás preciosa hoy con el vestido nuevo.

Nicoletta miró con atención a la niña y al instante se avergonzó de su propia preocupación. Ketsia llevaba un atuendo precioso, y era evidente que lo había encargado don Scarletti para ella. Seguro que era emocionante para la muchacha verse distinguida por un trato tan especial.

—Estás guapa de verdad, Ketsia —dijo con sinceridad. Estiró una mano para ajustar la corona de flores sobre la cabeza de la chica—. Es un honor contar con tu ayuda en este día. *Grazie.*

Ketsia sonrió radiante al oír el cumplido.

—Debe ponerse el velo para que él no le vea el rostro antes de la ceremonia —dijo a Maria Pia con gran solemnidad, poniendo voz de mayor—. ¿Se lo recordará, signora Sigmora?

La mujer asintió conforme mientras Ketsia se adelantaba a toda prisa y Nicoletta se quitaba el polvo de los pies antes de ponerse los zapatos. La mujer arregló el velo en torno al rostro de su protegida y dejó caer las pesadas cortinas para bloquear el interior del coche a las miradas curiosas.

Nicoletta se agarró los dedos con fuerza sobre el regazo mientras el cochero cerraba la puerta, dejándola a solas con Maria Pia. Percibía los fuertes latidos de su corazón en los oídos, como el ritmo de un tambor de aviso. Se sentó en silencio con la cabeza inclinada, intentando rezar con desesperación, buscando a la Madonna misericordiosa como le recomendaba tantas veces Maria Pia en momentos de crisis. El aire del carruaje parecía haberse consumido, sin dejarle nada que respirar.

No te diriges hacia tu muerte, piccola, sólo acudes junto a tu marido. ¿Acaso soy tan terrible? Tu miedo acabará asfixiándonos a los dos.

La voz masculina sonaba ronca y sensual en su mente. Percibió un calor peculiar introduciéndose en el frío de la boca de su estómago, avanzando por ella como una nube errante, calentándola poco a poco.

Vuelves a contener la respiración. ¿Crees que tu marido está maldito como te dicen tus amigas? Cara mia. Una nota de diversión apareció en el timbre sensual de su voz. *Si pretendiera estrangularte, lo habría hecho cuando me obligaste a perseguirte por las montañas aquella noche de tanto frío.*

La estaba invitando descaradamente a compartir su diversión por los rumores que otros propagaban sobre él. Sobre su familia.

El movimiento del carruaje activó de nuevo sus pensamientos, que seguían clavados en su mente como una daga. Su familia. Alguien había estrangulado a su abuela, asesinada por la mano de un hombre, pero no habían responsabilizado a nadie. Su propia madre y su tía habían muerto de manera brutal en el *Palazzo della Morte.* ¿Y qué había de la joven esposa de Vincente, Angelita? Casi nadie hablaba de su muerte. El marido de Portia había fallecido consumido por una enfermedad, aun así no habían llamado a la curandera para que acudiera al palacio. El viento parecía cobrar intensidad como si reflejara sus pensamientos, zarandeando el carruaje y silbando con fuerza.

¿Por qué Giovanni Scarletti no había percibido el mal que asolaba su casa? Incluso Maria Pia lo sentía, y ella no tenía un solo gramo de sangre «diferente» corriendo por sus venas.

¿Por qué crees que no lo he sentido? Esta vez no había risa en su voz, ni tentación pecaminosa. Sonaba más serio que nunca. *Llevo sintiéndolo más de media vida. Es algo que debemos soportar, no tenemos otra opción.*

¿Soportar? Nicoletta casi se cae del asiento cuando el carruaje se detuvo de súbito. Al instante su corazón empezó otra vez a latir con fuerza. Tendría que soportar lo que su marido le ordenara. En cuanto estuviera unida a él, sería suya en cuerpo y alma. Su mano voló hasta el pasador de la puerta del carruaje, casi por propia iniciativa.

Una risa suave reverberó en su mente.

Me encuentro justo al lado del carruaje montando mi corcel, piccola. ¿Estás pensando en dejarnos atrás vestida con tus mejores galas? Me vería obligado a traerte de vuelta de un modo de lo más «indecoroso».

Una vez más su voz sonaba sensual, era una invitación burlona a unírsele en la intimidad intencionada de su fusión mental.

Nicoletta se hundió contra el asiento. No sería tan necia como para salir corriendo como un conejillo y ofrecer diversión a todos sus soldados. No le costaba imaginarse a los miembros de la guardia de elite apostando a si intentaría escapar a su destino o no. Cerró los ojos y centró los pensamientos en Giovanni, aferrándose a los recuerdos de él como un barco a su ancla. Era amable con ella, también con Sophie y Ketsia; retuvo esos pensamientos, los retuvo bien próximos.

Cuando la portezuela del carruaje se abrió por fin, la ayudó a bajar un guardia al que reconoció de inmediato como uno de sus escoltas habituales. Francesco, así había oído que lo llamaban. Le sonrió lánguidamente mientras él hacía una inclinación cortés. El soldado notó su temblor al rodearle los dedos.

—Hace un buen día para la boda —susurró dándole ánimos.

Llevaba ya un rato encerrada en el carruaje, por lo que agradeció levantarse y estirar las piernas. Mientras alzaba el rostro cubierto por el velo, a través del encaje alcanzó a ver las nubes oscuras encima de su cabeza. Aunque habían cubierto el cielo poco a poco, ahora se juntaban sobre la iglesia, deteniéndose ahí como si el viento de pronto hubiera cesado. Nicoletta apretó los dedos en torno a la mano del guardia, pero no pudo impedir que se le escapara un leve sonido de angustia. El cuervo se había posado sobre la misma punta del arco de entrada de la catedral.

El guardia miró las nubes que se arremolinaban, y se inclinó hacia ella.

—Me he apostado la paga a que tendrá coraje. —Su voz era apenas audible entre el ruido leve de los cascos de los caballos inquietos—. Hay quien piensa que no tendrá coraje suficiente para llegar andando hasta don Scarletti, pero sé que así será.

Con mucho cuidado la ayudó a avanzar por el terreno desigual, a través de la multitud de aldeanos que esperaban, para dirigirse hasta los peldaños de mármol de la iglesia.

Nicoletta se sintió agradecida por su apoyo. Le costaba pensar, incluso respirar, con los ojos de tanta gente fijos en ella, aunque la mayoría eran amigos y deseaban su felicidad. Enderezó los hombros y alzó la barbilla. Todo el pueblo se apretujaba a ambos lados del sendero que llevaba hasta la catedral, las chicas empujándose vestidas con sus mejores galas, los hombres saludando con el brazo y deseándole lo mejor. También había algunas personas a las que no reconocía, con sus rostros formando una masa borrosa, y tuvo miedo de desmayarse.

Una vez más Francesco la rescató.

—Si no aguanta toda la ceremonia, mi *famiglia* va a quedarse sin comer mucho tiempo. Valor.

Nicoletta quiso reírse de sus tonterías, pero estaban rodeados por demasiada gente, y el miedo la asfixiaba. No obstante, las palabras del soldado le levantaron el ánimo lo suficiente como para llegar hasta sus damas, esperándola en la entrada.

—No es posible que tu familia pase hambre porque pierdas la paga —murmuró sin mirarle.

Ahora contemplaba el interior de la caverna enorme de la santa casa, con el corazón latiendo con tal fuerza que sintió miedo de que le saliera del cuerpo. Ketsia, de la mano de Sophie, esperaba para colocarse tras ella mientras ascendía la amplia escalinata.

Por delante, con la puerta doble de la catedral abierta de par en par y el profundo interior ensombrecido, la multitud parecía enorme, resultaba imposible distinguir a los individuos. Era la *aristocrazia*, que llenaba los bancos mientras su gente esperaba fuera. Nicoletta caminó como en un sueño, colocando un pie delante del otro escaleras arriba, en dirección a un destino del que no confiaba escapar.

Se encontraba ya en la catedral y no obstante era incapaz de ver las esculturas recargadas, los arcos, las altas ventanas con vidrieras. Pero le veía a él. Don Scarletti, que permanecía a la espera en el altar, abrumando toda la enorme iglesia con su presencia. Estaba vuelto hacia ella, y sus miradas se encontraron a través del velo de encaje. Alto y apuesto, iba vestido con prendas elegantes. Sus hombros parecían más anchos de lo que recordaba, sus brazos y pecho más amplios. El aura de poder que desprendía llenaba la enorme catedral de tal manera que allí sólo parecía estar don Scarletti.

Su mirada implacable la obligaba a avanzar. No tenía otra opción. Él la hipnotizaba para que obedeciera, y avanzaba hacia él siguiendo el son del tambor de su corazón aterrorizado. Había una extraña quietud en la catedral, como si el velo de silencio hubiera descendido, no por veneración sino por una expectación horrorizada. El sonido del viento penetró el edificio con un golpe repentino en las ventanas. En el exterior, un gemido se elevó de la multitud vapuleada por el viento, por su asalto inesperado, penetrante y frío. La ventisca se levantó con un aullido lastimero que recorrió precipitadamente la iglesia como una espiral gélida con un presagio de desastre.

Los soldados se apresuraron a cerrar las puertas para contener la violencia de la tormenta que llegaba veloz ahora desde el mar. Dejaron también fuera a los vecinos de Nicoletta. Aun así no se podía bloquear el sonido, mientras las ventanas golpeteaban y el edificio parecía temblar bajo el embate. Giovanni continuaba quieto con la mirada fija en los ojos de Nicoletta, y a ella no le quedaba otro remedio que mantener pegada su mirada, atrapada ahí, retenida como prisionera. Pese a la manera en que protestaba la naturaleza por su unión, se sentía constreñida a seguir adelante.

La tierra se bamboleó entonces con una onda bajo sus pies, una oleada de desaprobación perceptible en toda la iglesia. Se oyó un jadeo colectivo y varias mujeres empezaron a llorar. Nicoletta sintió entonces como si la tierra intentara romper el hechizo impuro de Scarletti sobre ella. Titubeó, pero no podía apartar la mirada de sus ojos negros y relucientes. Parecía un depredador, atento a su presa, observando con mirada fija y una exigencia tan antigua como el tiempo.

Giovanni entonces se movió, avanzando majestuosamente hacia ella con su manera engañosamente despreocupada. Esa simple onda de poder se abalanzó por la catedral, controló a la multitud y detuvo la histeria, dando prueba de su dominio absoluto. Su mirada no dejó de contemplarla; más bien incrementó la intensidad. Recorrió la corta distancia que los separaba y tomó sus manos heladas. Sin apartar la mirada, se llevó los dedos al calor de sus labios y luego le puso una mano en el hueco del codo para llevarla hasta el altar y esperar al sacerdote.

La ceremonia fue larga, y las fragancias del preciado incienso fueron tranquilizando los ánimos junto con el cántico en latín antiguo. Nicoletta se arrodilló al lado del don, inclinando la cabeza mientras el ritual seguía adelante. En todo momento el viento rugía sobre la catedral en sus intentos frenéticos por entrar. En todo momento ella notaba las miradas venenosas de sus enemigos perforando su espalda. Se hallaba en un lugar sagrado, no obstante algo o alguien tramaba maldades inexpresables concebidas para castigar su audacia al atreverse a contraer matrimonio con don Scarletti.

Los cielos se abrieron y vertieron sobre la catedral la furia salvaje de un aguacero impulsado por la lluvia mientras el oficiante pronunciaba los votos que la unían a su señor. El viento aullaba y hacía rechinar las ventanas mientras un diluvio sacudía el techo y los flancos de la construcción. La tierra había dejado de temblar, pero los relámpagos atravesaban el cielo en zigzag, creando arcos entre nube negra y nube negra, y los truenos reverberaban con un estruendo que zarandeaba la iglesia.

Mientras la catedral se estremecía bajo la furia descontrolada de la tormenta, el sacerdote tartamudeó hasta quedarse sin voz, incapaz de proclamar la unión de la pareja. Le temblaban las manos visiblemente y miraba temeroso las ventanas vibrantes. La lluvia caía a mares contra las vidrieras con gran ruido y la muchedumbre murmuraba sobre prácticas depravadas; todo el mundo se santiguaba y besaba los crucifijos alrededor del cuello. Nadie se atrevía a emplear el término *Il Demonio*, pero ese susurro no expresado resonaba más que ninguno. Entonces Giovanni Scarletti se agitó, fue tan sólo un movimiento ondulado, pero estaba claro que agresivo, pura amenaza. Los cuchicheos cesaron al instante y el sacerdote hizo la señal de la cruz varias veces y roció a la pareja con abundante agua bendita.

Nicoletta mantenía la cabeza baja y se obligaba a respirar. Nadie podría salvarla, ni la santa Madonna misericordiosa ni el clérigo. También el viento y la lluvia protestaban por su matrimonio y azotaban la iglesia con rabia. Ella era extremadamente consciente del hombre que tenía a su lado. Su fuerza. Su poder. El calor de su cuerpo. La manera en que sus mentes quedaban tan íntimamente unidas. Giovanni mantenía los dedos de Nicoletta enlazados con los suyos mientras le pasaba el pulgar por debajo de la muñeca como si la animara en silencio mientras la furia de la naturaleza rechazaba su unión. Intentó rezar, intentó pedir ayuda para combatir el hechizo cautivador con que la atrapaba don Scarletti pero, en verdad, no estaba segura de querer liberarse de él.

El clérigo bendijo el pequeño anillo de oro que descansaba en medio de las Escrituras abiertas. Lo tendió al señor de las tierras. La concurrencia vio lo mucho que le temblaba la mano al padre, tanto que don Scarletti tuvo que estabilizarla mientras tomaba la pequeña alianza de oro. Nicoletta cerró los ojos hasta que el aro de su posesión le rodeó el dedo. Un rayo rebotó en la torre y por un momento del cielo pareció llover fuego. De nuevo el sacerdote se quedó paralizado, indeciso y con voz temblorosa. Los ojos negros de Scarletti exhibían un relumbre casi sobrenatural con los fogonazos de los relámpagos.

Mirando con inquietud la lluvia que acribillaba las ventanas y luego a los guardias de elite pegados unos a otros de pie en la parte posterior de la iglesia, el sacerdote proclamó que estaban casados y alzó la mano para bendecir el matrimonio. Un relámpago rasgó el cielo, arrojando extrañas sombras de color sobre la pared, donde ejecutaron una danza grotesca. Estalló un trueno, que ahogó cualquier cosa que estuviera diciendo el sacerdote. Giovanni no titubeó en ningún momento, alzó el velo de Nicoletta y bajó la cabeza.

—Eres muy valiente, *piccola* —susurró contra sus labios. Luego besó con ternura su boca vuelta hacia arriba, apenas con un leve roce de sus labios. La pegó con firmeza a él, acogiéndola bajo la protección de su hombro—. Por fin eres mi esposa, Nicoletta Scarletti —pronunció con un susurro de clara satisfacción en la voz.

Nicoletta permaneció en silencio, temerosa de su propia voz, temerosa de hacer el ridículo si intentaba hablar. Parecía un sueño, una pesadilla en la que estaba atrapada. Se fue con Giovanni, recorriendo el pasillo mientras los guardias abrían las puertas de par en par y preparaban apresuradamente un dosel improvisado para proteger a la pareja de la furia de la tormenta. Los aldeanos, empapados y asustados hacía rato que habían huido, y sólo algunos rezagados volvían la vista atrás por encima de los hombros mientras Giovanni la levantaba en brazos, avanzando con zancadas largas y seguras hasta el carruaje.

La dejó con delicadeza en el asiento y subió para sentarse a su vera. La puerta se cerró, y se encontraron a solas.

—Nicoletta —su voz era una caricia grave, arrastrando las sílabas—, ¿vas a mirarme alguna vez?

La joven podía notar el susurro de su voz sobre la piel. Le dedicó una rápida mirada de soslayo y enseguida se apartó de su inquietante atractivo. La tormenta se alejaba de la catedral y avanzaba tierra adentro sobre las montañas.

—Nicoletta, mírame.

Sonaba tranquilo, incluso amable, pero aun así no dejaba de ser una orden.

La muchacha volvió la cabeza, levantando las pestañas y revelando los ojos enormes en su rostro.

—Hoy ha sido mucho más difícil de lo que esperaba. —Su voz era un mero hilo de sonido, tan bajo que él casi no capta las palabras—. No sé si tendré valor para hacer frente a los invitados a la fiesta en el palacio.

—Es una tormenta, *cara mia*, una tormenta violenta como todas las que vienen del mar. La tierra ha escogido este momento para temblar, como ya lo ha hecho tantas veces en el pasado. Estas cosas suceden a menudo, son naturales, no la superstición insensata sobre monstruos surgidos del mar para recorrer la tierra como algunos quieren que crean los niños. O disparates peores como que los cielos protestan por nuestra unión porque tú eres una bruja o bien yo soy *il diàvolo*. Sé que no eres un bruja, Nicoletta, aunque me has hechizado como nadie antes. Y seguro que no crees que estoy aliado con *il diàvolo*. ¿Cómo podría entrar en la catedral sin sufrir daño alguno? ¿Cómo podría sostener el crucifijo en mi mano, beber el vino sacramental y que me rociaran con agua bendita?

Ahora sonaba extremadamente amable, aunque denotaba cierto tono burlón de diversión.

Nicoletta alzó la mirada como clara reprimenda por su irreverencia mientras retorcía aquella alianza de oro que rodeaba su dedo de modo poco familiar.

—¿Cómo es que puede hablarme en la mente?

—¿Es eso un pecado tan terrible? —replicó él.

—No sé si es un pecado. Todo lo demás parece serlo.

Las palabras surgieron sin querer, y la muchacha se apresuró a morderse el labio inferior para evitar más declaraciones blasfemas.

Giovanni estalló en risas.

—Tienes razón, según Maria Pia Sigmora. Pero no considero mi habilidad de esa manera. La tengo simplemente de nacimiento. A *mia madre* le asustaba un poco y me advertía que no la revelara a los demás. ¿Cómo es que tú puedes curar del modo que curas? Percibo el calor curativo en tu contacto; tampoco eso es un talento ordinario.

—Nací con ello también —respondió ella.

Una sonrisita se dibujó en su boca.

—No temas a los juerguistas del banquete —dijo en voz baja tomando su mano para que dejara de temblar—, no me separaré de ti.

—Usted me asusta mucho, buen signore —admitió con su risa incontenible brotando de nuevo a la superficie.

Giovanni tomó su barbilla con la mano y la obligó a mirarle.

—Eres tan inocente, *piccola*, y yo soy aborrecible por imponerte mi voluntad, pero en verdad no tengo elección.

Esta vez el tono de voz la hizo temblar, con aquellos ojos negros tan llenos de intensidad ansiosa que no intentaba ocultar.

Nicoletta apartó la barbilla de su palma, con sus ojos negros también ardiendo de pasión.

—No le creo, don Scarletti. Alguien como usted siempre tiene elección. Representa la ley, la vida o la muerte para los habitantes del pueblo. Anuló mi capacidad de elección.

—Mejor yo que algún rudo muchacho campesino —arguyó él.

Una llama belicosa danzó en los ojos de Nicoletta.

—Podría habérsele ocurrido pensar también que no deseo ningún hombre en mi vida, que estaba perfectamente contenta sola.

La risa de Giovanni sonó grave y juguetona:

—No puedes ser tan ingenua como para pensar que no llegaría finalmente un hombre para llevarte con él.

—Había aprendido a ocultarme, la gente no hablaba de mí a los forasteros.

—Yo había oído hablar de tu belleza mucho antes de que te viera por primera vez. —Estiró las largas piernas, quejándose despreocupadamente—: Estos carruajes son un medio de transporte incómodo.

—¿Oyó decir que yo era... diferente? —preguntó.

Él echó una ojeada a su rostro tenso y su boca temblorosa. Con un leve suspiro, le tomó la mano.

—Si eres «diferente», *cara mia*, yo también lo soy. Sé que nos pertenecemos el uno al otro. He visto ya los cambios beneficiosos en mi casa. Tu estancia ha sido muy corta, aun así tu influencia llega lejos. Dices que yo tenía opción. Lo que yo digo es que si mi gente tiene que sobrevivir, yo no tenía elección.

—Ha hecho muy felices a Sophie y a Ketsia hoy —dijo Nicoletta decidiendo que convenía una tregua—. Gracias por pensar en buscar un vestido especial para Ketsia.

Sabía que Portia no se había ocupado de ese detalle en concreto.

—Sólo tenía ojos para ti en la iglesia —admitió—, pero me aseguraré de hacer cumplidos a las niñas durante la celebración.

—¿Sabe de alguien más capaz de enviar su voz a la mente de la gente? —preguntó Nicoletta curiosa.

—Mi hermano Antonello es un experto. Mi abuelo también tiene ese talento, lo llevamos en la sangre. No obstante, mi padre no podía hacer nada; de hecho, le enfadaba que sus hijos pudieran, lo consideraba una blasfemia.

—¿Y qué hay de Vincente?

Giovanni asintió.

—Por supuesto. Pero no con el dominio de Antonello, y rara vez usa esa capacidad. Antonello es mi emisario más valioso en tierras extranjeras, es una gran ventaja que podamos hablar en silencio mientras los demás no pueden. E incluso a gran distancia, me entero si se encuentra en peligro. Vincente, por otro lado, rara vez corre peligro, a menos que sea por las atenciones demasiado entusiastas de alguna joven dama. Desde la muerte de su esposa, son muchas las que esperan ocupar ese puesto. Pensaba que tal vez él se fijara en Portia, pasan mucho rato juntos, pero él aún llora la muerte de su mujer.

—Vincente dijo en una ocasión que los hombres Scarletti aman una sola vez en la vida —comentó Nicoletta temblorosa sólo con recordar la sensación fatídica que había acompañado esa declaración. Luego decidió añadir—: La pequeña Sophie oye voces de noche, y le asusta mucho. No se lo inventa, aunque Vincente, Portia y Margerita afirman que sí, o que se está volviendo loca. Yo también he oído las voces. Creo que ella corre peligro. Dice que su madre oía voces y alguien la declaró loca.

Giovanni sacudió la cabeza.

—Es una triste historia, Nicoletta. Angelita estaba enamoradísima de Vincente, se pasaban horas mirándose amorosamente cuando se casaron. Pero ella cambió de pronto, pasaba días enteros en la habitación, sin dejar entrar a nadie excepto a Vincente. Él la cuidaba, le llevaba la comida y la distraía. Ella sólo quería estar con él. Mi hermano se preocupaba y la llevaba de viaje, intentó muchas cosas, pero se convirtió casi en una reclusa. Por desesperación Vincente decidió que debían tener un hijo.

Se quedó callado, y el carruaje osciló con una sacudida al atravesar el pequeño pasadizo en dirección al palacio.

—No sirvió de ayuda —adivinó ella.

Giovanni suspiró.

—No, no fue de ayuda. Vincente vivía dedicado a Angelita, casi nunca se separaba de su lado, pero ella se negaba a salir de su habitación y al final ni siquiera veía a Sophie, su hija. Yo temía por mi hermano. Había dejado de reírse, rara vez miraba a su hija, como si la culpara tal vez del estado de su madre. Le mandé a hacer un recado, algo insignificante. Estuvo ausente sólo durante la noche, pero Angelita, en su demencia, pensó que la había dejado.

Nicoletta se quedó mirándole, horrorizada por aquella historia.

—Esa misma noche la encontraron muerta cuando la doncella le llevó la cena. Se había ahorcado. Te confío esta información como miembro de la *famiglia*. A Vincente le trastornaría que esto se supiera. Una vez más la maldición Scarletti resulta ser cierta. —Su mirada negra se desplazó inquietante sobre el rostro de Nicoletta—. Por eso llevarás guardias contigo a todas horas, no quiero encontrar tu cadáver en algún lugar igual que les ha sucedido a todos los miembros de mi familia. —Pronunció las palabras en tono severo, era una orden a la que ella no se atrevería a oponerse—. Probarán tu comida y bebida, y te vigilarán cuando yo no pueda. No tendrás alcoba propia, sino que la compartirás conmigo.

Nicoletta soltó un resuello.

—Debo tener mi propia alcoba donde retirarme en ocasiones.

—No puede ser.

—¿Y qué hay de Sophie? Iba a permitirle compartir mi cama.

Sus dientes blancos destellaron, y por un momento la diversión iluminó las obsidianas oscuras de sus ojos que brillaron con malicia como los de un muchacho.

Estarás demasiado ocupada compartiendo cama con tu esposo, no con una niña.

Su voz sonaba grave y ronca mientras desplazaba la mirada ardiente por el cuerpo de su desposada.

—Parece un lobo hambriento —reprobó. En realidad la mirada audaz de Giovanni provocó llamaradas que lamieron su piel hasta hacerla arder de pasión también a ella. Nicoletta apartó la mirada para ocultar su reacción—. ¿Y qué hay de la niña entonces? Tal vez Maria Pia pueda vivir en el palacio y quedarse con Sophie por la noche?

—¿Es lo que deseas, *cara mia*?

La nota sensual en su voz la derritió. Nicoletta se inclinó hacia él, flexible y blanda. Asintió con indefensión, alzando sus enormes ojos para observarle.

Giovanni extendió los dedos sobre su garganta, rozando con su palma ligera como una pluma un poco más abajo los pechos a través del tejido del vestido. Ella percibió una sacudida en lo más profundo de su ser y un líquido ardiente, fundido, se precipitó por su cuerpo con anhelo inesperado.

—Recuerda lo que he dicho, *piccola*. No perderé a mi esposa por la maldición Scarletti.

El vehículo se detuvo con una sacudida abrupta, que arrojó a Nicoletta contra él.

—No provocaré mi propia muerte si eso es lo que teme. ¿Cree que tanta desgracia acumulada en una familia es cosa del destino o que hay manos mortales implicadas en tales actividades?

El guardia abrió la puerta del carruaje dejando que entrara la luz y la lluvia. Don Scarletti no se movió, su rostro parecía tallado en piedra. De repente resultaba amenazador, invencible, implacable.

—No sé, Nicoletta, pero juro por todo lo sagrado, que sea lo que sea no te arrebatará de mí.

Salió del carruaje con su gracia fácil y tendió los brazos para cogerla, sin permitir que su vestido tocara el sendero mojado por la lluvia. Sin importarle el decoro, la acunó contra su pecho mientras avanzaba deprisa escaleras arriba y entraba en el gran vestíbulo para unirse a los bulliciosos invitados.

Nicoletta pasó las siguientes horas en un estado de ensueño. Era consciente de que él cumpliría su palabra y enviaría a buscar a Maria Pia. Giovanni hizo una profunda inclinación sobre la mano de Sophie y murmuró cumplidos magníficos a Ketsia. Permaneció en todo momento cerca con la mano descansando posesivamente en ella, como si dejara su marca a fuego en la piel justo a través del vestido.

En cierto momento se percató de las señales privadas entre Antonello y el novio, algún trasfondo político en el sala de baile que ella no entendía. Conocía a algunos de los asistentes a la celebración. La mayoría eran miembros de otras grandes familias y representantes de la corte. Pero se cocía también algo más, algo de lo que Giovanni hablaba a menudo con su hermano mediano, de mente a mente. Fue consciente de que lo hacían a menudo y que le daba órdenes a su hermano.

Luego la sacó a la pista de baile y la hizo girar cerca de él, no obstante, al tocarse sus cuerpos, ella supo que su mente estaba con Antonello. Algo pasaba. Algo les tenía preocupados a ambos. Pero por mucho que lo intentara, no podía entrar en contacto con la mente de Giovanni y enterarse de la verdad.

Vincente bailó con ella brevemente, era evidente que el momento era doloroso para él pues le recordaba su propia boda con su difunta y amada Angelita mientras se movía deprisa con ella bajo la mirada observadora de su hermano. Desde la llegada al palacio, era la primera vez que parecía acaparar la atención completa de Giovanni, y de inmediato también fue consciente con gran incomodidad de las manos de Vincente sobre su cuerpo, su dura constitución rozándola de vez en cuando. Hizo que se sintiera tensa y violenta, pero cuando alzó la vista para mirarle, Vincente tenía la vista perdida por encima de su hombro, con la mente distante y lágrimas visibles en sus oscuros ojos obsesionados.

Giovanni la rescató de su hermano menor, deslizándose hasta su lado y soltándola con delicadeza de su asimiento. Les rodeó a ambos con un brazo y les hizo retroceder a las sombras, donde Vincente pudiera controlar sus emociones.

Giovanni se aproximó a Nicoletta para pegar la boca a su oído.

—Creo que he conseguido cumplir con mis obligaciones con los invitados. Ahora lo único que quiero es estar a solas con mi esposa. Retirémonos al dormitorio, pues aquí las celebraciones continuarán hasta altas horas de la madrugada, y yo tengo en mente otros pasatiempos más deleitables para nosotros.

Capítulo *13*

Nicoletta se hallaba en medio de la enorme alcoba sin saber exactamente qué hacer. Sus asistentes la habían dejado para que hiciera frente a solas al novio. Tenía el largo pelo caído por la espalda en ondas de seda azabache y el camisón se le ceñía a cada una de sus curvas. Permaneció descalza sobre la fría baldosa mirando sobrecogida la enorme habitación. Nunca antes había visto algo tan asombroso. La alcoba de don Scarletti era mucho más grande que toda la cabaña que había compartido durante años con Maria Pia.

Sus pertenencias, incluidos sus nuevos vestidos, se hallaban ya en el enorme armario del señor, junto con varios pares de zapatos que sólo podían haberse hecho para ella. Advirtió una serie de puertas pesadas aparte de la que daba al pasillo, pero estaba demasiado nerviosa como para explorar a donde llevaban. Anduvo descalza hasta las ventanas que daban al mar. La habitación estaba caldeada con las llamas que rugían en el hogar, no obstante ella temblaba. En el exterior, hacía tiempo que el sol había renunciado a pelear por iluminar el cielo, sucumbiendo a las nubes oscuras y la lluvia feroz. El trueno y el relámpago se habían desplazado tierra adentro pero dejaron atrás un goteo constante de lluvia que resonaba en todo el palacio.

La puerta se cerró poco a poco a su espalda, y Nicoletta se dio la vuelta llevándose una mano volando a su garganta como gesto protector.

Giovanni se encontraba en pie observándola con los ojos entrecerrados, apoyando la cadera contra la pared con aire perezoso.

—¿Has advertido que esta habitación carece de esas obras de arte tan poco atractivas? —preguntó.

Se enderezó poco a poco y se pasó la mano por el pelo negro y ondulado, despeinándoselo más de lo habitual incluso. Se sacó las botas y los calcetines, que apartó de una patada a un lado. Resultaba más íntimo que nunca verle así descalzo en su dormitorio.

Parecía casi cansado, como si la fachada que presentaba ante el resto del mundo no la mantuviera en la privacidad de su santuario interior. Su rostro se veía ensombrecido, con líneas marcadas alrededor de la boca. Nicoletta sintió un deseo repentino e inexplicable de difuminar esas líneas. En vez de eso asintió, agradecida de que él estuviera dispuesto a esperar unos momentos antes de abalanzare sobre ella.

—Sí, me he fijado. Da cierto alivio. —Temiendo haber herido sin darse cuenta sus sentimientos, ella le sonrió para quitar hierro a sus palabras—. Pero hay obras preciosas en el palacio.

Se apartó de la ventana y de la vista del mar espumoso para retroceder hasta las sombras.

Scarletti se adentró un poco más en la habitación, deslizándose a su manera silenciosa hasta el lado opuesto de la cama. Nicoletta se relajó visiblemente al advertir la anchura enorme de la cama con dosel que se hallaba entre ellos, tan grande que casi parecía una habitación aparte.

Giovanni se sacó la chaqueta de los amplios hombros y la colgó descuidadamente en la silla. Volvió a desplazar la mirada negra hasta ella. Nicoletta creyó ver un hambre descarnada centelleando en la profundidad de los ojos antes de que él centrara su atención en la camisa. La joven tragó saliva con dificultad e intentó apartar la mirada, pero sus movimientos la cautivaban. Le observó encogiendo los hombros para sacarse la camisa y dejarla caer tras la chaqueta en la silla.

El miedo de Nicoletta tenía un peculiar deje expectante. El corazón le latía con fuerza y sus nervios hacían estragos en su estómago.

—Debo preguntarle algo. —Alzó la barbilla un poco para darse el coraje necesario—. ¿Conoció a *mia madre*?

Entonces contuvo la respiración, apretándose el estómago revuelto.

Temerosa de que se negara a responder, temerosa de haber destruido cualquier posibilidad de aceptación entre ambos.

Giovanni miró su cara pálida desde el otro lado de la habitación y detuvo las manos en la camiseta que estaba a punto de quitarse.

—¿Quién no recuerda a tu madre, *piccola*? Se parecía mucho a ti. Era un rayo de sol que iluminaba cada habitación en la que entraba. Cantaba como un ángel y llenaba el palacio de risa, parecida a ti. Sí, la conocí.

—¿Cree que estaba limpiando la pasarela y se cayó de la muralla encontrando así la muerte?

Las palabras sonaron atragantadas al surgir al exterior.

Giovanni rodeó la cama con aspecto de lobo al acecho. Sus ojos brillaban tan amenazadores que Nicoletta retrocedió hasta chocar con la pared de súbito. Él plantó su cuerpo sólido ante ella, cortando toda esperanza de escapatoria, rodeándole los brazos con dedos como grilletes. Descansó la otra mano alrededor de su cuello suave y vulnerable, alzándole la barbilla con el pulgar para obligarla a encontrar su mirada.

—No estarás pensando en ponerte en peligro buscando la respuesta a la muerte de tu madre, porque prohíbo terminantemente tal locura. —Enunció las palabras articulándolas con cuidado como si ella fuera corta—: Terminantemente prohibido. Obedecerás a tu marido en esta cuestión, Nicoletta.

La muchacha percibió el leve temblor que recorría el duro cuerpo de Giovanni, como si la fuerza de su propia orden le estremeciera también a él.

—Así, cree que su muerte no fue accidental.

Intentó mantener la calma ante la absoluta autoridad que él ejercía. Era de veras intimidante, y aquí a solas en el dormitorio con él, medio desnuda y con el pelo suelto, sentía una terrible vulnerabilidad.

—No, Nicoletta, no murió tal y como cuentan. No podía estar limpiando la pasarela bajo la lluvia. —Indicó con un gesto la ventana y el diluvio que caía—. ¿Quién haría algo así? No, la arrojaron por la muralla, al vacío. —Eligió a posta esa palabra, dirigiéndole una amenaza centelleante con su mirada—. Y no te sucederá lo mismo a ti, no voy a permitirlo. *¡Dio!* Todavía recuerdo su cuerpo destrozado, no voy a verte igual. Y no harás preguntas ni intentarás de ningún modo descubrir algo relativo a su muerte. Si yo no lo he logrado, ni quienes investigaban el caso, acepta que tú tampoco podrás.

—¿De verdad no sabe quién la mató?

Quería creerle, estaba desesperada por creerle. Era su marido, y se esperaba cierta intimidad entre ellos. Parecía tan intenso y sincero que estudió su mirada en busca de la verdad.

—Si supiera quiénes la habían matado, Nicoletta, estarían muertos ahora mismo, no merodeando entre las sombras como una amenaza para mi desposada.

Empezó a acariciar con el pulgar la suave piel, como si no pudiera contenerse.

—Teme por mí —manifestó ella cuando lo único que quería era fundirse bajo el calor de aquella mirada ansiosa—, pero no es necesario.

Giovanni estaba bajando la cabeza hacia ella.

—Es absolutamente necesario, *piccola*. —Susurró las palabras contra sus labios como si se tratara de un conjuro—. Eres de suma importancia para mí, no puedo vivir sin ti.

Descansó la boca sobre sus labios, con delicadeza y persuasión. Enmarcó el rostro de Nicoletta con una mano, que luego bajó hasta su nuca, instándola a acercar más su cuerpo hacia el suyo. Ella se encontró temblando, con un estremecimiento que comenzaba en el centro y luego abarcaba despacio todo su cuerpo. El suelo parecía moverse bajo sus pies y el mundo se esfumaba dando vueltas, dejándola pegada a este hombre, su marido, tan sólido y real. Aquella boca ardiente de necesidad se volvió más insistente y exigente.

Nicoletta advirtió la manera curiosa en que se fundían sus huesos para amoldarse a su cuerpo, apretándose cálida y flexible contra él de aquel modo escandaloso. El cuerpo de Giovanni se endurecía cada vez más ardiente y vigoroso, de pronto agresivo. Desplazó las manos sobre su piel, en una exploración amable que provocó una oleada de placer erótico en su cuerpo. La incitó a responder con su boca juguetona, implicándola en un duelo. Ella deseaba el calor húmedo y la excitación de sus exigencias, quería que sus manos tomaran el peso de sus senos.

Cuando la boca de Giovanni se apartó, Nicoletta dejó caer la cabeza hacia atrás, mostrándole la línea de la garganta. Él dejó un fiero rastro de besos a lo largo de su suave piel y sobre la prominencia cremosa en lo alto de sus pechos, que la dejó anhelando más. Necesitaba más. Sólo existía Giovanni en este momento, con su cuerpo duro y boca perfecta y el fuego que creaba en ella.

Él murmuró algo con voz ronca, un sonido doliente de ansia. Nicoletta acunó la cabeza en sus brazos mientras él bajaba la boca a su pecho, justo a través del fino tejido de su camisola. Parecía pecaminoso, escandaloso y más erótico que cualquier cosa imaginada. La boca ardiente y húmeda tiraba con fuerza de su carne cremosa, la lengua danzaba sobre el duro pezón y los dientes raspaban con delicadeza, hasta que ella gritó de puro placer.

Giovanni le bajó el camisón, exponiendo la perfección de su pecho pleno a su mirada hambrienta. El frescor inesperado del aire tras el asalto de su boca caliente se sumó a la sensación erótica. Él le tomó un pecho con mano posesiva, jugueteando con el pulgar sobre el pezón sensible hasta que el cuerpo gimió pidiendo más.

—Quiero verte —susurró él bajito contra la piel de satén—. Necesito mirarte.

Bajó aún más el camisón hasta que la prenda cayó formando un montón de pliegues en torno a sus tobillos.

Nicoletta jadeó ahí en pie, con el cuerpo completamente expuesto al hambre feroz de sus ojos negros. Nunca se había sentido tan impúdica. La luz del fuego danzaba sobre su piel, que parecía adquirir un brillo dorado, con sombras ocupando lugares secretos con sumo encanto, llamando la atención sobre la delgada cintura y las caderas redondas. Agachó la cabeza para que las largas ondas de mechones negros cayeran sobre su cuerpo como un manto sedoso. Mantuvo la mirada fija en medio del torso masculino, incapaz de pensar o moverse.

Cara mia. Le acarició la mente, con intimidad y ternura.

—Esta noche conmigo no puede asustarte de este modo —pronunció en voz alta. *Deséame igual que yo te deseo a ti.*

La muchacha observó cómo se retiraba la camiseta con las manos.

Manos fuertes. Manos que se movían posesivas sobre su piel, una caricia seductora que fundía su interior y provocaba un estremecimiento de necesidad que recorría sin tregua su cuerpo. Tenía un pecho amplio, con fuerte musculatura y varias cicatrices profundas, dos bastante recientes. Una se encontraba peligrosamente próxima a su corazón. Ella notó el suspiro que provocó aquella visión, la imagen vívida de la espada perforando su corazón. Se encontró acercando involuntariamente la mano, siguiendo con los dedos la delgada línea resaltada.

Nicoletta notó el poderoso cuerpo comprimiéndose tembloroso bajo el contacto vacilante. Una oleada de excitación le dio el coraje suficiente para alzar la vista. La mirada de Giovanni era muy hambrienta, ardiendo de pura necesidad descarnada. Por muy fuerte que fuera él, pese a poder hacer lo que quisiera con ella, en ese momento comprendió que era casi tan vulnerable como ella.

Bajó los dedos exploradores, la piel de Scarletti era firme y caliente, los músculos definidos y nervudos. No había elasticidad blanda en su cuerpo, sólo una dura perfección que le hacía desear apretarse contra él. Su propio cuerpo parecía diferente ahora, pesado, dolorido, anhelante... Deseaba algo, algo que aún no conocía... lo deseaba casi con desesperación. Deseó tener el valor para rodear su cuello con los brazos y aferrarse con fuerza, fundiendo sus cuerpos.

—¿Me tienes miedo? —preguntó él en voz baja siguiendo la forma de sus curvas con manos casi reverentes.

La nota ronca en su voz conmovió el corazón de Nicoletta.

Asintió con ojos muy abiertos que traicionaban su inocencia. Aquello sólo sirvió para que él la deseara aún más, para que quisiera protegerla y poseerla, tenerla para siempre. Encontró con las manos su cintura y la atrajo más hacia él, fundiéndola con el calor que irradiaba su cuerpo. Su oscura mirada la tenía fascinada, no podía apartar la vista.

Giovanni acercó la cabeza.

—Entrégate a mí, Nicoletta, y te juro que nunca lo lamentarás —susurró sobre su piel con voz sedosa y cálida, seductora e hipnótica.

Movió despacio los labios con delicadeza, sobre su boca, instándola a abrirla para él. Y a continuación la arrastró a su mundo de calor húmedo y fuego, a su universo de pura sensación.

Ella le siguió de buena gana, más seducida por el puro deseo que reconocía en él que por el torbellino de colores cambiantes que estalló en su cabeza. Giovanni estaba en todas partes, lo era todo, las manos moviéndose por su cuerpo, la boca soldada a la suya, y el cabello de ella frotando sus pieles, volviéndoles aún más sensibles. No tenía ni idea de que su fuego interior pudiera arder con tal furia refulgente, tan fuera de control. Giovanni consiguió tumbarla en la cama sin que tan siquiera se diera cuenta de cómo había llegado hasta ahí. Entonces dejó sus labios para encontrar el pecho doliente, mientras deslizaba la palma sobre su vientre y la reposaba sobre los densos rizos oscuros que lo reclamaban con su calor húmedo.

Nicoletta notó la frialdad de la colcha debajo de su piel caliente y el peso de la mano de Giovanni presionando entre sus piernas.

Soltó un jadeo de conmoción al sentir todo su cuerpo palpitando y comprimiéndose como respuesta a su contacto. Él rozaba su tierna piel con los dientes, seguidos por la lengua para aliviar cualquier dolor. Scarletti encontró con las manos la curva de las caderas y la mantuvo quieta mientras quemaba con su boca el estómago para lamer luego la parte interior del muslo. Ella retorció los dedos temblorosamente agarrando su pelo.

—¿Qué estás haciendo?

Consiguió pronunciar las palabras entre jadeos, aterrorizada por la necesidad desbordante de algo que escapaba a su comprensión.

Confía en mí, cara mia. Quiero que me necesites tal y como yo te necesito. Me muero por ti noche y día. No puedo dormir ni comer ni concentrarme. He recorrido este camino muchísimas veces en mi mente.

Sus palabras eran calor y fuego, la sensación en la mente de Nicoletta tenía más que ver con él que con ella. Giovanni la necesitaba como el aire que respiraba, y quería que ella se sintiera igual. Las alarmas intentaban sonar en su cabeza, el instinto de autoconservación se avivaba al paso de sus diestras manos acariciando su cuerpo justo donde ella quería que la tocara, o más bien donde necesitaba que la tocara. Y luego sólo quedó una tormenta de fuego atravesándola mientras él la rozaba con los dedos para evaluar su reacción.

El cuerpo de Nicoletta se arqueó aún más contra la mano mientras se le escapaba un pequeño gemido. Le agarró el pelo con fuerza, un anclaje mientras las oleadas de fuego la atravesaban.

—¡Para!

Dijo la palabra en voz alta, con terror por perderse para siempre. La sangre se precipitaba ardiente, los pechos ansiaban su contacto y su cuerpo deseaba el cuerpo de Giovanni. No podía pensar de tanto que lo deseaba.

No obstante, no era suficiente para él. No iba a correr riesgos con la virginidad de la muchacha. Quería que estuviera húmeda y excitada, que no pudiera pensar. Giovanni se desplazó más abajo para saborearla: miel ardiente y la llamada de su fragancia. El cuerpo de Nicoletta se tensó de deseo. Él se retiró la prenda interior que aún llevaba y se colocó sobre ella, cubriéndola con su cuerpo como una manta.

Observó su rostro, la mirada de necesidad y confusión en sus ojos. Había miedo, temía su fuerza, su poder y la forma en que la dominaba. Se moría de deseo, estaba que reventaba, su propia necesidad superaba cualquier experiencia anterior. Se oprimió contra ella con la dura y gruesa erección pulsando con una exigencia urgente. Movió el cuerpo con delicadeza para abrirse paso poco a poco a través de su entrada. Ella estaba ardiendo, sus pliegues de fuego aterciopelado rodearon y comprimieron la punta. Nicoletta le agarró los brazos, abriendo mucho los ojos por la impresión.

Siénteme dentro de ti, cara mia. Formamos un solo ser.

Empujó un poco más hasta encontrar la fina barrera de su pureza. Ella clavaba los dedos en su piel y de pronto entró en tensión a causa del pánico. Al instante él se moderó, recurriendo a su autocontrol con un esfuerzo supremo.

—El dolor sólo dura un momento, *piccola*. Es inevitable.

Las líneas de tensión estaban grabadas en su rostro esculpido.

Nicoletta alzó la vista, estudiando sus rasgos durante lo que pareció una eternidad. Él no intentó ocultar su terrible necesidad, el esfuerzo que estaba haciendo para controlarse. Al final ella se relajó con confianza bajo él.

Giovanni inclinó la cabeza para tomar posesión de sus labios tiernos y temblorosos mientras se abalanzaba hacia delante, llevándose por delante su inocencia. Ella jadeó mientras él la llenaba. Hubo un dolor inesperado en medio del enorme placer.

Lo sé, cara mia. *Sé que ha dolido, pero date un momento e irá mucho mejor.*

Había una terrible intimidad en la manera en que su voz acariciaba seductora las paredes de su mente, mientras la devoraba con la boca, ardiendo de excitación con las respuestas al misterio de lo que sucedía entre un marido y su esposa.

Empezó a moverse, lento al principio, con penetraciones largas y seguras, observando su rostro atento a cualquier señal de incomodidad. Ella parecía desconcertada, sexy, con su mirada inocente fija en él. Estaba caliente y húmeda, una vagina ardiente aferrando su verga con fuerza. Cuando necesitó enterrarse a fondo y con fuerza lo hizo con cuidado, pues quería adentrarse poco a poco en ella y fundirles juntos para siempre.

Sostuvo con sus manos las nalgas redondas, atrayéndola a él mientras sus penetraciones se hacían más profundas. Nicoletta se movía ahora a su ritmo, buscando más de todo lo que estaba dispuesto a darle. El leve dolor estaba olvidado mientras aumentaba la presión más allá de cualquier cosa imaginada. Se aferró a él, abriendo los ojos para observarle con atención, estudiar las sombras que jugaban en su rostro, las líneas talladas tan a fondo. Giovanni se abalanzaba con penetraciones más duras y más profundas. El cuerpo de ella parecía tensarse con vida propia pese a las manos que lo sujetaban, sentía la erección cada vez más dura y voluminosa, llegando todavía más adentro, y por un momento se creyó al borde de un gran precipicio, tan próxima al éxtasis perfecto. Lo deseaba, intentó alcanzarlo mientras lo oía pronunciar su nombre bajito, vertiendo el semen ardiente en su interior. Fuera lo que fuese, ella no lo alcanzó, quedándose frustrada y un poco avergonzada.

Giovanni respiraba con dificultad, rodeándola con brazos como argollas para retenerla bien cerca. Ella se encontró inesperadamente a punto de echarse a llorar. Su cuerpo seguía ardiendo de necesidad, un poco irritado, pero seguía excitada. Él tomó su rostro con las manos.

—Sólo es tu primera vez, *cara mia*. Ha sido error mío... te deseaba demasiado, no es culpa tuya. Aún no hemos acabado esto, en absoluto.

Nicoletta se mordió nerviosa el labio inferior.

—No sé qué hacer.

—Será un placer enseñarte —le contestó en voz baja, inclinando la cabeza para darle un beso en la comisura de la boca. Su corazón dio un salto mortal al oír la ternura en su voz.

—¿Cómo es que sabes tanto? —se atrevió a preguntar.

Casi le había hecho perder la cabeza, la había tenido al borde de convertirse en sus brazos en su esclava voluntaria. Y aun así no importaba, no podía pensar en otra cosa que en Giovanni y su cuerpo duro, la manera en que la hacía sentirse.

Él apartó el rostro.

—Eso no es algo que querrías saber, Nicoletta.

Seguía enterrado en ella, con una intimidad extraña que le daba el valor necesario para insistir en el interrogatorio.

—Te he preguntado.

Notaba que estaba a punto de descubrir una verdad sobre él, una parte que no compartía con los demás.

Giovanni suspiró un poco, reacio a separar sus cuerpos mientras se daba la vuelta para apartar su peso de ella.

—Soy un Scarletti, *piccola*. Siempre nos han exigido mucho, esperan muchos herederos de nosotros. Nuestra educación en tales asuntos era necesaria a edad muy temprana. *Mio padre* nos enviaba mujeres para enseñarnos estas cosas, y las mujeres le informaban de nuestros progresos. Si no obteníamos los resultados que él consideraba convenientes, nos castigaban con severidad.

La amargura y el desagrado aparecieron como cenizas en su boca.

Nicoletta frunció el ceño y volvió la cabeza para mirarle.

—Qué terrible. Nunca había oído algo así. ¿Tratan a toda la aristocracia de tal manera?

—Era el deseo exclusivo de *mio padre*. Sus exigencias siempre eran excesivas. Después también nos envió muchachas jóvenes para que supiéramos qué hacer con una inocente. Las cosas que quería que hiciéramos a las mujeres y a las chicas a menudo me ponían enfermo, y me negaba. Me pegaba, pero yo me negaba a darle la satisfacción de cumplir sus deseos o llorar con sus palizas. Hay algunas cosas hechas bajo la apariencia de las relaciones amorosas que son anormales y pervertidas, *piccola*, y no tendrías que oír hablar de ellas.

Nicoletta detectó el desagrado en su voz. No tenía ni idea de a qué se refería, pero algo en su tono le revolvió el estómago. Le puso una mano en el brazo.

—Creo que es extraña la manera en que nos creamos ideas falsas sobre cómo viven los demás. Estoy contenta de no pertenecer a la aristocracia.

Giovanni movía las manos sobre su cuerpo, buscaba las sombras, las curvas blandas y los huecos ocultos. Ella observó el juego de la luz del fuego sobre su rostro mientras estaba entregado a memorizar cada centímetro de su piel. Parecía relajado, incluso feliz, se le ocurrió pensar que nunca le había visto así. Siempre le parecía remoto o serio.

Cuando bajó la cabeza para encontrar su cuello, rozó con el cabello su sensible piel provocando un cosquilleo incendiario.

—Tengo una sorpresa para ti —murmuró mientras descendía la boca frotando la prominencia de su pecho con la sombra oscura del mentón, avivando un fuego que se aceleró por su riego sanguíneo—. Algo para mantenerte alejada de las colinas.

—Nací para correr por esas colinas —le informó ella alzando la barbilla con un desafío sutil.

Él sonrió, y su aliento caliente excitó el pezón erecto.

—Ah, pero tus días de vagabundeo se han acabado, *piccola*.

Pegó la boca sobre el pecho, y ella soltó un grito con el placer exquisito de todo aquello, arqueando el cuerpo hacia él, buscando alivio al ardor que consumía su cuerpo. Aún palpitaba de necesidad. Él siguió con la mano el contorno de la estrecha cintura, luego la deslizó sobre el vientre para encontrar el nido de rizos húmedos. Tenía la boca caliente y exigente mientras movía los dedos dentro de ella.

Por un momento, Nicoletta pensó en apartarse, consciente de que era un experto en excitar a una mujer, a cualquier mujer, pero el fuego ya ardía descontrolado. Se movió contra él con frenesí, pues la presión crecía casi con un punto de dolor. Y entonces gritó, aferrándose a él buscando sostén mientras todo su cuerpo parecía fragmentarse y las oleadas de placer la inundaban, la cubrían y la atravesaban.

Giovanni encontró su boca y saboreó aquella pasión. *No es así con las otras mujeres. Nunca ha sido así.* Y no sabía cómo explicárselo. ¿Cómo podía hacerlo? El palacio era su hogar, él era el guardián de su gente. Era su deber, recaía sobre sus hombros y nunca lo eludiría. Pero la maldición que perseguía a la *famiglia* Scarletti era muy real. Los chismosos denominaban con acierto su hogar: *Palazzo della Morte*. Palacio de la Muerte. Era un lugar oscuro y monstruoso para vivir y crecer. Un velo de maldad lo revestía, al parecer imposible de retirar. No había risa ni amor aquí, sólo vacío, miedo y envidia. Algo maligno acechaba y contaminaba todo lo bueno.

Las mujeres que habían pasado por su vida eran un mero deber, algo que le avergonzaba. Era muy consciente de la maldición, muy consciente de la bestia salvaje que permanecía agazapada dentro de su ser y de la sangre caliente que corría por sus venas. Había visto los resultados en su padre. Volvió a besar a Nicoletta, con ternura y delicadeza. ¿Cómo podía explicarle que no debería haber sido tan egoísta como para obligarla a aceptarle? ¿Que su vida estaba en peligro constante y que la muerte la acechaba cada momento que pasaba en el palacio?

La besó una vez más porque tenía que hacerlo, porque no podía hacer otra cosa en ese momento. Estaba echada en su cama, con su cuerpo blando y tentador, sus ojos luminosos, enormes y tímidos, como un ángel atrapado en el reino del diablo.

—Quería encontrar el regalo de boda perfecto para ti —dijo en voz baja, besando la comisura de su boca, descendiendo luego hasta la barbilla—. Me dijeron que tenías un interés personal por la limpieza, por el agua caliente.

Al instante la mirada de Nicoletta se ensombreció, obsesionada, su rostro joven reflejó miedo. Giovanni se inclinó una vez más para besar aquella boca carnosa.

—Tienes hábitos extraños, *piccola*. No puedes negarlo.

Sonaba divertido.

La muchacha se volvió en un intento de soltarse. ¿Se trataba de alguna crueldad? ¿Una amenaza velada de que, si no le complacía, la señalaría como bruja? La palabra ya había sido mencionada dos veces, algo temible en caso de que don Scarletti quisiera librarse de ella. Nicoletta sabía que era diferente, y lo bastante inteligente como para saber el coste exigido a su *villaggio* por esas diferencias. El Scarletti que había negociado con los antepasados que gobernaban el pueblo quería introducir esas habilidades peculiares en su línea de sangre. El noble les había permitido poner el pueblo bajo su protección a cambio de aceptar la Cláusula Nupcial.

Cara mia.

La voz se arrastraba como una caricia, también como una reprimenda amable.

—Me miras con tal miedo en esos ojos preciosos...

Cada vez le resultaba más fácil conectar con ella. Cuando sus emociones eran así de intensas, podía conectar con ella, la voz sonaba fuerte en su mente. Giovanni se movió entonces, con un movimiento rápido y fluido de sus músculos. A ella casi se le detiene el corazón al verse levantada en brazos como si no pesara más que una niña. Él podía ser muy engañoso; cuando estaba quieto, lo estaba por completo, pero cuando se movía lo hacía tan deprisa que resultaba inesperado. Ahora entendía su reputación de adversario peligroso.

—¿Qué planea hacer conmigo? —Estaba desnuda del todo, la evidencia de su inocencia goteaba por su pierna—. Esto es indecoroso, don Scarletti.

Era humillante estar tan indefensa, no entender las exigencias del propio cuerpo y saber que estaba totalmente a merced de su esposo.

Giovanni se fue directo hacia una de las puertas cerradas y la abrió con un rápido movimiento, para introducir a Nicoletta en una enorme cámara de mármol labrado con gran detalle. Ella soltó un resuello y le agarró el cuello con sus delgados brazos. Ni remotamente había visto algo así. Había oído de tales lujos pecaminosos, por supuesto, los emperadores romanos tenían fama de contar con cosas de este tipo.

Observando con atención el rostro de la muchacha, Giovanni la dejó de pie sobre las baldosas de mármol. Estaba tan sobrecogida que olvidó que iba desnuda. El tamaño del baño era casi el de los baños públicos, con escaleras que descendían al fondo más profundo. El líquido caliente chapaleaba contra los bordes, atrayente, con el vapor nublando la estancia y creando una ilusión etérea. Bajo las aguas profundas los mosaicos entrelazaban sus colores como en un tapiz. Grandes columnas a lo largo del perímetro incluían esculturas de tamaño natural de leones temibles. Las bestias se volvían hacia el exterior del baño como si formaran una guardia permanente.

—Mis antepasados creían en las comodidades.

Nicoletta recordó de súbito que Giovanni estaba ahí y se escondió de inmediato tras uno de los leones.

—¿Rinde culto a la Santa Iglesia? —preguntó con recelo. En su pequeño pueblo se rumoreaba que algunas cosas del mundo exterior como besarse y bañarse podían conducir a situaciones pecaminosas y depravadas, incluso entre marido y esposa, quienes tenían derecho a copular pero sólo para tener hijos. A ella le asustada que lo que habían hecho ella y Giovanni entrara en la categoría de pecaminoso y depravado. Le habían gustado demasiado sus atenciones como para considerarse una mujer decente. La idea la asustaba pero al mismo tiempo la excitaba.

Scarletti arqueó una ceja negra interrogadora, de pie y desnudo, con el aspecto de un dios griego.

Ni siquiera hemos empezado a ser pecaminosos y depravados.

Las palabras rozaron el interior de su mente y propagaron calor por su cuerpo hasta encender en llamas su mismísimo núcleo.

—Hay mucho más entre un hombre y una mujer —dijo en voz alta Scarletti al observar la respiración acelerada, los pechos atrayentes hinchándose con el deseo ansioso.

Nicoletta se apresuró a descender los peldaños de la piscina para sumergir su cuerpo en el agua con la esperanza de que no pudiera verla. El mosaico de baldosas coloridas creaba un efecto extraño y reluciente en el agua. Se sintió una ninfa con el largo pelo flotando como sedosas algas azabaches en la superficie.

El agua caliente que acariciaba su piel alivió la irritación. Cerró los ojos, saboreando la sensación, el calor e incluso la posible indecencia de todo aquello.

—No ha respondido a mi pregunta, don Scarletti —dijo en voz baja, alzando la vista hacia él, más segura con el agua cubriendo su piel desnuda, las tenues nubes de vaho jugando con su cuerpo y las sombras oscuras de varias velas saltando sobre su piel.

—Rindo culto a mi manera. Soy el señor de las tierras, responsable de las vidas de muchas personas. No disfruto del lujo de creer ciegamente. Cada decisión que tomo debe ser política. Nuestro país está dividido, y mientras sea así, caeremos en poder de las grandes potencias, sea el dominio de la Santa Iglesia, de Francia, de España o de Austria. —Descendió los peldaños deprisa—. Conservo estas tierras porque soy fuerte. Ataco con rapidez y potencia, y llego hasta donde sea preciso. Si corren rumores de traición, si alguien habla de atacarme y arrebatarme las tierras, de conquistar a mi gente, elimino la amenaza de la garganta de mis enemigos mucho antes de que lleguen a mis fronteras.

Nicoletta se mordió el labio inferior con nerviosismo.

—También se rumorea que encabeza una sociedad de asesinos. —Estaba retrocediendo de él, del efecto hipnótico que parecía tener sobre ella. Podría llegar a creer que dirigía una sociedad secreta. Ya medio creía que era un hechicero atrapándola en su embrujo. Pero era tan experto que en realidad ella no tenía deseos verdaderos de escapar.

—He oído ese rumor —dijo encogiéndose de hombros con despreocupación.

Nicoletta era muy consciente del goteo de sudor que corría por los músculos definidos del torso y los brazos de Giovanni. Quiso tocarle y saborear esas pequeñas gotas de humedad. La idea era aterradora, una corrupción del recato que le habían inculcado desde niña. Quería que él la tocara otra vez, que hiciera arder de nuevo su cuerpo con aquella conflagración.

—Pese a todo lo que ya me ha contado, ¿cómo es que ha conseguido preservar las tierras cuando tantos otros las pierden?

Se esforzaba por controlar el ansia terrible que rugía en su interior.

—Estás pensando que *il diàvolo* me ha ayudado. No sé si lo ha hecho, Nicoletta. Es mucho lo que debo hacer para proteger nuestras tierras, inconcebible para una pequeña inocente como tú.

Estiró las manos para encontrar su caja torácica y acercarla a él a través del agua que les salpicaba. Los tiernos senos se comprimieron contra su torso como una invitación descarada. Al instante acercó las manos para tomar el blando peso.

—Necesito que me explique algo, don Scarletti —dijo ella aproximándose, casi hipnotizada por las gotas que corrían por su piel—. ¿Está mal esto? El modo en que me hace sentir... ¿es malo?

—Giovanni —la corrigió—. ¿Y qué puede ser malo entre un marido y su esposa? Eres mi otra mitad, *cara mia.* —Buscó su mano—. Así es como tiene que ser. Fíjate cuánto te necesito, Nicoletta, cuánto te quiero.

Tomó sus dedos para rodear la gruesa y dura erección, y luego cerró los ojos deleitándose en el contacto.

Percibía el temblor de la muchacha pese al calor del agua. Le pasó la mano por el pelo, una caricia de ternura mientras con la otra mano amoldaba sus dedos para que exploraran y le masajearan.

—Cuando un hombre conoce a una mujer quiere que le toque así. Cuando ella desea complacerle tal como él la ha complacido, crece en él la pasión por ella. —El agua humeante fluía a su alrededor, entre sus cuerpos, lamiendo sus pieles como un millar de lenguas—. Mírame, *cara mia,* lo grande que ya está mi necesidad por ti.

Susurró las palabras mientras la atraía hacia él, mientras tomaba su cabeza entre las manos y se inclinaba para besarle la nuca. Seducción. Tentación.

Nicoletta notaba la curiosa sensación de derretirse por dentro, el calor en su sangre precipitándose por sus venas, formando un pozo de ansia constante y necesidad desesperada. Quería adelantarse y saborear las gotas de humedad en su piel. No podía ya contenerse. Casi en trance, se apoyó en su torso y siguió el contorno de sus músculos con los labios. Mientras la boca descendía sobre su piel, le notó temblar, notó la erección creciendo en su mano, palpitando con necesidad urgente. Con sumo atrevimiento y tentada más allá de lo controlable, sacó la lengua de súbito para atrapar una gotita de humedad en el pecho. Saboreó la sal, la tierra, la fragancia masculina que la envolvía. Y quiso más.

Una sensación de poder crecía en ella, reemplazando su terrible vulnerabilidad. Podía hacer que la deseara del mismo modo que él lo lograba. La lengua atrapó otra gota, ejecutó giros perezosos, un movimiento natural y sensual que arrancó un jadeo de la garganta de Giovanni. Ahora su mano se movía motu proprio, deslizándose sobre toda la dureza de la erección, acariciándola, encontrando la punta sensible que parecía más vulnerable a sus atenciones. Él la dejó explorar, apretando los dientes para dominar las oleadas de deseo ardiente que le recorrían como lava fundida y que apenas podía contener.

Mientras se levantaba despacio, ella hizo girar la lengua sobre su torso, luego más abajo, hasta encontrar las diminutas gotitas que descendían por la protuberancia de los músculos del estómago. Se le escapó otro sonido, un gruñido ronco arrancado de lo más profundo de su ser. Era erótico, hambriento, tan sensual que ella no pudo resistirse a saborearle. Scarletti se estremeció visiblemente mientras la boca recorría a saltos la punta henchida, caliente y dispuesta a todo a causa de la gran necesidad. El aliento caliente le volvió medio loco.

Giovanni había disfrutado muchas veces en su vida de placeres así con mujeres experimentadas, con suma práctica en su arte. No obstante, ninguna le había agitado como Nicoletta. Su sensualidad era natural, apasionada de nacimiento, todos sus gestos sumamente eróticos en su inocencia, incluso la manera en que volvía la cabeza o movía los labios cuando andaba. Y el modo en que deslizaba la boca con timidez sobre él, caliente, pequeña y perfecta. Le tomó la cabeza con las manos mientras se recordaba que debía proceder con delicadeza, no embestir contra ella como necesitaba con tal desesperación. Con sumo cuidado empezó a guiarla, echando la cabeza hacia atrás, con el cuerpo tenso por el autocontrol que se imponía.

Un fuerte golpe en la puerta de la alcoba exterior enderezó a Nicoletta de repente. Se quedó mirando a Giovanni con cierta clase de horror. Retrocedió y abrió mucho los ojos consternada por su conducta desenfrenada. Se llevó la mano a la boca.

Giovanni quiso abrazarla, pero los golpes sonaron más fuertes, más insistentes. Nadie se atrevería a interrumpirle en su noche de bodas de no ser una situación muy grave.

—Nicoletta, debo responder a la llamada —dijo en voz baja, tendiéndole una mano.

Ella buscó a su alrededor algo con que cubrir su desnudez, avergonzada y humillada por su comportamiento. Don Scarletti no la había forzado, ni siquiera se lo había pedido. Se había comportado de un modo inconcebible en una mujer decente. Sus pecados no podían ser veniales. Y no tranquilizaba su conciencia que su cuerpo aún ardiera en lo más profundo de su ser, un hambre en su sangre imposible de ignorar. Se santiguó y pronunció varias oraciones rápidas con la esperanza de que la Madonna misericordiosa estuviera escuchando esta noche.

Giovanni ahora se movía deprisa. Los golpes parecían tambores, la llamada era urgente. Tiró una bata a Nicoletta mientras él se ponía los pantalones. Dedicando una mirada atrás para asegurarse de que ella no estaba visible, cruzó la alcoba y abrió la puerta.

—¿Qué pasa?

El tono era grave y furioso, una amenaza para el grupo de hombres que le esperaba.

Nicoletta se asomó desde el rincón donde se había escondido y distinguió a Antonello en medio de varios de los soldados de elite de Giovanni. Alcanzó a ver que estaban alterados, pero mantenían la voz baja, impidiéndole poder oír lo que decían.

Por fin Giovanni volvió a entrar y cerró la puerta. Empezó a vestirse con sus ojos negros fijos en la cara pálida de la novia.

—Lamento tener que dejarte, *piccola*. Vete a dormir, y regresaré lo antes posible.

La muchacha se ajustó la bata un poco más, con su orgullo herido vivo en la mirada y el rostro ruborizado, casi como la grana.

—¿Quieres decir que me dejas en nuestra noche de bodas?

¿Tras la humillación de lo que acababa de hacer al cuerpo de Giovanni? No podía ni pensar en ello.

—Debo ir, asuntos de Estado me reclaman. Regresaré, y calmaremos todos tus temores.

Ella alzó la barbilla.

—No creo que desee calmar mis temores. Me ha hechizado y obligado a hacer tales cosas. Haga su trabajo, y yo regresaré a mi alcoba.

Sonaba levemente altiva, pero él oyó también las lágrimas atragantadas. Su rostro se tornó serio.

—He dicho que permanecerás en esta habitación. Ahora ésta es tu alcoba, Nicoletta. No tengo tiempo para enseñarte en este momento todas las cosas que debes aprender.

La joven le miró con ojos llameantes.

—No quiero ninguna de esas «enseñanzas», si es así como las llamas. Y no me quedaré aquí como una niña traviesa a la que han castigado sin salir de la habitación.

Él pronunció algo en voz baja y sacudió la cabeza.

—Regresaré luego. Y tú te meterás en la cama y dormirás durante mi ausencia.

Nicoletta se quedó en el centro de la habitación mirando cómo la dejaba para acompañar a los guardias y a su hermano. Se fue hasta la puerta y le observó irse por el pasillo. Cuando quiso salir desafiante al pasillo, dos soldados se plantaron ante ella. Sus cuerpos fueron tan efectivos como cualquier puerta de prisión. Otra humillación más. Todo el palacio estaría murmurando a estas horas que el don había abandonado a su novia la noche de bodas.

Giovanni miró hacia atrás una sola vez, encontrando su mirada oscura y afligida.

Cara mia.

La voz era suave como el terciopelo, pero Nicoletta rechazó su seducción y consuelo, cerrando la puerta de golpe y corriendo hasta la cama. Estaba agotada y avergonzada, incapaz de explicar su propia conducta indecente. Dio un golpe a la colcha jurando que nunca volvería a entregarse a una conducta tan carnal. Confundida y agotada por completo tras los sucesos del día, se durmió profundamente con lágrimas surcando el rostro. Pero soñó, y tuvo un sueño erótico con Giovanni.

Él regresó al dormitorio con la primera luz. La habitación estaba sumida en un tono grisáceo, atrapada aún entre la mañana y la noche. Estaba cansado, con líneas muy marcadas en su rostro. Se desvistió con la mirada en la figura durmiente de su joven desposada, aún con manchas de lágrimas en la cara. Los rasgos duros se suavizaron ante su visión, una ternura hizo aparición y derritió el hielo terrible en las profundidades de su alma. Había un rasguño en su hombro que antes no tenía, una línea delgada de sangre casi inapreciable.

Giovanni se estiró al lado de Nicoletta, con su duro cuerpo curvado en torno a ella, casi protector. La rodeó con un brazo para acercarla un poco más. Al principio permaneció tumbado y quieto, sencillamente escuchándola respirar, inspirando su fragancia.

Nicoletta fue consciente poco a poco de la presencia de su esposo, que inhalaba su esencia introduciéndola en lo más profundo de sus pulmones, respirándola para incorporarla a su cuerpo. Sus labios eran suaves como el terciopelo mientras rozaban su boca para descender a continuación por el cuello. La acarició así hasta que el calor de su aliento calentó el pezón que se asomaba y le saludaba desde la bata que se había abierto. Primero notó su lengua, luego el roce de los dientes, después una boca hambrienta succionaba con ansia. Cada tirón desató el calor húmedo y pulsante entre sus muslos, y gimió bajito, una invitación mientras separaba las piernas inquietas.

Giovanni pareció hacer caso omiso de la necesidad doliente de la muchacha. Tomándose su tiempo, prestó una atención escrupulosa a cada pecho, siguió la línea de cada costilla, haciendo girar la lengua en el ombligo y a lo largo del estómago. Al final le separó las piernas con las manos, acariciando sus muslos de un modo que la hizo arquear las caderas con exigencia. Presionó la palma de la mano contra ella y la descubrió caliente y húmeda.

—A esto le llamo desearme, *bambina* —dijo en voz baja, insertando dos dedos en su estrecho canal y moviéndolos como se movería su cuerpo, entrando y saliendo, hasta que ella levantó las caderas voluntariamente para seguir su ritmo—. Esto es lo que debes hacer —le dijo en voz baja.

Entonces se movió para colocar sobre ella su cuerpo grande y musculoso, reteniéndola debajo, separando sus muslos con la rodilla. Su dura verga ardía; ella la sintió gruesa y larga, presionando en la entrada. Scarletti cogió sus nalgas con las manos y la levantó para colocarla bien y poder abalanzarse hasta lo más profundo.

El movimiento no dejó ni un soplo de aliento en ella. La llenó con su gran tamaño, estirándola hasta hacerla jadear por el dolor exquisito. Entonces inclinó la cabeza para atrapar su boca y seguir con la lengua los movimientos duros y rápidos de su cadera, para que su vagina se calentara y comprimiera aún más. La fricción traspasó los sueños de

Nicoletta, ahora hechos realidad, y tuvo que agarrarse a él, lanzándose hacia arriba para encontrarle, con una presión tan intensa que quiso chillar. Su cuerpo se tensó repleto de vida, aferrándose a él, arrastrándole aún más profundamente, exprimiendo a Giovanni hasta dejarlo seco, con ella fragmentándose en un millón de piezas centelleantes antes de descender poco a poco sobre la Tierra.

—Esto no es más que el principio —le susurró en voz baja mientras retiraba a su pesar el peso del cuerpo. Echó una pierna con despreocupación sobre sus muslos para retenerla pegada a él, dejando un brazo posesivamente en torno a su cintura. Mantuvo la cabeza junto al calor de los pechos—. Vuelve a dormirte, *angelo mio* —susurró en voz baja contra la piel cremosa.

Con el cuerpo saciado pero sensible, ella se fue durmiendo con la boca de su esposo, húmeda y caliente, acariciándole el pecho.

Capítulo 14

No comprendo por qué aún no hay noticias de Cristano —saludó Maria Pia a Nicoletta cuando ésta entró en la cocina. La mujer mayor tartamudeó al descubrir a Giovanni caminando detrás de la joven con la mano descansando posesivamente en su espalda. Entonces alzó la barbilla con aire beligerante para dirigirse directamente al señor del palacio—. Entiendo que ha suspendido la búsqueda del joven Cristano.

Lo dijo como un desafío aunque no fue capaz de encontrar la mirada negra y firme de don Scarletti.

—¿Es eso cierto? —preguntó Nicoletta volviendo el rostro hacia él.

Con la luz de la mañana su aspecto era increíblemente poderoso, ni atisbos de ternura en sus rasgos cincelados. Parecía distante, aislado; parecía por completo el hombre que había dejado a su novia recién desposada para irse a alguna misión secreta y clandestina de la que se negaba a hablar.

—Sí, *cara mia* —dijo con un matiz de diversión mientras arrastraba las palabras—.

Siempre dispuesta a pensar lo peor de mí. Las palabras sonaron claras en su mente y un débil sonrojo se coló en las mejillas de la muchacha. Habría preferido creer que seguía soñando cuando él regresó al dormitorio, pero se habían enredado con demasiada intimidad como para equivocarse y no saber que estaba despierta, mirando a sus relucientes ojos negros.

Nicoletta encontró su mirada ante la despreocupada demostración de hablarle a la mente en medio de tanta gente. Giovanni se inclinó para rozarle la sien con la boca.

—Recibí aviso de que Cristano está sano y salvo, oculto en el *villaggio* que queda a un día de distancia del vuestro. Necesitaba a mis soldados y pensé que sería una humillación para el ego del joven obligarle a regresar a casa. —Hizo una reverencia a Maria Pia—. Signorina Sigmora, confío en que haya dormido bien.

Sus dientes blancos destellaron con la sonrisa de un lobo antes de darse media vuelta y dejarlas.

Maria Pia se santiguó, alarmada por el aspecto de Scarletti.

—Creo que me ha amenazado —susurró en voz baja a Nicoletta, muy consciente de la proximidad de los guardias—. ¿Y por qué tiene a esos hombres siguiéndote? Pensaba que su misión era impedir que huyeras antes de la boda. Ahora es tu marido.

La cuestión era peliaguda, por lo tanto Nicoletta optó por no responder.

—¿Dónde está Sophie? —preguntó en cambio—. Esperaba verla aquí.

No podía mirar a Maria Pia, no podía encontrar sus ojos firmes, pues la aterrorizaba que su mentora descubriera todas las cosas desvergonzadas que había estado haciendo. Por un instante espantoso las lágrimas escocieron en sus ojos, amenazando con delatarla.

—La diablilla sin duda estará haciendo de las suyas. Me temo que necesita mano dura. —La voz de Maria Pia sonaba gruñona pero mostraba afecto genuino—. Averiguaré donde se esconde e insistiré en que aprenda modales. Creo que, al igual que otra niña que conocí tiempo atrás, anda por ahí sola sin que nadie se ocupe de su educación o mejora.

—Lo mismo pienso yo —admitió Nicoletta.

Sonrió a Bernado y aceptó el pan recién sacado del horno, intentando actuar con toda la naturalidad posible, evitando el contacto visual directo. El pan estaba caliente y delicioso. Pasó por alto el hecho de que los guardias hubieran tomado un trozo antes de pasarle su ración. Estaba inquieta y tenía el cuerpo un poco irritado, pero de un modo delicioso, su mente saltaba nerviosa de una a otra de las cosas hechas en la privacidad de la alcoba con su esposo. No tenía sentido preguntar a Maria Pia sobre lo que se consideraba correcto entre un marido y una esposa, pues sin duda la mandaría a confesarse y a encender una docena de velas.

Mucho después del almuerzo, Nicoletta aún percibía las sombras en su mente, una inquietud creciente que deslucía su felicidad natural. Se ocupó de las formalidades de conocer a algunos de los trabajadores del palacio, y consiguió reír y bromear con ellos pese a que era obvio que Gostanz no aprobaba tales confianzas con el personal. Intentó no pensar en rumores y especulaciones. Que la nueva esposa del señor era tan inocente que no sabía complacer a un hombre así. Que por ese motivo él se había marchado la primera noche que pasaban juntos. O peor aún, todos sabían que ella había querido hacer las cosas prohibidas y peligrosas que había hecho. A última hora de la tarde las sombras empezaron a alargarse y crecieron tanto en ella que buscó refugio en la celdilla que albergaba el altar de la Madonna.

El rincón estaba poco iluminado, y Nicoletta hizo una ademán a los guardias para que le concedieran la privacidad que tanto necesitaba.

Arrodillándose, encendió varias velas y rezó en silencio a la Madonna y a su propia madre pidiendo orientación con su nuevo marido, cuya personalidad tanto la abrumaba. Le resultaba muy fácil a él hacer que le deseara, suprimiendo toda inhibición y todo pensamiento cuerdo, dejando sólo sensación, hasta hacerla centrarse en él, en complacerle. Le hacía sentir cosas en las que nunca había soñado, desear cosas que jamás había considerado. Anhelaba el consejo y consuelo de su madre.

En algún lugar a su espalda oyó a Portia alzando la voz con rabia. Otra voz respondió en un murmullo indistinto pero con una nota lo bastante discordante como para sacarla de su ensimismamiento. Volvió la cabeza y vio que a escasa distancia había una puerta entornada. Las dos mujeres que discutían debían de haber buscado refugio de las miradas curiosas tras esa puerta. Se recogió con incertidumbre en el reservado, inclinando la cabeza con fervor. Las velas que había encendido en memoria de su madre titilaban proyectando una luz danzante sobre las paredes. No había pensado en poner la oreja, pero se sentía arrinconada, temerosa de alejarse de allí cuando su presencia podía resultar humillante para ellas.

Distinguía ahora con más claridad la voz de Portia, estridente y furiosa.

—No me importa lo que pienses. ¡Eres una chica inexperta y egoísta, demasiado joven y tonta como para atraer la atención de un hombre así! ¿En qué pensabas Margerita? Te eduqué para hacer una buena bodam no para arruinar tu reputación intentando atrapar a un hombre como ése. —El desprecio y el desdén dominaban la voz de Portia de tal modo que ella se encontró dando un respingo ante el azote cortante—. Se acuesta con tontas burras como tú, pequeñas inocentes que confían en tenerlo contento, pero no eres más que un entretenimiento para él. ¿No te das cuenta de que le daría risa alguien como tú con figura de hombre y cara de oveja tonta? No tienes nada que ofrecer aparte de tu inocencia. ¿Has perdido el juicio? ¿Cómo esperas hacer una buena boda si eres tan necia como para mancillarte con él?

Se oyó un fuerte manotazo cuando Portia obviamente dio un bofetón a su hija.

Nicoletta se reclinó aún más intentando encogerse. Por suerte nunca había sido víctima de palabras tan duras ni de castigo físico. Su madre y Maria Pia siempre habían sido bondadosas, consideradas y comprensivas. Su padre, también considerado un buen hombre, había fallecido antes de que ella tuviera edad para recordarle. Maria Pia le había dado cachetes en la mano de tanto en tanto, pero siempre como reprimendas amables, amenazas más que golpes reales. Su corazón se conmovió por Margerita.

—¡Me ama! —gritó la chica con una voz joven cargada de dolor—. Tú qué sabes, pregúntale a él, pregúntale. Quiere estar conmigo, se casará conmigo.

—Nunca va a casarse contigo. —Portia escupió las palabras a su hija con una furia venenosa. Se oyó el sonido de otro golpe—. ¿Te has acostado con él? —La voz sonó más aguda, ponzoñosa y rabiosa—. ¡Dime, putita desagradecida! —Era obvio que Portia estaba sacudiendo a su hija con toda su furia—. Debería mandarte lejos de aquí, contar a todo el mundo lo que eres. Has estado con él... lo veo en tu cara.

Alzó la voz con un grito atragantado.

—¡Me deseaba! —gritó a su vez Margerita, como una niña a la defensiva que intenta convencer a un adulto de algo que no acaba de creerse—. ¡Se casará conmigo! ¡Lo hará!

—Cría estúpida, más que estúpida. —Portia sonaba afligida ahora, con la voz rota y cascada, un tono amargo y triste que pronto tornó en lloriqueo—. Apártate de mí, sal de aquí y vete donde no pueda verte. ¡Sal de aquí!

—*Madre*... —Margerita volvió a intentarlo—, me propondrá en matrimonio, y *zio* Giovanni ofrecerá una dote generosa y permitirá el casamiento. Todo saldrá bien.

—Largo de aquí —ladró Portia.

Nicoletta se mantuvo inmóvil mientras oía unas pisadas pesadas acercándose hacia la habitación donde discutían ambas mujeres.

—¿Qué sucede aquí?

Era la voz de Vincente esta vez.

Se oyó el rumor de unas faldas mientras Margerita se apresuraba a acudir a él estallando en lágrimas.

—Mejor que te vayas ahora —le indicó con voz amable—, yo hablaré con Portia.

La chica salió huyendo de la habitación, y pasó junto a Nicoletta llenando el pasillo de sollozos avergonzados. Portia aulló angustiada, tan dominada por la furia y el pesar que no podía ni hablar. Vincente cogió su figura al vuelo cuando arremetió contra él incapaz de contener su rabia. Lloraba sin control.

Nicoletta se levantó en silencio, volviéndose para salir discretamente del reservado. Vio a Vincente y a Portia forcejeando con fiereza, y luego a Vincente rodeándola con sus brazos, estrechándola y bajando la boca sobre sus labios casi agresivamente.

Escandalizada y apurada, ella se encogió de nuevo entre las sombras. Debería haber adivinado que había algo más que una relación de primos. Portia siempre estaba pegada a Vincente, y él parecía confiar en ella como consejera. Portia sólo le llevaba cinco o seis años. Nunca se le había ocurrido que la fría y segura mujer pudiera volverse tan apasionada con alguien; ahora parecía devorar a Vincente. Él cerró la puerta de una patada mientras sus manos sobaban el cuerpo de Portia con apretones brutales y frenéticos.

Nicoletta se quedó mirando un instante la puerta cerrada, paralizada y demasiado conmocionada para moverse. El sonido inconfundible de ropa rasgada la impulsó a actuar: se retiró a toda prisa por el pasillo pasando en silencio junto a la puerta y deseando saber por qué notaba aquel mal sabor de boca. Vincente y Portia parecían más frenéticos y salvajes que dos personas enamoradas. Aquella exhibición se le antojó un poco desagradable, y de pronto le aterrorizó el poder que el propio don Scarletti ejercía sobre su cuerpo.

Maria Pia la esperaba en el gran patio, lista para su caminata diaria.

—¿Qué sucede, *piccola*? Parece que hayas visto un fantasma.

Nicoletta echó un vistazo en dirección a los dos soldados que se habían convertido en sus sombras constantes. Mantenían el rostro cuidadosamente inexpresivo y, por primera vez, se preguntó cuánto sabían en realidad de las intrigas del palacio. Eran leales a su señor. ¿Le contaban lo que veían pese a ser tratados como parte del mobiliario por la aristocracia e incluso por los sirvientes? Probablemente sí. Se sintió desorientada, con unas extrañas ganas de llorar. Quería escapar, ahora más que nunca. Sentía que no pertenecía a este sitio.

Maria Pia buscó su mano.

—¿Qué sucede, *bambina*? No es habitual verte descontenta. ¿Te hizo daño don Scarletti? ¿Qué ha provocado esa mirada? Ah, ¿de modo que no te preparé lo suficiente para la noche de bodas?

Hablaba con calma, dando la espalda a los guardias a posta para poder mirar ambas en dirección a los frondosos arbustos.

—Éste no es mi sitio —susurró Nicoletta—. No entiendo a la gente aquí, ni quiero entenderles. Deseo ir a casa, regresar a las colinas donde sé qué puedo esperar y en quién confiar.

Maria Pia permaneció un momento en silencio, luego rodeó a la muchacha con los brazos y la estrechó como si aún fuera una niña.

—Son personas de todas maneras —le recordó con afecto—, sólo personas.

Nicoletta negó con la cabeza.

—Son diferentes, no se valoran los unos a los otros como nosotros. Portia ha pegado a su propia hija, Margerita. Ha sido algo horrible.

—A menudo yo misma desearía abofetear a esa jovencita —admitió Maria Pia—. Si tuvieras ocasión, Nicoletta, tal vez tú también le darías un buen cachete. Es una muchacha mala y vana que sólo piensa en sí misma. Sin duda no te habrá disgustado un merecido bofetón recibido por esa chica. Mira las cosas que le dice a la pobre Sophie.

La lealtad de Maria Pia ya se decantaba con convicción por la pequeña solitaria.

Unas lágrimas repentinas inundaron los ojos de Nicoletta.

—Portia le ha dicho cosas terribles a su hija. No es de extrañar que Margerita descargue luego su mal genio sobre Sophie. Su madre le ha llamado cosas horribles y la ha condenado por profesar amor a alguien. —Nicoletta miró indefensa a Maria Pia—. En verdad, no es más que una joven inmadura, un año menor que yo.

—Portia vive de la generosidad de su primo, don Scarletti. A menos que Margerita haga una buena boda, podrían acabar viviendo sin nada. Portia Scarletti debe de estar contando con un buen matrimonio para su hija —explicó con tacto Maria Pia—. Si este joven es un soldado o un plebeyo, es natural que su madre se oponga a ese pretendiente.

—Y luego Vincente oyó la pelea y entró —continuó Nicoletta en voz baja, evitando su cara—. Margerita salió huyendo, pero él y Portia...

Se hizo un pequeño silencio.

—Ya veo —respondió Maria Pia sin levantar la voz—. Sospechaba que había algo entre esos dos, aunque lo mantengan bien escondido. Ella le mira con una especie de posesión ansiosa.

—A mí me resultó de mal gusto —admitió Nicoletta a su pesar—. No me alegré por ellos, como si de verdad estuvieran enamorados. Más bien era como... —Su voz se apagó—. ¿Desesperación? ¿Lascivia? Una batalla incluso, no sabría decirlo con certeza. Pero era desagradable.

Era más que desagradable; parecían librar una batalla, agarrándose y arañándose los cuerpos. ¿Parecería que ella hacía eso mismo con Giovanni? Un leve rubor ascendió por su cuello y alcanzó su rostro.

Maria Pia le apretó la mano con dulzura.

—Cuando tu marido te mira, hay ternura en sus ojos. Es el único motivo por el que consiento tu unión con ese hombre. Sigo creyendo que es un pagano y que este castillo se ha ganado bien el nombre de *Palazzo della Morte*. Pero, Nicoletta, su necesidad de ti no es mera lascivia.

Nicoletta se inclinó para besar a Maria Pia en su mejilla.

—*Grazie*. Sé que no te resulta fácil decir esto. No sé con exactitud qué siento por Giovanni. Cuando estoy con él es una cosa, y luego cuando nos separamos... no estoy segura de nada. Miro las colinas y noto la llamada, pero si intentara fiarme de mi corazón, la verdad, no sabría qué camino seguir.

Avergonzada, inspeccionó a conciencia el patio, sin querer mirar a los ojos de la mujer que tan bien la conocía.

—Podría haberse negado a permitir mi presencia en el palacio y mantenernos separadas, pero no ha sido así —admitió Maria Pia—. Sabe que no confío en él, no obstante se desvive por tenerte contenta, *piccola*.

—Pero de todos modos es reservado.

Nicoletta dio voz a sus preocupaciones sintiéndose una traidora.

Con un estremecimiento, Maria Pia dirigió una mirada a la larga hilera de ventanales que cubrían este lado del palacio. Parecían grandes ojos, anchos, vacíos y malevolentes, observándolas con odio vidrioso.

—¿Lo notas Nicoletta, la manera en que nos observan? ¿Cómo nos miran todo el rato? El palacio tiene secretos, secretos perversos, y no quiere que los descubramos.

Maria Pia no tenía un sexto sentido, no era «diferente» en absoluto, aun así la sensación de sentirse observada era tan fuerte que hasta ella la notaba. La joven no necesitaba más advertencias para saber que el peligro era muy real. Se sintió obligada a mirar también hacia las ventanas. Pudo distinguir la figura de don Scarletti recorriendo su estudio de un lado a otro, mirando algo, estudiándolo. ¿En qué estaba tan implicado como para dejar el lecho nupcial en medio de su noche de bodas?

—Creo que todos están locos —se atrevió a decir Maria Pia—. Antonello se escabulle por ahí en silencio, extraño y reservado, con las ropas a menudo rotas y sucias. Vincente no presta atención a su propia hija, y Giovanni podría ser *il*...

—¡No le llames eso! —replicó la joven con brusquedad. Entonces se dio media vuelta y regresó a buen paso hacia el palacio—. Tengo que empezar a aprender cómo funciona esta casa o no le serviré de nada a mi marido. Creo que ya es hora también de que la pequeña Sophie empiece su educación. No sabe nada de arte ni sabe leer ni nada que pueda ayudarle a afrontar la vida. Nadie le hace caso, Maria Pia, y ella lo echa en falta.

—¿No quieres dar un paseo conmigo?

Maria Pia levantó una ceja especuladora.

—No tengo tiempo hoy, tal vez mañana.

Regresó deprisa hacia el edificio. Se sintió culpable por dejar a Maria Pia tan de repente pero, la verdad, tenía demasiadas dudas sobre su marido y no quería que la mujer fuera testigo de su aprensión o que la incrementara. Se movió por los grandes pasillos poco a poco, tomándose su tiempo para examinar la exquisita artesanía, el mobiliario, los tapices y las extrañas tallas. A su espalda, los dos soldados seguían sus movimientos de cerca y en silencio.

Fue Francesco quien la alertó de la presencia del viejo. El abuelo Scarletti observaba desde el umbral de una pequeña habitación mientras ella se acercaba. Fulminó a los soldados con la mirada.

—Dile a Giovanni que tus guardias no sirven para nada. Los robos proliferan en el palacio. Alguien ha vuelto a revolverme los mapas. No saben vigilar ni una pequeña habitación.

Nicoletta le dedicó una sonrisita vacilante a medida que se aproximaba.

—¿Le ha molestado alguna cosa, *nonno*? Hablaré con don Giovanni de inmediato.

El anciano hizo un ademán para que no se molestara.

—No hagas caso, yo mismo se lo contaré. Debemos hablar de ti, pues no creo que parezcas una esposa feliz —comentó.

La voz sonaba grave, casi oxidada, como si no supiera bien cómo hablar sin gritar.

La muchacha dejó de andar y echó una ojeada a los soldados ya que estaba claro que les inquietaba su proximidad al viejo.

—Aquí son muchas las cosas que no entiendo, signore, es mucho lo que me asusta. Miro las colinas en busca de consuelo. ¿Alguna vez sale a andar por las colinas?

Nicoletta se apartó de la puerta para hacer un gesto en dirección a las ventanas.

—No desde que era joven. —Sus ojos cansados se perdieron en la distancia—. No me atrevo a alejarme de la protección de Giovanni. Atraigo muchas iras. —Su mirada hastiada se fijó en su rostro—. Dime, ¿por qué no te doy miedo? ¿No piensas que voy a rodearte el cuello con las manos y a estrangularte igual que a mi esposa?

Se mantenía tieso como una vara, con un fiero orgullo en su porte.

—Creo, signore, que es mucho más probable que Maria Pia Sigmora me haga eso o tal vez mi marido, si no recuerdo pronto ponerme los zapatos que para él son tan importantes. —Nicoletta se rió un poco y se levantó el dobladillo de la falda para mostrarle sus ofensivos pies descalzos. Luego cogió al anciano del brazo—. Si le apetece andar por las colinas, *nonno*, me encantará que me acompañe un día. He plantado unas hierbas curativas maravillosas que precisan atención. Debo dedicarles un rato muy pronto.

Cada fibra de su ser echaba de menos las colinas y su consuelo.

El viejo le dio en la mano con delicadeza:

—No te separes de tus vigilantes, Nicoletta... si me permites decirte al menos esto.

La muchacha le sonrió.

—No le he pedido permiso para llamarle *nonno*. Confío en que nos hagamos buenos amigos. Ahora somos *famiglia*.

—Tal vez Giovanni prefiera otra cosa —dijo el abuelo Scarletti con tirantez.

—Cuénteme su historia, *nonno*. No quiero oír rumores de quienes sólo saben inventar cuentos —le animó—. No me da miedo, la verdad.

El anciano miró hacia los guardias, luego observó el rostro vuelto hacia arriba de la joven.

—O bien eres una chica muy valiente o muy alocada. Desconozco la verdad. —Avergonzado, le soltó el brazo y miró a otro lado—. Piensan que yo la maté, a mi querida Tessa. Como si pudiera hacer algo así. Pienso en ella a cada momento, es un tormento del que nunca me libraré, ni siquiera soy capaz de hablar de algo tan atroz.

Volvió a sacudir la cabeza y entró de nuevo en la habitación con pasos pesados y los hombros caídos bajo un peso terrible.

Nicoletta le siguió y entró en lo que parecía un pequeño estudio. Los muebles eran macizos, los colores oscuros, pero las ventanas ilumi-

naban la estancia de modo que parecía espaciosa. Aquí no había grabados, ni esculturas monstruosas. Sobre el escritorio yacían pergaminos y
varios mapas gastados. Ella los observó mientras seguía al hombre hasta la amplia hilera de ventanas. Parecía como si el anciano estuviera di-
bujando mapas nuevos de las tierras de la familia y zonas circundantes,
pues las líneas eran limpias y precisas. Se percató de que algunos de los
mapas más antiguos estaban gastados y finos por el uso.

—Tal vez debiera hablar de ello —dijo con coraje Nicoletta. Era
muy consciente de la puerta abierta y de los dos preocupados guardias
apostados fuera, dispuestos a entrar deprisa en caso necesario.

—No puedo. —Las lágrimas surcaban su rostro arrugado—. Déjame ahora.

Era un susurro firme, una súplica a causa del absoluto tormento.

Nicoletta acudió a su lado y le rodeó con los brazos en un intento
de consolarle.

—No puedo dejarle así. Es una locura guardarse algo tan terrible.
¿Cree que soy tan débil como para condenarle, como para irme corriendo?

La apartó de él con el cuerpo tembloroso por alguna terrible verdad. Mantenía los puños cerrados a ambos lados.

—Era como tú. El sol la seguía allí donde iba, su risa me llenaba el
corazón. Qué hermosa era, un tesoro excepcional. —La miró—. Como
tú, se parecía mucho a ti. Giovanni ha cometido una locura al traerte a
este lugar —dijo, y su voz se descontroló de súbito, despotricando en
latín y condenando a su nieto a los fuegos del infierno.

Nicoletta se santiguó al tiempo que negaba con la cabeza en dirección a los guardias que daban muestras de claro nerviosismo. Tras consultarse brevemente, uno se apresuró a alejarse. La joven puso una
mano tranquilizadora sobre el brazo del abuelo.

—¿Cree en la maldición Scarletti? ¿Por eso piensa que corro peligro aquí? Soy muy fuerte, *nonno*, y no me asusta plantar cara al peligro.

Le llamó abuelo adrede para ayudarle a recuperar la calma.

Él bajó la vista a los ojos cargados de pena de la muchacha.

—Mi Tessa tampoco tenía miedo. Y Giovanni se parece mucho a
mí, a como yo era, veo la manera en que te mira, con su corazón, su

alma. Pero ve demasiado: el sol te sigue y también los ojos de otros hombres. —Tragó el nudo en su garganta—. ¿Entiendes qué es sentirte consumido por otro ser? Vivir sólo con un propósito, esa sonrisa, esos ojos... que sea tal la necesidad que no puedas respirar si ella no está contigo. Es un fuego en la sangre que no se puede sofocar. Observas cada movimiento, el gesto más leve.

Cerró los ojos con fuerza para bloquear los recuerdos que le obsesionaban.

Nicoletta se quedó muy quieta, no obstante siguió agarrando su brazo pese a que estaba confirmando sus peores temores sobre la maldición Scarletti. Celos nefastos. Corrían por sus venas. Creaban monstruos donde antes había caballeros.

El anciano Scarletti tocó su pelo sedoso.

—Giovanni es así contigo, no puede apartar los ojos de ti. Y ha visto cómo te observan los demás. *Il demonio* está en Giovanni, igual que moraba en mi propio hijo. Igual que habita en mí. Muchos hombres deseaban a Tessa sin poder disimularlo. Y yo no podía culparles de algo que yo mismo tampoco podía controlar. Pero había uno, alguien que nos visitaba cada año, y a quien ella sonreía. A mí me enloquecía un odio, yo sentía la rabia y la maldad en mí. Se propagó hasta que yo no veía otra cosa que ella sonriéndole. La llevé a rastras hasta nuestro dormitorio, fui brusco con ella. Me vi lastimándola, pero no pude contenerme. Había bebido licores, mucho alcohol, más que nunca, en un intento de ahogar *il demonio*.

El viejo se hundió en una silla y enterró el rostro entre sus manos temblorosas.

—No podía ahogarlo. Pegué a Tessa mientras me suplicaba que creyera en su inocencia. Sabía que era inocente, lo sabía, y que yo era injusto con ella. No obstante, me enfadaba necesitarla tanto que una de sus sonrisas a otro hombre pudiera provocar tal monstruosidad. —Miró a Nicoletta—. Soy un monstruo. La aparté de mí, recuerdo su cuerpo delicado golpeándose contra la pared con un fuerte impacto, y la dejé en el suelo mientras salía para conminar a nuestro visitante que se marchara del palacio. —Un sollozo se apoderó de su voz—. Me desperté en la cama a la mañana siguiente con un dolor de cabeza atroz. Tessa se encontraba echada a mi lado, muy quieta. Yo estaba tan avergonzado que no quería mirarle a la cara, pero volví la cabeza. Sabía que no me condenaría, ella no era así. Pero tenía los ojos abiertos, con una mirada terrorífica. Había marcas de dedos en su cuello, grandes moratones. Se encontraba muerta a mi lado, estrangulada por el monstruo que vive en mi interior.

Estalló en sollozos desgarradores.

Nicoletta le acarició el pelo revuelto, plateado, murmurándole palabras tranquilizadoras. Fuera cual fuese el crimen que había cometido contra su esposa, había pagado con cada momento de su existencia.

—¿No recuerda nada? ¿De verdad no se acuerda?

Él negó con la cabeza.

—Lo intento. Cada noche repaso y repaso la discusión en mi mente, pero está en blanco. No recuerdo perseguir a nuestro visitante, no recuerdo nada después de haber salido de la alcoba.

—¿Alguien le vio?

—Mi hijo me dijo que entré bramando en su estudio y amonesté a nuestra visita, pero me acompañó de regreso a nuestro cuarto y me metió en la cama. No vio a su madre. Debería haber subido a las murallas, pues le gustaba andar ahí arriba cuando estaba preocupada, salir al exterior para poder pensar.

Nicoletta entró en tensión. Las murallas. Su madre también había encontrado la muerte allí aquella misma noche. Alguien se había aprovechado de ella con brutalidad y había arrojado el cuerpo desde la altura. No podía ser una coincidencia, no podía serlo. Dos mujeres muertas. Asesinadas. Ambas se hallaban en las murallas. Observó al anciano. ¿Había ido en busca de su esposa y, con la furia, había violado y matado a su madre? Se tapó con la mano la boca para no dejar ir sonido alguno.

El anciano de repente se levantó y anduvo hacia ella con agresividad.

—¡No pude hacer una cosa así! ¡Recordaría haber matado a mi amada esposa! No puedo ser tal monstruo. ¿No te das cuenta, Nicoletta? ¿No ves el peligro que corres? Hazme caso, debes abandonar este lugar. ¡Debes irte mientras puedas!

Sonaba enloquecido, como si hubiera perdido de nuevo el control.

—¡Nicoletta! —Giovanni irrumpió en la habitación, con expresión dura como una máscara y ojos centelleantes. La agarró para acercarla con gesto protector, apartándola de los dedos huesudos de su abuelo y resguardando su cuerpo menudo bajo su físico superior—. ¿Qué sucede aquí?

Su tono grave derrochaba amenaza, la mirada negra se mantenía fija en el rostro de su abuelo como una especie de condena.

—Estábamos comentando la idea de caminar por las colinas —respondió Nicoletta dando una palmadita en el brazo al mayor de los Scarletti—. Bien, entre otras cosas. Creo que dar un paseo sería una maravilla.

Le costó mantenerse inexpresiva, temerosa de delatar al anciano después de que se hubiera decidido a contar su historia de horror, a condenarse ante sus ojos con objeto de advertirle. Era un gesto noble.

Giovanni notó de todos modos su temblor. Pese a que ella volvió el rostro hacia arriba, sus ojos oscuros y elocuentes se negaban a encontrar su mirada penetrante. Él se volvió hacia el anciano con furia controlada, pero el aspecto de su abuelo era muy frágil, parecía balancearse a causa del agotamiento. Giovanni nunca le había visto en semejante estado. Se obligó a respirar hondo para calmarse, pese a su corazón acelerado tras el aviso que le había hecho llegar el vigilante, temeroso por la seguridad de Nicoletta. Era tan joven, tan inocente; tenía que recordárselo continuamente. No sabía nada de la maldición, de la realidad de esos monstruos que llevaban dentro los hombres.

—¿Te encuentras mal, *nonno*?

Planteó la pregunta con amabilidad, cuando lo que deseaba en ese momento era coger a Nicoletta en brazos y alejarla de cualquier posible peligro.

El abuelo alzó una mano y negó con la cabeza sin tan siquiera mirarle. Giovanni agarró a su esposa cuando ella quiso ir a consolar al anciano.

—Tenemos que irnos y dejarle descansar, Nicoletta —ordenó en voz baja.

La instaba a salir de la habitación, pegando su cuerpo a ella para que se viera obligada a salir al pasillo.

—Traidores —susurró a los vigilantes mientras la sacaba y pasaba a su lado.

Ambos sonrieron avergonzados pero en absoluto arrepentidos.

—Ahora sé por qué mis antepasados construyeron esa torre —le informó Giovanni—. Creo que lo mejor para mí sería encerrarte en ella nada más te levantes por la mañana. Mi corazón no puede soportar esta tensión a la que lo sometes continuamente.

Los ojos oscuros de Nicoletta encontraron su mirada. Fue un error. Ella lo supo antes de alzar la vista, pero no pudo evitarlo. Los ojos de Giovanni la atraparon en un mundo oscuro de necesidad erótica, tentación y excitación. No quería sentir nada de eso, no después de haber jurado portarse bien hacía nada. No tras la advertencia del abuelo reverberando en su mente.

Celos. Una locura que destruía a hombres buenos. Ya había observado indicios en Giovanni, aun así la amenaza no bastaba para impedir que las brasas candentes en lo más profundo de ella empezaran a arder con tan sólo una mirada de esos ojos hambrientos. La volvía débil de necesidad, su cuerpo cobraba vida sin tan siquiera tocarla.

Scarletti la guió por el pasillo, instándola a seguir la dirección que quería con su gran cuerpo, ese cuerpo duro y caliente, una tentación a la que quería resistirse con desesperación, un placer que ansiaba saborear una y otra vez.

—Giovanni —susurró su nombre con una súplica para que la soltara.

Scarletti lo sabía, era consciente de la confusión en sus pensamientos; en cierto modo estaba compartiendo la mente con ella.

Nunca, cara mia. No voy a soltarte nunca.

Notaba la fiera determinación, era un juramento. La arrastró hasta una habitación en la que ella nunca había entrado, cerró la puerta y echó el cerrojo. Era más pequeña que muchas del palacio, con vidrieras de colores y oscuros relieves cubriendo las paredes. Él buscó con su boca dura y dominante la respuesta en los labios de Nicoletta, y el terror a perderla era evidente en la tormenta de ansia que se precipitaba por sus venas.

Sólo alzó la cabeza cuando percibió las lágrimas surcando el rostro de la muchacha, y enmarcó con las manos su cara para poder besarle los ojos y las comisuras de la boca temblorosa y saborear las lágrimas.

—¿Qué pasa, *piccola*? ¿Soy un monstruo tan terrible que no soportas vivir en este oscuro palacio con un bruto así?

Nunca podría soltarla, era tan esencial para él como el aire que respiraba. No había esperanza de explicarse; ella reconocería el peligro que corría su vida y lo absolutamente egoísta que él era.

La voz de Giovanni sonaba tan tierna que la conmovió. Parecía tan solo, parecía morir de necesidad por ella. Le miró con su franqueza inocente.

—No entiendo este lugar ni la gente que lo habita. No distingo el bien del mal aquí. Eres muy poderoso y me arrastras de tal manera que soy incapaz de reconocerme a mí misma cuando estoy en tus brazos. Ni siquiera te conozco bien, no obstante yo...

Su voz se apagó, se puso como la grana, pero buscó su mirada con valentía.

—Nicoletta. —Pareció susurrar el nombre casi con alivio—. Lo que un marido y una mujer hacen para expresar sus sentimientos nunca es malo. ¿Cómo puede ser malo algo así? —Movió las manos por su cuerpo, le rozó los senos, libres bajo el delgado tejido de la blusa—. ¿Puede estar mal eso, que un marido quiera tocar a su esposa, mostrarle la fuerza de sus sentimientos? ¿Desearías vivir y pasar los años sin desear lo que es natural entre un hombre y una mujer?

Tiró de la blusa para poder inclinar la cabeza sobre el ofrecimiento de los senos.

Nicoletta cerró los ojos sintiendo unos rayos recortados danzando por su cuerpo. Acercó la cabeza de Giovanni con sus brazos delgados. No podía resistirse a él, al hambre oscuro y la necesidad intensa. No podía resistirse a la manera en que su propio cuerpo anhelaba el suyo.

—No —susurró derrotada.

Y era cierto. Mejor vivir así, querida y extremadamente viva, que no querida, copulando sólo para tener herederos y detestando el acto, como les sucedía a tantas mujeres.

Scarletti le levantó la larga falda y desplazó la mano por la carne desnuda del muslo hasta encontrar el abrasador tesoro húmedo que estaba buscando.

—Despejas la oscuridad de mi alma, Nicoletta —dijo con voz ronca y doliente mientras apartaba la ropa interior e introducía dos dedos que la encontraron ardiente y ceñida, esperándole—. ¿Tanto me temes? ¿Qué crees que voy a hacer? ¿Enseñarte a complacerme y luego declararte bruja ante el mundo? Ya sabes complacerme. —Giovanni cerró los ojos y saboreó la seda caliente de su canal femenino, la manera en que su cuerpo bañaba los dedos exploradores con fuego líquido—. Nunca podría condenarte sin condenarme a mí mismo. Eres mi alma y mi corazón.

Lo que más temía ella era esta posesión, esta manera de convertirla en su esclava, dejar de ser Nicoletta para convertirse en lo que él hiciera de ella. Fue consciente de cómo movía el cuerpo contra la mano, porque lo deseaba y necesitaba. Giovanni se quitó la ropa restrictiva y la levantó en brazos.

—Rodéame el cuello con los brazos, *piccola*, y la cintura con las piernas.

Nunca iba a dejarla marchar, nunca. Quería que le necesitara, que le deseara, que le amara tanto que dejara de pensar en intentar escapar de él. La amarraría a él como fuera.

—Te quiero a ti, no quiero a ninguna otra mujer.

Apretó los dientes mientras colocaba el atrayente pubis directamente sobre la evidencia gruesa y abultada de su necesidad.

Nicoletta notó la presión ardiente y hambrienta de su miembro, su cuerpo tembloroso, duro como la roca, cada músculo bien definido. Movió las caderas adrede, un leve movimiento circular, provocador, pues deseaba a Giovanni con cada fibra de su ser. Centímetro a centímetro, acogió el órgano en el calor de su cuerpo.

Estaba húmeda y ceñida, increíblemente excitante.

—Es verdad que he tenido otras mujeres, aún podría tenerlas si quisiera tal cosa. Pero para mí sólo existes tú —susurró con las manos en su cintura.

A Nicoletta se le escapó el aliento con una pequeña exhalación mientras él la llenaba en aquella posición que le permitía dilatarla del todo. Giovanni se detuvo varias veces para permitirle amoldar el cuerpo y acomodarse a su invasión. Luego empezó a moverse lenta y fluidamente, teniendo presente en todo momento su juventud e inexperiencia, manteniendo bajo control su furia salvaje. Se enterraba cada vez más hondo, con un poco más de fuerza, buscando ahogarse para siempre en su fuego. Quemó la oscuridad interior que avanzaba como un monstruo ensombreciendo su vida. La llama de Nicoletta era brillante y pura, una luz fundida y candente que le mantenía cuerdo.

Cuando ella le clavó los dedos perdió un poco más el control, apretándole los pechos contra su torso y dejando caer la cabellera sobre la cara formando una cortina negra azabache. Gimió un poco cuando él la apretó contra la pared para penetrarla aún más a fondo. Empujando con las caderas una y otra vez, enterrándose más hondo en la ardiente vagina. Se la llevó con él, ayudándola con las manos a cabalgar y enseñándole la manera de moverse, hasta que apretó los dientes con la exigencia del autocontrol y pudo notar los pequeños músculos ciñéndosele, preparando su propia liberación. Notó el cuerpo de Nicoletta creando una espiral de tensión y sacudidas, desatando su propia respuesta, una explosión violenta de éxtasis, y por un momento pensó que de verdad ella le había prendido fuego y le había envuelto en llamas, envolviéndose a sí misma también, atravesándoles a ambos.

La atrajo hacia sus brazos mientras se esforzaba por recuperar la respiración, sosteniéndola cerca con la cabeza acurrucada en su hombro mientras los corazones latían con ritmo frenético. Ambos estaban empapados tras la fiera danza.

—No era mi intención tal desenfreno, *piccola*. Me disculpo por mi falta de control, pero me haces perder todo pensamiento cuerdo. Sospecho que tanta formación no sirvió para nada.

Nicoletta descansó contra él, incapaz de creer que existiera tal placer en la vida como el que encontraba en brazos de este hombre. Era un aristócrata poderoso, en realidad un desconocido y alguien a quien temía. No obstante, era mucho lo que la atraía de él.

—¿Es siempre así entre un hombre y una mujer? ¿Cómo pueden decir tantas mujeres que permanecen inmóviles como una piedra debajo de sus maridos mientras ellos se las «cepillan»?

Giovanni se puso tenso, una oleada de sangre caliente le recorrió. La estrujó entre sus brazos hasta el punto de hacerle daño.

—Es poco decoroso por tu parte pensar en otros hombres, Nicoletta —reprendió—. Nunca cometas la locura de buscar respuesta a esa pregunta.

Había una buena dosis de amenaza en su voz. Permitió que ella bajara las piernas al suelo para que la falda cayera en suaves pliegues en torno a sus tobillos desnudos.

Nicoletta fue sumamente consciente de que la blusa exponía los pechos desnudos a su mirada y el semen goteaba por su pierna. Avergonzada, volvió a taparse colocando bien el tejido, clavando los dientes en el labio inferior mientras miraba el suelo.

Giovanni cogió su barbilla en la mano y la obligó a alzar la vista.

—Nicoletta —dijo en voz baja con un leve suspiro de resignación—. Debes recordar que ahora eres una mujer casada y que sólo te sometes a tu marido.

—He hecho una pregunta para aprender de la respuesta —contestó en tono grave—. Pensaba que una podía preguntar tales cosas a su marido. Maria Pia me dijo que sólo tú deberías responder a mis preguntas. ¿Sólo vamos a tener esta... relación... y ninguna otra? —Sonaba desamparada—. Pensaba que seríamos amigos también, que podría preguntarte cualquier cosa que no supiera. ¿No puede existir eso entre nosotros?

La furia se aplacó, dejándole avergonzado y culpable.

—En verdad, *bambina*, te he entendido mal. Signorina Sigmora tiene razón. Tu marido debe instruirte en estas cuestiones. No sé por qué he hablado con tal rudeza. Ha sido feo por mi parte. —Se inclinó para frotar sus labios aún henchidos de pasión—. Sé que seremos amigos. Y puedes preguntarme cualquier cosa. No, no siempre es así entre un hombre y una mujer, Nicoletta... —Vaciló como si buscara las palabras correctas—. Pero no andes sola en presencia de otros hombres porque no es seguro para ti.

—¿Te refieres a tu *nonno*? No tiene motivos para hacerme daño.

—Hazme caso, *cara mia* —reiteró—. No es seguro.

Capítulo 15

Ketsia ya está aquí, Nicoletta —dijo Sophie enfurruñada—. Date prisa, queremos que vengas con nosotras.

Nicoletta sonrió a Bernado y Maria Pia mientras daba otro sorbo al té caliente preparado para ella.

—Por lo visto siempre me salto el desayuno, Bernado. *Grazie* por todas las molestias que te tomas por mí. Te lo agradezco mucho. —Sonrió a Sophie que le tiraba de la falda—. En cuanto a ti, diablillo, debes aprender a ser paciente. Si no me como lo que Bernado ha preparado con tal esmero para mí, no volverá a hacerlo.

Sophie se rió.

—Por supuesto que sí. Es lo que hace siempre.

—Entonces debería tenerle en gran estima y tratarle con sumo respeto. Recuerda siempre esto, *bambina*, demostrar el mayor respeto por quienes cuidan de ti y trabajan tan duro para tenerte contenta. Son más que sirvientes, deberían ser tu *famiglia*, ¿entiendes? —Nicoletta dio el consejo con afabilidad e inclinó el rostro de la niña para darle un rápido beso en la mejilla—. ¿Te ocupaste de Maria Pia por mí? Estaba preocupada por ella hasta que recordé que se encontraba contigo. Sabía que te portarías bien con mi amiga.

Sophie sonrió radiante con aquel halago.

—Prometió contarme historias de cuando eras *bambina*.

Nicoletta se rió bajito.

—Esas historias tal vez no sean indicadas para tus oídos. Siempre me metía en líos. Vamos, dadme un beso de buenos días y podéis iros al patio las dos para vuestros retozos matinales. La lluvia nos ha dejado un día fresco y limpio.

Esperó a que las dos crías la besaran, le dieran un abrazo y salieran saltando a jugar antes de volver la atención a Maria Pia.

—¿Por qué me miras como si me hubieran salido dos cabezas?

La mujer le dio una palmadita en la mano.

—No hay necesidad de ser mordaz, *piccola*, no te miro así. Tal vez te sientas culpable por haber pasado casi todo el día durmiendo.

Nicoletta se encontró sonrojándose. El sueño se lo había interrumpido placenteramente su muy apasionado marido. Nicoletta no estaba segura de sí misma, no tenía la certeza de que las cosas que sucedían en su alcoba fueran tan correctas como su esposo aseguraba.

—Mi intención es salir a caminar esta mañana —respondió con calma—. ¿Qué tal has pasado la noche, Maria Pia? No hay nada raro en esa habitación, ¿verdad? No habrá intentado Sophie meterse en el pasadizo otra vez, ¿eh?

—Don Scarletti se ha asegurado de que no sea así. La llevó al pasadizo y le enseñó las trampas escondidas ahí. —Frunció el ceño—. Fui con ellos para asegurarme de que no se lo tomara como un castigo. —Había ido para proteger a Sophie de todo peligro. No se fiaba de don Scarletti en lo que se refería a sus pupilas—. Tal vez recuerdes, Nicoletta, que fue un antepasado de don Scarletti quien ideó algo tan perverso. Tanto tiempo atrás esta *famiglia* ya estaba plagada de locura y asesinatos. ¿Qué hombre normal pensaría en algo tan perverso?

Su voz sonaba lúgubre.

Nicoletta se rió en voz baja.

—¿Has visto la mazmorra? Cuando me amenace con encerrarme ahí para siempre, prometo contártelo.

—No te lo tomes a broma, Nicoletta —reprendió Maria Pia.

La muchacha se inclinó para darle un beso en la mejilla.

—Lo siento, sólo quería verte sonreír. Hace un día precioso. Prometo reunirme contigo en el patio y librarte de esos dos diablillos en cuanto me sea posible.

Maria Pia sonrió a su pesar.

—Siempre encuentras la manera de embaucarme. —Se inclinó un poco más para dedicar una ojeada a los guardias y asegurarse de que no prestaban demasiada atención—. Lo siento, *piccola*, pero debo confesarte que algo raro pasa aquí. Puse una silla delante del pasadizo anoche como me indicaste, para asegurarme de que nadie pudiera entrar en la habitación mientras dormíamos. También cerré la puerta exterior y retiré la llave. —Bajó la voz todavía más—. Creo que alguien intentó entrar en la habitación.

La sonrisa se esfumó del rostro de Nicoletta, pensó que el corazón se le detenía y su rostro empalideció.

—Deberías habérmelo contado nada más vernos. Sabía que no debería haberte pedido que te quedaras aquí, lo sabía. —De pronto parecía furiosa—. Nadie va a hacerte daño, ni a ti ni a Sophie. Pediré a Giovanni que ponga vigilantes en la puerta cada noche.

Maria Pia la observó con mirada seria.

—Podría ser don Scarletti quien intenta hacernos daño, no lo sabemos, *bambina*.

Intentó mitigar su desconfianza con una expresión cariñosa.

—No es Giovanni —negó Nicoletta—, sé que no es él.

Incluso para sus oídos sonó desafiante en vez de convencida. Estaba perdida en la telaraña erótica que él había tejido en torno a ella, un hechizo embelesado tan fuerte que no podía librarse de él.

—Espero que tengas razón —dijo Maria Pia mientras se levantaba.

Nicoletta no la miró, tamborileó con los dedos sobre la mesa mientras consideraba su relación con Giovanni. Él era muy amable y tierno con ella, aun así percibía el fuego que inflamaba su sangre y le dotaba de una pasión siniestra. Mantenía reuniones secretas a todas horas del día y de la noche con visitas a las que hacían entrar y salir del palacio sin que nadie pudiera verlas. Protegía a sus invitados de miradas curiosas. En dos ocasiones, ella había observado a Antonello rondando cerca pero sin dejarse ver, como si se ocultara de su hermano igual que del flujo constante de visitas.

¿Eran asesinos a sueldo? Giovanni había admitido con claridad que eliminaba cualquier amenaza para su gente y tierras en cuanto tenía conocimiento. De pronto, consciente del silencio en la cocina, se levantó sonriendo a Bernado.

—Todo excelente, como siempre. No sé qué haría sin ti don Scarletti. ¿Necesitas algo? Me ocuparé de que te lo concedan.

Hizo su ofrecimiento confiando en poder cumplirlo. Giovanni parecía complacer sus deseos. A menudo le sonreía con gran diversión, pero le consentía sus caprichos.

Bernado hizo una profunda reverencia.

—Don Giovanni ya ha hablado conmigo esta mañana, donna Nicoletta. *¡Grazie! ¡Grazie!* Le di una lista y ha dicho que la tendrá en cuenta. Usted es un verdadero ángel.

Nicoletta se rió y negó con la cabeza.

—No has pedido su opinión a mis guardias, Bernado. Me temo que no estarán de acuerdo.

Los dos hombres sacudieron la cabeza al oír sus tonterías y la acompañaron mientras salía de la cocina, tan callados como siempre. Sus sombras. Nicoletta suspiró mientras andaba por el pasillo en dirección al dormitorio de Maria Pia. Quería examinarla y luego la habitación donde Sophie había estado tan enferma. ¿Qué había en estas dos estancias que la agobiaban tanto? Estaba acostumbrada a grandes espacios al aire libre, a la libertad, no a que la observaran cada minuto del día y de la noche. Algo en su interior se rebelaba con una fuerza que la asustaba.

Una sombra oscura la atravesó mientras se acercaba a una habitación del piso inferior que nunca antes había explorado. Aminoró la marcha y sus pies se volvieron casi de modo automático hacia el cuarto. La sombra se alargó, creciendo en su interior. La habitación era una especie de estudio, con libros y cuadros cubriendo las paredes desde el suelo hasta el techo. Nunca había visto tantas riquezas juntas. Abrió la puerta un poco más y vio a la mujer que la había atraído hasta allí.

La doncella a la que había pedido prestada la escoba intentaba quitar el polvo, pero no lograba alcanzar el punto que deseaba limpiar. La oyó resoplar y gemir de dolor al levantar el brazo con esfuerzo. Con cuidado, ella cerró la puerta para que no entraran los dos vigilantes y se acercó a la doncella.

—Te has hecho daño —dijo—. Soy curandera, tal vez pueda ayudarte.

La mujer se giró en redondo con el rostro surcado de lágrimas y los ojos muy rojos. Al descubrir a Nicoletta, pareció aterrorizada y se quedó pálida.

—No... no me he hecho daño, donna Scarletti. Se equivoca, estoy haciendo mi trabajo.

Sus ojos iban de un lado a otro, mirando por la habitación y desplazándose en dirección a la puerta, recordándole un animal acorralado.

La sombra creció en el interior de ella. Miró por la amplia ventana. Desde el exterior, una gárgola grande y grotesca la observaba con mirada fija y silenciosa.

—Dime cómo te llamas.

Era su primera orden como nueva señora del palacio.

El rostro de la mujer empalideció todavía más.

—Por favor, donna Scarletti, necesito trabajar aquí. Tengo tres *bambini*. No podré alimentarlos sin trabajo. —Dado que Nicoletta seguía mirándola, la mujer bajó la vista al suelo de baldosas—. Me llamo Beatrice. Mi marido era el capitán de la guardia personal de don Scarletti. —Dijo esto último con orgullo—. Le mataron en la última batalla. El don ha sido lo bastante amable como para permitirme trabajar aquí desde entonces.

Algo se retorció con fuerza en el estómago de Nicoletta. Leves magulladuras marcaban el cuello y el hombro de Beatrice. Al percatarse de que las inspeccionaba, la doncella se bajó más las mangas sobre las muñecas, pero su señora aún tuvo tiempo de ver el extraño círculo amoratado que parecía un brazalete alrededor de su piel.

—Deseo ver eso —dijo Nicoletta empleando la voz hipnótica de la sanadora.

—Por favor, no —respondió Beatrice con voz casi inaudible mientras tiraba despacio de los cordones de la blusa.

El material se separó y reveló la piel marcada de moratones y varias señales extrañas de quemaduras. Se acercó más para intentar ver pese a la conmoción que la embargaba. Parecía que la hubieran torturado.

Estiró los dedos con delicadeza y tocó la peor magulladura, a lo largo de las costillas de la sirvienta. También era apreciable la marca de un mordisco en la piel. En el momento en que tocó a la mujer, percibió la secuela de tanta violencia. Alguien había atacado a Beatrice, se había aprovechado de ella, haciéndole daño a posta. La doncella se negaba a mirarle a los ojos, estremecida por el miedo a ser descubierta.

—¿Quién te ha hecho esto? —dijo Nicoletta, tan indignada que apenas podía respirar—. No deberías trabajar en estas condiciones, necesitas descansar para recuperarte.

La mujer retrocedió y una nueva oleada de lágrimas surcó su rostro.

—Por favor, se lo ruego, donna Scarletti, por favor, no se lo cuente a nadie, no deje que nadie se entere de lo que ha visto.

Nicoletta levantó la manga de la doncella.

—Te ató.

Aquello le provocó ganas de vomitar. ¿Quién podía ser tan perverso y depravado como para hacer algo así a una mujer?

La sirvienta empezó a rezar en voz alta a la Madonna con sollozos cada vez más sonoros.

—Me va la vida como descubra que usted lo sabe, que me ha visto. ¡La vida! Puedo trabajar, trabajaré. Por favor, señora, no soy una fulana, pero lo hago para sobrevivir y cuidar de mis *bambini*.

—Cuéntame quién ha hecho esto, debemos decírselo a mi marido —dijo Nicoletta.

Beatrice se echó de rodillas, rodeando con los brazos las piernas de su señora y sollozando descontroladamente.

—¡No puede! Por el amor de Dios, me va la vida. Y tengo a los *bambini*. No puede explicárselo.

Nicoletta se apretó con la mano el estómago de repente revuelto. ¿Qué quería decir la doncella? Sin duda no podía temer que Giovanni la castigara por algo que algún bruto soldado le había hecho. Miró la cabeza inclinada de la mujer, el cuerpo amoratado, y de pronto todo se paralizó en su interior. Su corazón empezó a latir inquieto. No se trataba de un soldado, claro que no. Como viuda del capitán de la guardia, seguro que Beatrice acudiría a don Scarletti y le pediría que el soldado fuera castigado. Quien se hubiera aprovechado de Beatrice de tal modo depravado era miembro de la aristocracia. ¿Quién más podría maltratar así a otro ser humano y pensar que estaba en su derecho? No obstante, a la mujer le aterrorizaba acudir a Giovanni. ¿Qué podía significar? El recuerdo de la noche de bodas volvió a obsesionarla sin poder evitarlo. Giovanni la había dejado y luego había regresado con marcas recientes de arañazos en el pecho.

El recuerdo seguía vivo en su mente. Cierto que ella era una inocente sin instrucción, que no había sabido complacerle. Pero aun así él no era capaz de un acto así. Volvió a mirar los cardenales. El padre de Giovanni enviaba mujeres a sus hijos para que se aprovecharan de ellas sin importarles sus sentimientos o deseos. ¡No! Ella no podía creer una cosa así de Giovanni. No era un hombre que pudiera torturar a una mujer por placer. Podía hacer el amor con ferocidad, podía ser apasionado y exigente, pero no era capaz de hacer daño a una mujer.

—Calla, Beatrice —advirtió con amabilidad a la doncella—. Los guardias están fuera. Sé que puedo ayudarte, dime quién hizo esto para poder castigarle.

—Nunca. —Beatrice se apartó—. Señora, por mi vida, si dice algo me matará, matará a mis niños. Le puso un cuchillo a mi hijo en el cuello mientras dormía y me dijo lo que le haría si usted se enteraba o cualquier otra persona lo descubría.

Nicoletta alzó las cejas.

—¿Yo? ¿Se refirió a mí en concreto? —La doncella se estaba apartando, era obvio que demasiado asustada como para buscar ayuda en don Scarletti o su esposa. Entonces la cogió por el brazo—. ¿Te dijo si «yo» lo descubría?

Beatrice la miró con ojos aterrorizados y asintió despacio.

A Nicoletta casi se le rompe el corazón.

—No diré nada, Beatrice, pero pienso que puedo encontrar la manera de protegerte. Y tú deberías permitirme que intentara curarte.

Beatrice agachó la cabeza avergonzada.

—¿Por qué me ayuda?

La joven sonrió con dulzura.

—Somos mujeres las dos, Beatrice, ambas habitantes del pueblo. Nuestra única esperanza es permanecer unidas. Descubriré la manera de protegerte. Cuando creas que puedes confiar en mí, agradeceré que me cuentes quién te hizo esto. Si puede maltratarte a ti, hará lo mismo con otras.

Se quedaron calladas mientras Nicoletta le ponía las manos sobre las costillas magulladas. Pudo notar el calor curativo surgiendo de lo más profundo de su ser, saliendo de su cuerpo para entrar en el de Beatrice. La doncella jadeó y se quedó mirándola, casi asustada del poder que fluía de ella hasta su interior. Como sanadora, normalmente empleaba recursos sofisticados para disimular su capacidad especial. No obstante, presentía que mostrarse vulnerable de este modo era necesario para ganarse la confianza de la otra mujer. Beatrice podría condenarla como bruja y ni el propio don Scarletti lograría salvarla de tal situación.

Las dos mujeres se miraron un largo instante, era obvio que la doncella intentaba tomar una decisión. Nicoletta suspiró un poco cuando Beatrice apartó la vista.

—No puedo decírselo, donna Scarletti. Es mi vida, y tengo que proteger a mis *bambini*. Estoy en deuda con usted, lo sé. Si me necesita, haré lo que pueda para protegerla y servirla siempre.

Proteger y servir.

Un extraño modo de expresarlo. ¿Qué sabía Beatrice que ella desconocía? Corría peligro; veía la advertencia en los ojos de la doncella.

—Veré qué puedo hacer para protegerte, Beatrice —la tranquilizó en voz baja mientras salía por la puerta con la precaución de que los vigilantes no alcanzaran a ver quién se encontraba en la estancia.

Sabía que informaban de sus acciones diarias a don Scarletti; cada vez le irritaban más las trabas, las miradas vigilantes.

Al entrar en la habitación que Sophie había ocupado cuando estuvo tan enferma, dejó a posta la puerta abierta para que los dos guardias pudieran permanecer muy cerca. Sonrió para sus adentros, pensando que los soldados eran una espada de doble filo: les necesitaba a veces y le molestaban otras. Esta habitación tenía algo que evidentemente la inquietaba, era como si el mal estuviera encerrado entre sus mismísimas paredes. Todavía rondaba aquí, incesante, con un hambre atroz, para salir inesperadamente y cogerla desprevenida. Las ventanas con vidrieras impedían que la luz entrara del todo, por consiguiente el aposento resultaba oscuro, en semipenumbra, y las tallas se arrastraban por las paredes y el techo extendiéndose como una plaga. La escena retrataba a la aristocracia arrastrada por el mar con sus mejores galas. Las rocas recortadas partían barcos, y legiones de soldados caían entre la espuma y el fuerte oleaje.

Habían reparado la araña, que colgaba otra vez del techo con velas nuevas. Si la tierra había temblado mientras ella pronunciaba sus votos nupciales, también explicaría parte del extraño fenómeno acaecido aquí aquella noche, los extraños juegos de sombras de la habitación que eran resultado del modo en que las llamas parpadeaban y danzaban sobre los relieves mientras las paredes temblaban. Vio una hornacina en el extremo de la pared idéntica a la que había en el cuarto del piso superior. Un barco dorado idéntico, ornamentado y precioso, ocupaba también el rincón. Lo observó maravillada.

Nicoletta se acercó más para estudiar los grabados. La mayoría eran serpientes de algún tipo, con colmillos y garras malignas. Frunció el ceño al pasar un dedo por el interior del relieve profundo. Había algo delante de ella, algo que no captaba. Estaba tan cerca que se aproximaba a su cerebro pero negándose a adelantarse del todo.

Los guardias sacudieron la cabeza cuando decidió ir al piso superior, directa al dormitorio compartido por Maria Pia y Sophie. De nuevo la misma sensación misteriosa de maldad. Miró el relieve de la pared.

—Mira esto —dijo al vigilante más próximo—. Es evidente que el artista era un hombre muy violento.

Tocó la punta de lo que parecía una garra muy afilada.

Nicoletta se sentó en la cama y se quedó mirando el mural, deseando poder contemplar la artesanía de ambas habitaciones una al lado de la otra. Algo se movió bajo la colcha y le rozó los dedos. Dio un brinco, tan sorprendida que soltó un chillido de consternación. De inmediato el guardia más cercano la obligó a retroceder tras él.

—¿Qué sucede, donna Scarletti?

El segundo guardia, Francesco, la hizo retroceder aún más y la situó detrás de él, casi sacándola de la habitación. Nicoletta intentó mirar desde ahí al primer guardia que sujetaba el extremo de la colcha y tiraba para retirarla de la cama. Al instante una bola de escorpiones cayó al suelo, una masa marrón negruzca bullente que se retorcía, diseminándose de inmediato en distintas direcciones por el suelo de baldosas.

Nicoletta miró con horror las criaturas pavorosas mientras los vigilantes les daban caza. Los arácnidos venenosos eran rápidos. Era una idea espantosa que alguien hubiera tirado tal cantidad en la cama donde dormían Maria Pia y Sophie.

—¿Por qué? —dijo en voz alta.

—¡Cuidado! —gritó Francesco sacándola con poca delicadeza al pasillo, al tiempo que pisaba con fuerza con el tacón de la bota un escorpión que había escapado demasiado cerca de los pies descalzos de la joven.

Nicoletta dio un traspié hacia atrás e intentó recuperar el equilibrio. El guardia se acercó de un salto para estabilizarla. Otra mano surgió para tirar de ella a un lugar seguro. Se vio sujeta contra el torso duro de su marido.

—La torre cada vez me parece una idea mejor —murmuró atravesando con la mirada al guardia y las criaturas venenosas que se desperdigaban por el suelo de mármol.

Don Scarletti la levantó en sus brazos, sosteniéndola por encima del peligro mientras ayudaba a los guardias a librarse de los escorpiones.

Sus dos hermanos no tardaron en presentarse también, pisoteando las criaturas, con Vincente recorriendo cada centímetro de la estancia.

—Sophie no puede estar aquí —anunció con cuerpo tembloroso—. ¡Hay que hacer algo, Giovanni! Esto no puede continuar.

Su tono era acusador y la expresión peligrosa y sombría.

El corazón de Nicoletta se contrajo, consciente de cómo debía de temer por su hija, y al mismo tiempo su indignación porque alguien hubiera hecho algo así. No podía culparle. Su hija había corrido peligro en más de una ocasión.

—¿Por qué alguien iba a querer matar a Sophie? Es sólo una niña.

Expresó lo que otros no se atrevían a decir.

—La maldición —dijo Antonello en voz baja—. Estamos condenados a perder a nuestras mujeres.

Era una advertencia fatídica, y la pronunció con la mirada puesta en Nicoletta. Giovanni la estrechó aún más con sus brazos, como dos argollas idénticas que amenazaban con dejarla sin aire.

—La maldición es nuestra, Antonello, no de nuestras mujeres, y me niego a permitir que domine mi vida. Esto no ha sido una «maldición». —Indicó con un gesto los escorpiones muertos y moribundos—. Fue un ser humano quien juntó estas cosas y las trajo a esta habitación. —Notaba la furia corriendo por sus venas, una rabia que se negaba a ceder a la superstición que dominaba sus vidas—. Quiero que interroguen a todos los sirvientes, a cada uno de ellos. Llegaré al fondo de esto.

Clavó los ojos negros en Antonello.

Su hermano asintió en silencio.

—Estaban debajo de la cocha, don Scarletti —anunció Francesco—. Donna Nicoletta casi mete la mano ahí.

Giovanni la sacudió un poco, como si fuera responsable de aquella posible tragedia.

Estoy considerando en serio encadenarte a la cama.

—No podemos arriesgarnos a que escape un solo bicho, Vincente. Debemos trasladar de inmediato a la signorina Sigmora y a Sophie a otro aposento. La pobre niña pronto tendrá la impresión de no tener hogar.

—Mejor que esté a salvo —dijo Vincente—. Inspeccionaré yo mismo la alcoba. No quiero que ninguna de sus cosas sea trasladada si aún hay riesgo de que una de estas criaturas pueda estar ahí.

Giovanni asintió y se volvió con Nicoletta en brazos para llevarla por el pasillo a su alcoba. Una corriente de excitación calentó la sangre de la muchacha, que se relajó poco a poco en sus brazos.

—No encontré los escorpiones adrede —le informó.

—¿Cómo consigues meterte en estos incidentes? —preguntó, entrando en el dormitorio de tal manera que la puerta se cerró con un portazo tras ellos.

—Maria Pia dice que tengo un don —admitió Nicoletta sin arrepentimiento.

Se meneó para recordarle que la bajara, pero, mientras sus senos se movían contra el torso de su esposo a través del material de su blusa, descubrió la piel caliente de Giovanni y su cuerpo agresivo.

—¿Dónde están todos los vestidos nuevos que te ha hecho la modista? —quiso saber Giovanni, permitiendo entonces que los pies descalzos tocaran las baldosas.

Los ojos de Nicoletta se ensombrecieron y la sonrisa se desvaneció de su boca.

—¿Qué pasa con mis otras ropas? —preguntó dolida.

El corazón de Giovanni se enterneció al oír la nota desamparada.

—No puedes pensar que me avergüenzo de ti, *piccola* —respondió bajando la voz una octava hasta convertirla en un ronroneo sobre su piel, como el contacto de unos dedos.

—Me gustan mis ropas, voy cómoda con ellas. —Retrocedió a la defensiva—. Planeaba ponerme los vestidos nuevos cuando tuviéramos que recibir invitados. —Sonaba joven e insegura incluso a sus oídos. Retrocedió otro paso—. No pertenezco a este lugar, don Scarletti. No puedo respirar aquí ni entiendo qué sucede. No puedo ser una esposa adecuada para alguien como tú.

—¿Qué te ha hecho pensar eso, Nicoletta? —preguntó con delicadeza, acechándola a través de la habitación—. Eres mi esposa, no quiero otra. Estás haciendo las cosas necesarias para convertirte en la señora del palacio. Los guardias, los sirvientes, todos ellos te aceptan de inmediato. Portia y Margerita saben que deben aceptarte también; viven en tu casa gracias a tu asignación.

—No quiero esa clase de poder. Yo vengo del *villaggio*. Soy consciente del trabajo que supone llevar una casa de este tamaño, pero no me gusta la manera en que tratan aquí a los sirvientes, y no puedo formar parte de ello.

Levantó la barbilla hacia él mientras Giovanni le bloqueaba la escapatoria plantando su cuerpo con firmeza frente a ella.

Giovanni estiró la mano para colocarle el pelo tras la oreja. El gesto fue tierno y el roce de la palma con la piel hizo que se estremeciera de excitación.

—Soy consciente de que no me percaté de que Gostanz tenía demasiado trabajo. Le he facilitado más ayuda y he realizado algunos cambios que él mismo sugirió. Bernado también me informó de ciertas necesidades, tal y como tú sugeriste. Te agradezco que me informaras de estas cuestiones. Me equivoqué al contar con otros para que llevaran mi casa sin pedir consejo.

Nicoletta suspiró con aspecto confundido, y así era como se sentía. Había prometido a Beatrice que no revelaría su secreto e iba a cumplir su palabra, pero ella se refería a muchas más cosas que el trabajo de Gostanz.

—¿No consigues ver que no puedes arrancar una planta del lugar al que pertenece y esperar que crezca con fuerza? Marchitará y morirá.

—Tú misma has transplantado muchas plantas, *cara mia* —comentó con afabilidad—. He estado en tu huerto en las colinas. Has conseguido reorganizar muchas plantas que agarran y crecen, y parecen saludables.

Nicoletta tragó saliva con dificultad, abriendo sus ojos oscuros.

—¿Cuánto tiempo llevas espiándome?

Estaba temblando, apretándose con una mano el estómago de pronto revuelto.

La mirada de Giovanni no vaciló mientras la miraba. Era alto, arrogante e impenitente.

—¿Qué importa eso?

—A mí me importa —respondió ella con el corazón acelerado.

Había pensado que disfrutaba de libertad; que el *villaggio* la protegía. En todo momento él sabía de ella, en todo momento planeaba llevársela con él.

—Eso no es cierto —negó, aunque Nicoletta no había expresado en voz alta sus pensamientos, prueba de que su vínculo se volvía cada vez más fuerte—. No tenía intención de declararte mía, sólo de protegerte. No quería que la maldición Scarletti te alcanzara como a las otras. Tengo que vivir cada día con el conocimiento de que el asesinato habita en los corazones de los hombres y pese a ello te he traído a este peligro.

—¿Por qué lo hiciste?

Se oían llamadas insistentes a la puerta. Giovanni cerró los ojos y sacudió la cabeza como si intentara resistirse a la interrupción.

—¿Por qué lo hiciste? —insistió Nicoletta—. Es importante para mí.

—Sé que lo es, *piccola*, pero están sucediendo cosas de las que debo ocuparme. Ten paciencia y no me condenes por lo que debo hacer para proteger a mi gente.

Le pasó una mano por el pelo, con aspecto de pronto hastiado.

Al instante enterneció el corazón de Nicoletta, que se encontró deseando abrazarle; incluso dio un paso hacia adelante. Giovanni la encontró a medio camino y la abrazó, pegando los labios a su pelo.

—Me encanta tu manera de vestir, *piccola*, pero te encuentro demasiado atractiva para quien mira. Los hombres te observan, y ven algo que tú, en tu inocencia, no concibes. Sé que llevas poca cosa debajo, y los vestidos que he adquirido te taparán de modo más conveniente.

La muchacha alzó la ceja.

—No los has visto. Y cuando corro por las colinas necesito vestir ropa liviana.

Giovanni gimió mientras los golpes en la puerta se hacían más insistentes. La estrechó con más fuerza por un instante, luego alzó su barbilla, y su mirada negra pareció atrapar la suya.

—Sé que necesitas confiar en tu esposo, y que es mucho lo que no entiendes, pero fíate de mí, Nicoletta, un poco más. Ten fe en mí.

Y desapareció con la misma brusquedad que durante su noche de bodas, partiendo hacia otra de sus reuniones secretas.

Nicoletta se encontró en medio del dormitorio, sintiendo su ausencia. Necesitaba con desesperación que la tranquilizara. Le dolía la cabeza de intentar juntar todas las piezas del rompecabezas; las respuestas estaban ahí, pero fuera de su alcance.

Los vigilantes la esperaban en el exterior del dormitorio cuando salió. Giovanni ya había desaparecido. No quería pensar más en la maldición, deseaba salir al aire fresco y limpio y respirar el mar. Quería mirar sus colinas y estar con las niñas.

Así que anduvo a buen paso por el corredor, cohibida por primera vez en su vida. Las cosas no eran tal como las describía Giovanni; sus ropas eran prácticas y sencillas, no eran prendas para atraer las miradas de los hombres.

Sophie y Ketsia se apresuraron a su encuentro en cuanto salió al patio. Tenían el rostro sonrojado de correr y sus ojos relucían llenos de júbilo infantil.

—¡Íbamos a buscarte! —saludó Sophie alegre—. ¡Cuánto has tardado!

A Nicoletta le alegró verlas de la mano, se habían hecho buenas amigas. Las besó a las dos, riéndose mientras bailaban a su alrededor con euforia. Notó la brisa fresca en su rostro, y traía el mar consigo. Desplazó la mirada de las niñas risueñas al jardín de flores, arbustos y árboles, y de nuevo se sintió viva.

Maria Pia le sonrió con dulzura.

—Tienes ojeras.

Nicoletta alzó la vista a la hilera de ventanas. Tenían un aire funesto, como si la observaran con gravedad.

—He ido a mirar la artesanía de las paredes de vuestro dormitorio y casi meto la mano en un nido de escorpiones que alguien había dejado bajo la colcha de la cama.

Lo dijo en voz baja para asegurarse de que las niñas no la oían.

Maria Pia soltó un resuello, palideciendo visiblemente.

—¿Escorpiones? ¿Quién puede haber hecho tal cosa?

—Temo mucho por Sophie, por no mencionarte a ti, Maria Pia. Creo que la sopa que comió aquella noche, cuando se puso tan enferma, estaba envenenada a propósito. Las voces que oye son muy reales. No sé por qué su vida puede correr peligro, pero es así. Debes vigilarla en todo momento. Ya he pedido a don Scarletti que ponga soldados en vuestra puerta por la noche. Van a trasladaros a ti y a la *bambina* a otra habitación.

—¡Nicoletta! —gritó Ketsia—. ¡Venga! A que no nos encuentras...

Nicoletta observó a las niñas desapareciendo por el laberinto.

—Mejor voy tras ellas. Si no consigo agotarlas antes de que se haga de noche nos tendrán levantadas hasta muy tarde.

—Ketsia hace más preguntas que diez niñas juntas —dijo Maria Pia con una sonrisa—, y Sophie está empezando a seguir su ejemplo. Cada día es una niña más normal. Ketsia es una buena influencia para ella. La vigilaré en todo momento, Nicoletta.

—Bien, voy a perseguir a esos dos diablillos y te dejaré disfrutar de un merecido descanso.

Nicoletta volvió la mirada hacia los vigilantes desprevenidos y salió corriendo con el largo cabello al viento, dejando ver un atisbo de sus piernas desnudas, burlándose de los soldados con una risa mientras el laberinto la engullía.

Maria Pia se apartó de un brinco cuando los dos guardias salieron como pudieron tras la muchacha que tenían a su cuidado. Ella ya se había perdido de vista y corría entre los recodos y giros, siguiendo el sonido de la risa de las niñas. Había florecillas esparcidas por los senderos y, bajo sus pies descalzos, la alfombra frondosa de hierba parecía blanda y natural. Corrió deprisa, alzando la cara al viento y sintiéndose libre.

Cuando Nicoletta supo que se encontraba a cierta distancia del centro del patio, aminoró la marcha para disfrutar de la belleza del laberinto. Los arbustos eran altos, le superaban la cabeza, y muy densos, formando un muro sólido a través del cual no podía ver.

—¡Nicoletta! —Entre risitas, Ketsia sonaba despreocupada y feliz—. ¿Dónde estás?

—¿Dónde estás? —repitió Sophie—. ¿No puedes encontrarnos?

Las risitas sonaban un poco más adelante, por lo tanto Nicoletta anduvo más despacio para no atraparlas demasiado pronto.

—Estoy justo detrás de vosotras —dijo intentando borrar de su mente todo lo siniestro y tenebroso del palacio y disfrutar del momento con las niñas.

Las dos crías gritaron con deleite, oyó el golpeteo de sus zapatos en el suelo mientras seguían corriendo por el laberinto lleno de recodos.

—No os separéis —amonestó incapaz de contener la advertencia.

El pasadizo que formaba el laberinto a menudo se estrechaba y llevaba a un recodo sin salida o bien retrocedía en largos círculos serpenteantes. Nicoletta se encontraba ahora muy adentrada en él, siguiendo a las niñas sólo por el sonido de las voces. A veces las oía bastante cerca, como si pudiera tocarlas si metía el brazo por los espesos arbustos. En otros momentos parecían encontrarse a cierta distancia. Las botas de los soldados golpeaban pesadas por el sendero mientras corrían para atraparla.

Los pájaros sorprendidos por toda esa actividad poco familiar, alzaron el vuelo, agitando las alas en el aire y profiriendo chillidos de protesta con los picos muy abiertos. Al principio Nicoletta se rió, pero luego empezó a asustarse de los veloces animales. Dirigió una mirada al cielo. Una sombra pasó sobre el laberinto y levantó una corriente envolvente desde suelo, que le provocó frío al instante.

Entonces dejó de moverse de repente, quedándose muy quieta. El aleteo era constante sobre su cabeza. Respiró hondo y alzó la vista sin proponérselo. El cuervo negro estaba posado sobre las ramas de un denso arbusto al final del pasaje donde un recodo marcado ocultaba el resto del sendero. El laberinto parecía volverse más oscuro. Tragó el repentino nudo de miedo que bloqueaba su garganta.

—Tú otra vez, no. ¿Dónde están las chicas? —Alzó la voz, muy asustada—. ¡Ketsia! ¡Sophie! —La voz le temblaba—. Tenéis que encontrarme ahora. ¡Venid aquí!

El miedo en su voz asustó a los vigilantes.

—Donna Nicoletta, quédese donde está, vendremos a por usted —se brindó Francesco—. ¿Tiene algún problema?

Sí, tenía problemas, el ave le decía que había problemas. No notaba lesión alguna, ni enfermedad. El viento no le traía historias de accidentes. Las niñas seguían riéndose alegres. Entonces, ¿qué hacía ahí el pájaro, advirtiéndole de la desgracia de alguien en las cercanías? Nicoletta no podía contarles eso mismo a los guardias. Empezó a andar a su pesar hacia el ave, que la miraba con ojos redondos y brillantes. Esperaba verle alzar el vuelo en una dirección u otra. En vez de eso, mientras ella se acercaba, descendió describiendo una espiral hasta el suelo, doblando las alas y saltando poco a poco hasta el seto del arbusto que formaba la curva del laberinto.

Nicoletta sintió los fuertes latidos en su corazón y la boca secándose por el temor expectante. Desde el palacio llegaban sombras que penetraban en el laberinto. Unos demonios grotescos que se estiraban, los guardianes del palacio maldito buscaban mantener sus secretos a buen recaudo. Observó el ave saltando con determinación por el suelo.

A su pesar, dobló el recodo tras el pájaro. El laberinto daba la opción de ir a derecha o izquierda, dos giros abruptos, un sendero algo más estrecho que el otro. El pájaro eligió el estrecho y más descuidado. Los arbustos allí no estaban tan bien podados, con pequeñas ramas que sobresalían dándole a ella en la piel mientras avanzaba poco a poco.

Oyó las risitas de las niñas como si estuvieran a cierta distancia. El ruido debería haber resultado tranquilizador, pero sonaba burlón, como si el laberinto se llevara las notas dichosas y las retorciera hasta convertirlas en risas malignas.

Los soldados la estaban llamando, los dos. Estaban corriendo, pudo distinguir que se habían separado para buscarla. Quiso responder, pero el miedo a atragantarse se lo impedía. Tenía frío, incluso tiritaba, pese a estar empapada por el sudor. El pájaro volvió la cabeza hacia ella observándola con un toque de malevolencia que asoció a las ventanas y gárgolas del palacio.

—Muéstramelo de una vez —soltó ella, cerrando los puños dentro de los bolsillos de la falda.

No quería meterse en más líos; se esforzaba en encontrar su sitio en su nueva casa con un hombre al que apenas conocía. Un hombre que la hipnotizaba y la tentaba. Se metió una mano temblorosa en el pelo con nerviosismo mientras las lágrimas llenaban sus ojos. No quería más problemas, no quería tener miedo nunca más.

El ave le soltó un graznido, en un tono acusador desagradable. Se secó las lágrimas y alzó la barbilla desafiante. Casi a sus pies, el pájaro se inclinó por el interior de los arbustos para tirar de algo de color pálido. Nicoletta se arrodilló para adelantarse al cuervo, coger el trozo de tela y estirar. Estaba enganchado en lo profundo de las ramas espinosas. El corazón se le aceleró. Reconoció el tejido. Lo había visto muchas veces. Normalmente era azul, limpio aunque gastado, pero ahora estaba sucio y desteñido, con costras de manchas amarronadas.

Nicoletta se hundió en el suelo, sujetando cerca de ella la camisa de Cristano. Entonces lo notó, la terrible vibración inquietante, la secuela de la violencia. Estaba muerto, le habían asesinado aquí en el laberinto, llevaba muerto todo este tiempo. Mientras ella se casaba y hacía el amor con don Scarletti y se reía con las niñas, él estaba muerto, le habían quitado la vida para siempre, y su único crimen había sido quererla.

Su marido le había llevado al interior del laberinto. Su marido había salido solo del laberinto, con los nudillos raspados y sangre en la camisa inmaculada. Su marido había dicho que habían visto a Cristano en otro *villaggio* y por lo tanto había abandonado la búsqueda.

Apretando la camisa contra ella, se sentó ahí en el suelo, balanceándose y empapando la hierba con sus lágrimas, mientras las ramas superiores de los arbustos empezaban a balancearse por el viento que llegaba del mar. También llegaban anillos de bruma, y el pájaro formaba círculos perezosos en el cielo, inspeccionando con sus ojos agudos la escena ahí abajo y la mujer desconsolada que no paraba de llorar.

Capítulo 16

Qué sucede? Percibo tu dolor, pero intentas cerrar tu mente a mí.

Las palabras vibraban en su pensamiento como alas tenues, la voz sonaba hermosa y reconfortante, pero mortal al mismo tiempo. Nicoletta sabía que don Scarletti venía en su busca. La conexión entre ellos parecía crecer más y más. Si una esposa sintiera algo por otro hombre y su marido tuviera el don tremendo de Giovanni y sus celos sombríos, ¿no sería motivo de asesinato?

—¿Qué sucede? —Fue Francesco quien la encontró, tendiéndole la mano para levantarla del suelo, con la tela ensangrentada y todo—. Donna Nicoletta, ¿ha sufrido alguna herida?

No podía mirarle con las lágrimas surcando su rostro y la evidencia de la culpabilidad de su marido en las manos.

—¿Dónde están las pequeñas? —dijo atragantada, pues no quería que las niñas la vieran tan afligida.

El guardia mandó a su compañero, Dominic, a recogerlas.

—Debe regresar al palacio, donna Nicoletta —dijo en voz baja, con la mirada fija en sus manos, que sostenían el tejido.

Asintió y se fue con él. ¿Qué sentido tenía intentar explicarlo? Francesco era totalmente leal a su señor. Al guardia no le importaría la muerte de un campesino, ni a él ni a nadie, sobre todo si había sido lo bastante tonto como para desafiar a su señor.

Giovanni iba de un lado a otro de la entrada del laberinto. Vincente y Antonello estaban con él, lo cual hacía pensar que se encontraban reunidos cuando su marido se dio cuenta de que algo le sucedía a su esposa. Acudió a su lado a toda prisa, cogió en brazos su cuerpo tenso e inclinó la cabeza para darle un beso en la sien.

Nicoletta hizo un esfuerzo y permaneció quieta, pues no quería rechazarlo y montar una escena. La avergonzaba percatarse de que quería sentir su consuelo pese a su reprobación. Notó la manera en que el cuerpo de Giovanni entraba en tensión, otra evidencia más de que leía sus pensamientos.

—¿Qué has descubierto que te ha alterado tanto, *piccola*? —preguntó con afecto.

Alzando la cabeza, le miró con sus oscuros ojos elocuentes y acusadores.

—La camisa de Cristano. La he visto muchas veces, era suya y está cubierta de sangre. —Mantenía la mirada fija en sus ojos—. Sé que está muerto. Cuando he cogido la camisa, lo he sabido.

Lo admitió con serenidad, muy seria, desafiándole a llamarla mentirosa, a intentar discutir con ella o condenarla como bruja. Que la llamara lo que quisiera. Mejor morir con honestidad que dormir con un hombre que era un asesino y soportar la intimidad con él durante todos los años de su vida.

¿Eso piensas? ¿De verdad es lo que piensas? ¿Cuándo me tocas no sientes la verdad en tu corazón?

Había un gran dolor en su tono, en las palabras que rozaban la mente de Nicoletta como una acusación. Giovanni se volvió hacia Antonello por detrás de ella:

—¿No me dijiste que Cristano se encuentra en un *villaggio* por el que pasaste cuando regresabas a casa?

Antonello se encogió de hombros, con rostro inexpresivo.

—He visto a ese hombre una sola vez, Gino. Puede que cometiera un error. No hablé con él, sólo le observé bebiendo en la taberna y otro hombre le llamó Cristano. —Antonello volvió su atención a Nicoletta e hizo una leve inclinación con la misma distinción que a menudo exhibía Giovanni—. Lo siento, hermana, parece que soy responsable del malentendido. Informé de inmediato nada más verle, ya que necesitábamos los soldados para buscar a nuestro primo perdido, Damian, y para proteger nuestras fronteras del rey de España, quien a menudo intenta anexionar nuestras tierras.

Su voz y actitud parecían cargados de una sinceridad llana, pero Nicoletta ya no se fiaba de nadie. No creía una palabra de lo que decía Antonello. Mantuvo pegada a ella la camisa de Cristano, evidencia de su fallecimiento. ¿Exactamente cuándo había muerto? Tenía una conexión con él, no obstante el cuervo no había acudido a ella cuando estaba moribundo. Debería de haber percibido las vibraciones violentas en el momento en que se producía el asesinato. No lo entendía. ¿Por qué no había sentido la alteración si su marido había asesinado a Cristano en el laberinto? Se encontraba cerca de ambos hombres, a tan sólo unos pasillos de setos de distancia. ¿Era Scarletti capaz de bloquear su extraña capacidad de detectar presagios aciagos de heridas mortales o muerte?

Don Scarletti dio órdenes a sus hombres para que inspeccionaran el laberinto centímetro a centímetro en busca de más pruebas. Vincente parecía furioso.

—Gino, ¿acaso sucede algo de lo que tendríamos que estar informados? —quiso saber furioso—. Si Damian estuviera vivo, habría encontrado la manera de contactar con nosotros. ¿Qué son todas esas reuniones secretas que tú y Antonello habéis mantenido últimamente? ¿Y esas visitas que recibes a las que no nos permites ver? ¡La gente no desaparece sin más ni es asesinada en nuestro propio patio!

—No es el momento ni el sitio para ponernos a discutir tales cuestiones, Vincente. —La voz de Giovanni sonó como un látigo—. Debemos descubrir qué le ha sucedido a ese muchacho.

—Hombre —corrigió Vincente—. Era un hombre que miraba a tu mujer. Si te deshiciste de él por algún acto o traición, sólo tienes que decirlo. No tenía derecho a venir aquí e intentar llevarse a tu novia.

Nicoletta soltó un resuello, apartando entonces con fuerza el pecho de Giovanni con ambas manos.

Él la estrechó un poco más, negándose a permitir que se soltara.

—Piensa un poco, Vincente. —Su voz era pura amenaza, grave y arrogante, llena de desprecio, un latigazo que hizo dar un respingo a su hermano—. Es imposible que asesinaran al chico en el laberinto y dejaran ahí su cadáver, pues los buitres habrían aparecido. ¿Y qué hay de los soldados que inspeccionaron el laberinto aquel día? ¿Cuándo tuve tiempo de deshacerme del cadáver? Un soldado mío tal vez sea tan leal como para ayudarme, pero ¿un regimiento entero? Dudo que ejerza el poder necesario para una conspiración a tan gran escala. Tampoco ha habido rumores sobre la aparición de un cadáver. El muchacho estaba vivo cuando lo dejé.

—Quiero colaborar en la búsqueda —dijo Nicoletta.

Sonó desafiante hasta para sus propios oídos. Si hubiera alguna pista, tal vez el ave se la revelara. Y podría pensar con más claridad sin tener a Giovanni tan cerca.

Se hizo un breve silencio. Giovanni bajó los brazos y la soltó.

—Si crees que es lo mejor, *cara*, debes participar.

Habló sereno, con la mirada en los dedos de Nicoletta alisando el tejido manchado de sangre.

La muchacha giró sobre sus talones y volvió a entrar de inmediato en el laberinto. No quería darle la oportunidad de cambiar de idea. Se mordió con nerviosismo el labio inferior mientras intentaba razonar un poco. Lo que Giovanni había dicho a su hermano tenía sentido, no había tenido tiempo de asesinar a Cristano y deshacerse del cadáver. Y había regresado al palacio casi al instante.

¿Cuándo había muerto Cristano? ¿Por qué no había «sentido» su muerte? La pregunta latía en ella como el ritmo de un tambor, como sus propias palpitaciones. Se movió por el laberinto despacio y con la mirada fija en el suelo, examinando los arbustos en busca de señales reveladoras de violencia. En varias ocasiones se topó con los soldados que recorrían celosamente los senderos siguiendo las órdenes de su señor. ¿Por qué no había percibido la muerte de Cristano? Había sentido incluso la muerte de su madre pese a ser una niña pequeña.

Las palabras de Giovanni no sólo tenían sentido, sino que sonaban sinceras. Nicoletta suspiró y se pasó la mano por el largo pelo, echándolo hacia atrás para recogerlo en un nudo caprichoso evitando que se le cayera sobre la cara. Quería creer a Giovanni. La respuesta estaba ahí, tan cerca, eludiendo por poco su mente, sin poder capturarla.

Nicoletta dobló otro recodo y casi cae en brazos de un soldado.

Desde lejos oyó el sonido del cuervo, su ruidoso graznido de advertencia. En lo más profundo de su ser, la sombra se alargaba y crecía. El soldado la cogió por los hombros para sujetarla, con un asimiento tan fuerte que ella alzó la vista a toda prisa. Por un momento el tiempo pareció detenerse, fue sólo un instante, un momento terrible de reconocimiento. Las manos que la sujetaban al instante le rodearon el cuello y apretaron con tal fuerza que casi la alzan del suelo, cortándole la respiración y cualquier posibilidad de chillar pidiendo ayuda. Aljandro, vestido de soldado, esperaba el momento de vengarse. Casi al instante se vio dominada por el pánico y todo se volvió negro, con diminutas estrellas blancas y parpadeantes.

¡Nicoletta!

La voz fue un grito en su cabeza, angustiado, aterrorizado y furioso. Giovanni le exigía pelear con su asaltante, le pedía que no le abandonara.

Y la voz le dio fuerza. Estirándose ciegamente, intentó clavar las uñas en los ojos de Aljandro. Tras darle una patada, intentó propinarle un rodillazo entre las piernas. Oyó gritos cerca sin distinguirlos claramente. La voz de Giovanni se destacó dando órdenes de encontrarla, indicando que estaba en peligro, y los guardias se apresuraron a cumplir su voluntad. Él corría para encontrarla. Aunque la realidad se desvanecía y reaparecía, Nicoletta oyó las pesadas pisadas y el griterío como un estruendo en sus oídos.

Aljandro entró en pánico y la soltó, quedándose en pie sobre ella, que jadeaba atragantada.

—No soy el único que te quiere muerta —le espetó y se dio media vuelta para huir por el interior de los altos muros del laberinto.

Giovanni y Francesco llegaron junto a ella al mismo tiempo. Don Scarletti parecía un poseso, apartó al guardia y la cogió en brazos. Su rostro era una máscara de furia cuando reparó en las señales oscuras de dedos en torno al cuello y la garganta.

—¿Dónde estabais? —Se volvió al guardia mientras los otros soldados llegaban corriendo—. Os encomendé una sola tarea: mantenerla a salvo. ¡Una única tarea! Encuentra al hombre que le ha hecho esto, ¡encuéntralo y tráemelo! ¡Y no os atreváis a regresar sin él!

Vincente y Antonello venían siguiendo a su hermano que había salido corriendo como un loco a través del laberinto, recorriendo sin errar el camino para llegar hasta Nicoletta.

—¿Quién te ha hecho eso? —le preguntó Antonello con amabilidad.

La joven lo intentó varias veces antes de que la voz respondiera a causa de la garganta inflamada.

—Aljandro, vestido de soldado. —Pronunció con voz ronca las palabras y le dolió cada una.

Nicoletta se aferró a Giovanni reaccionando con temblores en todo el cuerpo, en parte por ser el objeto de tal odio y también por el ataque casi mortal de ese bruto.

—¡Encontradle! —repitió Giovanni, sonando como el señor de las tierras que era—. No regreséis sin él. —El tono de voz trasmitía una amenaza muy real—. Quiero que todos los hombres le busquen. Antonello, sabes lo que hay que hacer. No me falles. Temo que no podré perdonaros fácilmente por este ataque perpetrado contra mi esposa.

Se dio media vuelta y la llevó en brazos a través de los estrechos senderos, los recodos y las vueltas del laberinto. A cada paso su ira parecía ir en aumento.

—No volverá a suceder, Nicoletta. ¡Nunca más! —pronunció entre dientes, más para sí que para ella.

Mientras cruzaba el patio a zancadas, alzó la voz y llamó a Gostanz y a Maria Pia. La rabia era evidente en su voz, en sus andares, en cada gesto que hacía. La furia le impulsaba con tal fuerza que ella casi temía moverse.

Tosió varias veces en un intento de recuperar la voz. El corazón volvía a su pulso normal. Era muy consciente de la creciente agitación de don Scarletti, que no podía disimular el temblor en su cuerpo, la ira que lo recorría, tan ardiente y peligrosa como un volcán. Se acurrucó más contra él, rodeándole el cuello con los brazos de tal modo que la camisa manchada de sangre ondeó por un momento junto a él.

—Lamento mucho haber dudado de ti —dijo ella con ronquera.

—No hables —ordenó con su negra mirada inquietante—. ¿De qué sirven los guardias y soldados si no pueden proteger a una pequeña mujer? No he pedido mucho de quienes están a mi servicio, aquellos con quienes he sido generoso toda mi vida. He cabalgado con esos hombres, les he enseñado, protegido, alimentado y dado un techo. ¿Cómo puede suceder algo así? Si el marido de tu difunta amiga se ha infiltrado entre mis hombres, alguien le está ayudando, alguien entre las filas de mis soldados.

Nicoletta permaneció callada, consciente de que su marido estaba demasiado enfadado como para sosegarlo en ese momento, y también porque tenía la garganta irritada. Apoyó la cabeza en su hombro y se sintió agradecida de la fuerza dura de él. Maria Pia y Gostanz venían tras ellos casi corriendo para seguir las largas zancadas de Giovanni. Nicoletta apoyó la mano en su mentón ensombrecido. Corriendo por el palacio, tardó varios minutos en advertir el tierno gesto.

Casi al instante pudo respirar con más facilidad. Entonces se dio cuenta. Él se dio cuenta. Para cuando llegaron al dormitorio parecía haber recuperado algo parecido al control.

—Signorina Sigmora. No la mantuvo a salvo como esperaba. —Don Scarletti pronunció entre dientes cada palabra, precisa y cortada. Sus ojos eran muy negros, fríos como el hielo, su expresión evocaba la atmósfera de un cementerio—. Espero que se ocupe de sus heridas mientras me uno a la búsqueda de esa culebra. Gostanz traerá todo lo que necesite. —Dejó a Nicoletta en medio de la cama y se inclinó para darle un beso en la sien—. Me temo que habrá que meterte en esa torre o no tendré paz mental.

Por un momento tocó las terribles marcas en su garganta y se demoró ahí, con una gran pena reflejada en sus ojos oscuros.

Maria Pia le observó marcharse antes de tocar ella misma la piel hinchada y magullada en el cuello de Nicoletta.

—No creo que esté de broma, *bambina*. —Las lágrimas llenaron los ojos de la venerable mujer—. He estado muy cerca de perderte.

—Fue Aljandro. No noté la advertencia hasta que resultó demasiado tarde, hasta que ya me echó las manos encima —susurró con aspereza—. No percibí la muerte de Cristano. ¿Cómo pueden suceder estas cosas, Maria Pia? ¿Qué está pasando para que ya no pueda confiar en lo que siempre había sido parte de mí?

La mujer le dio unas palmaditas en la mano para consolarla.

—Calla, calla, *bambina*. —Alguien tenía que mantener la mente clara—. Voy a necesitar agua limpia, Gostanz. —Quería que se fuera el hombre para que no las oyera. Esperó a que hubiera desaparecido para hundirse en la cama al lado de Nicoletta—. No sé por qué te falla tu talento innato, pero debe de ser algo aterrador perderlo justo cuando más lo necesitas.

Nicoletta miró a su protectora y de repente se le ocurrió algo.

—Supón que no lo haya perdido, Maria Pia. Es posible que Aljandro no tuviera ni idea de que yo me encontraba en el laberinto. Supón que se haya sorprendido tanto como yo con el encuentro. —Se tocó la garganta y se humedeció los labios con la lengua—. El pájaro y la sombra llegaron justo antes de que me agarrara. —Se incorporó un poco y estiró un mechón que se había escapado del moño—. Es posible que Aljandro no viniera a matarme a mí y que Scarletti sea el verdadero objetivo. No hubo ninguna sombra o advertencia previa porque ese bruto aún no estaba preparado para atacar.

—Eso no lo sabes —previno Maria Pia—. ¿Y qué hay de Cristano? ¿Cómo explicas su desaparición? ¿No creerás que sigue con vida?

Cogió la camisa manchada de sangre de encima de la cama.

—La verdad, Maria Pia, no sé qué le sucedió a Cristano. No, no está vivo. Percibo su muerte en ese trozo de tela. —Su voz estaba cargada de pesar—. Pero hay algo más que no me cuadra. Algo que se nos escapa, fuera de nuestro alcance. ¿Llamarás a Sophie por mí?

—No puedes querer exponer a la niña a esta vil conspiración.

Tal como había hecho toda la vida, Maria Pia seguía protegiendo a las pequeñas a su cuidado.

—Ella forma parte de esto. No sé por qué, pero ya ha estado expuesta al peligro varias veces. Si quiero resolver este enigma, debo contar con más piezas. Creo que Sophie puede proporcionármelas. Me cubriré el cuello con una pañoleta para ocultar las marcas, y mi voz casi ha recuperado la normalidad.

Le dolía la garganta de un modo atroz, la voz aún sonaba áspera, pero temía seguir esperando. Algo muy raro pasaba en el palacio, y temía que si no encontraba la respuesta pronto, habría más muertes.

Mientras Maria Pia iba en busca de la niña, Nicoletta se aplicó unas hierbas calmantes en las magulladuras de su cuello y garganta. Gostanz regresó con agua; era obvio que los sucesos le habían alterado pues su mirada parecía angustiada y seria. Entonces se le ocurrió pensar que había hecho algunos amigos en el palacio al fin y al cabo. Estaba colocándose el pañuelo en el cuello cuando llegó Sophie con los ojos rojos de haber llorado.

Nicoletta le tendió los brazos de inmediato.

—¿Qué sucede, Sophie? ¿También está disgustada Ketsia? Eso no puede ser. Maria Pia, ¿irás a buscarla? Dile que me reuniré con ella en la cocina en unos minutos.

La mujer frunció el ceño.

—No creo que don Scarletti quiera que salgas del dormitorio, Nicoletta. He oído decir que nadie le había visto tan enfadado y todo el mundo en el palacio está asustado, nadie se atreve a rechistar. Cientos de soldados están peinando el patio y el laberinto. Creo que lo mejor es que no pongas a prueba su paciencia.

Nicoletta pensó que Maria Pia tenía razón en cuanto a don Scarletti, pero su intención era aliviar la preocupación de Ketsia a la primera oportunidad. Esperó a que todo el mundo se fuera para quedarse a solas con Sophie.

—¿Lo ves, *bambina*? Estoy bien. Fue un pequeño incidente. Lo demás son cuentos. Necesito no obstante tu ayuda, *piccola*, para algo más importante.

Los ojos de Sophie se agrandaron con orgullo por la oportunidad de ayudarla.

—¿Qué puedo hacer?

—¿Recuerdas cuando te pusiste tan enferma la primera vez que yo vine al palacio para ayudarte? —Nicoletta le revolvió el pelo con ternura—. A veces hay cosas que nos parecen malas y pueden resultar buenas, ¿no? Así es como nos conocimos.

Sophie se subió a la cama y se hizo un hueco en el regazo de su amiga.

—Me alegra entonces haberme puesto enferma —dijo con solemnidad.

Nicoletta le dio un beso en lo alto de la cabeza.

—Quiero que me digas cómo es que acabaste comiendo aquella sopa que te enfermó. Sólo yo voy a oírlo, o sea, que puedes estar tranquila, no vas a tener problemas por esto.

Hizo todo lo posible para sonar tranquilizadora.

Sophie apartó la mirada, pues estaba claro que no quería responderle.

—Papá estaba muy enfadado conmigo —admitió de mala gana—. Le pedí a Bernado que me hiciera algo especial para cenar, pero luego no me gustó y me negué a comérmelo. —Arrugó la nariz—. Papá dijo que no me comportara así, que el cocinero se había tomado muchas molestias por mí. —Se miró las manos—. Tiré el plato al suelo y me porté muy mal —admitió en voz muy baja.

—¿Por qué hiciste eso, *piccola*? No es propio de ti lastimar los sentimientos de Bernado.

Sophie bajó la cabeza.

—Papá siempre hace caso a zia Portia, y ella dijo que si lo había pedido tenía que comérmelo, y Margerita se rió de mí. Pero ellas no comieron, me decían cosas crueles y hacían muecas, y papá las escuchaba. Pensé que si actuaba como ellas me escucharía también; sólo quería que me hiciera caso.

Nicoletta estrechó un poco más a la niña en sus brazos.

—Entiendo, *bambina*. Pero ahora sabes que no es la mejor manera de atraer la atención de tu papá. El pobre Bernado se sintió muy mal, ¿no? Explícame mejor lo de la sopa —animó a la niña.

Sophie se acurrucó mejor contra Nicoletta y tomó su mano con gesto de confianza.

—Papá me mandó a la cama, dijo que me quedaría sin probar bocado hasta la mañana, pero yo esperé a que se hiciera muy tarde y me fui a la cocina para buscar la sopa. Bernado había hecho más para zio Gino. Es su favorita, pero a menudo no puede ni dejar de trabajar para comerla con nosotros. Bernado siempre deja el puchero de sopa colgado sobre el hogar en la cocina. Cogí la sopa de zio Gino.

—Porque tenías mucha hambre —dijo Nicoletta con simpatía.

Sophie asintió, apretándose el estómago con las manos como si recordara lo vacío que estaba.

—Zio Gino entró y me vio. Pero no me gritó, se rió y empezó a comer conmigo del mismo cuenco. Papa llegó y se enfadó muchísimo.

—Por desobedecerle y levantarte de la cama cuando estabas castigada —le recordó Nicoletta.

La voz de Sophie sonaba indignada.

—Dijo que era muy mala por comerme la comida de mi tío que había trabajado duro hasta tarde y seguro que tenía hambre. —Unos lagrimones inundaron los ojos de la niña—. Zio Gino dijo que no pasaba nada y que había sopa suficiente para compartir, pero papá seguía enfadado y respondió que zio Gino me mimaba demasiado y que estaba malcriada.

Nicoletta la abrazó para tranquilizarla.

—No estás malcriada, mi dulce *bambina*, en absoluto. Tu tío tenía razón en lo de compartir su sopa, pero no debes desobedecer así otra vez. —La besó—. Gracias por contármelo. Ahora debemos ir en busca de Ketsia o llorará tanto que Maria Pia se enfadará con nosotras.

Habían envenenado la sopa para matar a Giovanni, no a Sophie, tal como sospechaba. Era probable que Aljandro hubiera venido a matar a don Scarletti, no a ella. En algún lugar del palacio, un asesino se mantenía a la espera, haciendo tiempo. Desconocía si los motivos eran políticos o personales, pero sabía sin lugar a dudas que don Giovanni Scarletti corría un terrible peligro.

Mientras andaba con Sophie por los pasillos del piso superior con sus vastos espacios y techos abovedados, oyó el murmullo bajo de voces femeninas reprendiéndose entre dientes. Portia y Margerita volvían a discutir con sus tonos amargos y enojados. Ella se tocó la garganta inflamada a través del fino pañuelo preguntándose, no por primera vez, cuál era el mal que encerraban los muros del palacio y que nunca se exorcizaba. Siguió a Sophie por el largo corredor que llevaba a la cocina, agradecida de que don Scarletti, en sus prisas por dar con el atacante, hubiera olvidado asignarle vigilantes.

Ketsia se arrojó en sus brazos, estallando en sollozos con el rostro ya surcado por rastros de lágrimas.

—¡Pensé que estabas muerta! Oír decir a una de las doncellas que tu nuevo marido te había estrangulado tras encontrarte con otro hombre.

El rostro de Nicoletta perdió todo color. Alzó la barbilla y sus ojos oscuros centellearon con genio.

—Bernado, ¿es eso lo que dice el personal? ¿Acusan a don Scarletti de estrangularme?

El cocinero agachó la cabeza avergonzado. Nicoletta se dio la vuelta en el momento que una sombra cruzó el umbral. El abuelo de Giovanni rondaba junto a la puerta con aire vacilante. Tenía los ojos rojos y una mirada vaga en el rostro marcado por líneas de preocupación. La joven se percató de lo nervioso que estaba. Sin dejar de estrechar a Ketsia, se acercó de inmediato al hombre para tranquilizarlo.

—Estoy bien... Una refriega, nada más, con un hombre que estaba furioso porque perdió la granja cuando permitió que su mujer muriera sin recibir ayuda. No ha sido nada, *nonno*. Rechacé en una ocasión al hombre cuando me pidió que me casara con él, y me guarda rencor desde entonces. Giovanni ha salido tras él. No consentiré que nadie en nuestra casa alimente rumores a espaldas de su nieto. —Consiguió darse media vuelta con aire regio pese a sus ropas de campesina—. ¿Dónde está Gostanz? Quiero que todo el servicio del palacio se reúna de inmediato en el vestíbulo de la entrada.

Empleó su voz más severa, decidida a que la tomaran en serio.

El anciano Scarletti abrazó a Nicoletta con torpeza, incluyendo a Ketsia también. Sophie le observó con sus ojos muy grandes y redondos e intentó esbozar una sonrisa vacilante cuando él le dirigió una mirada. El viejo se encontró devolviéndole la sonrisa antes de alejarse apresuradamente, sin querer que le observaran tantas miradas de desaprobación.

Gostanz reunió a los sirvientes al instante. Ella se quedó bastante asombrada al ver que tan poca gente se ocupaba de una propiedad tan enorme. La mayoría parecían trabajar al aire libre. Buscando valor, se plantó ante ellos, con Ketsia aún pegada a sus faldas. La niña le dio la fuerza necesaria para plantar cara a los sirvientes.

—Soy donna Scarletti, para aquellos que aún no me conozcáis. Gostanz me comunicará cualquier queja o sugerencia que podáis tener para llevar el palacio con fluidez y que resulte más fácil para todos vosotros. No obstante, quiero abordar una cuestión de inmediato. Se está hablando del reciente ataque que he sufrido y hay rumores de que mi marido intentó estrangularme.

Al instante se hizo un enigmático silencio, incluso dejó de oírse el rumor de los pies arrastrándose por el suelo. Nicoletta fue consciente de inmediato de los ojos en la habitación fijos en ella. Desenredó la pañoleta para que pudieran ver las marcas en su cuello y pudo oírse un resuello colectivo.

—Me han atacado, pero con certeza no ha sido mi esposo. Creo que el atacante se encontraba aquí para hacer daño a don Scarletti, no a mí. Sencillamente me interpuse en el camino de ese hombre. Quiero que todo el mundo sepa que no toleraré deslealtad al señor de estas tierras entre quienes trabajáis en nuestra casa. No quiero oír más rumores sobre él o sobre nosotros. Si os preocupa algo, estaré encantada de comentarlo con vosotros, pero no servirá de nada si es alguna cuestión que pretenda crear divisiones.

Nicoletta agarró con firmeza la mano de Ketsia y buscó a Sophie, quien permanecía en pie con los ojos muy abiertos, temerosa de mirar el cuello de Nicoletta. Maria Pia rodeaba con los brazos a la niña. De inmediato se movieron como una unidad familiar, presentando ante los sirvientes la lealtad que se tenían. Maria Pia miraba radiante a su pupila, con sumo orgullo.

En los minutos siguientes Nicoletta adoptó la postura apropiada, intentando mantener una conversación con las niñas parlanchinas, tranquilizándolas en todo momento de que desde luego iba a vivir. Pero tenía la mente en otro sitio, centrada en el cuervo. Si tenía razón y Aljandro no pretendía hacerle daño a ella o ni siquiera a Giovanni en ese preciso momento, sino que simplemente aprovechó la circunstancia de toparse con ella, eso podía significar que su extraño talento no se había esfumado necesariamente, sólo quería decir que el pájaro no había tenido tiempo de advertirla. No obstante, ¿por qué no le había avisado de la muerte de Cristano? Si Giovanni hubiera matado a Cristano en el laberinto, tan cerca de ella, lo habría percibido. Y el pájaro habría acudido a ella.

—¡Nicoletta! —Ketsia dio con el pie en el suelo—. Te he repetido lo mismo tres veces, y no me has contestado, tienes la mirada perdida en la ventana. Todos los soldados se encuentran fuera, no obstante Maria Pia dice que no es seguro salir y que debemos quedarnos dentro. No quiero quedarme aquí, ni tampoco Sophie.

Nicoletta miró el patio desde la ventana. Veía a los soldados pululando por el terreno como hormigas, examinando cada ruta de escape posible, pero Aljandro ya había desaparecido. Se había escabullido, ella lo sabía, en su corazón un oscuro temor persistía como una sombra enturbiando su alma, y estaba observando desde la seguridad de su escondite, oculto gracias a la ayuda de alguien en quien don Scarletti confiaba.

—Lo siento, Ketsia, pero la verdad, Maria Pia tiene razón. Aún no es seguro salir, pues todavía no han atrapado al hombre que intentó hacerme daño. Y es un hombre que tú conoces, Ketsia, es Aljandro vestido de soldado, y a él no le hará gracia que le veas la cara y le identifiques. Haré que te acompañen varios vigilantes de don Scarletti para regresar al *villaggio*.

¿Por qué el pájaro no había acudido a ella? ¿Por qué no había sentido la muerte de Cristano? No tenía sentido. ¿Cómo podía haber muerto y a ella pasarle inadvertido?

—Queremos salir —insistió Sophie, tirando de su falda.

Nicoletta se inclinó para dar un beso a la niña en la cabeza.

—Lo lamento, *piccola*, pero no puede ser. Si miras por la ventana verás que una densa bruma avanza tierra adentro desde el mar. Es peligroso salir en estas circunstancias. Maria Pia ideará algún juego para que os entretengáis dentro del palacio. Esta bruma puede ser tan densa que tal vez Ketsia tenga que pasar aquí la noche. ¿No sería eso una gran aventura? —Dio una palmada distraída a ambas niñas mientras se daba la vuelta para salir—. Tengo algunas cosas de las que ocuparme.

—¡Nicoletta! —Maria Pia pronunció su nombre entre dientes, santiguándose—. Olvidas que no tienes protección mientras los guardias se encuentran fuera. No andes vagando por el palacio tú sola.

Nicoletta alzó la barbilla.

—Es mi casa, y me moveré como me venga en gana por ella o no tendría mi propia vida en absoluto.

Se apresuró a subir por las escaleras de nuevo, decidida a escudriñar una vez más la habitación donde Maria Pia y Sophie habían dormido. ¿Por qué habían dejado escorpiones en esa habitación? Si la sopa estaba concebida para don Scarletti, ¿qué otro motivo tenían los escorpiones aparte de amenazar a la pequeña Sophie? ¿Quería alguien que la niña saliera de la habitación por un motivo diferente? Tanto el cuarto infantil como esa habitación en concreto tenían una entrada al pasadizo secreto. A Sophie ahora ya la habían sacado de ambos cuartos, y también la habían sacado de la otra habitación del piso inferior donde había estado tan enferma. ¿Tendría también una entrada al pasadizo esa estancia? Lo quería saber.

Al pasar ante la habitación de Margerita, oyó la voz de la joven hablando en un tono desagradable y estridente.

—Haré que te azoten por esto. ¡Sé que me cogiste el joyero! Eres una ladrona y una puta de la tropa. ¡Me desgarraste el vestido a posta!

Para conmoción de Nicoletta, reconoció la otra voz.

—Se lo repito, no he cogido nada de esta habitación. —Era la doncella, Beatrice, con voz grave y temblorosa de sufrimiento—. Nunca le robaría ni destruiría su ropa.

La puerta estaba entreabierta, Nicoletta sólo tuvo que abrirla un poco más.

—¿Qué sucede aquí, Margerita?

Contempló la escena: la doncella retrocediendo hasta la pared y Margerita temblando de cólera. Había objetos tirados por toda la habitación, como si los hubieran arrojado en todas direcciones. No le costó imaginarse a Margerita lanzando cosas en un ataque de ira.

—No es asunto tuyo —soltó la hija de Portia—. Es mi doncella y sé ocuparme de las de su calaña. Sal de mis aposentos privados.

—Es una trabajadora en mi casa —corrigió Nicoletta con firmeza—. Si hay algún problema, debería ser informada de inmediato. —Entró en la habitación para situarse al lado de la doncella—. ¿Dices que te ha robado?

Por mucho que lo intentó, no pudo disimular su incredulidad.

Su tono sólo sirvió para encender todavía más a Margerita.

—¡Sal de aquí! —gruñó—. No eres más que una campesina, ¿cómo vas a entender tú algo? ¿Cómo puedes saber tú de todo lo que tenemos que aguantar de esta gente ignorante? No tienen ni idea de cómo servir. ¡Mira mi vestido! ¡Me ha roto el vestido!

Beatrice negó con la cabeza.

—No he sido yo, donna Scarletti, y no le he robado nada. Vine a ayudarle a vestirse y me tiró cosas porque no encontraba una joya en el estuche. Yo no la he cogido. El vestido se ha roto cuando se ha pisado el dobladillo.

Margerita soltó un chillido y se arrojó sobre la mujer con el rostro crispado por la furia. Levantó el brazo y lo balanceó con fuerza. Nicoletta se interpuso delante de la doncella encogida de miedo y encajó el golpe, un fuerte bofetón que alcanzó de lleno su cara y llenó el aire con un sonido grotesco. Por un instante a Nicoletta le pareció que todo sucedía muy lentamente, Margerita adelantándose, alzando la mano, unas débiles marcas en su muñeca, recordándole algo, desatando un recuerdo fugaz.

Un terrible rugido hizo que las tres mujeres se volvieran hacia el umbral de la puerta. Todas se quedaron paralizadas mirando a Giovanni Scarletti. Sus ojos negros relucían amenazadores, su rostro apuesto estaba marcado por una siniestra crueldad. Tras él, Vincente y Antonello miraban boquiabiertos a Margerita como si hubiera perdido la cabeza. Giovanni estaba tan furioso que la habitación crepitaba con su cólera. Recorrió la corta distancia hasta Margerita en dos pasos majestuosos, como un puma acechante.

Le cogió el brazo para apartarla de Nicoletta.

—Te irás de esta casa de inmediato. —Ladró las palabras entre sus dientes apretados—. No me importa adonde vayas o lo que hagas, pero nunca volverás a entrar aquí.

Margerita se quedó tan pálida como un fantasma. Por primera vez parecía joven y vulnerable, una niña a la que se le había ido la mano y que ahora no tenía ni idea de cómo remediar la situación.

Nicoletta tocó el brazo de Giovanni con dedos amables.

—Todos estamos demasiado alterados como para tomar decisiones precipitadas. Tú, más que nadie, deberías saberlo. Margerita no tenía intención de pegarme. Es poco más que una niña, Giovanni.

Al ver que don Scarletti continuaba fulminando a Margerita con ojos como taladros, ella deslizó la mano hasta el mentón de su marido con una caricia suave y tierna, volviéndolo hacia ella.

—Por favor, Giovanni, no puedes expulsarla. Ella y yo aún no hemos tenido ocasión de hacernos amigas. Sería un inicio terrible de nuestro matrimonio —le susurró las palabras en voz baja, con sus oscuros ojos elocuentes y suplicantes.

Don Scarletti permaneció casi quieto, con todo el cuerpo rígido. Ninguno de los otros hermanos habló, nadie se atrevía a respirar. Al final don Scarletti asintió de súbito.

Nicoletta se relajó un poco, con cuidado de no tocarse la mejilla que tanto le escocía.

—Gracias, Margerita, por explicarme que en realidad preferirías no tener una doncella personal. Ya que vamos cortos de personal en este momento, eso liberará a Beatrice para poder ayudar a Maria Pia y a Sophie. Beatrice, por favor, dile a Gostanz que mi deseo es que te tomes unos días libres... por supuesto cobrando tu paga. Y cuando regreses, ayudarás a Maria Pia y a la pequeña Sophie personalmente.

Beatrice hizo varias reverencias, bordeando con cuidado a don Scarletti, pasando con sigilo junto a los dos hermanos, sin mirar a ninguno de ellos y alejándose a toda prisa.

Giovanni cogió la mano de Nicoletta, mirando aún a Margerita con sus ojos negros fríos como el hielo.

—Si fueras un hombre ahora mismo estarías muerta.

Tiró de Nicoletta para ubicarla bajo la protección de su hombro y pasó de largo ignorando a sus hermanos.

—No duele —comentó Nicoletta en voz baja mientras caminaba con él por el pasillo.

—No debería decir que quería estrangularla con mis propias manos, como parece ser el estilo Scarletti, pero es así —admitió—. Quería dejarla sin vida por haberte golpeado. *Dio*, Nicoletta, ¿por qué no puedes estar un rato sin meterte en problemas?

Ella le dedicó una rápida mirada.

—Te dije que es una habilidad especial que tengo. ¿Encontraste a Aljandro? Porque estoy segura de que vino aquí a matarte a ti, no a mí.

Alzó una ceja oscura.

—¿Cómo has llegado a esa conclusión? ¿Habló contigo?

La rozaba con su cuerpo cálido, duro y sólido. Un consuelo.

Nicoletta dio un respingo al oír la pregunta. Debería haber sabido que lo preguntaría, pero suspiró cuando continuó mirándola y exigiendo en silencio una respuesta.

—Dijo que él no era el único que me quería ver muerta.

Un músculo en la mandíbula de Giovanni entró en tensión, sus ojos llamearon amenazadores. Nicoletta se apresuró a agarrar su mano con más fuerza.

—Pero no es ésa la cuestión. Sé cosas, tú sabes que las sé. Pienso que alguien intenta matarte, pienso que sea quien fuere está ayudando a Aljandro para escapar de todos esos hombres que lo buscan. Alguien envenenó la sopa pensando en ti, la noche que la pequeña Sophie la comió. Y tú y yo sabemos que tu primo, Damian, estaba implicado en una conspiración contra ti. Y ahora Aljandro.

—No es seguro seguir por ahí, Nicoletta —dijo él con severidad—. Olvida que viste alguna vez a Damian y no hagas más preguntas. Sé que otros conspiran contra mí, pero desconozco quiénes son en este momento. Tú también estás en peligro ahora.

—Quiero subir a las murallas. ¿Recuerdas cuando Margerita corría hacia nosotros por el pasillo el día en que el pequeño Ricardo vino a buscarme para que acudiera al lecho de muerte de Lissandra?

Margerita corriendo hacia la doncella había desatado el recuerdo en la mente de Nicoletta. Aun más, había algo…, algo en la joven que se le escapaba, pero sabía que era importante.

En su interior, la sombra iba avanzando por su corazón. Algo iba mal, y su temor crecía. Miró por la ventana y vio el cuervo rodeando las largas estelas de niebla blanca. Parecía engañosamente perezoso, incluso sereno, mientras remontaba el vuelo al lado de la ventana. Pero Nicoletta lo vio, y supo la verdad: en algún sitio había problemas. Por instinto, inspiró hondo en un intento de absorber el aire fresco, llevarlo hasta sus pulmones e interpretar las señales.

—No vas a acercarte a la pasarela superior. Lo prohíbo —dijo Giovanni con severidad—. Los guardias han recibido órdenes, y las seguirán al pie de la letra.

—Puedes subir tú conmigo —comentó ella, distraída de su autoridad absoluta por la sombra que la penetraba—. Es importante, quiero ver el aspecto del laberinto desde arriba, cuánto puede ver alguien al mirar desde allí.

—Una buena parte está cubierta por los arbustos podados que forman un dosel de vegetación —dijo Giovanni lacónico—. No vas a subir ahí bajo ninguna circunstancia, ni conmigo ni sin mí. Conociéndote, resbalarás, caerás, y te encontraría colgada y sosteniéndote por una uña. Vas a obedecerme en esto, Nicoletta.

Dejó de andar y la cogió de los brazos para que también ella se detuviera y así poder examinar su rostro en busca de señales.

Sin motivo aparente, más allá de la mirada ardiente en los ojos de su marido, Nicoletta se encontró ruborizada.

—Deja de mirarme así. Te lo he dicho, Margerita no me ha hecho daño. Y necesito de verdad subir a esa pasarela.

Allí podría percibir el problema.

—Pues bien, no vas a hacerlo —insistió él—, no vas a ir a ningún sitio en los siguientes veinte años. Estoy en medio de algo que no puedo compartir contigo, no me atrevo. Tendrás que confiar en mí y hacer lo que digo.

Gostanz apareció tras ellos y se aclaró la garganta para atraer su atención.

Giovanni se giró en redondo, con ojos centelleantes cargados de malestar.

—¿De qué se trata? —soltó impaciente.

—*Scusa*, signore, necesitan a la curandera.

Capítulo 17

Don Scarletti profirió un profundo sonido gutural muy parecido al de un hombre ahogándose.

—No, Nicoletta. —Sacudió la cabeza con un gesto entre la risa amarga y la frustración total—. Tengo la sensación de haber perdido cualquier cosa parecida al control de mi propia casa.

—Diles que voy de inmediato, Gostanz, *grazie* —respondió Nicoletta con firmeza.

—No. —Don Scarletti volvió a negar con la cabeza—. Ya has sufrido bastantes percances por hoy, y la situación sigue siendo peligrosa con un loco suelto por ahí. No voy a consentirlo, Nicoletta.

—Son nuestra gente. No puedo imaginarte eludiendo tus deberes y escondiéndote en el dormitorio porque exista algún peligro. Soy una sanadora, y si nuestra gente nos necesita, no tengo otra opción que ir. —Se puso de puntillas para acercarle los labios al oído—. Sabes que es inevitable, Giovanni, así que no discutas ni pierdas el tiempo en vez de dedicarte a encontrar la manera de protegerme.

Giovanni soltó un suspiro de exasperación y alzó la vista hacia su valet, que seguía a la espera.

—Gostanz, sigues soltero ¿verdad?

Un vislumbre de sonrisa apareció en los ojos de Gostanz.

—Así es, don Scarletti, y tengo mis razones. Diré a quienes esperan que la curandera estará con ellos de inmediato.

—Ordena al mozo de cuadras que prepare mi caballo. Llevaré yo mismo a donna Nicoletta. —Giovanni dio un tirón al pelo enredado de su esposa—. Deberíamos recoger todo lo que necesites.

—*Grazie*, Giovanni —dijo Nicoletta en voz baja, sonriendo de corazón y ofreciendo a su marido sin saberlo una recompensa mayor de lo que podía imaginar.

Cogió a toda prisa su cartera y la capa, parándose tan sólo a comprobar que tenía todas las hierbas con ella.

—Sé que estás ocupado, Giovanni, en realidad no hace falta que vengas conmigo —se atrevió a decir con cautela mientras se dirigían a toda prisa a la entrada más próxima de los establos—. La verdad, Francesco y Dominic me vigilan muy bien; sé que antes has sido rudo con ellos porque estabas asustado y que no hablabas en serio.

—No voy a perderte de vista. Y no me hables de Francesco ni de Dominic ahora mismo. Su obligación era permanecer contigo en todo momento, no permitir que te desvanecieras a la primera oportunidad. —Giovanni sostuvo la puerta abierta con cortesía para que pasara—. No pueden protegerte si no saben dónde te encuentras.

Fue un mínimo detalle, abrirle la puerta, pero ese gesto amable la hizo sentirse cuidada. Nunca antes alguien había tenido detalles así con ella, y Giovanni lo hacía como si tuviera todo el derecho del mundo a ese respeto. Le sonrió y decidió no discutir más, ya era bastante que la dejara ir en contra de su propia opinión.

Una vez en el exterior inspiró el viento y las gotitas de mar que se comunicaban con ella. Arriba, el cuervo volvía a describir círculos, una, dos veces, mientras ella se acomodaba delante de don Scarletti en su caballo. Luego el ave se dirigió tierra adentro, alejándose del mar, volando recto como una flecha.

—Deprisa, Giovanni. Las heridas son graves, pero aún no es demasiado tarde —explicó.

Era la primera vez que le expresaba palabras de este tipo sin temor. Tal vez don Scarletti llevara la locura en la sangre, pero cuidaba de su esposa con un deseo ferviente de protegerla.

Al tiempo que sujetaba las riendas, Giovanni la estrechaba con fuerza entre sus brazos, ofreciendo apoyo para su espalda en la pared de su pecho y permitiendo que su cabeza descansara sobre el hombro.

—Tengo una fe total en ti, *cara mia*.

Sus palabras sonaron suaves en su oído y en su mente, y se cobijaron en su corazón.

Nicoletta sonrió mientras el caballo engullía milla tras milla con largos pasos. Giovanni había obtenido las indicaciones de un mensajero, y cuando empezó a caer la noche espoleó su montura para avanzar más rápido. El campamento era pequeño, en medio de pedruscos que sobresalían sobre la línea de árboles, una zona que Nicoletta no había visto nunca. Estaba segura de que se encontraban en el límite de las tierras de Scarletti. Mientras él frenaba al animal y llamaba a alguien que no estaba visible, se convenció aún más.

—¿Estamos en guerra? —preguntó en voz baja, mirando a su alrededor, estudiando el campamento levantado con apresuramiento.

El lugar desprendía un misterio que no sabría explicar de otro modo.

En cuanto Giovanni anunció su presencia, varios hombres surgieron poco a poco de las sombras. Muchos sufrían diversas heridas y todos parecían agotados. Nicoletta bajó del caballo al suelo, balanceándose un poco hasta que sus piernas recuperaron firmeza tras la larga cabalgada. Olvidó su pregunta mientras observaba a los hombres que tenía a su alrededor con ropas ensangrentadas. Él arrojó las riendas a uno de los soldados, agarró la cartera de la sanadora y cogió del brazo a su mujer para ayudarle a caminar por el terreno desigual. Le rodeó con los dedos el brazo superior y se inclinó hacia ella:

—¡*Dio*! Nicoletta, has vuelto a olvidar los zapatos.

Ni siquiera se había dado cuenta; había corrido descalza tantos años que le resultaba natural, pero su marido sonaba tan exasperado que sintió la necesidad de hacerle una rápida mueca. Por un momento fuera del tiempo, sus miradas se encontraron. Había orgullo ahí en los ojos oscuros de Scarletti, respeto y algo mucho más profundo y rico que provocó un vuelco en el corazón de la muchacha. Tuvieron tiempo de compartir la sonrisa, un momento de entendimiento completo, y luego la sanadora fue conducida hasta el paciente con heridas más graves.

Giovanni la observó realizando las tareas precisas, no apartó los ojos de su figura pequeña y delgada que trabaja deprisa, con eficiencia y mucha más experiencia de la que correspondía a alguien de su edad. Estaba concentrada por completo en su paciente, un soldado joven con varias heridas de arma blanca en el hombro, el pecho y la pierna. Don Scarletti se quedó impresionado con su poder. Su mera presencia ya inspiraba respeto. Los demás soldados salían raudos a obedecer las órdenes que pronunciaba en voz baja, sin mirar a su señor para obtener su confirmación. Él también se encontró partiendo a buscar las cosas necesarias, asombrado por la cantidad de agua caliente que insistía en disponer. Pero no tardó en convertirse en un creyente fervoroso. Habría jurado que nadie podría salvar al joven soldado, pero ella inspiraba tal confianza, imponía tal obediencia, que nadie en el campamento creía ahora que pudiera fallar. Empezaba a creer que Nicoletta deseaba que las heridas se curaran.

La joven trabajó hasta que estuvo oscuro por completo, con el viento aullando a través del campamento y dejando a los hombres tiritando. Tras ajustar las mantas alrededor del hombre herido, Nicoletta se enderezó y miró a su alrededor, hacia los rostros de los demás.

—¿Quién más está herido aquí? Este hombre vivirá si recibe buenos cuidados. Debéis encargaros de llevarlo a un lugar resguardado lo antes posible y de que reciba abundante líquido. Tal vez sea posible trasladarlo al palacio; allí yo sería capaz de atenderle a diario.

Dirigió una mirada a Giovanni, quien asintió con aprobación. Se balanceaba agotada.

Scarletti la rodeó con un brazo y la acercó hacia él. Buscó su mente. El increíble don sanador de Nicoletta requería una cantidad de energía tremenda que la dejaba sin fuerzas. Percibió la fatiga en ella, no obstante seguía preocupándose por los soldados, decidida a ofrecer ayuda a cualquiera que la precisara.

—Descansa un poco —sugirió él con dulzura.

Ella le sonrió:

—Estos hombres han sufrido mucho en combate. Haré cuanto pueda para que se recuperen.

Habían estado luchando, pero no en el tipo de batalla que ella había imaginado en principio. Las heridas sufridas provenían de puñales, no de espadas o flechas. Habían estado muy cerca de sus asaltantes.

Giovanni se alejó un poco para consultar al capitán en voz baja, sin apartar aún la mirada de su mujer, que se movía entre los hombres cuidando heridas, sonriendo. Incluso riéndose en voz baja con ellos, con suma familiaridad, lograba mantener un aspecto majestuoso; pese a encontrarse descalza con sus ropas de campesina, conseguía mostrarse hermosa, una dama en todos los aspectos. Giovanni intentó no fijarse en la manera en que la observaban sus hombres y en cómo la seguían con la mirada. Intentó pasar por alto la opresión en su pecho y la oleada de sangre caliente circulando bajo la delgada superficie de su aspecto civilizado.

Nicoletta sabía que no debería fijarse en demasiadas cosas aquí. Estos hombres eran miembros de la guardia de elite de don Scarletti, soldados de confianza todos ellos, que habían demostrado lealtad a su señor en muchas ocasiones. Su marido parecía conocer a cada uno personalmente. El capitán y él hablaron entre cuchicheos, revisando un mapa parecido a los que ella había visto en el estudio privado del abuelo Scarletti. Por un breve instante se le ocurrió pensar que era Giovanni quien había revuelto los mapas de su *nonno* y robado los necesarios. Pero eso no tendría sentido, pues él era el señor del palacio, propietario de todas las tierras circundantes. Lo más probable fuese que el abuelo elaborara tranquilamente nuevos mapas para ayudar a su nieto.

Cuando Nicoletta acabó de atender al último paciente, Giovanni reunió a los soldados:

—Seguimos necesitando mantener el secreto. Sois hombres solteros y os habéis ofrecido voluntarios. Ninguno tiene familia que insista en conocer vuestro paradero; debéis seguir manteniendo silencio. Descansad y permaneced listos para la próxima llamada. Trasladad al joven Goeboli al palacio.

Nicoletta alzó la cabeza y de inmediato se volvió para mirar al joven soldado cuyas heridas eran tan graves. Conocía bien su nombre, la historia de la familia Goeboli. El anciano signore Goeboli había poseído las vastas tierras al norte de los Scarletti. Tenía reputación de ser un buen señor. Mucho antes de que naciera ella, cuando el rey de España codiciaba esas tierras, su familia había alojado a miembros de la alta jerarquía eclesiástica y los había escondido. Al mismo tiempo, había intentado establecer un tratado de paz con España. Pero Goeboli fue asesinado, sus tierras anexionadas y su gente desperdigada; corrían rumores de que los hijos habían muerto hacía tiempo al igual que el padre. Este joven tenía que ser un nieto. Así que no todo se había perdido.

—¿Qué está sucediendo? —le preguntó a Giovanni mientras él la subía al caballo y la colocaba ante él con su fuerza calmada.

Giovanni permaneció en silencio hasta que se encontraron a cierta distancia del campamento.

—Preguntaste si estábamos en guerra. No tenemos otra opción que estarlo; nos rodean grandes lobos, poderosos y codiciosos. Tienen la mirada puesta en nuestras tierras y bienes. Por eso hace tiempo que guardo los tesoros y la riqueza de la *famiglia* Scarletti ocultos en las profundidades de los pasadizos, protegidos por trampas que nuestros antepasados idearon. La riqueza de nuestro país ha sido saqueada una y otra vez. Un buen líder percibe un cambio cuando está en el aire y debe actuar de inmediato. Las guerras no se libran necesariamente en el campo de batalla, aunque puedan ser tan mortales e igual de encarnizadas. Austria intenta controlar nuestras tierras y, si no voy errado, pronto estará en condiciones de hacerlo. Creo que es el momento conveniente para alinearse con Austria, pues permitiría a las *famiglie* más poderosas continuar gobernando aquí mientras se concentra en vigilar sus propias fronteras. Tendremos así la oportunidad de ser más fuertes y prosperar. Con objeto de procurar esto, dado que no todos secundan evidentemente mi decisión, mantenemos reuniones secretas, en pequeños grupos, que sólo permiten a unos pocos identificar a los otros. Puesto que en el palacio hay un traidor, nos veremos en la necesidad de mantener oculto al joven Goeboli. Los hombres le llevarán a la cala, y yo le trasladaré hasta el palacio a través de un pasadizo. Mis propios guardias se ocuparán de su seguridad, y sólo tú estarás autorizada a entrar en su habitación para cuidarle.

—¿Cómo te hiciste ese rasguño en el pecho la otra noche? —preguntó de repente ella, intentando no alterar el tono y mantener la mente en blanco, como si su respuesta no fuera tan importante.

Pero él espoleó su montura para entrar en una densa arboleda, hizo que se detuviera y desmontaron.

Volvían a encontrarse en los territorios de la familia, no lejos del jardín de Nicoletta. Ella se estiró y alzó los brazos por encima de la cabeza al cielo nocturno. La brisa del mar llegaba fresca y revitalizante, las volutas de bruma blanca se arremolinaban en torno a su falda de tal modo que parecía una sirena elevándose desde las nubes.

Giovanni soltó un leve suspiro.

—Dijiste que creías que mi propio primo participaba en una conspiración contra mí. Sé bien que mi vida está en peligro, en cuatro ocasiones recientes han atentado contra mi vida. Damian en la playa, la sopa envenenada, durante una salida a cazar con Antonello, y en nuestra noche de bodas.

Nicoletta le observaba con sus enormes ojos bajo la luz plateada de la luna.

—¿Cuándo fue esa cacería con Antonello?

Podía percibir la sinceridad en la voz y los ojos de Giovanni. No se había ido con otra mujer en su noche de bodas, ni había abusado de ninguna otra muchacha ni había maltratado a nadie. Nicoletta ya estaba convencida de que no había hecho nada de eso, pero de todos modos era reconfortante oírle confirmar que no había sido él quien había hecho daño a la doncella. El recuerdo de la muñeca de Beatrice, las terribles magulladuras y quemaduras, de pronto volvió vívido a su mente. Y Margerita tenía el mismo aro exacto de marcas en la muñeca. Se le cortó la respiración: ambas mujeres habían estado con el mismo hombre. Se mordió con fuerza el labio intentando concentrarse en lo que su marido le explicaba, reteniendo la revelación para sus adentros.

Giovanni se encogió de hombros.

—Unos meses atrás. Fue un asalto repentino que me sirvió de advertencia. Supe que alguien se había olido nuestros planes, por lo tanto protegí de inmediato nuestros tesoros y a mi *famiglia*.

Nicoletta se apartó de Giovanni, pues no deseaba que él leyera su expresión transparente. Antonello había estado cazando con Giovanni. Sí, Antonello había resultado herido, pero eso podía haber sido un accidente. Damian era el mejor amigo de Antonello además de su primo.

Cualquiera en el palacio, incluido Antonello, sabría que Bernado dejaba siempre sopa en el fuego para Giovanni. Su hermano había estado con los guardias la noche anterior. Y también Antonello había salido del laberinto el día que Cristano desapareció en su interior, con la ropa manchada de sangre. Se movía con libertad por el campo, a diferencia de Vincente, quien nunca se atrevería por propia iniciativa a mezclarse con los campesinos de los *villaggi*.

—¿Qué sucedió la noche de nuestra boda? —preguntó Nicoletta en voz baja.

Antonello se encontraba en el pasillo con el grupo que requería la presencia de su marido.

—Es preciso silenciar a quienes deciden oponerse a nosotros, aquellos que nos traicionan y ponen en peligro a nuestras *famiglie*. Me pidieron que hablara con dos emisarios de un aliado que precisaba ayuda. Pero las «visitas» eran de hecho asesinos enviados para matarme. No lo consiguieron.

Habló en voz baja, con total naturalidad.

Luego se situó detrás de ella para protegerla del viento con su cuerpo.

—Necesitamos unidad, y Austria no tiene deseos verdaderos de regir este país, ya cuenta con demasiados problemas. Creo que conviene fortalecer nuestra posición y tener a nuestra gente preparada para aprovechar una oferta de alinearnos cuando tenga lugar. Mi creencia es que Austria dejará el gobierno en manos de las *famiglie* más fuertes. La unificación con ellos es la única manera que veo de proteger a mi gente.

Rodeó su delgado cuerpo y la hizo retroceder contra su pecho.

—¿Ya te he dicho lo orgulloso que has hecho que me sienta? Sé que no he hecho bien en meterte en este mundo peligroso de intrigas, pero no he podido evitarlo. Hice lo posible por mantenerme alejado de ti, pero luego apareciste ahí, te trajeron ante mi presencia. Ya no figurando en mis sueños o en los informes que mis hombres presentaban entre susurros; estabas en carne y hueso, y tan hermosa que era incapaz de respirar al mirarte.

Nicoletta ladeó la cabeza hacia atrás y la apoyó en su amplio hombro, mirándole con una risa en sus ojos oscuros.

—Recuerdo tu respiración. Conservo un recuerdo bastante vívido de nuestro primer encuentro. Desde luego que respirabas. Por muy enfermo que estuvieras, eras de todos modos el hombre más poderoso que había visto. Y me mirabas...

—Tenía que mirarte. No podía evitarlo —admitió en voz baja.

Ella sonrió mientras observaba la oscuridad creciente entre los árboles oscilantes con sus hojas plateadas.

—En verdad, no puedo decir que lamente que me eligieras como esposa. Sueño con un tiempo venidero en que nuestra gente sea feliz y no pase miedo en el palacio, en que podamos conocernos todos sin interferencias del mundo exterior.

Giovanni bajó la boca para desplazarla perezosamente sobre su cabello sedoso, encontró su oído y saboreó su piel un momento mientras movía las manos por sus estrechas costillas para apoyarlas justo debajo del leve peso de su seno.

—El mundo exterior conspira para apartarme de ti —susurró bajito, con aliento cálido, toda una tentación—. Pero ya sabes, *piccola*, ahora mismo no hay nadie aquí que pueda entrometerse.

Nicoletta notaba la excitación en el cuerpo de Giovanni, la inflamación y dureza, apretándose contra ella. Sonrió al comprobar aquella reacción y se estrujó más contra él. Echó la cabeza hacia atrás y empezó a moverse inquieta, una invitación a sus manos en movimiento. Era así con él. La tocaba y su cuerpo parecía arder en llamas. No era sólo cuestión de desear su contacto; necesitaba que la tocara. El fuego parecía prender y ella se fundía cada vez que él la miraba con aquel deseo ardiente en los ojos negros.

Se estiró hacia atrás para rodearle el cuello con un brazo, atrayendo su cabeza con atrevimiento hacia ella. La boca de Giovanni encontró el pulso frenético en su cuello, y percibió cada una de las magulladuras en su garganta, con su boca cálida y reconfortante, caliente y excitante. Giovanni inspiró su fragancia limpia. Parecía indómita y libre, elusiva, una parte del misterio de la noche, no obstante ardió en deseos por él en cuanto le rozó la suave piel y tomó los pechos entre sus manos, acariciando los pezones con los pulgares hasta convertirlos en puntas duras a través del fino tejido de la blusa.

El aire era fresco, las volutas de bruma tejían una pantalla resplandeciente de encaje blanco a su alrededor. Las sombras de los árboles se alargaban y crecían, hasta hacer casi imposible ver el interior del bosque. Podían oír las olas rompiendo a lo lejos contra los acantilados. Las criaturas de la noche se agitaban, los insectos cantaban, y en la distancia aulló un lobo con un sonido solitario y sobrecogedor. Otro lobo respondió, con una extraña intimidad en la oscuridad creciente. Algo salvaje, que se expandió desde el bosque para atraparles y subyugarles.

Giovanni susurró algo que ella no consiguió entender y encontró su blusa con las manos para quitársela, permitiendo que la prenda cayera revoloteando hasta los arbustos. Sostuvo su carne exuberante entre sus manos e inclinó la cabeza hasta el hueco del hombro. Había algo muy erótico en permanecer casi desnuda en medio de la noche, acercando su cuerpo a él, que sostenía sus pechos posesivamente justo ahí bajo las cada vez más abundantes estrellas. A Nicoletta se le atragantó la respiración. Era impresionante la carga erótica, lo pecaminosamente excitada que se sentía. Creyó estar bastante segura de que era una de esas cosas que las chicas buenas no hacían.

Pero no importaba, nada importaba a excepción de la manera en que sus pechos se hinchaban como carne dolorida bajo su contacto. Quería más. Quería conocer todas las maneras de complacerle, de que Giovanni la necesitara tal y como ella le necesitaba a él. En lo más profundo de su ser un ansia empezó a extenderse, transformándose en una tormenta de fuego, acelerándose por el riego sanguíneo. La boca de Giovanni danzaba como una llamarada caliente moviéndose sobre su piel desnuda.

Nicoletta le estrechó en sus brazos, cerrando los ojos para entregarse al puro placer que creaban las manos de don Scarletti y su boca mientras tiraba tiernamente de su oreja con los dientes.

—Quiero que te quites la falda, *cara* —susurró.

Bajó las manos desde los pechos para poder darle la vuelta hacia él y embeberse de su belleza.

Su mirada era ardiente mientras la desplazaba por el cuerpo de Nicoletta, que permanecía en pie observándole con sus enormes ojos oscuros bajo la luz de la luna. Detectó ahí tanto la timidez como el deseo.

—Quiero ver lo hermosa que eres —la animó.

Ella alzó la mano despacio y se soltó el moño, permitiendo que los rizos sedosos cayeran en cascadas de ondas hasta su cintura. La acción alzó sus pechos y la luz plateada de la luna proyectó unas sombras cariñosas sobre su cuerpo, dejando a Giovanni casi sin respiración ante aquella visión. Ella sonrió otra vez al observar la reacción.

Nicoletta dio unos pocos pasos para apartarse lo justo y quedar fuera de su alcance, sin dejar de observarle, y entonces se quitó la falda. Oyó el jadeo de Giovanni, una explosión de aliento abandonando sus pulmones. Ella lanzó los brazos hacia la luna en una especie de homenaje, con la piel reluciendo incitante bajo la luz débil y el cabello acariciando su cuerpo como dedos delicados.

—¿Es esto lo que quieres, esposo? Quiero aprender a complacerte.

El silencio se prolongó con cierta tensión mientras él la observaba con mirada ardiente. Giovanni se quitó las botas despacio sin dejar de mirarla ahí de pie desnuda, esperando ante él.

—Ven aquí conmigo —le ordenó con voz áspera—. Quiero que me quites la ropa, eso me agradaría, Nicoletta. Quiero observarte, verte temblar, saber que me deseas tanto como yo te deseo.

La joven estaba temblando, conmocionada por su propio atrevimiento y por la intensidad oscura en los ojos de él; la contemplaba con una posesión enardecida que nunca antes había visto. La asustaba y aun así era emocionante. Obedeció y dio un paso hacia delante con la brisa tirando de su pelo que en ese momento cubría sus pechos permitiendo ver sólo los pezones entre los mechones, para dejar expuesto a continuación el cuerpo que él iba a inspeccionar.

Los dedos de Nicoletta temblaban mientras le quitaba la camisa. No era de ayuda su mirada ardiente que nunca se despegaba de su cuerpo. Notó cómo temblaba él cuando empezó a desabrocharle los pantalones, rozando con los dedos su carne inflamada. Nicoletta encontró valor al percatarse de su reacción. Su erección era gruesa y dura, qué respuesta tan diferente a la de una mujer. Alzó la vista sin saber qué hacer a continuación.

—Tócame, Nicoletta, demuéstrame que me deseas también. —Su voz sonaba más ronca que nunca, su cuerpo estaba tan enardecido que percibía el calor abrasándola—. Tienes que conocer mi cuerpo igual que yo conozco el tuyo.

La muchacha deslizó la mano sobre su torso con lentitud deliberada, disfrutando con la sensación de los duros músculos. Se inclinó hacia delante para besárselos y la cabellera se vertió sobre él, rozando su piel y provocando otro jadeo. Giovanni la sujetó por los brazos con ambas manos y ella sonrió al notar la fuerza del asimiento y descubrir que era capaz de provocar en un hombre tan fuerte y poderoso la misma necesidad temblorosa que ella sentía. Su cuerpo también ardía, húmedo, caliente y dolorido. Deseaba que él la explorara con sus manos, que moviera su boca sobre su piel.

Era justo lo que él quería. Nicoletta continuó acariciando toda la longitud del miembro y lo exploró con la mano formando una vaina para observar su reacción. Se endureció todavía más, aumentó de volumen mientras las caderas empujaban contra su palma. Los dedos siguieron danzando juguetones mientras él la observaba con tal atención que su cuerpo también se excitó, cada vez con más tensión.

—Dime —susurró ella bajito, tentadora—, ¿es esto lo que te gusta?

Nicoletta parecía salvaje en la oscuridad, y Giovanni sentía el mismo desenfreno creciendo en él.

—Emplea tu boca, quiero sentir otra vez tu boca caliente y húmeda como el interior de tu cuerpo —le indicó en voz baja.

Ella desplazó las manos por las caderas e inclinó la cabeza para besar el vientre plano, y al encontrar el contorno del hueso de la cadera, dejó un beso ahí. Al instante apreció la diferencia en él, la tensión provocada por la expectación. Entonces saboreó el miembro con la lengua, vacilante, oyó su exhalación y le notó temblar. Aquella reacción le dio aún más coraje. Tardó un momento en asimilar aquello tan nuevo para ella, pero Giovanni le permitió experimentar por su cuenta. Supo que iba bien encaminada cuando le oyó soltar un gruñido gutural, cuando la estrujó aún más con las manos como argollas, cuando las caderas embistieron hacia delante. Le soltó los brazos para recoger su cabellera entre los puños.

—¡Nicoletta! —pronunció entre dientes su nombre con un gemido de placer, de puro deseo. Sujetándola con ambas manos, casi la levanta de golpe hasta él, instándola luego a alzar la cabeza para poder encontrar su boca ciegamente, instintivamente. Les fundió juntos atrayéndola con las manos para estrecharla y poder sentir la marca de cada uno de sus músculos sobre su piel.

Nicoletta se entregó a la boca caliente que la buscaba. Las manos posesivas de Giovanni se movían por su cuerpo, estaban en todas partes, encontraban sus curvas y huecos, las sombras secretas. Ella se entregó de buen grado a él, saboreando la necesidad como una cosa viva. Y él se moría por ella, al verla perderse en su fuerte cuerpo.

Las llamas lamían el suyo, en lo profundo de ella había un volcán de calor, con lava fundida extendiéndose sin control. Nicoletta le susurró, deseando que él enterrara su cuerpo en lo profundo de su ser:

—Giovanni.

Un suave murmullo de tentación, un ruego, un anhelo.

Él le tomó ambas manos para apoyárselas en un tronco caído, inclinando su cuerpo hacia delante para dejarla estirada ahí ante él, con la piel reluciente bajo la luz plateada de la luna y el trasero redondo expuesto como una invitación atrevida. Se apretó contra ella clavando las manos en sus caderas, y Nicoletta soltó un jadeo al notar el grosor y tamaño de la erección. Giovanni le susurró al tiempo que acariciaba sus caderas, su trasero. Metió la mano entre los muslos para apreciar lo caliente, húmeda y dispuesta que estaba, luego introdujo un dedo para poner a prueba su reacción, y percibió los músculos aferrándose.

—Estás lista para mí, *cara* —dijo bajito, apretándose contra su entrada femenina.

Nicoletta gritó al sentir su invasión y él se movió poco a poco, centímetro a centímetro, saboreando el contacto con sus músculos ajustados, suaves como el terciopelo, enardecidos, ciñéndose a él. Observó la belleza de sus cuerpos uniéndose. Una vez más buscó sus caderas para poder atraerla mientras la penetraba, enterrándose en lo más hondo, deslizándose una y otra vez con el viento levantando su larga cabellera contra él, tan parecida a la seda.

—*Dio*, Nicoletta, eres perfecta, y estás tan caliente —jadeó, embistiendo con tal fuerza y dureza que ella tuvo que empujar para no desplomarse.

Mientras la tormenta de fuego recorría sus cuerpos, el viento tocaba sus pieles con dedos refrescantes, juguetones e incitantes. Nicoletta no quería que aquel momento acabara. Él la hacía alzar el vuelo por el cielo, uniéndoles con tal pasión y tal fuerza que notó lágrimas de dicha en sus ojos. Sintió que el cuerpo se le contraía, como si una espiral se tensara con una fricción que hacía saltar llamas danzantes por su riego sanguíneo. La necesidad tenía a Giovanni inflamado, salvaje en su posesión, tierno en su contacto. El cuerpo de ella se fusionaba en él con aquel fuego: le pertenecía, le ansiaba.

Cerró los ojos y se entregó por completo, y explotó, oyendo el rugido de su esposo al alcanzar también el clímax, y saltaron juntos en pedazos, volando muy alto. Su cuerpo siguió aferrando y martirizando el miembro de Giovanni, que se estremeció de pasión, reteniéndola contra él durante un largo rato mientras sus corazones latían frenéticamente y sus pulmones se convertían en gelatina. Poco a poco él le rodeó la cintura para levantarla y salir de su cuerpo, poco a poco, a su pesar.

La giró para sostenerla contra su pecho, un refugio ahora para ella. Ella le rodeó el cuello con los brazos, y se pegó a él incapaz de comprender la magnificencia de la manera en que se habían unido. Él delineó la forma de su espalda con las manos, moviéndolas sobre la larga curva de la columna, y enterró el rostro en la abundante cabellera.

—Me encanta la manera en que respondes a mí —susurró—. La forma en que tu cuerpo se excita y me deja saber que tú también me necesitas como yo a ti. —La besó en lo alto de la cabeza—. Me encanta la manera en que confías en mí sin merecérmelo, cuando yo mismo te he puesto directamente en el camino del peligro, sin darte opción, y no obstante estás dispuesta a entregarte a mí. Gracias, por querer arriesgarte conmigo —dijo con humildad.

Nicoletta notó una curiosa sensación en la zona del corazón, que pareció derretirse. El pelo ondeaba a su alrededor como una capa sedosa envolviendo a ambos.

—¿Sabías, Nicoletta —murmuró bajito—, que soñé a menudo contigo incluso antes de conocerte? Pasaba una noche tras otra echado en la cama, empapado en sudor por la necesidad de enterrar mi cuerpo en la ternura del tuyo, ansiando ver tu sonrisa y oír el sonido de tu voz.

Soñaba contigo cada noche, sin concebir ni una vez que pudieras ser real. —Tomó su barbilla, levantándole el rostro hacia arriba con manos llenas de ternura—. *Angelo mio, amore mio.*

La luna intentaba brillar valiente a través de las capas de bruma, arrojando un destello misterioso sobre los árboles oscilantes. Nicoletta sonrió a la intensidad oscura de la mirada de Giovanni que la estudiaba.

—Tienes una magulladura en la cara —observó él con ternura— y otras más en el cuello. —Se inclinó hacia delante para rozar la suave piel con su lengua juguetona y húmeda, y aliviar la molestia de las contusiones—. Me duele verte lastimada.

A ella el corazón le dio un vuelco, y el calor se acumuló en su interior, así de rápido.

—¿Te parezco real cuando me tocas? —le preguntó bajito echando atrás la cabeza un poco más para permitir que él alcanzara las marcas más feas en su cuello—. Porque, a veces, cuando me tocas, me siento perdida en un sueño de placer y pasión, y no estoy segura de que seas real.

—Soy muy real, *piccola*, y me estoy enamorando de ti. Me has hechizado con tu embrujo maravilloso, y ahora el sol sólo brilla para mí cuando estás cerca.

Le besó la garganta, las manchas oscuras, la evidencia del peligro. Su boca se perdió y descendió sobre la piel de satén sin cansarse nunca de ella. Encontró el pecho, jugueteó sobre el pezón con dientes amables y la lengua dando vueltas perezosas.

Nicoletta cogió su cabeza y se la acercó, permitiendo que el delicioso calor se propagara despacio por ella, saboreando la manera en que su cuerpo se contraía con tensión.

—Háblame de tu *famiglia*, Giovanni: tus padres, tus abuelos, todos vivís bajo la sombra de una espantosa maldición.

Giovanni suspiró, alzando la cabeza y apartándola de la tentación de su cuerpo. La voz sonó cargada de una mezcla suave de lástima y pena.

—¿Qué puedo decirte de mi *famiglia*? Mi *nonno* quería a su esposa como nadie, siempre juntos, siempre sonriéndose desde la otra punta de la habitación. Era una mujer cariñosa. Todo el mundo la adoraba, no podía ser de otro modo. Nos crió a Antonello y a mí, y también intentó criar a Vincente, aunque *mio padre* lo mantenía bajo su tutela.

—Nunca mencionas a tu madre, Giovanni, ¿por qué?

Una corriente repentina la hizo tiritar. Una sombra cruzó la luna. Al instante Giovanni la atrajo más, rodeándola con sus brazos, protegiéndola del viento con su cuerpo.

—La mayoría de mis recuerdos de ella la muestran sonriente, moviéndose por el palacio. Nunca nos hablaba, sólo nos hacía ademanes con la cabeza de vez en cuando. No la recuerdo sosteniéndonos en brazos, ni siquiera a Vincente. *Mio padre* estaba siempre con ella, nunca le quitaba los ojos de encima. Era muy celoso de cualquiera que se le acercara, incluso de nosotros.

Enterró el rostro en el cabello sedoso, como si los recuerdos que evocaba fueran demasiado dolorosos.

Había desesperación en su voz, y Nicoletta le rodeó el cuello con la mano, apretando sus senos contra su pecho, deseando consolarle.

—¿Qué le sucedió?

No estaba segura de querer saberlo en realidad. Había una quietud, una sombra tranquila en ella que anunciaba problemas.

—Ella... desapareció. Éramos apenas unos niños, nunca olvidaré ese día, no mientras viva.

Giovanni retrocedió un paso, bajando los brazos a ambos lados. El corazón de Nicoletta se conmovió: parecía demasiado vulnerable.

Scarletti se alejó un paso más, observando las volutas de bruma, sin preocuparse por su desnudez. Ella se percató de que nadie hablaba nunca sobre los padres de Giovanni. El padre había sido el señor de las tierras sólo durante tres breves años, y nadie hablaba de él, ni siquiera Maria Pia. Y tampoco sabía cómo había muerto, dejando el legado Scarletti a su hijo mayor, Giovanni.

—La vi con uno de los soldados. No era la primera vez, solían subir a la torre. Sólo que esta vez *mio padre* la siguió. Yo me encontraba en las murallas y vi a mi padre subir por las escaleras hacia la torre. Llamé a mi madre, intentando así advertirla de su presencia, pero hacía mucho viento y alejaba mi voz del palacio. Fue la primera vez en mi vida que me sentí de verdad asustado. Había algo en la manera en que mi padre subía esas escaleras, no puedo explicarlo, pero me causó desazón. Recuerdo comunicarme con Antonello mediante nuestro método especial, con la ocurrencia infantil de que entre los dos tal vez fuéramos capaces de impedir lo inevitable.

Una terrible tristeza se había apoderado de Giovanni, Nicoletta percibió el peso de la carga infantil, un muchacho incapaz de salvar a su madre de la ira de su padre. Al instante se acercó para rodearle con los brazos y apretar el rostro contra su amplia espalda.

Giovanni respondió de inmediato, sujetando sus manos y sosteniéndolas contra su vientre plano.

—*Mio padre* tenía otras muchas mujeres, lo sabíamos todos, también ella; pero eso no impidió que se desatara su ira. El viento no pudo llevarse los gritos de mi madre lo bastante rápido. Vi el cuerpo del soldado después, y nunca he podido entender que un solo hombre llegara a odiar tanto a otro como para hacerle las cosas que le hizo. —Inspiró hondo y se dio media vuelta para mirar a Nicoletta con sus negros ojos cargados de intensidad, y ella percibió el terror alojado en el interior de su corazón—. Hizo esas cosas delante de ella, la obligó a mirar. No sé qué le hizo a mi madre, pero la mantuvo viva durante un tiempo, muchos meses. De repente no volvimos a verla, y un día él simplemente anunció que había muerto.

»¿Entiendes ahora el legado terrible de celos y violencia que nos transmitió a los tres? Antonello y yo nos juramos no casarnos jamás. —Le clavó los dedos en los brazos—. Sé que no tenía derecho a tomarme tal licencia con tu vida y enredarte en esta red de violencia y muerte que es mi legado. Quiero que sepas que intenté oponerme, pero cuando me tocaste y noté tu calor curativo, por primera vez en mi vida me sentí a gusto, sentí que éste era mi lugar. —Tomó su rostro entre sus manos—. No tuve fuerzas para renunciar a ti. Cuando un hombre quiere y necesita algo, puede racionalizar cualquier cosa. —Ahí en la oscuridad parecía intenso y sombrío—. Y te quería, con desesperación. Te miraba y sabía que encontraría la paz contigo. Me das paz.

El viento nocturno susurraba a su alrededor, y la niebla amortiguaba los otros sonidos nocturnos, con sus velos blancos entretejiéndose entre los árboles. Los ojos oscuros de Nicoletta estudiaron su rostro con atención.

—¿Yo he hecho eso por ti? ¿Te he dado paz, Giovanni?

Él acarició su suave piel, la prominencia cremosa de los pechos.

—Suficiente paz como para durar toda una vida. Pensaba que tu cuerpo me daría consuelo, un pensamiento egoísta, desde luego, pero además iluminaste mi casa, por eso mi gente ahora sonríe. He oído risa y canto donde antes sólo había silencio. —Se inclinó para besarle los labios con ternura y dulzura—. Me has cambiado la vida, *piccola*, y ansío sentir creciendo en tu vientre *mio bambino*. —Extendió los dedos como si ya sostuviera al niño en su palma—. El día se me hace eterno esperando llegar a nuestro dormitorio donde tú me aguardas.

Deslizó la mano más abajo hasta la maraña de rizos oscuros y húmedos, apretándolos para sentir la humedad caliente.

Se le escapó un largo suspiro de satisfacción:

—Veo los próximos años y sé que siempre será así. En el instante en que te vea, sienta tu cuerpo y te toque, te desearé una y otra vez. Nunca importará que hayamos acabado de hacer el amor; se me pondrá dura y estaré enardecido de necesidad.

Deslizó dos dedos por su ajustado canal y notó la instantánea descarga de calor húmedo dándole la bienvenida. Inclinó la cabeza hasta el pezón fascinante para succionarlo, deslizó los dedos dentro y fuera, hasta que ella contrajo los músculos con fiera necesidad. Recogió su camisa para colocarla sobre el tronco caído y luego levantó a Nicoletta sin esfuerzo, recostándola con el trasero apoyado en la camisa. Le cogió los pies y se los colocó con cuidado próximos al tronco, abriéndola de piernas, dejándola totalmente vulnerable a su invasión.

—¿Otra vez? —La respiración de Nicoletta surgía entre jadeos—. ¿Me deseas otra vez?

Tenía que sujetarse con los brazos.

—Así crecen las llamas en mí, *cara*.

La aproximó a él, sosteniendo sus caderas para poder embestir y enterrarse bien hondo.

Esta vez ella le veía la cara, las líneas marcadas, la excitada intensidad en sus ojos, los cuerpos uniéndose en una danza de pasión y calor. Se movía con él, encontrando su ritmo e instándole a penetraciones más largas y profundas, confiando en retenerle tan dentro de su ser que encontrara cobijo para su alma. Le rodeó con las piernas la cintura, apretándose con fuerza contra él, dejando que la acunara y les convirtiera en un solo ser.

Nicoletta observó su rostro, cada una de sus expresiones, las sombras, la dicha, cada matiz. Quería en él un placer de intensidad equiparable al suyo. Giovanni era muy generoso y se aseguraba de satisfacerla antes que a sí mismo, de ser tierno con sus manos, por fuertes que fueran sus embestidas, por violenta que fuera su pasión, y se aseguraba de que ella no sufriera incomodidades, aparte del tormento del fuego que crecía en su interior, de la espiral de calor comprimiéndose hasta que finalmente la hizo explotar, llevándoselo a él con ella.

Ella alzó la mirada, asombrada por la magnitud de aquella unión. Era un hombre de gran poder, de fuerza enorme, y no obstante siempre era tierno con ella, su experiencia nunca le hacía sentirse inferior. La muchacha se encontró dedicándole una sonrisa.

—Creo que necesito dormir, Giovanni. Justo aquí y ahora. Me has agotado.

Y él la cogió en sus brazos para bajarla. Los pies de Nicoletta tocaron el suelo, algo real y sólido. El cuerpo fuerte de Giovanni seguía temblando, y su corazón latía con fuerza, ruidoso, bajo su oído.

—¿Quieres dormir aquí? ¿Bajo las estrellas? No quiero que te pongas enferma.

La niebla traía la bruma salada del océano.

Ella se acurrucó contra él.

—Estoy contigo. Nada puede sentarme mal.

Capítulo *18*

Nicoletta miró a su alrededor en busca de sus ropas. La fina condensación del mar humedecía su pelo, rizado en largas espirales alrededor de sus hombros.

—¿Alguna vez te cansas de ser don Scarletti? —preguntó—. ¿Tantos peticionarios acudiendo con sus problemas, esperando que lo arregles todo a su gusto? —Inclinó la cabeza a un lado y el pelo se deslizó sobre los pechos—. ¿Y cómo es que te convertiste tan joven en el señor de todas estas tierras? ¿Qué le sucedió a tu padre?

Prefería que se lo contara todo aquí, mientras se encontraban al aire libre, con el sonido de las olas rompiendo en la costa y el viento llevándose sus palabras al mar.

Giovanni se pasó una mano por el negro pelo con mirada inquieta de nuevo.

—*Nonno* se puso enfermo, tenía una fiebre terrible y no esperábamos que se recuperara. La responsabilidad del liderazgo le correspondía a *mio padre*. Pero aunque nuestro abuelo seguía enfermo y próximo a la muerte, había cosas que se negaba a explicar a su hijo sobre la gestión de nuestras tierras. Creo que sabía que mi padre... —buscó las palabras apropiadas— no estaba a la altura de las exigencias de tal puesto. La recuperación de mi abuelo sería difícil y larga, seguía muy débil, pero pronto quedó claro que mi padre no podía seguir dirigiendo a nuestra gente. Hubo... incidentes, pues no tardó en buscarse enemigos y descuidar sus obligaciones a causa de sus constantes líos de faldas. Nuestra gente, las fincas y las tierras, se estaban arruinando a ritmo vertiginoso. Las cosas no podían continuar así. También corrían rumores de que traicionaba a nuestros aliados. —Se miró las manos—. A mi padre lo asesinaron. Pero nunca descubrí quien dio la orden, pese a intentarlo. Sé que otros terratenientes estaban preocupados por la posibilidad de que él estuviera ayudando a nuestros enemigos, y sé que *nonno* temía que sucediera algo así. Le enterraron con discreción, y como el abuelo no había acabado de recuperarse lo suficiente, yo asumí el liderazgo.

Omitió decir que la mayoría de su gente creía que su abuelo había matado a su propia esposa.

Nicoletta encontró la blusa y la sostuvo contra su pecho durante un momento, agradecida de haber crecido en un *villaggio* libre de tantas intrigas mortales.

—Me hace muy feliz que me escogieras como esposa, Giovanni. Espero que siempre pueda espantar las sombras de tus ojos.

Él se aproximó a ella al instante, atrayéndola con los brazos, encontrando sus labios con la boca. Movió las manos por su espalda desnuda, siguiendo el contorno de la estrecha caja torácica, deslizándolas luego hacia arriba para tomar sus pechos, toqueteando los pezones con los pulgares, ya duros por el frío aire nocturno.

—Me alegra mucho haberte reconocido de inmediato al mirarte. Estabas destinada a mí. Supe que era así, lo sentí en mi corazón.

Nicoletta casi deja caer la blusa mientras le abrazaba acunando la cabeza contra ella, con los dedos en su cabello.

—Lo noto yo también.

Ella le estrechó un poco más, ofreciendo consuelo hasta que él se estiró para besarla con dulzura antes de soltarla a su pesar.

Estaba decidida a devolver la sonrisa a su rostro mientras se ponía la blusa, deslizando los brazos por las mangas:

—Mira lo perfecto que es todo esto, silencioso y con mucho espacio para correr sin trabas. —Se puso la falda y echó la cabeza hacia atrás, con aspecto de sirena salvaje—. Me encanta estar aquí arriba.

Giovanni se vestía despacio, observándola mientras danzaba alrededor de los árboles con aquella suave risa que resonaba como una invitación susurrante.

Nicoletta le miró por encima del hombro, provocativa y sexy, y vio que don Scarletti sonreía. Parecía más joven, más despreocupado que nunca.

—Mi esposa descalza —dijo él en voz baja, y se acercó a su caballo para sacar un lienzo impermeable de la alforja—. Si quieres pasar un poco más de tiempo aquí a solas conmigo, ¿quién soy yo para decirte que no? Podemos descansar un ratito. No estamos lejos del palacio.

—Aquí no, Giovanni —respondió ella—. Arriba en los acantilados, por encima del mar. Es tan bonito de noche... Podemos observar las olas y mirar las luces del mar que relumbran a veces en lo profundo del agua. Parecen redes plateadas por debajo de la superficie. ¿Las has visto alguna vez?

Don Scarletti asintió mientras la seguía por el estrecho sendero en dirección a los acantilados que daban a la cala arenosa donde había sido atacado por su primo y el cómplice de éste. Hacía bastante tiempo que no se saltaba sus obligaciones y se tomaba unas pocas horas de asueto. Estaba recién casado; su nueva esposa no pedía mucho al querer que se sentara con ella, los dos solos, a observar el mar. Extendió la cubierta sobre el suelo, le cogió la mano para ayudarla a sentarse y luego se acomodó cerca de ella, atrayéndola con los brazos.

Nicoletta se acurrucó contra él, apoyando la cabeza en su pecho. Estaba adormilada y sentía su cuerpo satisfecho e irritado de un modo delicioso. Rodeó la mano de su esposo con los dedos.

—Yo tuve una infancia feliz, Giovanni. Perdí a mi padre antes de conocerle, por lo tanto no fue triste. El tiempo que pasé con mi madre fue maravilloso. La vida parecía una aventura con ella, siempre estaba riéndose y cantando, y otros niños acudían a nuestro lado. Me quedé deshecha cuando ella y mi *zia*, su hermana, murieron, pero Maria Pia estaba ahí y me permitió seguir disfrutando de mi libertad. Me quería con toda su alma. Nunca me hizo sentirme diferente. Sólo me hacía sentirme especial; decía que tenía dones de Dios.

Scarletti encontró su cabello y enredó ahí la mano.

—Ahora tú haces que Sophie y Ketsia se sientan especiales, igual que harás con nuestros hijos. —La rodeó con un brazo posesivo—. ¿Por qué me tienes tanto miedo, Nicoletta?

Las palabras surgieron de él sin poder contenerlas.

Ella notó el corazón de Giovanni acelerado, dando saltos. Permaneció un rato callada, no iba con su carácter decir mentiras. Volvió la cabeza para encontrar la intensidad oscura de su mirada.

—Porque tú tienes miedo de ti mismo. Se aprecia en todo lo que dices y haces, esa siniestra maldición bajo la que vivís tú y tus hermanos. Creéis en ella, y eso le da vida.

—¿Tú no la crees? —preguntó con calma, sus palabras apenas audibles. Se apartó para observar la espuma del mar—. ¿No puedes verla?

—Veo el poder que tú mismo le otorgas. Mientras creas en ella, cobrará vida, le darás poder. Se mantiene a la espera, observándote para detectar un momento de debilidad. Y todos los tenemos, ya lo sabes, cada uno de nosotros. Si crees que padeces esos celos asesinos e incontrolables, llegará un momento en que yo le sonreiré a algún soldado joven y apuesto, y tú me verás. La maldición estará ahí, agazapada como una bestia salvaje a la espera, para poseerte. Yo no le infundiré vida, serás tú quien lo haga —dijo con tristeza.

Giovanni inclinó la cabeza hacia ella al instante y besó sus ojos, luego la comisura de su boca.

—Dime cómo poner fin a la maldición, *angelo mio*. Dime qué hacer. Siento cómo trata de alcanzarme con su zarpa cuando miro por la ventana y te veo en el patio riéndote con Francesco o Dominic o incluso con *mio fratello*. Eres tan hermosa, que me dejas sin respiración. Sé que sin ti sólo habrá vacío; ya he soportado el vacío y no quiero volver a eso. Preferiría morir ahora, feliz por una vez en mi existencia, que arriesgarme a hacerte daño alguna vez de un modo parecido a como *mio nonno* hizo a su esposa. La adoraba, aun así está muerta, y él está vacío. Mejor no haberte hecho nunca mi esposa que vernos atrapados por el sino de la *famiglia*.

—Entonces debes creer en mí, Giovanni —susurró Nicoletta en voz baja. Tomó su rostro entre las manos—. Cree en lo que ves en mis ojos cuando te miro. Cree en mi cuerpo cuando me tocas. Cree en ti mismo, en tu fuerza y poder. Pero sobre todo, cree en nosotros. Si puedes hacerlo, la maldición será inútil, será su fin. Podría sonreír a centenares de muchachos, jóvenes apuestos, y siempre sabrías que sólo veo tu cara, que sólo deseo tu cuerpo. Depende de ti.

Nicoletta le soltó, pero mantuvo la mirada fija en la suya.

—¿Crees que los varones Scarletti han forjado su propia maldición? —Se metió una mano en el pelo oscuro, revolviéndoselo más de lo que el viento ya había hecho—. ¿Crees que nuestras mujeres se han vuelto locas o han sido asesinadas por una maldición sin poder?

Enredó sus dedos en la cabellera despeinada de la muchacha, deslizando los mechones sedosos por su palma.

Nicoletta se ruborizó. Su voz era afable, aun así hacía que se sintiera alocada y joven. Apartó la mirada. ¿Quién era ella para intentar buscar la explicación a algo que su familia había soportado durante generaciones? Giovanni le levantó la barbilla con la palma, obligándola a mirarle.

—¿Crees lo que estás diciendo, Nicoletta? —insistió—. ¿Lo crees de verdad?

Ella respiró hondo, pues el corazón le latía con fuerza. Creía lo que ella estaba diciendo, pero ¿confiaba en Giovanni lo suficiente como para admitirlo? Era mucho más joven e inexperta que él, una mujer de posición muy inferior.

—Nicoletta.

Susurró su nombre hacia el viento. Su talismán. Su mundo. La rodeó otra vez con los brazos y la sostuvo contra su cuerpo.

Ella decidió hablar y arriesgarse a hacer el ridículo.

—Todo el mundo tiene puntos flacos, Giovanni, incluso los Scarletti. Los celos son algo tan malo como decir mentiras. Le devoran a uno desde dentro, destruyen a hombres y mujeres. Es una debilidad, no una maldición. Puedes pararla igual que tu *nonno* podría haberlo hecho. No deberías darle crédito, ni deberías alimentarla ni otorgarle poder alguno. No es en realidad una maldición, Giovanni, no falló ningún legado de amor. En verdad, es algo a lo que tendrás que enfrentarte, como si se tratara de un enemigo o una enfermedad. Permanece atento a todas horas, nunca bajes la guardia, y conquistarás la «maldición».

—¿Crees que es así de fácil? —dijo con voz seria.

Nicoletta negó con la cabeza.

—Ni tan fácil ni tan difícil. Es cuestión de confiar en ti mismo y en quienes amas. No es tan sencillo como poseer a alguien y esperar que te corresponda con su amor —indicó con valentía.

Scarletti miraba el oleaje y la espuma del agua, la marea aproximándose a tierra y rompiendo contra las rocas. Encontró con sus dedos la nuca de Nicoletta y la masajeó para espantar los miedos de la muchacha.

—¿Es eso lo que hacen los hombres Scarletti? ¿Poseer a sus mujeres?

—Mejor me lo explicas tú. Eres tú quien teme la maldición, Giovanni, yo ya no le tengo miedo alguno, sólo me asusta que alguien crea de tal modo en su poder como para destruirnos.

Él se quedó callado un largo rato, considerando respetuosamente sus palabras.

—¿Cómo has llegado a ser tan sabia a una edad tan temprana?

—Todos tenemos nuestras virtudes con que compensar nuestros puntos flacos. Yo tengo muchos, Giovanni. Los hombres no son uno de ellos. Soy fiel y sincera, y seré tu abnegada esposa si me lo permites. —Agachó la cabeza—. Entre mis puntos flacos se incluye que hago cosas sin pensar y que necesito la libertad de las colinas.

Empezaba a sonar somnolienta.

Giovanni se rió en voz baja.

—No habría adivinado algo así jamás, *piccola*. Pero estás cansada, te estás quedando dormida. Tenemos que ir a casa esta noche, tendrás un paciente esperándote allí y me gustaría llegar pronto para asegurarme de que nadie descubre su identidad.

Nicoletta gimió bajito como protesta, pero se levantó obediente y se estiró para aliviar el agarrotamiento. Se frotó la mejilla contra el amplio hombro de su esposo.

—No me importa donde durmamos mientras sea pronto.

Giovanni la levantó en brazos, acunándola contra su pecho.

—Pareces una *bambina* con tus grandes ojos medio cerrados y a punto de dormirte. —Inclinó la cabeza moviendo perezosamente la boca por su rostro—. Gracias por ser mi esposa.

Ella le sonrió bajando las pestañas.

—De nada. —Flotaba, medio despierta, medio dormida, mientras él la llevaba de regreso a donde había dejado el caballo. Nicoletta agradeció poder dormir, pero sobre todo agradeció sus brazos reconfortantes. Se había atrevido a decirle lo que pensaba, y él no estaba enfadado con ella, ni había descartado sus ideas por tontas o infantiles. La había tratado de igual a igual, y eso era el mejor de los regalos.

A lo lejos, en algún lugar en el límite del sueño, oyó el ululato de un búho que parecía reverberar a través de la niebla, con una nota extraña y distorsionada. Frunció el ceño y volvió el rostro hacia el cobijo del pecho de Giovanni, apretándose más contra el latido constante de su corazón. Otro búho, más próximo y sonoro, respondió al primero. La sombra interior se alargó y creció.

—Nicoletta. —Había una clara advertencia en el susurro de Giovanni. Ella bajó los pies hasta el suelo, con la boca pegada a su oído—. Tenemos problemas, alguien nos acecha. El caballo ha desaparecido.

La colocó con un brazo protector tras su sólido corpachón.

—Lo lamento, estaba tan adormilada —murmuró bajito.

Era una mala excusa; debería de haber advertido el peligro inminente. El búho le había avisado dos veces, las sombras habían crecido en su interior, pero estaba tan cansada que se quedó dormida por momentos. Ahora se encontraban en peligro.

Oyeron un débil sonido a su izquierda, algo se movía a hurtadillas entre la maleza. El búho más alejado volvió a ulular. A cierta distancia pudieron oír el sonido de unos cascos sobre el suelo. La niebla era densa, ensortijándose en torno a los árboles y formando remolinos descontrolados. Giovanni estiró hacia atrás el brazo para cogerla de la mano mientras se movían por el estrecho sendero en dirección al palacio.

Nicoletta conocía bien las colinas, incluso de noche, pero Giovanni no iba a permitir que tomara la delantera. Él se movía tan en silencio que ella tuvo que agarrar con fuerza su mano para asegurarse de que seguía ahí. La blanca bruma se propagaba como un manto, avanzando a través de los árboles y la maleza. Apenas había visibilidad, pero la sombra en ella continuó creciendo, de repente tenía la boca seca y el pulso acelerado. Algo les seguía, hombre o bestia, y les acechaba en la oscuridad.

Hombres, susurró Giovanni mentalmente, pues era obvio que leía sus emociones intensas.

Le apretó la mano para tranquilizarla. Avanzaron en silencio, sólo delataba su presencia la respiración y el fuerte latido de sus corazones. El sendero sinuoso que atravesaba las colinas inició un descenso pronunciado; pronto entrarían en el estrecho desfiladero de la montaña. Los riscos se elevaban de repente a ambos lados y el camino quedaba cubierto de rocas.

Giovanni se detuvo tan de súbito que ella chocó con él sin oportunidad de pararse.

—Es el lugar perfecto para una emboscada —susurró.

Aquí el viento les levantaba la ropa, soplaba tan frío y feroz que silbaba a través del paso de la montaña como aullidos de fantasmas reunidos para un velatorio. Nicoletta se aferró al brazo de su esposo.

—Debemos evitar el atajo y tomar el camino más largo —advirtió tirándole de la muñeca—. Esto me da mala espina, sé que tú también lo percibes. No deberíamos entrar en el desfiladero.

Scarletti la acercó hacia él, pegando los labios a su oído para que le oyera:

—Eres muy sensible a la naturaleza, *piccola*. Los vientos siempre azotan aquí desde el mar, no se trata de una advertencia para nosotros.

Pero ella sabía que sí lo era. Ella siempre sabía. Aun así, Giovanni ya estaba en movimiento, desafiando a los dioses furiosos, un mortal poco impresionado por su aterradora muestra de poder. Era un Scarletti que reclamaba con osadía a su esposa aunque viviera atenazado por una maldición que pronto la haría morir. Un señor que se atrevía a vivir entre intrigas mortales y malestar político por mantener unido a su pueblo. Nicoletta le agarró la mano con más firmeza, deseando tirar de él y ponerle a salvo, pero sabía que seguiría adelante. Plantar cara al peligro y vencerlo era un rasgo de su naturaleza, y ella no quería que cambiara. Lo comprendió en aquel momento espantoso, tiritando de frío, con el pelo levantado y revuelto, con el viento aullando furioso por su desafío y los ladrones o algo peor acechándoles. Amaba a don Giovanni Scarletti, con maldición o sin ella, y le seguiría a donde fuera.

El camino estaba lleno de rocas, Nicoletta sintió los pies doloridos al lanzarse ciegamente sobre ellas. Oyó un ruido sordo, primero bajo, luego más fuerte, procedente de arriba. Giovanni le gritó algo, pero el viento se lo llevó con violencia. La puso delante de él empujándola con fuerza. Luego las notó, piedras acribillándoles desde los riscos elevados por encima de ellos. Un desprendimiento de rocas. Con el corazón en la garganta, empezó a correr soltando la mano de Giovanni. Una figura surgió delante de ella pese a la lluvia de guijarros y rocas que tronaban a su alrededor.

Nicoletta oyó su propio grito involuntario mientras el viento le daba en la cara. Esquivó la figura que la embestía y casi se precipita contra la cara del risco cuando Giovanni literalmente la empujó a un lado. Vio a los dos hombres encontrándose en medio de la lluvia de rocas y niebla arremolinada. Ella perdió el equilibrio y se cayó contra la pared rocosa raspándose el brazo, pero por suerte se salvó de acabar aplastada por una roca que cayó a escasos centímetros. Oyó el gemido de dolor de Giovanni y vio a su atacante levantando un brazo para apuñalarle. El hombre gritó triunfal.

Nicoletta reconoció la voz. Aljandro. Había esperado en medio de la noche para exigir su venganza, con el estilete en la mano, y con un cómplice que iniciara el desprendimiento de tierras. Se arrojó contra él desde un lado, saltando con suficiente fuerza como para darse contra él y lograr que fallara. El afilado estilete había alcanzado una vez a Giovanni pero no una segunda.

Aljandro la apartó, y ella aterrizó con un fuerte golpe sobre las rocas, sin aire en los pulmones. Por un momento no pudo moverse ni respirar. Giovanni volvió al ataque y ambos combatientes pelearon a muerte. Ella oía los golpes, pero sus figuras quedaban borrosas entre la niebla arremolinada y la lluvia continua de piedras. Los proyectiles caían desde arriba, saltando desde el risco hasta alcanzar el camino y rodar en todas direcciones. Uno de los hombres fue alcanzado; oyó el gemido de dolor. Y luego otro sonido reverberó rivalizando con el viento aullante. Un estruendo atronador, profundo y cavernoso, un terrible chirrido que anunciaba un peligro sin precedentes.

¡Corre!

La orden de Giovanni sonó en su mente, brusca y vehemente.

—¡Corre! —gritó en voz alta, pese al viento que alejaba su voz de ella.

Unas rocas enormes cayeron con estrépito sobre el suelo, un montón de pedruscos que dejaron el estrecho desfiladero enterrado. Aljandro y Giovanni seguían peleando. *¡Corre!*, ordenó otra vez. Por fin se volvió y salió corriendo hacia el palacio donde buscar ayuda, con el sonido del mundo próximo a su final atronando en sus oídos. El paso ahora había quedado bloqueado tras ella por las rocas caídas, y Giovanni, al otro lado de la barricada, corría serio peligro, se enfrentaba a Aljandro y a otro asesino en las alturas, quien había accionado la trampa.

El desprendimiento se detuvo tan de súbito como había empezado, dejando la noche sumida en un silencio misterioso. Unos granos finos de polvo mezclados con la bruma arremolinada tiñeron la niebla blanca de un gris apagado. Nicoletta se detuvo para volverse, ahora fuera del desfiladero, mirando la gran pila de rocas que bloqueaban el estrecho paso. No podía regresar al lado de Giovanni desde este lado. Se tapó la boca con la mano para no echarse a llorar inútilmente. Tenía que conseguir ayuda y llamar a los soldados para socorer a don Scarletti. No creía que estuviera muerto, no iba a creerlo. Una sombra oscurecía su alma, pero no podía creer que él la hubiera dejado.

Nicoletta se volvió y echó a correr. Conocía el camino, lo había andado cientos de veces vagando por las colinas de noche y de día desde la infancia. A menudo acudía a contemplar el palacio, sobrecogida ante las grandes estatuas y gárgolas que vigilaban sus aleros y torretas, las largas murallas donde nacieron leyendas y rumores. Corrió hasta notar el ardor en los pulmones, se encontró jadeante, necesitada de aire. Corrió hasta que dejó de sentir el dolor en sus pies descalzos.

El viento procedente del mar era cada vez más desapacible y casi la derriba, empujándola a lo largo de los precipicios que precedían al atajo que conducía a los terrenos del palacio. Alzó las manos hasta la mata cegadora y voladora de su cabellera, para retorcerla y formar un moño mientras descendía por la ladera empinada y resbaladiza. Le llevó dos pasos sujetarse el pelo así. Estaba agotada, asustada, casi consumida por su carrera por los acantilados. Su corazón y pulmones parecían a punto de estallar, y tenía el rostro húmedo de lágrimas. Tropezó varias veces mientras corría, cojeando ahora al avanzar por los terrenos inmaculados del palacio, llamando a los guardias.

Desde la masa de arbustos que formaba el laberinto descendió volando un búho muy cerca de su cara. La muchacha soltó un grito, levantando las manos para protegerse los ojos. Notó la potencia de las alas mientras el ave hacía un viraje, apenas rozándole con la punta del ala la mejilla. El nudo terrible en su estómago se intensificó, tuvo que dejar de moverse y se quedó muy quieta, respirando hondo para calmarse con el aire frío y limpio y poder interpretar todas las señales.

—¡Nicoletta! ¡Nicoletta!

La voz de Portia surgió sobrenatural del laberinto; era un gemido de terror, una súplica de ayuda.

—¡Ayuda! ¡Debes ayudarnos! ¿Me oyes? Te necesitamos ahora. Margerita está muriéndose, no puedo detener la hemorragia. *Per l'amore di Dio*, ayúdanos antes de que sea demasiado tarde.

La sombra oscura creció en ella y se alargó hasta dejarla consumida. Vaciló, impelida en dos direcciones. Por un lado, la necesidad primordial de conseguir ayuda para Giovanni, pero por otro el terror y la desesperación en la voz de Portia que la atraían a su pesar hacia la mujer. El búho descendió ante ella, en silencio ahora que ya tenía su atención. La joven aceleró el paso para acercarse a toda prisa al laberinto mientras llamaba pidiendo ayuda a cualquiera que pudiera oírla.

—Portia, ¿de qué se trata? Giovanni necesita ayuda. Explícamelo deprisa.

Aulló las palabras, confiando en que alguien la oyera.

—Oh, Nicoletta, gracias a Dios, por favor, ayuda a mi ángel, mi hija. Ayúdala, se está muriendo.

La voz sonaba débil y aflautada, llena de pena y lágrimas.

Con el corazón acelerado, Nicoletta siguió al ave, percibiendo la premonición de peligro y problemas más fuerte a cada paso que daba. Cuando bordeó un recodo encontró a Portia tumbada en el sendero cubriendo con su cuerpo el de su hija. Tenía sangre en la sien y un goteo surcaba su cara como lágrimas rojas. Tenía sangre en el vestido y en las manos tras haber abrazado el cuerpo de Margerita.

—No puedo detener la hemorragia. ¡Él se lo ha hecho, él le ha hecho esto a mi hija! —sollozaba Portia.

Nicoletta se hundió en el suelo al lado de las dos mujeres, apartando las manos de Portia para ver la herida de su hija.

—¿Quién ha hecho algo así? —preguntó horrorizada al verla. Margerita ahora parecía de verdad una niña, pálida e indefensa, con los ojos muy abiertos llenos de terror y dolor. Respiraba entre jadeos dolorosos y gimientes.

—Portia, ve en busca de ayuda. Haré lo que pueda por ella, pero necesito aquí a Maria Pia, y trae también mi cartera, y debes mandar a los soldados en busca de Giovanni. Está herido, víctima de un ataque en el desfiladero.

Sus órdenes eran firmes y escuetas.

Portia intentó levantarse, asintiendo, luego volvió a desplomarse boca abajo en el sendero, mirando fijamente a los ojos de su hija. Nicoletta descubrió las heridas de un puñal en la espalda de la mujer.

—Portia —susurró en voz baja—, ¿quién te ha hecho esto?

Presionó las heridas a toda prisa para contener el flujo de sangre.

—Salva a mi hija. Que Dios me perdone, yo dejé que le hiciera esto, le permití ponerle las manos encima y aprovecharse de ella igual que se aprovechaba de mí. Pero ella no es como yo, ni como él, y se creyó sus palabras bonitas. Sálvala por mí, Nicoletta. Salva a mi niña, no como yo, que no salvé a tu madre...

Su voz era muy débil, tan sólo un hilo de sonido.

Nicoletta entró en tensión con la mera mención de su madre, pero volvió obedientemente a atender a Margerita. Nada podía hacer por Portia, había sufrido demasiadas heridas y perdido demasiada sangre. Tenía la oportunidad de salvar a Margerita si la daga no había penetrado demasiado. Hizo acopio de cada gramo de fuerza que poseía, alzó la vista al remolino ondeante de la bóveda que tenía sobre ella y aulló con todas sus fuerzas llamando a Francesco, Dominic y cualquiera que la oyera para que acudieran en su ayuda.

Se inclinó hasta acercar la boca al oído de Portia.

—No voy a fallarte, Portia. ¿Me oyes? Salvaré a tu hija.

La mirada desesperada de la mujer se clavó en su rostro, pero sin alzar la cabeza. Sus lágrimas caían y se mezclaban con la sangre que formaba un charco en el suelo. Por un momento sus labios temblaron como si fuera a decir algo. Permaneció ahí tendida mirando a Nicoletta mientras la muerte le tomaba la delantera.

Nicoletta bloqueó la visión de Portia inmóvil y moribunda, igual que hizo con la idea de Giovanni necesitado desesperadamente de su ayuda, y centró toda la atención en detener el flujo de sangre en la herida de Margerita. Trabajó sin descanso, haciendo cuanto pudo para que la muchacha no sufriera con sus cuidados.

—Mi madre me ha salvado la vida —dijo Margerita en voz baja, maravillada—. Me quería de verdad al fin y al cabo.

—Debes permanecer callada, cierra los ojos y no te muevas en absoluto —advirtió Nicoletta—. He hecho cuanto he podido, pero ahora tengo que ir en busca de ayuda y debo dejarte unos minutos. Pero lo que acabo de hacer te hará aguantar si permaneces muy quieta. Prometo que regresaré a por ti.

Empezaba a ponerse en marcha cuando oyó voces. Antonello, Vincente, Francesco... la llamaban por su nombre. Alguien había oído los gritos. Al instante Margerita se mostró agitada, sus ojos llenos de terror. Ella descansó un dedo sobre sus labios y se apresuró a alejarse de ella.

—¡Francesco! —Llamó a su guardia personal, el hombre a quien Giovanni había confiado la seguridad de su esposa—. Francesco, alguien ha asesinado a Portia aquí en el laberinto, y Margerita ha resultado gravemente herida. Giovanni se encuentra herido en el desfiladero, hemos sufrido un ataque. Envía soldados en su ayuda, envía soldados para ayudar a Margerita, también, y no te fíes de nadie a excepción de Giovanni. ¿Me oyes? De nadie más, ni tan siquiera de sus hermanos.

Oyó su respuesta instantánea, el rugido de sus órdenes mientras las transmitía a los soldados.

—Donna Nicoletta, llámeme y seguiré el sonido de su voz.

—Deprisa, Francesco, Margerita necesita ayuda urgente.

La joven dobló a toda prisa otro recodo pues temía atraer a las personas no indicadas con el sonido de su voz. No confiaba en nadie. El tosco y misterioso Antonello era sospechoso, sin duda, y Portia había tenido una relación pasional y violenta con Vincente.

Nicoletta recordó cuando Margerita la abofeteó a ella misma y las extrañas marcas en su muñeca, esos moratones idénticos a los de Beatrice, la doncella. Dobló el siguiente recodo intentando juntar todas las piezas. ¿Podría ser Antonello? Pero por algún motivo no cuadraba. Las muñecas de Margerita. Las muñecas de Beatrice.

Yo le permití ponerle las manos encima y aprovecharse de ella igual que se aprovechaba de mí.

Unas manos fuertes la cogieron por el moño de largo pelo y tiraron de ella hacia atrás, con tal dolor que se le llenaron los ojos de lágrimas. Perdió el equilibrio y cayó al suelo alzando la vista en la oscuridad a un rostro apuesto. *Vincente*. No podía ser, tenía una hija, una niñita preciosa a quien ella ya adoraba. El aristócrata le sonrió y le puso un dedo en los labios para ordenarle silencio.

Yo le permití ponerle las manos encima y aprovecharse de ella igual que se aprovechaba de mí.

Por supuesto, era Vincente.

Nicoletta se quedó mirando la punta afilada de la daga que él sujetaba con puño firme. Cubierta de sangre fresca. Casi se le detiene el corazón, pero luego empezó a latir muy rápido. Él la agarró por los hombros y la puso en pie con facilidad.

—Vas a decirme cómo se interpretan los mapas —dijo bajito, acercándole la boca al oído—. Se ha llevado los tesoros y los ha ocultado en el pasadizo, pero con la clave de esos mapas seré capaz de aliarme con el rey de España. —Vincente se inclinó un poco más, hasta casi tocarle la barbilla con los labios—. Tienes la piel suave pero fría, parece hielo.

Y tras esto le dio un monstruoso lametazo en la mejilla.

—¿Qué mapas? —Las lágrimas surcaban su rostro y le dolía el cuero cabelludo por el tirón de pelo—. Vincente, no sé nada de mapas a excepción de los que hay en el estudio de tu *nonno*.

Él empezó a tirar de ella por el laberinto, encontrando con facilidad el camino con una eficiencia mortífera y alejándoles del vocerío de los soldados. Lejos de Antonello y de Francesco. Lejos de Margerita.

—Estoy enterado de lo de los mapas —le dijo él entre dientes—. Llevó muchísimo tiempo buscándolos, pero al final los he encontrado. Están en las paredes de la habitación de arriba, la del barco, y en la estancia idéntica a ésta que hay en la planta baja. Se encuentran ahí, en los relieves. Sé que tengo razón, soy demasiado listo como para que me engañen. Los mapas están a plena vista, aun así nadie lo ha discernido hasta ahora. Hasta que yo he resuelto el rompecabezas.

Fanfarroneaba mientras corrían, sin importarle que las ramas golpearan la cara de Nicoletta al pasar.

—¿Eras tú quien hacía las voces para que las oyéramos? ¿Intentabas volver loca a la pobre Sophie? —Nicoletta hizo todo lo posible para demorarse, para ralentizar la marcha—. ¿Con qué propósito? Giovanni ya se estaba responsabilizando de ella.

—¡Giovanni! —Le escupió el nombre, furioso por la mera mención de su hermano mayor—. Portia, pobre imbécil, hizo que la trasladaran al piso inferior, justo a la habitación que yo quería inspeccionar. Estaba harta de las pesadillas de Sophie, se despertaba gritando y Portia no quería atenderla, por eso la mandó a otra planta donde no la oyera. Yo no podía permitir que se quedara en esa habitación, sabía que estaba a punto de encontrar los mapas, sabía que la clave debía de estar en los barcos, los barcos dorados. Giovanni los dejó fuera, mientras el resto de nuestras riquezas, *mis riquezas*, se escondían.

Estaban en un extremo del laberinto, casi en el sendero que llevaba hacia el mar. Vincente vaciló un momento y miró hacia atrás en dirección al palacio que se elevaba como un gigante en medio de la niebla. Las ventanas oscuras les observaban con mirada vacía.

—¿De modo que usabas tu voz con intención de asustarla y tener la excusa para trasladarla de habitación? ¿Por qué no insistir sencillamente en que estaba mejor en el cuarto infantil?

Vincente le sonrió con dientes blancos en medio de la oscuridad.

—No quería atraer la atención hacia mí. Mejor el papel de padre resignado que el de ogro. La trasladaron, justo como yo sabía que harían. Había una entrada al pasadizo en ambas habitaciones y también otra en el cuarto infantil.

—Por lo tanto, soltaste los escorpiones para convencerles de que volvieran a cambiarla de habitación cuando quisiste inspeccionar las paredes —le dijo, mientras se apartaba de él muy poco a poco, demasiado consciente de la daga que sostenía a un lado.

Vincente volvió su atención al palacio, con luces cada vez más brillantes a medida que los soldados encendían más antorchas para iniciar la búsqueda. El viento levantaba tantas chispas por el patio que parecían una lluvia de fuego. Vincente maldijo, furioso por no poder regresar sin ser vistos al palacio. Clavó los dedos en el brazo de la muchacha.

—Tú sabes cómo interpretar los mapas, sé que sí, por eso estabas siempre en esas habitaciones.

Entonces lo supo, reparó en la respuesta. La había visto una mañana cuando la luz se proyectó a través de la extraña vidriera, marcando las paredes de color. La clave para interpretar el mapa era el sol de la mañana, no podía interpretarse de noche. Negó con la cabeza.

—Buscaba pistas acerca de las voces, Vincente. No sé nada de los mapas en la pared. —Entonces cambió de táctica y le sonrió—: Te equivocas, Vincente, deberíamos volver a palacio, encontrar juntos a Giovanni, hablar con él. Eres su *fratello*.

—Tú lo has cambiado todo —escupió Vincente, con un sonido grave y atroz cargado de odio—. Desde el momento en que te echó el ojo, todo cambió. Giovanni empezó a preocuparse por vivir, y se volvió más cauto, dificultando las cosas para que se diera la oportunidad de un... accidente. Y ahora que se ha casado contigo, pronto le darás herederos.

Nicoletta notaba la fuerte palpitación a causa de la inquietud, el corazón latiendo al ritmo del terror. Tenía la boca demasiado seca como para intentar hablar. Él la agarraba con tal fuerza que empezaba a no sentir el brazo. También era muy consciente de la daga en su puño, ahora cerca de su garganta. Vincente empezó a arrastrarla hacia los acantilados temblando de rabia, rabia por ella y por Giovanni.

Giovanni. No podía pensar en él, no podía permitir que su mente recordara que estaba seriamente herido o algo peor. Sólo podía rezar para que Francesco no estuviera a sueldo de Vincente, para que fuera leal a su señor y cumpliera las órdenes recibidas.

—¿Sabes cuál es en realidad la maldición Scarletti? ¿Aún no has adivinado la verdad? Cuentan que nadie puede eludirla, por mucho que lo intente. —La voz de Vincente sonaba suave, casi amable, y consiguió que se le helara la sangre—. *Mio padre* hizo todo lo posible para protegernos, pero pronto comprendió que Antonello y Giovanni no eran lo bastante fuertes. Yo en cambio sí. Noche tras noche venía a mi habitación y me susurraba que era el único Scarletti lo bastante fuerte como para vencer la maldición.

La sacudió con brutalidad, como si fuera una muñeca, aun así parecía distraído, como si tal vez hubiera olvidado que la tenía cogida con la mano. La acción la empujó peligrosamente cerca del extremo de los precipicios donde había tantos desprendimientos.

—¿Lo ves? Sé que estoy destinado a mandar, soy el más fuerte. Los hombres Scarletti están condenados a amar una sola vez, con nuestro corazón, mente y alma. Esa única mujer nos consume, se convierte en nuestra vida, hasta que dejamos de ser hombres verdaderos. Pero fue a mí a quien instruyó nuestro padre para vencer la maldición. Puedo atraer mujeres y convertirlas en mis esclavas. Se inclinan ante mí, incluso me suplican que les haga daño, que les haga cualquier cosa que me dé placer. ¡Están dispuestas a vender su alma por mí! Soy el más fuerte, y me merezco mandar, no Giovanni, él no estaba llamado a ser don Scarletti.

Aquellas palabras la estaban poniendo enferma; la disipación había llevado a Vincente a una depravación terrible. La estaba mirando con ojos evidentemente enfermos.

—Tantas mujeres... para mí no significan nada, ¿sabes? Nada en absoluto. Las que me miran como tú, con esa mezcla de desprecio y compasión, son las que más me gustan. Tienen coraje y plantan cara, antes de acabar desmenuzadas como polvo en mis manos. Tu madre se parecía mucho a ti. —Su voz se había vuelto maliciosa—. Ninguna de ellas se enteraba de que era yo quien lo hacía, pensaban que era *nonno*. Hasta *nonno* llegó a pensar que él podría haberlo hecho. ¡Fui yo! —Se regodeó—. Incluso estrangulé a la *mia nonna*.

Nicoletta se quedó rígida y el estómago se le revolvió con la protesta por la proximidad de un hombre tan enfermo.

—¿Mataste a tu propia abuela?

Su voz era apenas un sonido susurrante, un jadeo de conmoción. Podía creerse su vileza con las mujeres, pero matar a su propia abuela y permitir que su abuelo y todo el mundo creyera que el culpable era el anciano Scarletti, era el peor de los pecados.

Capítulo 19

*A*guanta, bambina, *llegaré hasta ti. Haz que siga hablando.*
La voz de Giovanni le llegó dulce, tranquilizadora y muy calmada.

Nicoletta no se atrevió ni a dar un suspiro de alivio. ¡Giovanni! Así pues, estaba vivo y la había oído, como siempre que ella estaba nerviosa y acuciada por problemas, como siempre que le necesitaba con desesperación. Su corazón cantó con alivio al mitigarse el terrible peso que oprimía su pecho.

—¿Por qué hiciste algo así?

Nicoletta notó su decisión reavivada y se aferró con firmeza y también actitud protectora al pensamiento de que Giovanni seguía vivo.

—*Mia nonna* me vio esa noche. Tu madre no quería acostarse conmigo y amenazaba con acudir a Giovanni, y *mio fratello* la habría defendido. Supongo que ella sabía que mi padre me la habría entregado, por eso pensaba decírselo a Giovanni y no a mi padre. La embauqué para que saliera y subiera a las murallas.

Empujó a Nicoletta en dirección a los peligrosos escalones que descendían hasta la cala. Sin protección de montañas ni árboles, el viento azotaba y el frío entumecía.

—¿Cómo? —Nicoletta notó el miedo y la rabia en su boca—. ¿Cómo la hiciste salir con el día tan horrible que hacía?

Le resbaló un pie y estuvo a punto de caer hacia una muerte segura. Como su madre. Vincente la acercó más a él.

—En realidad no fue tan difícil, mandé una doncella para decirle que *mia nonna* la precisaba en la torre. A mi padre siempre le funcionaba esta argucia cuando requería mujeres. Solía esconderme y observarle, algunas veces yo participaba también, o él participaba cuando yo llevaba la voz cantante. Tu madre no fue la primera mujer que conduje hasta la torre. Ahí arriba podíamos tomarnos nuestro tiempo, hacer lo que quisiéramos sin temor a interferencias. Aquel día todo el mundo estaba enterado de que *nonno* y *nonna* se habían peleado, y todos sabían que la abuela se paseaba a menudo por las murallas o que se retiraba a la torre cuando estaba afligida. Por supuesto, tu madre se presentó; todo el mundo quería a *mia nonna*. Tu madre creyó que era ella quien la mandaba llamar, y nunca defraudaría a la abuela. Yo sabía que no habría nadie allí arriba en un día tan lluvioso. El viento aullaba, dudo que alguien pudiera oír sus gritos cuando se resistió. En realidad no me quedó otra opción: se lo habría contado a Giovanni. Tuve que matarla. Fue mala suerte que Portia y *nonna* salieran a la pasarela pese a la lluvia. Me vieron forcejeando con tu madre y la abuela intentó detenerme. Como ves no me quedó otra opción.

Sonaba como si esperara su aprobación, como si diera una explicación con total naturalidad, ciñéndose a los hechos, sin remordimientos de ningún tipo.

—Portia sí lo entendió —dijo Vincente muy convencido.

Nicoletta notó cómo se le erizaba el vello en la nuca. Su cuñado inclinó la cabeza a un lado, mirándola con gesto solemne.

—Portia sabía que yo estaba destinado a gobernar y supo reaccionar al instante. —Sus ojos inexpresivos y displicentes no reflejaban la sonrisa que esbozó—. Me resultó muy útil saber que ella había asesinado a su marido, le envenenó, ¿sabes? Le dije que estaba enterado. —La gélida sonrisa carecía de toda emoción. Empezó a tirar de ella por los gastados peldaños, resbaladizos a causa de la sal y la bruma del mar—. Le dije que lo sabía, y funcionó, porque yo la quería para mí, y quería que ella demostrara que era mía. Las mujeres sois muy fáciles de controlar. Pensáis que mantenéis el poder, pero en verdad no es así.

Más abajo, Nicoletta podía ver las olas rompiendo a lo largo del acantilado.

—Estaba enamorada de ti —dijo en voz baja, alimentando su ego, buscando cualquier cosa para mantenerle hablando.

Su respiración se volvió más entrecortada. Portia había hecho un mal negocio al pensar que podría controlar a Vincente, al final él se había aprovechado de ella, igual que de otras muchas mujeres y de formas muy desagradables.

—Hacía cualquier cosa por mí. —Vincente la agarró con más firmeza y la acercó a él con una sacudida para que pudiera oler su excitación perversa. Sudaba, estaba excitado, tenía el rostro sonrojado y abría los ojos. Nicoletta precisó toda la disciplina en ella para no empezar a oponer resistencia—. Yo le traía putas —se encogió de hombros con indiferencia— y le decía que podía participar o si no me divertiría con ellas a solas. —Había desprecio en su voz—. Me observaba con otras mujeres, la obligaba a mirar. Y se acostaba con hombres con los que yo le decía que lo hiciera. Yo me acostaba con su propia hija, pero aun así ella seguía acudiendo a mí, rogándome que me permitiera complacerme, como si fuera capaz... —Su risa sonó grave y desagradable—. Portia servía para algunas cosas de todos modos. Se ocupó de mantener entretenido con sus encantos a tu amigo Cristano mientras yo hablaba contigo y con mi hermano en el patio.

Nicoletta se quedó pálida. Tropezó varias veces mientras fingía intentar seguirle. Notaba el cuerpo rígido y torpe a causa del frío cortante. La niebla se arremolinaba en torno a ellos y el viento les tiraba de la ropa, tan frío y penetrante que lo notaba en el alma. Aprovechó el frío entumecedor para estremecerse y resbalar, y así tirar de su brazo con intención de ralentizarle.

—¿Portia te ayudó con Cristano? ¿Por qué? ¿Por qué le mataste? Se habría ido de todos modos y no le habrías vuelto a ver.

Hasta la voz le temblaba, pero no de frío. Vincente la aterrorizaba con su razonamiento calmado. Estaba loco. Su padre le había pervertido inculcándole un desprecio absoluto hacia las mujeres.

—Nos oyó hablar mientras planeábamos nuestros movimientos contra Giovanni. Portia y yo estábamos caminando juntos sin saber que el muchacho seguía en el laberinto después de que Giovanni se enfrentara a él. Si hubiera ido a hablar con Giovanni, mi hermano lo habría adivinado todo. No pienses que soy un asesino sin corazón. —Pegó sus fríos labios a la piel de Nicoletta—. Sólo hago lo necesario para salvaguardar mis planes, mi herencia. ¿No te das cuenta? Portia encandiló a Cristano, le deslumbró con sus considerables atractivos. Yo sabía que le mantendría ocupado y regresé después para deshacerme de él. Créeme, estaba tan ocupado con Portia que no sintió nada.

Nicoletta no pudo contener el estremecimiento que recorrió su cuerpo al oír la implicación. Sin duda Portia era muy capaz de seducir a Cristano, que se sentía dolido en su hombría. Había aprovechado la ocasión para seducir a una aristócrata sin pensarlo dos veces. Ahora comprendía que sí había percibido su muerte; había sido asesinado allí en el laberinto, pero ella atribuyó su terrible aprensión a la repentina alarma del pequeño Ricardo por Lissandra. Lissandra no murió hasta después de que llegara ella a la granja. Desde las murallas Margerita debió de ver a su madre con Cristano en el laberinto, se apresuró a bajar y salió por el pasillo, alterada tras observar a su madre teniendo tratos con un campesino. Se había topado con Nicoletta y Giovanni, pero no tuvo ocasión de revelar el motivo de su desazón, porque, en ese preciso instante, ella estaba sintiendo con fuerza la violencia que tenía lugar en el laberinto, sin comprender la verdadera fuente.

Vincente le pasó un dedo por la mejilla, devolviéndola con brusquedad a su propia situación de peligro.

—Tu piel es aún más suave de lo que parece. —Se encogió de hombros—. Desconozco por qué el cadáver no estaba luego en el laberinto; lo dejé ahí para que lo encontraras y creyeras que Gino había matado a tu amigo, y así no miraras con tal excitación a *mio fratello*. —Su sonrisa era una parodia enfermiza de sus expectativas—. No echarás de menos a Giovanni, ya me ocuparé yo de eso.

A Nicoletta se le revolvió el estómago. Vincente sonaba perfectamente racional mientras hablaba. Cualquiera que le viera pensaría que mantenían una conversación normal. Eso la asustaba más que cualquiera de su amenazas. Él creía que tenía derecho a cualquier mujer que deseara, creía que tenía derecho a matar a cualquiera que se interpusiera en su camino. Y Giovanni, más que nadie, se interponía en tal camino.

Apartó de él sus ojos oscuros. La aterrorizaba con su sangre fría y calculadora. Asintió como si encontrara razonable lo que decía:

—¿Y Margerita? ¿Por qué le hiciste daño a ella?

Su rostro apuesto se crispó con un ceño de desprecio.

—Era como Angelita, mi mujer. Lloriqueando y lisonjeando todo el rato. ¡Sólo el sonido de su voz me ponía enfermo! Tú misma nos advertiste a mí y a Antonello de que podría haber visto desde arriba lo que había sucedido. Tenías razón en parte. Acudí de inmediato a hablar con ella y, como todas las mujeres, quería que me la llevara a la cama. Fue bastante fácil sacarle la información: había visto a Portia seduciendo a Cristano y luego me vio a mí entrar en el laberinto. Me lo contó todo, y cuando le dije que no abriera la boca me hizo caso.

De nuevo era evidente en su voz y actitud el desprecio que sentía. La joven Margerita había sido una presa fácil para un hombre como él.

Ahora estaban en la playa, el océano lamía la costa, oscureciendo la arena blanca hasta hacerla parecer casi negra y brillante como si hubiera sangre. Vincente siguió tirando de Nicoletta hacia el extremo del agua. La condensación salada empañaba su rostro y brazos; la arena se pegaba a sus pies desnudos y ensangrentados; el viento tiraba de su denso cabello levantando mechones en torno a su cara. Estaba desesperada, buscando algo para que él no dejara de hablar.

—¿Y qué fue de tu esposa? ¿Angelita? ¿Por qué te casaste con ella, y cómo lograste que Portia accediera a permanecer callada?

Los dientes de Vincente centellearon sonriéndole.

—Yo no tenía dinero. Las tierras y el título pertenecían a Giovanni. Al acceder a casarme con esa imbécil, lerda pero pudiente, pensé que me haría rico. A Portia también le interesaba el dinero. Pero Angelita no era para mí, me cansé de sus quejas. Tenía gracia al principio, tan virginal como era, pero resultaba cansina, rogándome todo el rato que no le hiciera daño en la cama. Era divertido escandalizarla, pero la diversión se esfumaba con su interminable lloriqueo. Al cabo de un tiempo no podía permitir que saliera de la habitación. —De nuevo pasó los dedos sobre la piel de Nicoletta, provocando otro estremecimiento de repulsión en ella. Descansó la mano en torno a su garganta obligándola a mirar sus ojos dementes—. Resultaba difícil ocultar los moratones, yo no podía permitir que Giovanni los viera. La ayudé a poner fin a su vida; la observé en todo momento. Tardó mucho en morir. —Sus dientes blancos volvieron a centellear—. Si no me explicas lo que quiero saber, también tardarás mucho en morir.

La marea subía ahora deprisa acercándose a ellos como un muro sólido y espumoso. Nicoletta observó el oleaje con indefensión. ¿Era su intención que ambos se ahogasen? Las olas rompían y superaban las rocas del litoral, explotaban en el aire y burbujeaban a lo largo de la orilla mojando ahora sus tobillos y empapando el dobladillo de la falda. Vincente oprimió su cuello con las manos, apretando lentamente.

—Sugiero que aprendas que cumplo mis amenazas, no como Giovanni. Si confías en que él aparezca al ataque para rescatarte, mejor olvídalo. Está muerto. Fue fácil convencer a tu buen amigo Aljandro de que colaborara conmigo, y a otros tantos que tengo comprados. Se ocuparon de tu marido. Al fin y al cabo, si mi deseo es aliviar el sufrimiento de una viuda en duelo durante un tiempo antes de que ella misma se quite la vida, primero tendrá que quedarse viuda.

Desplazó la mano desde la garganta para apretarle con fuerza un pecho. La risa enferma resonó en el oído de Nicoletta mientras le retorcía la delicada carne.

Casi la derriba la fuerza de una ola, que la soltó del asimiento de Vincente. La joven le empujó entonces con fuerza, y eso combinado con la potencia del agua hizo que el aristócrata perdiera el equilibrio. Maldijo con furia. Nicoletta se dio media vuelta y salió corriendo para ponerse a salvo en dirección al interior oscuro de la gran cueva. El agua se adentraba cada vez más, retirándose luego con la misma rapidez, dejando tras ella una alfombra de algas. Ojalá contara con el don de Giovanni para poder llamarle, tocarle, y tener la tranquilidad de que estaba vivo.

La cueva se bifurcaba en dos direcciones diferentes.

Toma la izquierda.

La voz rozó las paredes de su mente. Calmada. Cariñosa.

Nicoletta oyó las pesadas botas de Vincente sobre la arena, instigándola a pasar a la acción. Se metió corriendo por el túnel de la izquierda. Cuanto más se alejaba del mar, más oscuro se volvía el interior de la cueva. Se vio obligada a ralentizar un poco la marcha, caminando con cuidado sobre la arena húmeda, incapaz de determinar dónde poner los pies. Su corazón latía con un estruendo y notaba los pulmones a punto de explotar. Estaba agotada pese a la nueva oleada de inspiración de Giovanni.

Oía a Vincente tras ella. Ya no corría, sino que se tomaba su tiempo para acecharla, asegurándose de que se distanciaba de él. Le oyó canturreando para sí en voz baja, helándole la sangre otra vez. Estaba chiflado por completo, absolutamente enloquecido. Y ella se encontraba atrapada en una cueva húmeda y oscura sin salida, sin huida posible.

Se obligó a mantenerse cerca de la pared de la cueva. Estaba húmeda y pegajosa al tocarla, pero le daba cierta estabilidad para avanzar en medio de la oscuridad. Casi entra en pánico cuando se encontró en un espacio sin salida. Se habría dado en la cabeza si no hubiera levantado las manos por delante instintivamente, a ciegas. Parecía una roca sólida. Se le detuvo el corazón. ¿Era la voz de Giovanni lo que había oído antes en su mente? ¿O la de Vincente? Intentó repasar las palabras, aterrorizada ahí en la oscuridad, con el corazón latiendo con un fuerte estruendo en sus oídos.

Agáchate y pasa el dedo despacio sobre la superficie de la roca hasta notar una leve depresión. Queda más abajo, a tu derecha.

Esta vez susurró las instrucciones con voz ronca y extraña.

Nicoletta vaciló un momento, pero ¿qué otra cosa podía hacer? Estaba atrapada, y Vincente la seguía de cerca, alcanzaba a oír su horrible canturreo. No quería que le pusiera las manos encima otra vez, por lo tanto deslizó obediente los dedos por la pared de roca, despacio, adelante y atrás, recorriéndola centímetro a centímetro. Se le hizo una eternidad hasta que percibió la débil depresión; toda su palma encajaba en la ranura, y apretó ahí.

Al igual que en la habitación del palacio, empezó a abrirse una rendija en la pared de la cueva, que aumentó hasta formar una abertura lo bastante grande como para franquearla. El pasadizo secreto descendía sin duda hasta el mar: una vía de escape, tal y como Giovanni le había explicado. Cuando sufrían ataques y necesitaban retirarse, la familia Scarletti desaparecía por las paredes de su palacio con la fortuna familiar. Entraban en el pasadizo que llevaba hasta la cala donde las embarcaciones les esperaban para conducirles a lugar seguro. Nicoletta comprendió entonces la función de los relieves en las dos habitaciones con los «mapas», las vidrieras y los barcos dorados. Las tallas y pinturas parecían serpientes arrastrando por el mar a los aristócratas desventurados, pero cuando la luz matinal brillaba sobre el mural, las criaturas aladas los trasladaban a un lugar seguro con las embarcaciones que esperaban, y los soldados, sus atacantes, se ahogaban cuando sus barcos chocaban contra rocas ocultas. Cualquiera podía verlo ahí, no obstante nadie más que el Scarletti al mando entendía el significado.

El padre de Giovanni no había transmitido la «clave» de los «mapas» a su hijo Vincente porque *nonno* nunca había revelado el significado de las tallas a su propio hijo. Vincente había descubierto los mapas pero no la clave.

Nicoletta observó el agujero negro del pasadizo, había estado antes ahí. Alojaba trampas, ratas, y estaba oscurísimo. El techo era bajo y las paredes se estrechaban tanto que resultaban sofocantes. ¿Albergaba también los gritos de otras mujeres incautas, esas mujeres que habían confiado en los varones Scarletti?

El terrible canturreo se acercaba. ¿Qué era peor, morir a manos de Vincente o que una hoja invisible le rajara veloz la garganta en el pasadizo? Mordiéndose el labio con fuerza, eligió el pasadizo húmedo y oscuro. Entró con cautela, y las dos mitades de la roca empezaron a deslizarse hasta unirse tras ella. El golpeteo del mar había sido constante y fuerte, retumbando a través de la cueva, asaltando sus oídos, pero ahora la puerta cerrada la sepultó en un silencio repentino entre las paredes estrechas.

Nicoletta cerró los ojos con fuerza como una niña pequeña. Así parecía más fácil plantar cara a la negrura de la cámara subterránea. Podía distinguir que el pasadizo se curvaba hacia arriba desde la cueva en dirección al palacio. Era una distancia muy larga para recorrerla encerrada bajo tierra, con masas de roca sobre la cabeza.

Date prisa, piccola. La voz sonaba suave y persuasiva, como si él supiera que se encontraba bloqueada en aquel punto, incapaz de poner en movimiento sus pies. La había llamado su *pequeña*, aquel apodo que la tranquilizaba. Vincente nunca habría pensado en llamarla eso. Fue un acicate que la llevó a actuar cuando nada más servía. *No hay peligro alguno hasta que llegues a un punto en que notarás la diferencia de textura en el suelo. Por una vez estoy agradecido de que vayas descalza.*

Su corazón remontó el vuelo al instante. ¡Era Giovanni! Su mente no lo ponía en duda. Seguía con vida y la estaba guiando a través del complejo túnel. Tenía un centenar de preguntas, pero no sabía cómo plantearlas, por lo tanto se concentró en lo único que necesitaba saber. Si no lo conseguía, si cometía un pequeño error y moría en el pasadizo, quería qué él estuviera advertido, quería que supiera quién era su enemigo mortal: su propio hermano. Vincente. Pensó aquel nombre una y otra vez repasando sus desagradables recuerdos recientes con la esperanza de dar alguna pista a Giovanni.

El estrecho sendero continuaba ascendiendo constante, una pendiente marcada y resbaladiza, un poco arenosa bajo sus pies. Había limo en las paredes rocosas igual que en la cueva. Costaba realizar la ascensión, pues era incapaz de encontrar dónde agarrarse en los muros resbaladizos para ayudarse a avanzar. Le dolían las piernas, todo su cuerpo le dolía. Era cada vez más consciente de su agotamiento. Y siempre aquella oscuridad terrible.

Oyó un murmullo entonces. Voces canturreando a su alrededor, tan reales que se detuvo de súbito, palpando ciegamente y a oscuras con los brazos estirados, tan asustada que era literalmente incapaz de moverse. ¡Él también estaba en el pasadizo! ¡Vincente sabía abrir la puerta, y la había seguido! Supo que él estaba encerrado en la misma oscuridad con ella, a tantos metros bajo tierra. Sujetándose con la mano a la pared viscosa para no desorientarse, echó una mirada atrás, forzando la vista para poder ver esa boca de lobo que era el pasillo. Había una extraña luz parpadeante tras ella y se percató de que Vincente había encendido una antorcha, pudiendo por consiguiente moverse más rápido que ella.

No pasa nada, cara mia. Sigue hacia delante hasta que aprecies la diferencia bajo tus pies. Cuando notes el mármol liso, debes detenerte. Da cinco pasos a tu izquierda. Sólo cinco. Cuéntalos.

Nicoletta se alejó con decisión de la luz. Giovanni se encontraba en algún lugar por delante de ella, tal vez moviéndose hacia ella a través del pasadizo. Tenía que depositar en él toda su fe. Temblando tanto que apenas podía moverse, se obligó a avanzar los pies por la pendiente. Le pareció una eternidad conseguir ascender el empinado risco y alcanzar el nivel llano bajo el palacio. De pronto sus pies descalzos notaron el mármol liso.

«A mi izquierda» se recordó.

Los terribles susurros sonaban más altos ahora, pero seguía sin poder distinguir las palabras. Parecía el zumbido de un enjambre. Con cautela se movió hacia el lado izquierdo del túnel hasta rozar la pared con el hombro. Dio cinco pasos, con cuidado de recordar que Giovanni era más alto y su zancada más larga.

Cuando des el quinto paso, da uno más directamente a la derecha. Asegúrate de desplazarte de lado, piccola.

Captó la ansiedad en su voz. Ahora estaba más cerca, ¡no era su imaginación! Giovanni se encontraba en el pasadizo también, venía hacia ella desde el interior del palacio. Dejó de moverse, se quedó muy quieta, notaba el corazón en su garganta. Quería quedarse justo ahí y esperar a que él la alcanzara, pese a la oscuridad opresiva.

Un ruido tras ella anunció la proximidad de Vincente.

—Sé que estás ahí, Nicoletta —dijo murmurando, con diversión en la voz—. Ya sabrás que hay muchas trampas en el túnel, y también hay ratas aquí, ratas hambrientas. No puedes recorrer el pasadizo tú sola. Yo tengo una antorcha.

Sabía que había ratas: las oía moviéndose, notaba cómo le rozaban los pies descalzos. Al borde del pánico, dio un paso a la derecha. Sus piernas estaban ya muy débiles.

Da tres pasos hacia adelante, y luego uno más directamente a tu izquierda.

Notó el miedo en su boca. Antes tiritaba de frío, con las manos casi entumecidas; ahora el sudor goteaba por su piel. Dio tres pasos y luego se desplazó a la izquierda. No le sucedió nada, ninguna hoja surgió en silencio de la pared o del techo, ni del suelo, para poner fin a su vida.

Nicoletta se percató de que las lágrimas surcaban su rostro. Se tapó la boca con el puño cerrado para no sollozar. Unas manos la agarraron en la oscuridad y tiraron de ella hacia un cuerpo fuerte y duro. ¡Giovanni! Estaba ahí, alto y con su fuerza enorme, un cobijo para ella. Su corazón latió bajo su oído, mientras los brazos como bandas firmes la rodeaban. Le reconocería en cualquier lugar, incluso en aquella negrura total bajo tierra. Un alivio la inundó, casi abrumador, y se derrumbó contra él, sostenida sólo por la fuerza de sus brazos. Luego sintió el estremecimiento en su marido.

Nicoletta notó ese estremecimiento alcanzando su corazón.

—¡Estás herido!

En la oscuridad Giovanni tomó el rostro entre sus manos y encontró su boca sin errar. La besó con delicadeza y cariño, también había un poco de desesperación en su alivio.

—No es nada, el estilete de Aljandro me hizo un corte. Te guiaré por el pasadizo. Debes seguir mis pasos con exactitud.

—No consigo ver nada.

—Verás.

Y vio. Nicoletta se percató de lo extraordinario que era el talento de Giovanni, su capacidad de comunicarse en silencio. Cogidos con firmeza de la mano, ella le siguió los pasos, guiada por el mapa que él proyectaba en su mente. Iban en silencio mientras Scarletti se concentraba en los esquemas intrincados que les conducían sanos y salvos a través del pasadizo, hasta salir al dormitorio que compartían. Le resultó familiar, reconfortante, un refugio donde en otro momento se había sentido tan extraña.

El alivio fue tremendo. Avanzó tambaleante hacia la luz que centelleaba en la habitación, pestañeando deprisa mientras los ojos intentaban ajustarse al destello brillante de tantas velas encendidas esperando su regreso. Ardía un fuego en la chimenea, y Giovanni la dirigió con premura hacia su calor, examinándola en busca de algún daño. Ella estalló en lágrimas y se echó en sus brazos.

Giovanni la sostuvo como si nunca pudiera soltarla, enterrando el rostro en su pelo, rodeándola con sus fuertes brazos y estrechándola contra él.

—Pensaba que te había perdido, *piccola*. Sabía que había un monstruo entre nosotros, sabía que se aprovechaba de las mujeres, pero no creía que fuera Vincente. Parecía amar a su esposa y preocuparse por Portia. Pensé que se trataría de uno de los soldados, no uno de mis hermanos.

Había en su voz un profundo pesar, y también ira.

—Margerita está herida, Giovanni, debemos ir a por ella.

—Se encuentra a salvo en el palacio. Maria Pia la atiende, y mis guardias de más confianza están apostados en el exterior de su habitación. Sophie está bien, también a cargo de la signorina Sigmora. Regresé con algunos soldados del regimiento a quienes atendiste en la frontera. Traían al joven Goeboli al palacio como les ordené. El paso estaba bloqueado, pero me encontraron y atendieron mis heridas. —Giovanni le estaba apartando el pelo y le tocaba la cara, limpiándole la tierra de la piel—. Francesco te hizo caso. El pobre Antonello no pudo convencerle de que le permitiera salir en mi busca. Le sometieron a una estricta vigilancia. Vincente ya había escapado por el laberinto.

—No sabía quién de ellos había sido, hasta que fue demasiado tarde. No pude hacer nada por Portia —confesó Nicoletta con tristeza—, sus heridas eran muy graves, había perdido demasiada sangre para cuando oí sus gritos de auxilio. Aunque había ayudado a Vincente en esta conspiración, al final no pudo permitir que asesinara a su niña.

—Lo sé, *cara mia*. Hablé un momento con Margerita. Me dijo que cuando encontró a Vincente en el laberinto él la atacó. Portia apareció a continuación y atacó a Vincente, pero él la dominó con facilidad y la apuñaló varias veces. —Giovanni suspiró—. Ahora me culpo. Se habían comunicado abusos a mujeres en varios pueblos e incluso asesinatos. Ordené investigaciones pero, dado que no me sobraban hombres, a menudo era Vincente quien se ofrecía voluntario para investigar, a pesar de su conocido desagrado por el campesinado. Y Antonello admitió que fue él quien retiró el cadáver de Cristano porque creía que yo había matado al muchacho por celos, y quería protegerme.

—Vincente sigue en el pasadizo, Giovanni.

Nicoletta se agarró a su camisa mirando hacia el liso muro de mármol, medio esperando que se abriera deslizante y su hermano pequeño surgiera con ímpetu.

—Soy consciente de ello —le respondió amable—. Pero no podrá atravesar el túnel sin el mapa. Se verá obligado a retroceder, y mis guardias le estarán esperando.

—Él sabía lo del mapa, pero no conocía la clave.

—*Mio padre* desconocía la clave, así que no podía transmitírsela —confirmó Giovanni—. Después de la muerte de nuestra madre, *nonno* sospechaba que algo le sucedía a su hijo, mi padre. Sólo ostentó el título de don durante tres años, y *nonno* nunca le reveló la clave, por lo tanto nuestro padre no pudo transmitirla a Vincente, pese a ser su hijo predilecto.

—Vincente mató a tu abuela, la estranguló. —Nicoletta empezó a lloriquear otra vez, con sacudidas violentas provocadas por las secuelas de lo sufrido—. Y a mi madre. Y a mi tía, y a todas las demás mujeres, les hizo daño a conciencia. Era Vincente. Y también mató a tu *nonna*.

Giovanni la volvió a tomar entre sus brazos y la estrechó pegando la boca a sus labios en un intento desesperado de consolarla, de consolarse ambos.

—Vamos, *piccola*, ven al baño para que entres en calor. Me ocuparé de poner fin a todo esto y regresar junto a ti en cuanto concluya.

Nicoletta se aferró a él, temerosa de perderle de vista.

—¿Y qué hay de tus heridas? Al menos déjame verlas.

—No hace falta. Debo ir. ¿Quieres que mande a Maria Pia contigo?

Nicoletta deseaba más que ninguna otra cosa consolar a la mujer mayor, pero Margerita había sufrido heridas graves y acababa de perder a su madre.

—Iré con ella después de bañarme —dijo.

—Tus guardias estarán en la puerta, no vayas sin ellos. ¿Me das tu palabra? —le ordenó y clavó su mirada negra en ella.

Nicoletta encontró una pequeña sonrisa en algún lugar en lo más hondo de su ser. Había tenido suficientes aventuras para el resto de su vida.

—Tiene mi palabra, don Giovanni.

Él inclinó la cabeza para darle un beso profundo, completo, con su boca caliente, dominante y autoritaria. En el interior de Nicoletta, la sonrisa se transformó en calor.

Ella entró agradecida a la estancia con el profundo baño a ras de suelo. Encendió tantas velas como pudo, dejando que la fragancia calmante llenara la habitación. El agua resplandecía con una invitación, ofreciendo cierto sosiego mientras su cuerpo entero sufría de agotamiento y terror. Tiró las ropas a un lado y descendió los peldaños, dejando que el agua caliente acariciara su piel y la calentara. La humedad lamió la magulladura formada en su pecho, llevándose el terrible escozor pero no el recuerdo de cómo había llegado ahí. Seguía temblando con violencia, lo suficiente como para irradiar pequeñas ondas desde ella, recordándole la violencia del mar, la violencia oculta bajo la superficie de un hombre.

Entonces lloró. Por su madre, su tía, la madre de Giovanni y su abuela, y también por su abuelo, por Portia y Margerita, e incluso por Angelita y la pequeña Sophie, quien algún día tendría que saber qué clase de monstruo era su padre. Lloró por sí misma y por Giovanni. Su padre había sido un hombre enfermo que había convertido sus celos en un odio corrompido, y su hijo pequeño había crecido sin ver otra cosa, creando una abominación. Se sentó en el baño, con el agua lamiendo su barbilla, y permitió que las lágrimas cayeran hasta agotarlas, hasta sentir que ya no podía llorar más.

Al final se lavó el pelo, aclarándose las partículas de sal y el olor a mar, e intentando asimilar que por fin se encontraba a salvo. Pero ni siquiera el prolongado baño se llevó el terror de la boca de su estómago, el espantoso horror que llenaba su cuerpo y el sabor a miedo en su boca. Necesitaba a Maria Pia y a la pequeña Sophie. Sobre todo necesitaba a Giovanni. Suspirando, salió del baño y se vistió con uno de los camisones que él había encargado para ella. Cogió una bata y se acercó a la puerta del dormitorio.

Para alivio suyo, reconoció a Dominic, aunque el otro vigilante le resultaba desconocido.

—¿Dónde está Francesco?

—Protege a Margerita, donna Nicoletta —respondió Dominic.

—Por favor, llévame a verlas —dijo en voz baja.

—Por supuesto.

Le sonrió con mirada afectuosa. Pero de repente abrió mucho los ojos, mirando fijamente, como horrorizado. Un hilillo de sangre apareció en su boca y goteó hasta el mentón. Sus rodillas cedieron y cayó de bruces a sus pies. El dorso de su camisa estaba empapada de sangre.

Nicoletta se encontró observando el rostro sonriente de Vincente. La visión de su sonrisita maligna le heló la sangre. El hermano de Giovanni le rodeó el cuello con los dedos y la hizo retroceder a la habitación principal, hostigándola con su cuerpo.

—Tengo seguidores leales, como puedes ver. Creen en mí, comprenden que yo tendría que estar al mando. Sé que Giovanni piensa que Austria se dignará a acoger a nuestro país en su acuerdo con España, un matrimonio de conveniencia para entendernos, y ése ha sido el propósito de sus esfuerzos. Pero no estoy conforme con sus ideas, planeo alcanzar el poder no sólo en las tierras Scarletti sino en todo nuestro país. —Le estrujó aún más el cuello con los dedos, amenazando con no dejarla respirar—. Mis guardias esperan a tu esposo en el exterior, por lo tanto... vamos a descansar juntos aquí un rato.

Los ojos oscuros de Nicoletta se desplazaron sobre su rostro con desprecio.

—Nunca podrás ocupar el lugar de Giovanni. Ni como gobernante ni desde luego conmigo.

Vincente alzó las cejas.

—¿De veras? Conozco más maneras de dar placer a una mujer o de hacerle daño de las que tú podrías soñar. Ya veremos.

La soltó de súbito, apartando las manos de su piel magullada.

Ella se alejó dos pasos, retrocediendo hacia la pared de mármol, hacia la entrada al pasadizo.

—Has olvidado lo más importante, Vincente. Has olvidado la maldición de vuestra familia.

Le sonrió con dulzura y tranquilidad. En lo más hondo de su ser crecía una nueva confianza. Este monstruo ya no la asustaba. Se encontraba en el palacio: su casa. Y finalmente se había percatado del tremendo don que compartía con su marido. Sólo tenía que pensar en lo que iba mal, sólo tenía que gritar una advertencia en su mente, y el fuerte vínculo entre ambos se ocupaba del resto. Giovanni siempre estaría ahí, a un pensamiento de distancia, rodeándola con su amor y protección.

—¿De qué hablas?

La voz de Vincente sonó con un azote de desprecio.

—Fuiste tú quien me contó lo de la maldición: la perdición de los hombres Scarletti es siempre una mujer. Yo soy la mujer de Giovanni Scarletti, no la tuya. Si soy una maldición para alguien ¿quieres ser tú? Porque nunca seré una maldición para él.

Se hizo a un lado, lejos de la entrada del pasadizo mientras la grieta en la pared se abría y su marido se abalanzaba directamente sobre su hermano pequeño.

Vincente no tuvo tiempo para reaccionar y cayó hacia atrás con la fuerza del golpe. Giovanni, pese a estar herido, dominó al monstruo mientras en el exterior de la habitación sus soldados superaban a los que se encontraban a sueldo de Vincente.

Giovanni sacó a su hermano al pasillo y, cuando los soldados escoltaban al prisionero hasta la torre, Vincente impulsó su cuerpo contra un soldado en un intento de empujarle sobre la cornisa. En vez de ello, el vigilante tropezó y se fue a un lado, y Vincente Scarletti cayó desde la misma pasarela en la que había destruido tantas vidas.

Capítulo *20*

Giovanni tomó el largo y ancho pasillo. Estaba agotado por completo, cansado hasta lo indecible. Le dolía el costado, en los músculos donde Aljandro le había alcanzado con el estilete, pero más que la carne le dolía el alma. Ahondar tanto en los asuntos de su antes querido hermano había sido como sumergirse en la maldad. Su hermano incluso mantenía un diario de sus actos, pues en su desvarío creía de algún modo que cumplía con su deber hacia las próximas generaciones de descendientes Scarletti. Al menos el sol se había puesto ya y podía encaminarse con toda su aflicción hacia su dormitorio y su esposa.

Nicoletta. Era un soplo de aire fresco en el palacio, hacía milagros con su sonrisa luminosa, sólo su personalidad bastaba. Se reía con Maria Pia, Beatrice y la pequeña a su cargo, Sophie, ofreciendo consuelo y amor. Conseguía arrastrar a *nonno* hasta su círculo de luz de tal manera que incluso los criados empezaban a sonreírle. Pasaba tiempo a menudo en la habitación de Margerita, hablando con ella y animándola, ofreciéndole consuelo y amistad. Se había acercado a la familia de Dominic para ofrecerles ayuda y todo el aliento posible. Era la sanadora y se ocupaba del joven soldado herido, Goeboli, oculto en el palacio, y por supuesto cuidaba de su marido. Nicoletta atendía con sumo desvelo sus heridas.

Giovanni no recordaba cómo había podido sobrevivir antes sin ella. Además de una influencia sosegadora, su esposa descalza también aportaba risa al palacio. La necesitaba esta noche después de los desagradables descubrimientos que había hecho. Necesitaba su amor por la vida, su energía. Necesitaba el solaz de su cuerpo.

Abrió la puerta de la habitación y la encontró vacía, como había esperado. Era probable que estuviese aplacando las pesadillas de Sophie o realizando una última inspección del estado del joven Goeboli antes de irse a la cama. Con un suave suspiro pesaroso se estaba quitando la camisa, ya a medio camino de la enorme cama, cuando advirtió la puerta del baño parcialmente abierta. Permaneció quieto un instante, friccionándose la nuca con los dedos en un intento de aliviar los músculos tensos. Se quitó las botas y las dejó caer antes de andar por la habitación hasta el baño, descalzo sobre las lisas baldosas.

Nicoletta estaba tumbada boca bajo sobre el mármol al lado de la piscina, dejando que sus dedos dibujaran surcos en el agua. Las luces de las velas parpadeaban y danzaban sobre su piel desnuda, y las largas piernas atraían la atención hacia la curva de su trasero. Su pelo caía en una cascada de seda azabache sobre la espada desnuda. Le dejó sin respiración tanta belleza.

Profirió un sonido gutural, con los ojos negros fijos en ella como un depredador sobre su presa. Ella miró por encima del hombro, vio el ansia en su mirada y sonrió provocativa.

—Confiaba en que llegaras a tiempo, llevo rato aquí tumbada pensando en ti.

Se volvió un poco, lo suficiente para que él vislumbrara brevemente los senos plenos y fascinantes.

—¿Qué estabas pensando?

Su cuerpo ya estaba reaccionando a la visión de la piel reluciente, formas curvilíneas, a los hoyuelos atrayentes en la parte baja de la espalda. Notó su dura erección, gruesa de necesidad, un ansia dolorosa ante la invitación sensual del cuerpo desnudo de su mujer. De súbito los pantalones le apretaban extremadamente.

Nicoletta recorrió con la mirada su corpachón masculino, descansándola pensativa en su grueso miembro rígido.

—Pensaba en cuánto me gusta la manera en que me tocas. —Bajó la mano por su cuerpo, atrayendo la atención hacia la prominencia de los pechos, su cintura estrecha, la curva de las caderas—. Qué maravilla sentir tu boca sobre mi piel. Cómo gozo con mi boca sobre tu piel. —Se volvió para acomodarse, jugando distraídamente con los dedos en el agua, cerrando los ojos—. Esta estancia es una maravilla, Giovanni, qué delicia estar aquí los dos encerrados lejos del resto del mundo.

Giovanni expresó su conformidad con un murmullo mientras apartaba de una patada sus pantalones. Descendió los escalones hasta el agua caliente, que lamió su piel como miles de lenguas limpiándole, y se situó a su lado, encontrando con las manos su tobillo y su hermosa pantorrilla. Inclinó la cabeza para saborear las gotitas en la parte posterior de la rodilla, jugueteando con los dientes delicadamente, moviéndose poco a poco hacia arriba, hasta los muslos. Hizo caricias sobre las piernas, avanzando muy despacio.

Nicoletta se agitó con un suspiro de satisfacción.

—¿Me echas de menos igual que yo a ti?

Su voz sonaba suave, filtrándose por los poros de él hasta alcanzar su corazón.

Scarletti hizo girar la lengua tras la rodilla de Nicoletta.

—Te echo tanto de menos; me muero por ti. —Su aliento era cálido, jugando con su piel sensible—. Pienso en ti cuando debería estar trabajando.

Los dedos ahondaron en las sombras ocultas, los dientes mordisquearon la piel, las manos siguieron la curva de las caderas. Salió del agua para cubrir el cuerpo de la muchacha con el suyo, encontrando con la boca esos intrigantes hoyuelos en la parte baja de la cintura. Se apretó contra ella, tomándose su tiempo mientras exploraba la firmeza de su trasero, dejando un rastro de besos, haciendo girar la lengua perezosamente en cada hueco y secreta sinuosidad femenina.

—¿De verdad? —se rió ella en voz baja, bajando las caderas para oprimirse contra él, disfrutando de la sensación de su gruesa y dura erección y de que la deseara tanto—. ¿En qué estás pensando?

Giovanni le dio la vuelta sin dejar de observarla con su mirada ardiente y ansiosa.

—Estoy pensando en que ejercer mis derechos sobre el *villaggio* fue la mejor decisión que he tomado en la vida.

Inclinó la cabeza sobre sus pechos, moviendo posesivamente las manos sobre ella y bañó con la lengua la débil contusión que había ahí, con dulzura y alivio.

—Y yo estoy pensando que tienes razón, Giovanni. —Nicoletta cerró los ojos, arqueándose hacia el calor de la boca de su esposo, enterrando las manos en su cabello para sujetarle—. Te deseo. Te he esperado todo el día.

Él alzó la cabeza para estudiar su rostro.

—¿Todo el día?

Ella asintió sin hablar, sólo observándole. Bajo él movió inquieta las piernas y empujó las caderas.

—Todo el día he estado pensando sólo en ti.

—Me haces feliz como nadie, sólo con decir algo tan sencillo a tu esposo —dijo en voz baja, introduciéndose de nuevo en el agua y tirando de ella hasta el extremo de la piscina para que apoyara sus largas piernas sobre sus hombros—. Me liberas de toda carga, Nicoletta.

Acarició los muslos con las manos y la acercó aún más.

Todo el cuerpo de Nicoletta se contraía a causa de la expectación, sintiendo el aliento caliente de Giovanni sobre su piel y el cabello como una seda húmeda sobre la parte interior de sus muslos. Él besó los rizos húmedos y tupidos, y dio una prolongada caricia con la lengua para saborearla antes de introducir dos dedos en su núcleo estrecho y empujar hasta adentro sólo por el placer de su respuesta.

—Sí, *bambina*, es todo lo que necesito, tenerte a ti, caliente y predispuesta.

Tiró de ella para atraerla hasta su boca y asaltarla con lamidas salvajes de puro placer. Nicoletta chilló arrojando la cabeza hacia atrás, dando sacudidas, fuera de control, tan preparada para su invasión que casi se echa a llorar. Le agarró el pelo con los dedos, acercándole pese a que la intensidad ascendía a cotas a las que no creía poder sobrevivir. Había temido no ser capaz de acostarse otra vez con Giovanni sin sentir en su mente el desagrado por las perversiones de Vincente. Pero ella debería haber confiado más en su marido, que se aseguraba de expulsar cada demonio, cada temor, hasta que sólo quedaba él con sus manos y su boca y sus dulces palabras cariñosas.

—*Ti amo* —susurró ella.

Se lo decía de corazón, y sus palabras quedaron incrustadas en el alma de Giovanni para toda la eternidad.

Scarletti se hundió bajo las aguas cálidas, luego volvió a la superficie salpicando gotitas a su alrededor, el pelo negro chorreando, el agua corriendo por su piel mientras se aupaba con facilidad para salir de la piscina. Sus ojos la miraban con fiera posesión, excitados por el deseo. La cogió en brazos y la llevó directamente a la enorme cama.

—Estamos muy mojados —le recordó, riéndose en voz baja con su actitud impulsiva y juguetona—. Vamos a empapar la colcha.

Giovanni la echó a continuación también sobre esa colcha.

—Tenemos muchas camas y muchas colchas en el palacio —le recordó apretándose contra ella con agresividad—. En cualquier caso, no va a importar: no necesitaremos las mantas, ya que mi intención es mantenerte muy ocupada toda la noche, tal vez haciendo un *bambino*. —La penetró entonces, observándola mientras se fundían en un solo ser—. *Quando sei bella. Ti amo.*

Susurró las palabras —*Qué hermosa eres. Te amo*— con toda su alma. La amaba con cada aliento, con todo su corazón. Ella sabía cómo anular la maldición, y él era lo bastante hombre y la amaba lo suficiente como para seguir su consejo y confiar en ella. Quería que el alma de Nicoletta se elevara junto con la suya y deseaba sentir su vientre preñado con un hijo suyo. Un hijo que conocería el amor y la risa, no la pérdida interminable; que experimentaría el asombro, no susurros malignos. La maldición Scarletti, juró, dejaría de existir.

Nicoletta observó el rostro de su marido, observó cómo desaparecían las sombras, observó cómo la alegría reemplazaba la fatiga. Se movió junto con él, arqueándose para unirles con una fricción más fiera, hasta sentir la erección crecer más y más hondo en su ser. Oyó su respiración jadeante antes de verter el semen en su interior. Le encantaba esta manera en que la amaba.

Y él tenía razón: ella ni se fijó en el agua que empapaba la colcha y, en efecto, aquella noche don Scarletti y su esposa concibieron su primer *bambino* sano y feliz.

ECOSISTEMA DIGITAL

NUESTRO PUNTO DE ENCUENTRO

www.edicionesurano.com

2 AMABOOK
Disfruta de tu rincón de lectura
y accede a todas nuestras **novedades**
en modo compra.
www.amabook.com

3 SUSCRIBOOKS
El límite lo pones tú,
lectura sin freno,
en modo suscripción.
www.suscribooks.com

**DISFRUTA DE 1 MES
DE LECTURA GRATIS**

1 REDES SOCIALES:
Amplio abanico
de redes para que
participes activamente.

4 QUIERO LEER
Una App que te
permitirá leer e
**interactuar con
otros lectores**.